Knaur.

Knaur.

Über die Autorin:
Kari Köster-Lösche, 1946 in Lübeck geboren, veröffentlichte zahlreiche wissenschaftliche Bücher, bevor sie mit ihren Romanen, darunter *Die Hakima, Die Heilerin von Alexandria* sowie *Die Wagenlenkerin,* ein begeistertes Publikum fand. Kari Köster-Lösche lebt als freie Schriftstellerin auf der Hallig Langeness und an der nordfriesischen Küste.

Kari Köster-Lösche

Mit der Flut kommt der Tod

Roman

Knaur Taschenbuch Verlag

Besuchen Sie uns im Internet:
www.knaur.de

Vollständige Taschenbuchausgabe Mai 2006
Knaur Taschenbuch
Ein Unternehmen der Droemerschen Verlagsanstalt
Th. Knaur Nachf. GmbH & Co. KG, München
Copyright © 2004 by Droemer Verlag
Ein Unternehmen der Droemerschen Verlagsanstalt
Th. Knaur Nachf. GmbH & Co. KG, München
Alle Rechte vorbehalten. Das Werk darf – auch teilweise – nur
mit Genehmigung des Verlages wiedergegeben werden.
Umschlaggestaltung: ZERO Werbeagentur, München
Umschlagabbildung: FinePic
Satz: Ventura Publisher im Verlag
Druck und Bindung: Clausen & Bosse, Leck
Printed in Germany
ISBN-13: 978-3-426-63353-3
ISBN-10: 3-426-63353-1

2 4 5 3 1

*Jede vermeintliche Ähnlichkeit
der Figuren dieses Buches mit
lebenden Menschen wäre rein zufällig
und nicht beabsichtigt.*

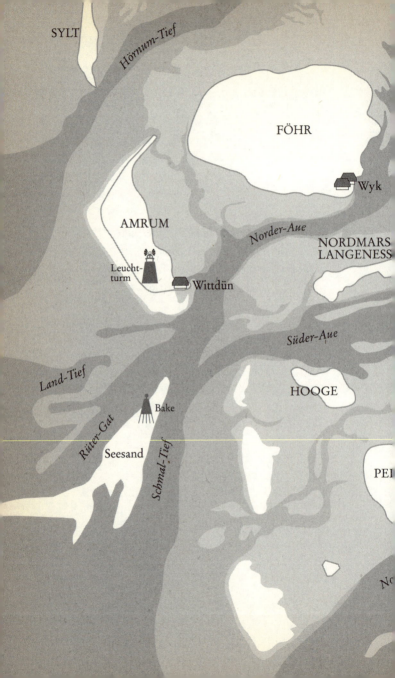

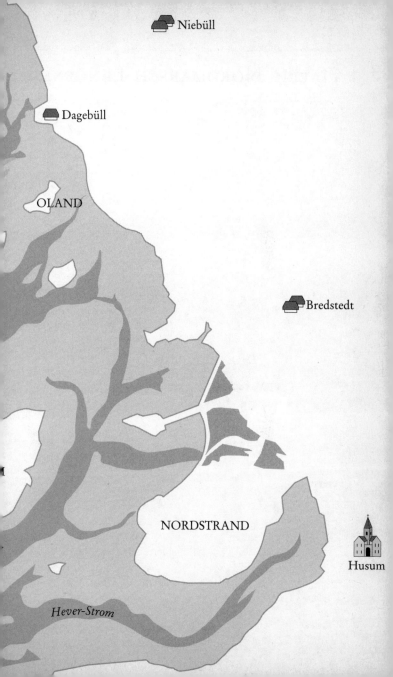

Hallig Nordmarsch-Langeness

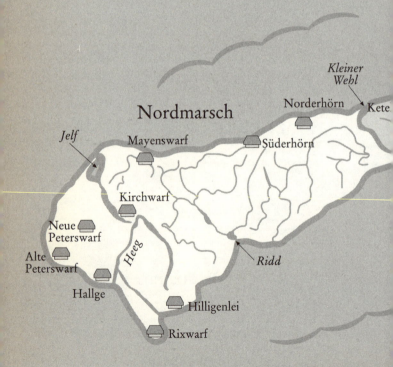

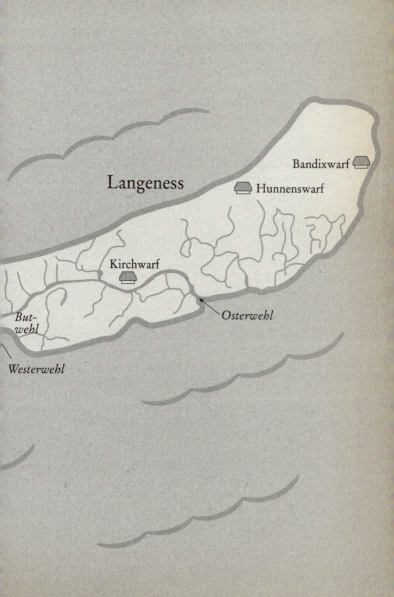

PROLOG

Vom Ruder her schlug es vier Glasen, die große Glocke antwortete, und der Ausguck sang sein *Lampen brennen!*. Er konnte es trotz des Rauschens des Wassers hören, als er stehen blieb, um sich festzuhalten. Mehr als einmal war er bereits durch den Laderaum getorkelt und auf den Planken hingeschlagen.

Verdammtes Gieren! Dieser Kahn war wirklich ungewöhnlich unstabil!

In dem gottverlassenen kleinen Inselhafen hatte er sein Glück kaum fassen können, außer Fischerbooten die Silhouette eines großen Schiffes zu entdecken, das an der Außenmole vertäut war.

In der rabenschwarzen Nacht war weder im Dorf noch im Hafen jemand unterwegs gewesen. Trotzdem hatte er sich im noch schwärzeren Schatten von Kistenstapeln und Netzbergen, durch ölige Pfützen und Fischabfälle lautlos auf dem Kai vorgearbeitet, bis er an dem scharf geschnittenen Steven des Schiffes angelangt war. Es war eindeutig der eines Dampfers, und soweit er erkennen konnte, gab es an Bord nicht einmal Wachen.

Beim Gedanken daran lachte er in sich hinein. Fast war er in Versuchung gewesen, die regennasse Gangway hochzuspazieren, wie es ihm als Passagier eines Schnelldampfers zustand. Dann aber hatte die Vernunft gesiegt: Er war flink wie eine Ratte hochgehuscht und hatte sich im erstbesten Niedergang nach unten gestohlen.

In der Sicherheit der Schiffswände hatte er sich erst einmal mit allen Sinnen orientiert. Es war nichts zu hören gewesen. Entweder schlief die Mannschaft schon, oder es war kaum jemand an Bord.

In seiner Erleichterung, nun fast schon in Sicherheit zu sein, war ihm ein einziger Fehler unterlaufen. Das Schiff war kein Dampfer, wie er geglaubt hatte, sondern ein abgewirtschafteter Segler.

Das Schlingern war unerträglich. Kein Wunder! Diesem Seelenverkäufer war der Motor ausgebaut worden. Er schnaubte verächtlich, als ihm die alten Fundamente ins Auge fielen.

Ausgerechnet auf einem vom Dampfer zur Bark degradierten Schiff fuhr er jetzt ins Ungewisse! Wer wusste nicht, dass die Reeder ihre ausgedienten Dampfer zum Segelschiff umbauen ließen, wenn sie diese noch ein paar Jahre nutzen wollten! Kosten ließen sich auf diese Weise sparen – und Versicherungsgebühren kassieren, wenn der Seelenverkäufer endlich untergegangen war.

Wahrscheinlich fuhr der Kahn zu wenige Segel, wie manche seiner Art. Und wegen seiner scharfen Bauweise war er empfindlich gegen höhere Wellen und vermutlich notgedrungen öfter im Schutz vor schwerem Wetter als andere Schiffe. Schnell würde die Reise also nicht werden. Oder – die allerschlimmste Möglichkeit –, das Schiff war auf dem Weg zum Meeresgrund mit einem Kapitän, der bereit war, zusammen mit dem Reeder Versicherungsbetrug zu begehen. Vor allem die kaum nennenswerte Ladung sprach für diese Planung.

Gänsehaut überzog seinen Rücken.

Der einzige Lichtblick war, dass man ihn noch nicht entdeckt hatte, obwohl er bereits die vierte Nacht an Bord war. In der zweiten war der Segler nur wenige Stunden mit halbem Wind unterwegs gewesen, was er sich an der konstanten Schräglage leicht hatte ausrechnen können. Dann war er vor Anker gegangen.

Mitten in der Nacht und in fast vollkommener Lautlosigkeit. Nur ein leises Scharren und gelegentliches Rumpeln war zu vernehmen gewesen. Während er, verborgen hinter einem der Ballasttanks, mit geschärften Sinnen die Sterne durch das offene Luk betrachtet hatte, war ihm aufgegangen, dass mit diesem Schiff etwas nicht stimmte. Ganz offensichtlich war sein Kapitän kein Freund von Zollkuttern. Und dafür musste es Gründe geben.

Diese Erkenntnis hatte seine Laune beträchtlich gehoben. Illegale Geschäfte zogen ihn an, und für gewöhnlich fand er einen Weg, sich an ihnen zu beteiligen. Er musste nur erst einmal feststellen, um welches Geschäft es sich handelte.

Bisher hatte er nichts Bemerkenswertes entdecken können. Es war vielmehr das Fehlen von auffälliger Ladung, was ihn beunruhigte. Womöglich war in der Nacht gar keine Ladung an Bord gekommen, sondern Menschen? Oder die Ware war so beschaffen, dass sie in der Kapitänskajüte verwahrt werden musste? Es war ihm ein Rätsel.

Das Einzige, das er bisher sicher in Erfahrung gebracht hatte, war, dass das Schiff als Tiefwassersegler ausgerüstet war. Denn im vordersten Laderaum vor dem Kollisionsschott war Proviant in erstaunlicher Fülle gestaut. Außer Säcken mit Mehl, Reis, Bohnen und Kartoffeln hatte er mehrere Fässer mit Pökelfleisch entdeckt. Das war Vorrat für eine wochenlange Reise über offenes Wasser.

Dazu passte die umfangreiche Schiffsausrüstung. Die Ersatzteile füllten einen eigenen Raum. Mit Hilfe von Taurollen hatte er sich dort einen einigermaßen erträglichen und jetzt am Anfang der Reise auch ziemlich sicheren Schlafplatz geschaffen.

Zu einer weiten Reise passten jedoch nicht die verhältnismäßig wenigen Stückgutkisten im Laderaum am Heck. Überdies wusste er nicht einmal, ob sie schon dort gewesen waren, als er an Bord gekommen war.

Noch war allerdings der größte Laderaum leer. Vielleicht waren sie unterwegs in die Nordsee und sollten in England Kohle laden? Andererseits fehlten die Längsschotts und die von der See-Berufsgenossenschaft neuerdings vorgeschriebenen Ventilatoren. Überhaupt wirkten die Laderäume nicht, als hätte das Schiff jemals Massenprodukte wie Getreide, Salz oder Kohle befördert. Eher teure Güter. Kaffee und Rum kamen in Frage. Und auf dem oberen Deck Passagiere. Die Reihe von hölzernen Türen mit Messingbeschlägen, die er trotz seiner Eile wahrgenommen hatte, sprach für Kabinen gut zahlender Gäste.

Eine starke Krängung* warf ihn unerwartet gegen einen der großen Ballasttanks. Er hielt sich an ihm fest, während er sich die schmerzenden Rippen rieb und sich Gedanken über die daumenstarken Gewinde an allen vier Ecken machte. Dann entdeckte er, dass er auf einer viereckigen Platte stand, durch die die dazugehörigen Bolzen geschraubt waren. Er klopfte mit einem Fingerknöchel an die Wand. Der Tank war leer.

Er wusste, dass Segler ohne Ballast, mit wenig Ladung und hohen Masten leicht kentern konnten. Sein Unbehagen ließ sich allmählich nicht mehr ignorieren. Was war mit diesem Schiff los?

Ein leises Klirren oder vielmehr Schaben von Metall hinter dem Ballasttank ließ ihn aufhorchen. Das Geräusch verschwand, als der Segler durch den Wind gegangen war und auf dem anderen Bug lag.

Kniend spähte er unter den Tank.

Dort war es stockfinster, er musste mit der Hand tasten. Außer auf unappetitlichen, feuchten Unrat stieß er endlich auf kaltes Metall, das er hervorzog und im Licht von oben betrachtete.

Vor Überraschung stieß er einen lauten Pfiff aus. Zwischen der Bordwand und dem Tank war ein eiserner Ring eingeklemmt gewesen, an dessen einer Seite eine Stange mit Haken befestigt war. Die gegenüberliegende fehlte. Aber er wusste ohnedies, wozu ein solcher Ring benutzt

* Siehe Glossar, Seite 394

wurde. In seinem Gewerbe musste man auf allen Gebieten beschlagen sein.

Zufall, dass dieser Ring hier lag? Er grinste erwartungsvoll.

So unwahrscheinlich ihm diese sehr spezielle Form des Handels in heutiger Zeit vorkam: Jetzt musste er dringend in Erfahrung bringen, was die Kisten im hintersten Laderaum enthielten. Es war denkbar, dass ein Zusammenhang bestand.

Vorsichtig kroch er durch die Luke am Schott des Kajütdecks. Sein Blick wanderte für einen Augenblick nach oben. Auch hier war die Luke des Laderaums verkeilt, aber nicht geschlossen, und noch drang letztes Tageslicht bis nach unten, genug jedenfalls, um ihm einen Blick auf die Kisten zu erlauben.

Beschriftet waren sie nicht, aber einander ähnlich wie ein Ei dem anderen. Es gab zwei Typen, der eine war länglich und nur eine Armspanne breit, der andere hatte einen annähernd quadratischen Grundriss. Das Holz der Kisten roch frisch und harzig, die Bretter waren nur grob gesägt, aber jedes einzelne bestimmt zwei Zentimeter stark.

Waffen?

Er zitterte vor Aufregung. Wenn das stimmte, war er gerettet.

Ein vernünftiger Kapitän würde auch ohne handfeste Drohung zu einem Handel bereit sein. Vielleicht konnte er sogar in das lukrative Geschäft einsteigen.

Ohne zu zögern, stieß er den Marlspieker, den er im Schiffszubehör gefunden hatte, zwischen Deckel und Seitenwand und begann zu hebeln.

KAPITEL 1

God morgen, børn! I dag skal vi lære en dejlig dansk vise, guten Morgen, Kinder! Heute wollen wir ein schönes dänisches Lied lernen. So oder so ähnlich hatte Gerda gewiss den von den Preußen verbotenen Schulunterricht in dänischer Sprache begonnen, an dem Tag vor acht Wochen, an dessen Abend sie spurlos verschwand. Sönke Hansen, Wasserbauinspektor in Husum, starrte auf die Sonne, die soeben hinter dem Steinwall, der seinen Garten umschloss, aufging, bis ihm die Augen schmerzten.

Gerda!

Manchmal wollte er nicht wahrhaben, dass sie verschwunden war. Es war so schwer zu begreifen. Sie war ein so anständiger Mensch, aufrecht bis zur Selbstaufgabe, völlig furchtlos, und hatte der preußischen Obrigkeit stets die Stirn gezeigt, wo es notwendig war. Das hatte sie in ihrem Elternhaus bereits mit der Muttermilch eingesogen.

Und deshalb war sie verschwunden. Sie musste Anlass zur Befürchtung gehabt haben, an die preußische Obrigkeit verraten worden zu sein und als Kind eines missliebigen nordschleswiger Optanten für staatenlos erklärt zu werden. Als Staatenlose ohne Pass aber wäre ihr verboten, weiter als Lehrerin zu arbeiten; eine Aussicht, die für Gerda unerträglich wäre, das wusste Sönke Hansen.

Nicht begreifen aber konnte er, dass Gerda ihn im Ungewissen gelassen hatte. Er liebte sie und sie ihn, und im Herbst wollten sie heiraten. *Sorge dich nicht, ich...* An der Stelle war Gerdas einzige Nachricht für ihn auf einem Fetzen Papier abgerissen, als ob sie in größter Eile gewesen wäre.

Hansen nahm einen Schluck Kaffee und blickte aus dem Fenster. Inzwischen war die Sonne höher gestiegen und tauchte auf dem Steinwall eine einzelne Heckenrosenknospe, die ungewöhnlich früh im Jahr aufblühen wollte, in ein orangefarbenes Licht.

Vielleicht hatte Gerda ihn auch in ihre Pläne nicht eingeweiht, um ihn zu schützen, denn als Mitarbeiter der Wasserbauinspektion stand er letzten Endes im Dienst der Herren von Berlin.

Zuzutrauen war ihr das, dachte Hansen mit Stolz. Vor allem das. Die Karriere eines Friesen im Staatsdienst konnte schnell beendet sein, wenn er mit illegalen Aktivitäten der Dänen in Verbindung gebracht wurde.

Er verlor sich, wie so oft, in Erinnerungen.

»Herr Bauinspektor«, rief im Schlafzimmer seine Zugehfrau derart entsetzt, dass Hansen aus seinen Gedanken hochfuhr und Kaffee über die blütenweiße Tischdecke vergoss, »haben Sie denn gar nicht bemerkt, dass das Bild von Fräulein Gerda nicht an seinem Platz steht? Ich habe es hinter dem Nachttisch gefunden, stellen Sie sich das doch nur vor! Mit Ihrem Nachtschlaf muss es nicht gut bestellt sein, wenn Sie so um sich schlagen!«

»Nein. Ja«, gab Hansen wortkarg zu und verschwieg ihr, dass er das Porträt behutsam dort abgestellt hatte. Manchmal ertrug er Gerdas Blick einfach nicht. Das untätige Warten auf Nachricht fand er unerträglich, und oft machte er sich Vorwürfe, dass er selbst nicht mehr tun konnte.

Petrine Godbersen erschien in der Tür, eine ältere Frau mit mütterlichem Gesichtsausdruck, den sie sich nicht einzusetzen scheute, wenn sie ihn für angebracht hielt, die Hände über der Schürze gefaltet.

»Nun müssen Sie aber wirklich los, Herr Hansen«, mahnte sie mit mildem Vorwurf. »Sie vertrödeln sich. Die Deiche werden brechen, und Ihre Vorgesetzten werden mit Ihnen schimpfen müssen.«

Hansen musste lächeln. Er erhob sich zur vollen Länge seiner fast einsneunzig, zog automatisch den Kopf an genau der richtigen Stelle unter dem niedrigen Deckenbalken des alten Hauses ein, holte seine Jacke vom Haken im Flur und trat in den Garten.

Da Frau Godbersen ihm höchstwahrscheinlich nachblickte, schloss er die weiße Pforte im Wall sehr ordentlich hinter sich.

Die Jacke rückte er sich nur lose über den Schultern zurecht. Am liebsten hätte er sich des Binders unter dem gestärkten Kragen entledigt, aber ohne ihn konnte er nicht zum Dienst erscheinen. Trotzdem wanderte er an diesem überraschend warmen Frühlingstag des Jahres 1894 einigermaßen gelassen seiner Dienststelle entgegen.

Das Preußische Amt für Wasserbau war ein großes, streng gegliedertes Backsteingebäude mit hohen Fenstern.

Hansen eilte, immer zwei Stufen auf einmal nehmend, die breite Treppe in den ersten Stock hoch. War er erst einmal im Flur angelangt, an dessen Ende ihn sein Dienstzimmer erwartete, war die Gefahr, einem Mitglied der *Kommission für Schleswig-Holsteinische Wasserbauange-legenheiten* zu begegnen, die in diesen Tagen im Haus aus und ein ging und bei den eigentlichen Fachleuten für Deichbau für stete Beunruhigung sorgte, nicht mehr so groß.

Aber dieses Glück hatte er heute nicht. Als Hansen kurz vor dem Treppenabsatz aufsah, fiel ihm die glänzend polierte Schnalle einer braunen Aktentasche in die Augen. Unwillkürlich folgte er ihrem Pendeln, mit dem in den regelmäßigen Abständen eines Leuchtfeuers zwei röhrenförmige, fadenscheinig glänzend schwarze Hosenbeine freigegeben wurden.

Soweit Hansen festgestellt hatte, befand sich in dieser Tasche stets nur das Frühstücksbrot des Barons.

»Ach, auch schon da, Herr Inspektor?«, erkundigte sich in süffisantem Tonfall der Oberdeichgraf des 1. Schleswigschen Deichbandes. »Ihr üblicher Dienstbeginn? Angesichts dieses friesischen Schlendrians wird mal wieder deutlich, warum die Aufsicht über die einschlägigen Anstalten zum Schutz der Westküste in preußischer Hand am besten aufgehoben ist.«

»Die Aufsicht, wie Sie es nennen, Herr Baron«, entgegnete Hansen mit kaum verborgener Verachtung gegenüber diesen regelmäßigen Attacken, »unterschied sich in ihrer Zusammensetzung in dänischer Zeit nicht von der heutigen. Dagegen hat meines Wissens kein Däne je die Meinung vertreten, die nordfriesischen Halligen sollten ihrem Schicksal überlassen werden. Und den Deichbau haben die Friesen erfunden, nicht die Berliner …«

»Sie sind ein notorischer Querulant, Hansen! Die Besprechung ist für neun Uhr anberaumt. Sehen Sie zu, dass Sie wenigstens da pünktlich sind!« Baron von Holsten machte auf den Hacken kehrt, wobei die polierten Schuhe mit leisem Klacken aneinander stießen, und rauschte davon.

Sönke Hansen sah ihm verärgert nach. Schlechter konnte ein Arbeitstag kaum anfangen.

Die Wanduhr schlug zum zweiten Mal, als Hansen das Besprechungszimmer betrat, dessen einziger Wandschmuck ein Bild des Kaisers war. Dass dort einstmals eine Tafel gehangen hatte, auf der Nordfriesland als Vaterland und als freundlich leuchtender Punkt neben Deutschland und Dänemark bezeichnet worden war, wussten nur noch wenige.

Hansen, der mit zweiunddreißig Jahren der jüngste aller Mitarbeiter des Hauses war, hatte die Tafel nie gesehen, aber selbstverständlich von ihr gehört. Den Blick stur auf den hellen Fleck gerichtet, den sie zurückgelassen hatte, hängte er sein Jackett über die Stuhllehne, setzte sich und wartete ab.

Während die Kollegen aus dem Amt und die Mitglieder der Kommission für Wasserbauangelegenheiten allmählich eintrudelten, nahm Hansen sich vor, Gerdas Vater so bald wie möglich zu besuchen. Vielleicht hatte Lars inzwischen etwas von seiner Tochter gehört.

»Moin, Hansen«, raunte es neben ihm, »warum so trübsinnig an diesem schönen Morgen? Befürchtest du allen Ernstes, dass die Kommission das Todesurteil für deine geliebten Halligen aussprechen wird?«

Schmunzelnd sah Hansen auf und nickte dem Kollegen zu, der neben ihm Platz nahm, wie immer mit einem flotten Spruch auf den Lippen. Friedrich Ross war Wasser- und Deichbauer wie er selber und stammte aus Bremen. Ein netter Kerl. »Ich weiß nicht, ob sie es wagen werden. Gerade jetzt, wo die Nordfriesen die gute Zeit der dänischen Obrigkeit allmählich zu vergessen beginnen, wäre es unklug, sie gegen Preußen aufzubringen.«

»Nicht alle sprechen so gut von der dänischen Zeit wie du«, sagte Ross gedämpft.

Hansen zuckte mit den Schultern. Eine Antwort blieb ihm erspart, da in diesem Augenblick Baron von Holsten den Raum betrat und die Anwesenden sich zu seiner Begrüßung geräuschvoll erhoben.

»Guten Morgen, meine Herren.« Der Oberdeichgraf schien die versammelten Herren durchzuzählen, wobei sein Blick einen Moment beziehungsvoll auf Hansen liegen blieb, bevor er sich setzte. »Wir wollen unmittelbar zur Sache kommen. Es geht wieder einmal um die Halligen.«

Über die jetzt bereits zwanzig Jahre diskutiert wird, ohne dass ein Beschluss gefallen ist. Zwanzig verlorene Jahre, dachte Hansen, in denen Jahr für Jahr Land von den Halligen brach und in der Nordsee verschwand. Er drehte seinen Bleistift zwischen den Fingerspitzen beider Hände und versuchte, seinen Zorn über den Zeitverlust im Zaum zu halten.

»Jedoch werden wir trotz der inzwischen von Berlin angeordneten Eile dem Konterfei unseres geliebten Kaisers den Respekt erweisen, den dieser erwarten kann, als ob er selber anwesend wäre.«

Eine Art von Stille trat ein, die sich deutlich von der vorherigen abhob, die eher ein höfliches und erwartungsvolles Schweigen gewesen war.

Hansen sah auf. Er begegnete dem Blick des Vorsitzenden, der offenbar schon eine Weile unverwandt auf ihm ruhte. Ein Stoß traf ihn am Ellenbogen. Als er zu Ross blickte, deutete dieser mit den Augen zum Jackett, das noch über der Lehne hing.

Sönke Hansen spürte, wie ihm die Röte ins Gesicht stieg, während er sich die Jacke anzog. Seine lockigen Haare waren nach Ansicht eines preußischen Barons vermutlich auch zu lang. Verstohlen strich er sie aus der Stirn.

»Sie alle kennen meine Meinung«, fuhr Baron von Holsten befriedigt fort, als ob er ein Scharmützel gewonnen hätte, »diese öden kleinen Eilande da draußen sind, wie die Geschichte bewiesen hat, dem Untergang geweiht. In früheren Zeiten konnte man dort Korn ernten, habe ich gehört; inzwischen gibt es nur noch dürftiges Gras, und die Ringelgänse haben die Herrschaft übernommen. Es wird kein Jahrhundert mehr vergehen, bis ausschließlich Möwenexkremente und Sand daran erinnern, dass da mal was war.«

Zwischen Hansens Fingern zerbrach der Bleistift. Eines der Bruchstücke flog wie ein Katapult in die Höhe und landete vor dem Platz des Vorsitzenden.

»Es scheint, unser junger Rebell vertritt eine andere Meinung als die sachverständige preußische Kommission«, merkte der Baron süffisant an. »Und nach Art der Dänen schießt er ohne Vorwarnung.«

Mit wohlwollend geneigtem Kopf bedankte er sich bei denjenigen Herren, die ihm mit leisem Gelächter Beifall zollten.

Sönke Hansen holte Luft und bezwang seine Verärgerung. »Ich entschuldige mich, Baron von Holsten. Es war keine Absicht. Der Bleistift war wohl zu zerbrechlich für die groben Hände eines Deichbauers.«

Der Vorsitzende strich sich bedächtig seinen Bart und nickte schließlich, als ob er die Entschuldigung gelten ließe. Währenddessen hatte der neben ihm sitzende Deichinspektor für das Herzogtum Schleswig, durch die Streifen auf seiner Uniform als Kapitänleutnant ausgewiesen, sich das Bleistiftende geangelt und mit dem Lorgnon vor dem Auge die Beschriftung betrachtet.

»Preußische Bleistiftfabrik Potsdam«, entzifferte Marius von Frechen.

Auch das noch! Sönke Hansen hatte keine Ahnung gehabt, wer die Bleistifte des Wasserbauamtes herstellte. »Ich würde gerne darauf hinweisen«, warf er hastig ein, »dass die Halligen keineswegs so unwirtlich sind, wie sie manchem aus der Ferne erscheinen mögen. Es sind besonders liebenswerte Menschen, die da draußen leben. Mit geduldiger und genügsamer Bewirtschaftung ihres Landes erhalten sie die Halligen. Und diese haben die Funktion großer natürlicher Wellenbrecher vor der Küste, so dass ihre Bewohner letztlich zum Schutz des Festlandes beitragen, auch der Stadt Husum …«

»Belehrungen dieser schülerhaften Art sind, bei Gott, unnötig, Hansen«, unterbrach ihn der Vorsitzende verärgert. »Glauben Sie wirklich, mir sei nicht bekannt, dass auf diesen Inseln hauptsächlich Rindvieh und Schafe herumlaufen?«

»Nicht Inseln, Herr von Holsten«, verbesserte Hansen hartnäckig. »Halligen. Das ist etwas anderes, erdgeschichtlich gesehen.«

»Sehen Sie es, wie Sie mögen, Hansen! Für den preußischen Staat sind die Halligen die kleinsten Inseln vor der Küste der Nordsee, und uns kommt die Aufgabe zu, aus sachlicher Sicht zu entscheiden, ob sich ihre Erhaltung lohnt oder ob es vernünftiger wäre, sie aufzugeben und die Bewohner umzusiedeln. Genau genommen ginge nicht einmal Land verloren, wenn wir uns zu Letzterem entschlössen, denn die abgetragene Halligerde wird schließlich am Festland wieder angelagert.«

»Aus verteidigungsstrategischer Sicht sind die Halligen nicht nur unnütz, sondern sogar schädlich, indem ihre Verteidigung im Kriegsfall unsere Flotte aufsplittern würde«, warf der Kapitänleutnant ein. »Insofern ist Nordmarsch-Langeness entbehrlich. Allerdings hörte ich schon gelegentlich äußern, dass die Großschifffahrt nach einem Leuchtfeuer an der Westspitze dieser Hallig verlangt. Nicht alle Kapitäne von Frachtern sind des Lesens von Seekarten mächtig. Besonders, wenn die Reeder sich unerfahrene junge Leute nehmen, um Kosten zu sparen …« Er gluckerte vor Lachen in sich hinein.

»Ich«, fiel der gewichtige Bauinspektor Lorenzen, Kreisbaumeister in Tondern, ihm ins Wort, »stehe der Erhaltung der Halligen prinzipiell immer noch positiv gegenüber. Sie sind nicht unrecht, die Leute da draußen, kenne selbst ein paar … Aber im Umgang mit Steinen sind die Männer unerfahren, einen Steindeich können sie nicht ordentlich bauen. Da müssen Fachleute her. Ich mache mich erbietig, Handwerker aus meinem Bereich auszuleihen …«

»Ein Steindeich wird zu teuer, darüber waren wir uns doch schon einig«, unterbrach ihn der Oberbaudirektor, der aus Schleswig stammte, erregt.

Baron von Holsten hieb mit der flachen Hand und erboster Miene auf den Tisch, worauf das allgemeine Reden, das drauf und dran war, in hitzige Privatgespräche zu zerfallen, wieder verstummte. »Bemühen Sie sich um Disziplin, meine Herren«, verlangte er. »Das ist wohl das Mindeste, das man von uns erwarten kann. Für Gott und Kaiser!«

Du liebe Zeit, dachte Hansen. Sein Ahn in der Leibwache des dänischen Königs Waldemar hatte zwar sicherlich *für Gott und König* gerufen, aber dasselbe gemeint wie der Baron. Seit tausend Jahren traten sie auf der Stelle. Statt endlich einmal *für die Menschen!* zu rufen und zu handeln.

»Jede weitere Diskussion ist im Augenblick müßig«, setzte der Vorsitzende griesgrämig fort. »Berlin mahnt zur Eile, wie ich schon sagte, wobei mir rätselhaft ist, wer sich da unter Umgehung der preußischen Regierung zu Gunsten der Inseln eingeschaltet hat.«

»Man könnte mutmaßen …«, warf der kleinwüchsige Kapitänleutnant eifrig ein, jedoch wurde er durch eine Handbewegung des Barons zum Schweigen gebracht.

»Berlin droht Fakten zu schaffen, auch ohne abschließendes Urteil der Kommission für Wasserbauangelegenheiten. Aber Berlin kann nicht ohne uns … Und wir werden wie bisher weiterarbeiten.«

Also noch mal zwanzig Jahre, schoss Hansen durch den Kopf, während er Dankbarkeit für die Intervention durch Berlin empfand.

»Die künftigen Projekte – für welche wir auch immer votieren – sollen nunmehr vorbereitet werden. Mit anderen Worten: Man muss mit den Halligleuten reden, um zu erfahren, was sie darüber denken. Wenn sie überhaupt denken …«

Nur der Kapitänleutnant stimmte zu diesem flachen Witz ein Gelächter an.

»Im Gegensatz zu Herrn Hansens übertrieben positiver Meinung, was diese Menschen angeht, habe ich gehört, dass sie nicht einfach sein sollen, sondern störrisch und zuweilen sogar feindselig.«

Der Oberdeichgraf machte eine Pause, worauf sich erneut leises Gerede erhob.

Sönke Hansen verzichtete auf Widerspruch sowie auf Mutmaßungen, wer auf die Hallig reisen würde. Am besten von Holsten selbst, dachte er verdrossen. Zwei Tage am Ort und die Halligleute würden blindlings alles ablehnen, was mit dem Baron auch nur im Entferntesten zu tun hatte. Und das wollte er doch. Dann würde der Regierung nur die Umsiedlung der Bewohner bleiben.

»Berlin macht zur Bedingung, dass diese Vorbereitung zukünftiger Maßnahmen durch die Wasserbauinspektion Husum wahrgenommen wird«, sagte von Holsten, jetzt sichtlich vergrätzt. »Die Kommission ist übergangen worden.«

»Kann man Einspruch dagegen einlegen?«, erkundigte sich der Kapitän beflissen.

Der Baron schüttelte kurz den ergrauten Kopf. »Ich habe deshalb entschieden, dass Herr Hansen fahren wird. Er kann jetzt zeigen, ob er zu mehr als deutschfeindlichem Gerede taugt.«

Hansen zuckte zusammen und sah in die Runde. Das spöttische Grinsen der Kommissionsmitglieder bestätigte ihm, was ihm spontan durch den Kopf schoss. Baron von Holsten schickte ihn in der Hoffnung zu den Halligen, dass er scheitern würde. Vielleicht sogar in genau der Erwartung.

Damit war die Versammlung beendet.

»Mach kein solches Gesicht«, raunte ihm nach dem Ende der Besprechung Friedrich Ross auf dem Flur zu. »Das schaffst du.«

Immerhin einer, der an ihn glaubte. Hansen lächelte Ross flüchtig zu. Die Situation war so verfahren, dass es diplomatischen Geschickes bedurfte, um sich bei den Halligbewohnern Vertrauen zu erwerben. Er wusste nicht, ob er genug davon besaß.

Aber so eilig die Übereinkunft mit den Halligleuten auch sein mochte, Gerda war noch wichtiger. Hansen drängte es, mit Gerdas Vater zu sprechen, bevor er sich für einen unbestimmten Zeitraum auf die Hallig begab. Vielleicht wusste der inzwischen etwas über ihren Verbleib.

Wie üblich fand er seinen Vorgesetzten an seinem Schreibtisch vor, in der einen Hand ein Butterbrot, die andere in den Papieren wühlend, auf hektischer Suche nach irgendetwas Wichtigem.

Cornelius Petersen blickte nicht einmal auf. »Na, Hansen?«, fragte er lediglich.

»Es geht immerhin vorwärts«, meinte Hansen. »Ich bin ausgeguckt worden als derjenige, der mit den Halligleuten reden soll. Aber vorher möchte ich um zwei Tage Urlaub einkommen.«

»Vater oder Mutter gestorben?«

»Nein, aber trotzdem sehr wichtig.«

»Baron von Holsten drängt auf Ergebnisse, Hansen.«

»Nicht auf Ergebnisse, auf Eile«, entschlüpfte es Hansen.

Oberbaudirektor Petersen begann bedächtig seinen ergrauten Kopf zu schütteln, was alles Mögliche zwischen Tadel und Ablehnung des Gesuches bedeuten konnte.

»Anderthalb Tage«, warf Hansen hastig ein. Hinter seinem Rücken verkrampften sich seine Hände von selbst zu Fäusten. Dabei war nicht Cornelius Petersen sein Gegner.

»Ich bin kein Unmensch. Also gut: ein Tag«, gestattete der Oberbaudirektor mit einem Seufzer.

Kapitel 2

Tondern, wo die Eltern von Gerda lebten, lag nicht auf der direkten Route von Husum zur Hallig. Eine Schiffsverbindung zu den Halligen gab es sowieso nicht.

Von Tondern aus würde Hansen jedoch mit Eisenbahn und Dampfer nach Wyk auf Föhr gelangen, wohin die Halligleute regelmäßig segelten, um Butter und Eier zu verkaufen. Bei Bedarf nahmen sie auch Gäste mit zurück. Hansen packte deshalb ein, was er für schätzungsweise zehn Tage benötigte. Einschließlich eines Strohhutes, den er seiner Meinung nach nicht benötigte.

Dieses alberne Kleidungsstück hatte er Petrine Godbersen zu verdanken.

»Nehmen Sie Ihren Strohhut mit, Herr Inspektor«, hatte sie ihm geraten.

»Auf die Hallig?«

»Man muss auf alles vorbereitet sein.« Frau Godbersens frommer Blick zum Himmel hatte alle Einwände überflüssig gemacht.

Hansen war sich trotzdem sicher, dass er diesem Ding

nie Einlass in seinen Sarg gewähren würde. Überhaupt: was für eine Idee! Eine Hallig war doch kein Kriegsschauplatz!

Die Marschenbahn nach Norden spuckte Sönke Hansen dreieinhalb Stunden später in Tondern aus. Ein Pferdefuhrwerk, das nach Hojer bestimmt war, nahm ihn längs der alten Wallanlage, die sich um den alten Stadtkern hinzog, mit, so dass er überraschend schnell beim Haus seiner künftigen Schwiegereltern anlangte.

Verdutzt starrte er auf den rotweißen Danebrog, der an der Fahnenstange flatterte, während er an die Tür klopfte, hinter der es hoch herzugehen schien.

Lars Rasmussen öffnete selber, und in diesem Augenblick fiel Hansen ein, dass Gerdas Vater an diesem Tag ja Geburtstag hatte.

»Schön, dass du mich nicht vergessen hast«, sagte Lars aufgeräumt und keineswegs erstaunt, ihn zu sehen. »Komm rein, Sönke.«

»Gern. Aber ich muss gestehen, dass ich gar nicht wegen deines Geburtstages gekommen bin«, bekannte Hansen verlegen. »Es ist wegen Gerda.«

»Du bist wie immer willkommen. Und rechtzeitig zum Kaffee da.«

An einem langen Tisch, der mit Torten und Kuchen, mit schinken- und käsebelegten Brötchen, Kaffeetassen und Schnapsgläsern beladen war, saßen eine Menge Gäste. Für einen Augenblick gab es verwundertes Schweigen, als sie begriffen, dass der Neuankömmling im Hause des Journalisten Rasmussen, einem der führenden Köpfe der dänischen Bewegung von Schleswig, ausgerechnet ein Deutscher war.

»Komm, Sönke, setz dich zu mir. Hier ist Platz«, rief einer der Männer ein wenig schnapsselig und rückte beiseite, um einen freien Stuhl zwischen sich und den benachbarten zu zwängen.

»Versteht er uns überhaupt?«, erkundigte sich jemand beim Hausherrn.

Die Runde unterhielt sich auf Sönderjysk, von manchen Deutschen des Grenzgebietes etwas verächtlich Kartoffeldänisch genannt. Hansen ließ sich nicht provozieren. Er nickte nur knapp und setzte sich, während Rasmussen breit grinste.

»Ja, das hätte ich auch nicht gedacht, Ebbe, dass ausgerechnet meine Gerda sich als künftigen Ehemann einen deutschen Beamten aussucht. Die leisten sich ja gemeinhin nicht mehr, als die Hacken zusammenzuschlagen.«

»Nein, Lars«, protestierte Hansen auf Hochdänisch. »Du tust ihnen Unrecht, wenn du alle über einen Kamm scherst.«

»Ich habe hauptsächlich diese Sorte kennengelernt«, erwiderte Rasmussen ernst. »Aber ich gebe dir Recht. Es gibt sicher auch andere. Nur scheinen sich leider immer die Opportunisten als Erste auf die Diskriminierten zu stürzen – wenn erst einmal festgelegt wurde, wer die jeweiligen Opfer sein werden. *Wenn der Wagen umzukippen droht, helfen alle nach,* ist eines unserer treffendsten Sprichwörter.«

Hansen nickte bedächtig. Solche Leute tummelten sich überall, er kannte genug Beispiele.

»Diese Leute gebärden sich dann als die schlimmsten, wechseln aber auch am schnellsten die Meinung«, fuhr der Hausherr fort. »In zehn Jahren sind vielleicht nicht mehr die Dänen von Schleswig die Staatsfeinde, sondern die Franzosen im Elsass, und sie gehen auf die los ...«

»Wir werden immer Staatsfeinde der Deutschen bleiben, Lars«, fiel ihm ein junger Mann ins Wort und versuchte, Hansen mit blitzenden blauen Augen zwischen die Dielenbretter zu stampfen.

Hansen hob sein inzwischen gefülltes Schnapsglas und prostete dem Hitzkopf zu. »Skol«, sagte er. »Danskerne og Friserne skal leve, Dänen und Friesen sollen leben.«

»Danke. Dänen und Friesen waren immer Freunde«, gab der überrumpelte Jüngling zu und stürzte seinen eigenen Aquavit verlegen hinunter.

»Schon seit Waldemar Atterdags Zeiten«, fügte Hansen listig hinzu. »Seit tausend Jahren!«

Rasmussen blinzelte ihm zu. Wie zu erwarten, war damit die Luft raus und die deutsch-dänische Feindseligkeit für diesen Tag beendet.

Später am Abend saßen Rasmussen und Hansen vor dem Kaminfeuer beisammen, während Gerdas Mutter sich zusammen mit einer Freundin in der Küche um die Beseitigung des Chaos kümmerte. Lars drehte sich eine Zigarette, die nicht besonders rund ausfiel, und zündete sie an.

»Ich kann dir nichts sagen«, beteuerte er nach dem ersten Zug. »Ich weiß selber immer noch nichts. Gerda wurde in Abwesenheit für staatenlos erklärt, das habe ich dir ja schon erzählt. Als Wanderlehrerin, die heimlich in dänischer Sprache unterrichtet, was jemanden zu einer anonymen Anzeige veranlasste, und mit mir als Vater musste es irgendwann so kommen.«

Hansen nickte stumm.

Rasmussen starrte in die flackernden Flammen, ohne etwas zu sehen. »Ich bin überzeugt, dass Gerda uns mit ihrem Schweigen zu schützen versucht. Ich wurde von der Polizei vorgeladen und verhört. Sie haben mir sehr deutlich zu verstehen gegeben, dass ich wegen Mittäterschaft ins Gefängnis wandere, wenn sie je herausbekommen, dass ich Gerdas Aufenthaltsort kenne und ihn verschweige. Du weißt ja, dass ich sowieso schon immer auf einem schmalen Grat wandere.«

Hansen nickte wieder. Die Journalisten waren nicht nur von Berufs wegen am besten informiert, sondern besaßen obendrein die Möglichkeit, bei den dänischen Lesern Stimmung zu machen. Sie wurden deshalb von der preußischen Obrigkeit mit Argusaugen beobachtet.

»Unserer Generation gaben die Preußen wenigstens die Möglichkeit, für die dänische Staatsangehörigkeit zu optieren. Für einige Zeit glaubten wir auf diese Weise, ein Stück politischer Freiheit erhalten zu haben. Und eine für uns unerwartete Gerechtigkeit der Preußen zu entdecken.«

»Ich weiß.«

»Bis wir feststellten«, fuhr Rasmussen traurig fort, »dass sie uns in Wahrheit an unseren Kindern bestraften. Unsere Kinder bei Missfallen für staatenlos zu erklären entzog nicht nur ihnen den Boden unter den Füßen, sondern vor allem uns Optanten. Es ist die tückischste Art der Bestrafung, die sich eine Regierung überhaupt ausdenken kann …«

»Ja«, brachte Hansen mit einem dicken Kloß im Hals heraus. »Gerda hat es mir erklärt. Wir haben oft darüber gesprochen. Und du befürchtest nicht, dass ihr etwas passiert sein könnte? Dass sie längst inhaftiert ist? Mich beruhigt ihre verstümmelte Nachricht nicht sonderlich.«

Lars Rasmussen presste die Lippen zusammen und wiegte den Kopf.

»Ich glaube nicht«, sagte er schließlich, ohne es zu begründen. »Sie weiß, was sie tut.«

Hansens Unbehagen war nicht gemildert. Wo war Gerda? Er konnte nur hoffen, dass Lars es heimlich doch wusste, aber sich zu diesem Thema zum Schutz der dänischen Minderheit absolute Schweigsamkeit auferlegt hatte.

Kurz vor dem Schlafengehen zog Ella, Gerdas Mutter, Sönke Hansen beiseite. »Ich habe schreckliche Angst um Gerda«, flüsterte sie ihm zu. »Gerda weiß das, und sie würde mich nicht im Ungewissen lassen, wenn sie in der Lage wäre, sich zu melden.«

»Könnte sie sich denn irgendwo versteckt halten?«, flüsterte Hansen zurück.

»Ich vermute, dass sie es tat. Darüber machte Lars mal Andeutungen … Aber in den letzten Tagen verliert er kein Wort mehr über seine Tochter. Ich fürchte, dass er sie aus den Augen verloren hat, mich aber nicht noch mehr beunruhigen möchte. Im schlimmsten Fall versucht sie, zu ihrem Onkel auf die Westindischen Inseln zu gelangen. Wenigstens hat sie ihren Pass, aber sie hat kein Geld ... Hoffentlich ist sie nicht überhaupt tot!«

Ein Geräusch an der Haustür kündigte Rasmussens Rückkehr aus dem Garten an.

Ella stellte sich auf die Zehenspitzen und zog Hansens Kopf zu sich herab. »Frag in Flensburg in Nielsens Rum-Kontor nach«, hauchte sie ihm mit tränennassen Wangen ins Ohr. »Die nehmen manchmal Passagiere mit ...« Abrupt ließ sie ihn los und eilte in die Küche.

Sönke Hansen sah ihr entsetzt nach. Gerda tot? Oder in Dänisch-Westindien? Dass Lars jede Auskunft verweigerte, erfüllte ihn mit tiefer Besorgnis.

Hansen war aber auch empört, weil Lars kein Wort fand, um seine Frau zu beruhigen. Lars Rasmussen konnte in seinem politischen Kampf für die dänische Minderheit knochenhart sein, gegen sich selbst und gegen andere, und wenn er ihn als gefährdet ansah, würde er schweigen wie ein Grab.

Aber Hansen war kein Däne. Zurück auf dem Bahnhof, beschloss er zu seiner und Ellas Beruhigung, sofort nach Flensburg zu fahren und sich im Rum-Kontor nach Gerda zu erkundigen. Dem Zug nach Dagebüll, der dampfend und prustend den Bahnhof verließ, sah er ohne Bedauern nach. Sein schlechtes Gewissen wegen unerlaubten Entfernens vom Dienst verflüchtigte sich mit dem Rauch, der sich über dem flachen schwarzen Dach des Bahnhofsgebäudes auflöste.

In einer Rum-Destille war er noch nie gewesen. Natürlich gehörte es nicht zu ihren staatlich anerkannten Aufgaben, flüchtige Kinder von Optanten auszuschleusen. Wie also brachte man solche Leute dazu, eine illegale Tätigkeit zuzugeben?

Dann kam der Zug. Als Hansen auf der Plattform stand, hatte er bereits eine Idee.

Nielsens Rum-Kontor entdeckte Hansen an der Schiffbrücke hinter dem Zollpackhaus und schon fast am Nordertor; die Kontore der bekannteren Marken wie Balle und Sonnberg, deren Namenszüge von weitem zu lesen waren, befanden sich in vornehmerer Gegend stadteinwärts.

Die Pier vor dem Kontor war leer und unbelebt, abgesehen von einer Katze, die um eine Taurolle herumstrich und missvergnügt an Fischabfällen schnupperte. Einer der beiden Torflügel des Handelshauses stand offen, und im Durchgang zum Hof fand er die Tür, die zu den Kontorräumen führte.

Jenseits eines Vorraums mit Vitrinen, denen Hansen keine Beachtung schenkte, öffnete sich ein Gang zu einem großen Raum mit einem halbhohen Tresen, hinter dem jemand saß. »Hoppla«, sagte Hansen und stoppte einen jungen Mann, der ihm von dort rückwärts entgegenkam, bevor er ihm auf die Füße treten konnte.

Dem in Grau gekleideten Laufburschen blieb das exaltierte Lachen, das dem Mann hinter dem Tresen galt, in der Kehle stecken. »Verzeihung, der Herr«, sagte er verlegen.

»Kann ich behilflich sein?« Hinter dem Tresen tauchte

ein weiterer Angestellter auf, mit weißem Kragen und wichtigtuerischer Miene.

Hansen erkundigte sich, ob Herr Nielsen zu sprechen sei.

»Herr Nielsen weilt auf Seeland, aber ich werde feststellen, ob einer der anderen Herren zu sprechen ist. Ich nehme an, es geht um die Bestellung einer kleinen Partie Rum? Welcher Qualität, wenn ich fragen darf?«

Aha, dachte Hansen ein wenig erstaunt, nach einer großen Partie sehe ich offenbar nicht aus. Aber man ist höflich genug, um mir nicht zu unterstellen, dass ich den billigsten Verschnitt haben will. »Es geht mehr um die Befrachtung Ihrer Schiffe«, antwortete er ausweichend. »Ich bin Deichbauinspektor im Wasserbauamt von Husum.«

»Oh, darum also. Ich weiß, dass unsere Firma schon zweimal eine Eingabe wegen der mangelhaften Befeuerung an der Westküste eingereicht hat.« Der Angestellte, der merklich höflicher geworden war, schnellte in die Höhe und eilte am Tresen vorbei in den Gang, von dem zwei Türen abgingen. Er verschwand hinter der einen, und Hansen hörte ein Murmeln.

Während er wartete, schlenderte Hansen in den vorderen Raum zurück. Mit den Händen auf dem Rücken, begann er zwischen den Vitrinen umherzuwandern, in denen Ausstellungsstücke die Vergangenheit des Kontors ins rechte Licht setzten. Sie musste voller Glanz und Luxus gewesen sein, denn alles in diesem Raum atmete Stolz auf eine Welt, die Hansen völlig unbekannt war.

Der Reichtum der Nielsens war offensichtlich dem Fir-

mengründer zu verdanken, der von einem großen Ölge-
mälde auf ihn herabblickte. Seine altmodische Kleidung
verwies ebenso wie der kleine Negerjunge, der ihm mit einem Federfächer Frischluft zuwedelte, auf das vergangene
Jahrhundert. Unbändiger Stolz auf diese Vergangenheit
schlug Hansen entgegen.

Mit einem Mal wurde ihm bewusst, dass er selbst den
entgegengesetzten Stolz nährte: Dänemark, mit dem er
sich so sehr verbunden fühlte, hatte als erste Nation die
Sklaverei verboten, und jetzt wurde ihm klar, was dies bedeutete. Porträts von weißen Plantagenbesitzern mit ihren
schwarzen Sklaven würde es nie mehr geben.

Als er einen Schritt zurücktrat, stieß er gegen einen
gläsernen Kasten, in dem sich eine demolierte Glocke befand. Das Schildchen besagte, dass Carl Heinrich Nielsen
höchstpersönlich das herrische Knallen mit Peitschen, mit
dem die Sklaven zur Arbeit gerufen wurden, durch den
milden Klang der christlichen Glocke hatte ablösen lassen.
Daneben lag das im Namen des Königs ausgestellte Privi-
leg zur Eröffnung von Nielsens *Societät für Sklavenhandel*, verbunden mit einer Zuckerraffinerie in Flensburg.

Sönke Hansen, der beides nicht sonderlich bewun-
dernswert fand, wanderte zu einer Vitrine mit einem auffallend scharf geschnittenen Segelschiff weiter, das ihn
mehr interessierte. Sechs Rahsegel an hohen Masten, ein
typischer Schnellsegler für alle Weltmeere. Die berühm-
ten Teeklipper waren ähnlich gebaut, galten aber heutzutage als überholt.

Als modern galten jetzt Segler aus Stahl, deren Unter-
wasserschiff völliger war, die aber aufgrund ihrer größe-

ren Länge genauso schnell waren. Sie fassten mehr Ladung und fuhren mit geringerer Mannschaft, aber Hansen bezweifelte insgeheim, dass diese Neuerung gut war.

Eine Tür wurde geöffnet und geschlossen, und Hansen drehte sich um.

Ein Herr, dessen krauser Bart den altmodischen Stehkragen fast verdeckte, stand vor ihm. Trotz seines fortgeschrittenen Alters wirkte er drahtig und hellwach. Seine blauen Augen musterten Hansen kühl.

»Ich bin Nils Christiansen, Prokurator des Rum-Kontors Nielsen«, stellte er sich vor und deutete kaum sichtbar eine Verneigung an. »Sie wollten mit uns wegen der Befeuerung der nordfriesischen Inseln sprechen? Zu viel Ehre für unser unbedeutendes Kontor. Außerdem kommt das Wasserbauamt leider ein halbes Jahrhundert zu spät.«

Aber der Firmeninhaber hat zwei Eingaben deswegen gemacht, sagte sich Hansen in Gedanken verblüfft und nahm dankbar die Gelegenheit wahr, sein Anliegen noch hinauszuschieben. Der Prokurator war eindeutig Däne und machte den Eindruck, stockkonservativ und äußerst national gesonnen zu sein. Besondere Behutsamkeit war hier geboten.

Hansen zeigte auf eine Vitrine, in der ein Dampfschiff stand. »Das Kontor ist doch offenbar sogar im Besitz von Dampfschiffen«, widersprach er auf Dänisch und ging in die Knie, um den Schiffsnamen zu lesen. »*Olivia*, ein schönes Schiff. Die Passagiere, die die *Olivia* mitnimmt, haben ein Anrecht auf eine glückliche Ankunft. Ich bin ganz dafür, dass Sie auf größere Sicherheit wenigstens an

40

unseren eigenen Küsten bestehen, bitte verstehen Sie mich nicht falsch. Ich habe nicht zu verantworten, was vor fünfzig Jahren vernachlässigt wurde, und besser jetzt als nie!«

Christiansen sah ihn prüfend und mit hochgezogenen Augenbrauen an. Dann verzog er plötzlich die Lippen zu etwas, das man andeutungsweise als Lächeln verstehen konnte. »Zur dänischen Zeit war die Rede von einem Leuchtfeuer auf der Hallig Nordmarsch, aber es wurde nie etwas daraus. Und die *Olivia*, das einzige Dampfschiff, welches jemals im Besitz des Kontors war, ist verkauft und zur Bark umgebaut worden.«

Hansen biss sich auf die Lippen und stemmte sich am Kasten in die Höhe. Es wurde Zeit, dass er den wahren Grund seines Kommens offenbarte. »Ihr Interesse an der Befeuerung scheint also nicht mehr aktuell zu sein. Und ich muss gestehen, dass mich hauptsächlich ein privater Grund zu Ihnen führt. Ich hoffte, Sie könnten mir Auskunft geben über eine junge Frau, die verschwunden ist. Eine Dänin, die sich möglicherweise nach St. Thomas, St. Jan oder St. Croix auf die Flucht begeben hat. Die Tochter eines Optanten, die vor kurzem für staatenlos erklärt wurde. Ein schneller Dampfer eines Rum-Kontors wäre ideal für ihre Zwecke gewesen …«

Er hatte sich jetzt sehr weit vorgewagt. Christiansen schwieg mit solch spürbarer Gefühlskälte, dass Hansen erschrak. »Sie ist blond und groß, eine sehr selbständige junge Frau. Und ihr Lachen …«, stotterte er verunsichert. »Wer sie einmal hat lachen hören, vergisst sie nicht. Können Sie mir sagen, ob sie bei Ihnen eine Passage gebucht hat?« Trotz seiner beginnenden Verzweiflung bemerkte er das Flackern in den Augen des Prokurators. Ellas Hinweis schien richtig gewesen zu sein. »Ich bin kein Spion«, beteuerte er hastig. »Sie ist meine Verlobte.«

Nils Christiansen ließ ihn ausreden. Nachdem Hansens unglücklicher Appell versiegt war, sah der Prokurator ihn mit regungsloser Miene an, stieß dann seinen Gehstock nachdrücklich auf die Dielen, als handele es sich um einen Schlusspunkt im Gespräch, drehte sich um und ging rasch in den Flur zurück.

»Haben Sie denn in letzter Zeit ein anderes Schiff nach Westindien abgefertigt?«, rief ihm Hansen in bittendem Ton hinterher. »Ein Segelschiff vielleicht?«

»Nein, Herr Hansen. Sie verschwenden meine Zeit. *Mojn, mojn.*«

Die Tür zu seinem Arbeitszimmer fiel hinter dem Prokurator ins Schloss. Mit zusammengebissenen Zähnen holte Sönke Hansen Luft. Etwas kam ihm merkwürdig vor, ohne dass er sofort den Finger hätte drauflegen können.

Sein Zögern veranlasste den mit Papieren raschelnden Angestellten aufzuschauen, hinter seinem Tresen hervorzuschießen und ihm die Außentür unmissverständlich zu öffnen.

In grimmigem Schweigen verließ Sönke Hansen das Rum-Kontor.

Ein aus dem Kopfsteinpflaster herausragender Stein brachte Sönke Hansen vor dem Kontorhaus ins Stolpern und riss ihn aus seinen Gedanken heraus. Er registrierte, dass jetzt ein Mann in Arbeitskleidung dabei war, den Abfall mit bedächtigen Bewegungen vom Kai ins Hafenbecken zu fegen, und die Katze sich auf die Taurolle gesetzt hatte und ihn beobachtete.

Hansen schob die Hände in die Hosentasche und schlenderte hinüber. »Moin«, grüßte er.

»Moin«, antwortete der Mann entgegenkommend, ließ den Besen ruhen und schob seine Schirmmütze in den Nacken.

Seine Gestalt war drahtig, fast ausgemergelt. Hansen erkannte jetzt erst, dass er viel älter war, als er aus der Ferne gewirkt hatte. »Heiß heute.«

»Sehr heiß«, stimmte der Mann zu und wischte sich den Schweiß von der Stirn.

»Ich würde Sie gerne zu einem Klönschnack einladen«, bot Hansen zögernd an, »ich möchte mit jemandem sprechen, der tagtäglich hier im Hafen zu tun hat, gut Bescheid weiß und nicht auf den Kopf gefallen ist. Aber ich weiß nicht so recht – können Sie Ihre Arbeit unterbrechen? Ich will Sie keinesfalls in Schwierigkeiten bringen.«

»Sie haben Ihren Mann«, antwortete der Arbeiter entschlossen, »ich bin hier für heute fertig. Auf Nielsens miesen Deputatverschnitt verzichte ich gerne.«

»Umso besser. Gehen wir.« Hansen fand es nicht ungünstig, dass der Mann einen heimlichen Groll auf das Rum-Kontor zu haben schien. »Wohin?«

»Zur *Rumboddel*.« Er zeigte auf ein schmales Haus neben dem Zollpackhaus, über dessen Tür sachte ein verwittertes Fässchen hin und her schwang.

Hansen, dem eine Kneipe so recht war wie die andere, folgte ihm.

43

Der Schankraum strotzte von Erinnerungen an die gute alte Seefahrerzeit. Afrikanische Speere, ausgestopfte Krokodile, fremdartige Paddel und eine weibliche Galionsfigur mit üppigem golden bemaltem Busen hingen an den Wänden, eine Reihe gefüllter Rumflaschen von der Decke, und Hansen musste sich unter einem aufgeblasenen stacheligen Kugelfisch ducken, um das Tischchen in einer abgelegenen Ecke zu erreichen, auf das sein Begleiter zusteuerte.

Als sie einige Minuten später vor ihrem Bier saßen, wischte sich der Mann vom Hafen mit einem erleichterten Stoßseufzer den Schaum von den Lippen. »Es gibt nichts Besseres als das Lagerbier der *Actienbrauerei*. Die ist gleich hier um die Ecke. Die verschicken ihr berühmtes Bier bis nach Japan und Westindien. Was wollen Sie wissen, Herr …?«

Hansen verstand den Wink.

Der Mann war kein Zuträger und Spion, der jedem Dahergelaufenen gegen Entlohnung Auskunft geben würde. Er neigte leicht den Kopf. »Sönke Hansen, Deichbauer aus Husum.«

»Oh. Erfreulich«, sagte sein Gegenüber und streckte ihm die Hand entgegen. »Dann ernährt uns beide ja die See. Ich bin Peter Müller, Schauermann, Wächter am Hafen, sehe überall und zu jeder Tages- und Nachtzeit nach dem Rechten, mache alles, was gerade gefragt ist und entlohnt wird. Habe Frau und zwei Gören zu ernähren.«

Bestens, da war Hansen auf die richtige Quelle gestoßen. »Sind in jüngster Zeit Schiffe aus Westindien mit Zucker oder Rum für das Rum-Kontor von Nielsen eingetroffen? Oder dorthin abgefahren?«, fragte er hoffnungsvoll.

Müller schüttelte mit der spöttischen Miene des Kenners den Kopf. »Rum? Der kommt erst im Herbst. Zu dieser Jahreszeit nicht. Jetzt ernten sie das Zuckerrohr.«

»Dann fahren jetzt gar keine Schiffe dorthin?« Hansen war enttäuscht. Dann konnte Gerda ja gar nicht auf diesem Weg geflohen sein. »Aber was ist mit dem Bier der Actiengesellschaft? Nehmen die Zuckerschiffe vielleicht Bier als Rückfracht mit? Und nur im Herbst?«

Sein Gesprächspartner lächelte überlegen und leerte seinen Krug. Der Wirt, der wohl erkannt hatte, dass sich hier ein Geschäft machen ließ, blickte fragend zu Hansen herüber, der ihm bestätigend zunickte.

»Nein, nein, Hansen, das läuft anders«, bemerkte Peter Müller zufrieden. »Die armen Menschen auf ihren Plantagen müssen ja auch irgendwie mit allem versorgt werden, was sie gewohnt sind. Und es leben dort ja auch noch ein paar Weiße. Die brauchen Möbel, Kerzen, Wein, Mehl. Gelegentlich segeln auch jetzt Schiffe mit solchen Versorgungsgütern. Aber sehr unregelmäßig.«

»Ach so.« Hansen schöpfte wieder Hoffnung. »Hat denn Nielsen in den letzten Wochen einen Segler mit solchen Versorgungsgütern auf die Reise geschickt?«

Müller schüttelte wieder den Kopf, inzwischen offenbar mit dunklen Vorahnungen. »Sie haben ganz falsche Vorstellungen. Zur dänischen Zeit hätten Sie solche Fragen stellen können. Da war es anders, da hatten die Rumhersteller ihre eigenen Plantagen in Dänisch-Westindien, und der Hafen wimmelte von Schiffen. Stets war mindestens eines zu den Inseln bestimmt. Aber das ist lange her …«

Hansen brummte unzufrieden. Eine Sackgasse. Zumindest jetzt im Frühling konnte Gerda das Land auf diese Weise nicht verlassen haben.

»Nur der Dampfer«, ergänzte Müller nachdenklich. »Der hat Flensburg verlassen. Die *Olivia*.«

»Die *Olivia*?«, erkundigte sich Hansen irritiert. »Hat Nielsen denn einen Dampfer?« Er hütete sich zu erwähnen, dass er mit dem Prokurator gesprochen hatte.

»Die *Olivia*«, bestätigte Müller. »Die ist zwar zur Bark umgerüstet worden, aber sie wird immer noch *der Dampfer* genannt. Alte Gewohnheit von uns Älteren, die wir die *Olivia* früher als schönsten Dampfer von Flensburg beladen haben. Sehr vornehm. Nahm damals auch Passagiere mit für Reichstaler, die wir beide im ganzen Jahr nicht verdienen.« Er stieß Hansen kumpelhaft mit dem Ellenbogen an und lachte verhalten.

Sönke Hansen grinste automatisch, während seine Gedanken zum Gespräch mit Christiansen zurückgingen. Hatte er ihn falsch verstanden? Nein, der hatte eindeutig gesagt, dass die *Olivia* verkauft sei. »Und die fährt immer noch für Nielsen?«

»Aber sicher doch! Regelmäßig. Nur dieses Mal war irgendetwas an ihr anders«, fuhr Müller fort. »Am Ballastufer war sie nicht, Ladung hatte sie auch nicht aufgenommen, und sie schwamm ungewöhnlich hoch auf. Ohne Ballast und ohne Ladung ist sie sehr rank, wissen Sie, und dann ist jede Fahrt gefährlich. Die wollte nicht nach

46

Dänisch-Westindien oder Jamaika! Ich bin so gut wie sicher, dass sie keine weite Reise hatte.«

»Wo könnte sie dann hingefahren sein?«

»Ins Dock, denke ich«, antwortete Müller überzeugt. »Zur Reparatur.«

»Ach so, ja natürlich«, stimmte Sönke Hansen zu und verlor jedes Interesse an der *Olivia*. »Wie viele Rumfabrikanten gibt es eigentlich?«

»So um die fünfundzwanzig. Größere und kleinere. Die meisten haben keine eigenen Schiffe.« Müller trank sein mittlerweile drittes Bier aus und setzte den Krug mit Nachdruck auf die vielmals gescheuerte, fleckige Tischplatte.

»Und andere Reeder, die von Flensburg ihre Schiffe um die Welt schicken?« Hansen war sich sicher, dass nur der Eigner das Risiko auf sich nehmen konnte, Flüchtlinge auszuschleusen. Wenn Nielsen kein Schiff besaß, musste Ella sich irren.

Müller schüttelte stumm den Kopf.

»Tja, dann danke ich«, sagte Hansen zögernd. »Wenn mir noch etwas einfällt …«

»Jederzeit«, versicherte Peter Müller und winkte den Wirt heran.

Sönke Hansen bezahlte und trat hinter Müller ins Freie. Er stellte fest, dass es schon Nachmittag war und er die Hallig ganz bestimmt nicht mehr an diesem Tag erreichen würde. Darüber hinaus hatte sich sein Umweg nach Flensburg als Schlag ins Wasser herausgestellt, und er war so weit wie zuvor.

Er fand es ein merkwürdiges Geschäftsgebaren von

Christiansen, ihn grundlos zu belügen, aber schließlich hatte er wohl seine Gründe, die ihn nichts angingen. Verärgert marschierte Hansen zum Bahnhof, wo der Plan mit den spärlichen Zugverbindungen zur Westküste ihm einen neuen Ärger bescherte.

KAPITEL 3

Eine Weltreise ganz eigener Art bedeutete es, am nächsten Tag zur Hallig Nordmarsch-Langeness zu gelangen. Das erste Mal musste Hansen an der Nordschleswiger Weiche umsteigen, ein zweites Mal in Niebüll, von wo ein kleinerer Zug auf schmalerer Spurbreite ihn nach Dagebüll brachte. Er kam rechtzeitig genug an, um nachmittags den Dampfer nach Wyk zu erwischen. Das Schiff legte an der neuen Landungsbrücke an, an deren Planung Hansen selbst beteiligt gewesen war. Ein Blick über den Fischerhafen belehrte ihn, dass das Halligboot, auf das er gehofft hatte, schon fort war und er erst einmal festsaß.

Etwas unzufrieden studierte er an der nahe gelegenen Promenade die Plakate und Bekanntmachungen für die Gäste. Es empfahl sich Redlefsens Hotel, das Königshaus, in dem einstmals König Christian VIII. von Dänemark zu wohnen pflegte, aber natürlich war es für einen Inspektor des Wasserbauamtes zu teuer. Endlich entdeckte er neben dem Angebot eines Seehundjägers, abenteuerlustige Urlauber zu den Sandbänken zu führen mitsamt der Garantie, dass sie zum Schuss auf die Tiere kommen würden, auch den Hinweis auf ein erschwingliches Logierhaus.

Am nächsten Morgen lief der kleine Segler ein, der die Halligleute mit Butter und gesponnener Wolle zum Markt nach Wyk brachte und mittags zurückfuhr. Hansen sprach kurz mit dem Schiffer und nutzte dann die bis zur Abfahrt verbleibende Zeit für einen Spaziergang.

Während er sich im wirbeligen kleinen Fischereihafen umsah, strömte eine Horde von blassen Binnenländern an ihm vorbei, die soeben an der Landungsbrücke von einem Dampfer ausgespuckt worden war. Was ihnen an Gesichtsfarbe fehlte, machten sie durch ihre Lautstärke wett. Plötzlich begann er, sich auf die stille Hallig zu freuen. Auch auf ihn wartete eine Art von Urlaub. Er fragte sich, ob sich auf der Hallig viel verändert hatte.

Sönke Hansen war der einzige Fremde im Ewer, einem flachbodigen Segelschiff mit Seitenschwert. Nachdem er mit dem Schiffsführer der *Rüm Hart* den Fahrpreis ausgehandelt hatte, setzte er sich zu den sechs anderen Passagieren. Verstohlene Blicke trafen ihn.

Während die Halligleute miteinander schwatzten, betrachtete Hansen die Gegend.

An Steuerbord zog die Insel Föhr vorüber, weit voraus in der Ferne konnte man die Südspitze von Amrum erkennen, und an Backbord bekam allmählich die Hallig Nordmarsch-Langeness erkennbare Konturen.

Flach und grün, soweit das Auge im Glitzern des umgebenden Wassers etwas wahrnehmen konnte, lag sie im Wattenmeer. Allmählich wuchsen die darauf verstreuten schwarzen Punkte zu Hügeln auf, auf denen die Häuser standen, viele beschützt von windgeschorenen Bäumen.

Hansen war nicht der einzige Schweigsame. Eine junge Frau interessierte sich offensichtlich mehr für ihn als für das Gespräch. Sie musterte ihn ausgiebig und ohne jede Zurückhaltung.

In seiner Verlegenheit wandte sich Hansen an den Schiffer, der gerade zwischen dem Halligufer und einer trockenfallenden Sandbank in das dunklere Wasser eines Priels einbog. »Das Wasser läuft ab, nicht wahr?«, erkundigte er sich, obwohl er selbstverständlich vor der Abfahrt die Tidentabelle am Wyker Hafen studiert hatte.

Die junge Frau beugte den Kopf und strich sich die im Wind wirbelnden blonden Härchen von der Stirn, aber es war nicht zu übersehen, dass sie über Hansen lächelte. Die Frage war albern gewesen, und er bereute, nichts Gescheiteres gefunden zu haben.

»Mm«, murmelte der Mann an der Pinne und nickte kurz.

»Schwierig, die Rinne zu finden?« Hansen sah keine Pricken, hier hatte sein Amt offenbar noch keine ausgesteckt, obwohl die Sände schnell ihre Position verändern konnten. Halligschiffer fanden ihren Weg auch ohne preußisches Wasserbauamt.

»Ngh, ngh.«

Das sollte vermutlich *nein* bedeuten. Hansen beschloss, ebenso verkürzt zu sprechen. »In letzter Zeit Landunter gehabt?«

Der Schiffer drehte sich um und spuckte einen Priem ins Wasser, bevor er Hansen aufs Korn nahm. »Du bist wohl schon mal auf der Hallig gewesen? Wie ein Badegast von Föhr siehst du aber nicht aus.«

Hansen lachte leise und ging zum Friesischen über. »Nein, bin ich auch nicht. Ich bin Husumer.«

Allgemeines Gelächter über das Missverständnis kam auf.

»Willst du längere Zeit bleiben oder von Nordmarsch aus nach Amerika auswandern?«, fragte ein anderer mit Blick auf Hansens Reisetasche, die der langschäftigen Lederstiefel, einer Öljacke sowie des guten Anzugs wegen, den er bei der Abreise hatte tragen müssen, ziemlich ausgebeult war.

»Ich werde einige Zeit bleiben«, erklärte Hansen ausweichend. »Vögel beobachten, vielleicht fischen, wenn ich jemanden finde, der bereit ist, mich mitzunehmen, oder jagen …«

»Warum bist du dann nicht in Wyk geblieben? Die Seehundjäger dort nehmen gerne zahlende Gäste mit.«

»Ich weiß«, sagte Hansen. »Aber die Badeleute sind mir zu laut. Und sie sind zu viele. Es ist schrecklich wirbelig auf Föhr. Es soll sogar Taschendiebe geben, die im Frühjahr aus den großen Städten kommen, um die Gäste auszuplündern, habe ich gehört. Nichts für mich.«

Das kräftige Nicken der Halligleute zeigte ihm, dass er ihr Verständnis hatte.

»Manchmal ist es richtig gefährlich«, wusste eine ältere Frau treuherzig zu berichten. »Die Kutschen fahren viel zu schnell und werden nicht einmal langsamer, wenn einer nicht so gut zu Fuß ist.«

Umgehend erfuhr Sönke Hansen, dass vor einer Woche

durch ebendiese Rücksichtslosigkeit ein Topf mit bester Halligbutter – der ersten des Jahres – auf der Uferstraße zu Bruch gegangen und der Schaden vom Schuldigen nicht bezahlt worden war.

Überhaupt: Auf der Hallig sei es am schönsten, war die einhellige Meinung.

»Im vorigen Jahr hatten wir zwei Gäste«, nahm der Schiffer das Gespräch nach einiger Zeit wieder auf. »Vielleicht kommen die ja wieder.«

»Wenn es ihnen auf der Hallig gefallen hat, werden sie es weitererzählen, und es wird sich herumsprechen, wie schön die Hallig ist«, meinte Hansen, während er registrierte, dass dieses Thema anscheinend für die Halligleute von besonderem Interesse war.

»Wir leben hier sehr einfach …«, sagte die ältere Frau.

»Ich weiß. Aber es gibt Binnenländer, die gerade das suchen.«

Der Schiffer rümpfte ungläubig die Nase und schien widersprechen zu wollen. Als er mit einem kräftigen Ausschlag der Pinne seinen Ewer daran hindern musste, auf der Sandbank aufzulaufen, verdrehte die schweigsame junge Frau die Augen. Hansen schmunzelte verhalten. Nur sie beide hatten den Fehler bemerkt.

Der Schiffer aber ließ seinen Blick wütend zwischen ihm und der Frau hin und her wandern.

»Bei wem könnte ich wohl am besten für ein, zwei Wochen unterkommen?«, fragte Hansen beiläufig und begann, eine Runde Kautabak an die Männer auszugeben, den keiner ablehnte.

»Die Witwe Bonken nimmt neuerdings Logiergäste auf, bei ihr soll sich schon jemand angemeldet haben, und ansonsten der Wirt auf Hilligenlei. Der hat sich jetzt sogar zwei Kammern auf dem Dachboden für Gäste ausgebaut. Zwischen Ditten und Heu! Ich glaube nicht, dass er damit Gäste anlocken kann. Das ist doch wohl zu einfach!« Der Schiffer gluckerte vor Lachen in sich hinein.

»Und auf welcher Warf wohnt die Witwe Bonken?«, wollte Hansen wissen.

»Auf Hunnenswarf. Bei Witwe Bonken würdest du anständig im Pesel wohnen.«

Die Hunnenswarf im Osten schied für Hansens Zwecke aus. Er musste, um die Gefahren durch die Natur selbst beurteilen zu können, ganz im Westen wohnen. Von dort kamen die Stürme und die Wellen, die an der Hallig nagten. Trotzdem brummte er zustimmend.

Bald darauf segelte der Schiffer in den Jelf ein. Nach einigen Kursänderungen hielt er auf die Kirchwarf zu, um an der Brücke in der Nähe anzulegen.

»Das ist doch Hilligenlei, oder?« vergewisserte sich Hansen und zeigte auf die Warf, die seiner Erinnerung nach als Einzige in Frage kam.

Eine Antwort bekam er nicht, denn in diesem Augenblick rammte der Ewer die Brücke, und ein alarmierendes Quietschen und Knarren ertönte.

»Verdammt!«, brüllte der Schiffer außer sich.

Hansen sprang auf den Steg, packte das Vorstag und drückte den Bug von den Bohlen weg. Er ließ sich auf die Knie fallen, um den Schaden zu betrachten. »Nicht so schlimm«, entschied er sachkundig. »Ein paar frische Splitter. Daneben war die Planke wohl schon mal eingedrückt …«

»Wahrscheinlich habe ich damals auch einen Neugierigen vom Festland hergefahren«, hieb der Schiffer heraus und warf Hansens blank polierte Reisetasche, die ihm Gerda geschenkt hatte, achtlos auf die Brücke, bevor er nach achtern enterte, um die Heckleine zu belegen.

Verärgert verzichtete Hansen darauf, ihm dabei zu helfen. Mit der Tasche auf der Schulter folgte er den Halligleuten. Die junge Frau an der Spitze legte ein tüchtiges Tempo vor.

Nachdem Sönke Hansen am nächsten Morgen ein mächtiges Frühstück aus frisch gebackenem Brot mit würziger Halligbutter und zwei hart gekochten Sturmmöweneiern vertilgt hatte, machte er sich auf den Weg zur Westseite der Hallig.

Wo es trockener war, leuchtete das Gelb von Kräutern, deren Namen er vergessen hatte, aber je nasser es wurde, desto mehr überwog das zarte Violett der Grasnelken. Immer mehr Priele und kleine Wasserläufe hatte er zu überwinden, und schließlich musste er von Grasbüschel zu Grasbüschel springen.

Die Westseite der Hallig war so zerklüftet wie damals, als er das erste Mal hier gewesen war. Aber die glitzernde Wasserfläche befand sich dichter an der Peterswarf, als er in Erinnerung hatte.

Als er die Halligkante erreicht hatte, starrte er betroffen zum Haus hinüber. Die Warf war auf der Seeseite teil-

weise abgetragen, und die zum Wasser gelegene Haus-
mauer gab es nicht mehr, ihre Reste lagen im Uferschlick.
Die verbliebenen Wände schienen nur noch vom Kamin-
schlot zusammengehalten. Hier wohnte niemand mehr.

Die Zerstörung der Hallig schritt zügiger voran, als
Hansen gedacht hatte.

Hansen setzte sich auf die Kante, zog Stiefel und Strümpfe
aus und bohrte die Zehen in den Sand, der einen halben
Meter unter ihm aufgeworfen worden war. Nachdenklich
sah er ins Wasser. Es lief auf. Kleine Wellen leckten immer
näher an seine Füße heran. Plötzlich bekam er Lust zu
schwimmen.

In der Ferne weideten Rinder und Schafe, in der Nähe
gab es eine Möwenkolonie, und im Wasser ließ sich eine
Schar Enten die Nahrung in die Schnäbel treiben. Es war
niemand in der Nähe, der an seiner Nacktheit Anstoß
nehmen würde.

Sönke Hansen streifte seine Kleidung ab, watete auf
dem feinen Sand so weit ins Wasser, bis es tief genug zum
Schwimmen war, und tat dann rasch einige Züge.

Das Wasser war lähmend kalt. In dem neuen Schwimm-
stil, der von England herübergekommen war und der ihm
sehr zusagte, kraulte er ein Stück weit hinaus, um dann
mit dem Flutstrom etwas gemächlicher zurückzuschwim-
men.

Als er unmittelbar vor seinen abgelegten Kleidern den
Kopf aus einer Welle hob, fiel ihm ein Junge in die Augen.
Der saß im Schneidersitz neben seinen Stiefeln und beob-
achtete ihn gelassen.

»Moin«, grüßte Hansen mit bibbernden Lippen und schwang sich auf die Kante.

Der Junge antwortete nicht.

Erst als Hansen sein Unterzeug übergestreift hatte, verlor der Junge das Interesse an seinem blau angelaufenen Körper. »Bist du von Amrum hergeschwommen?«, fragte er.

»Zu weit«, antwortete Hansen und verzichtete darauf, auf seine Stiefel zu verweisen, die in dem Fall vor ihm angekommen und sich ordentlich nebeneinander aufgestellt haben mussten.

»Meinem Opa sind beim Wollewaschen mal zwei Schafe weggetrieben«, verkündete der Junge, der zwölf oder dreizehn Jahre alt sein mochte, jedenfalls nicht den Eindruck machte, konfirmiert zu sein. »Jetzt haben wir keine mehr.«

»Schlimm«, stimmte Hansen zu. »Wer bist du denn?«

Der Junge zeigte mit dem ausgestreckten Arm auf die Mayenswarf.

»Deinen Namen weiß ich nun trotzdem nicht, ich bin doch erst seit gestern hier«, sagte Hansen behutsam.

»Wirk. Wirk Bandick.«

»Fein, Wirk. Ich heiße Sönke. Sönke Hansen. Und du meinst also, wenn die Schafe deines Opas fortgetrieben sind, könnte ich von Amrum hergetrieben worden sein?«

»Weiß ich nicht.« Wirk sprang unvermittelt auf die Füße und jagte davon. Vor ihm stoben die Möwen kreischend in die Höhe, worum der Junge sich aber nicht kümmerte, während er Haken schlug und über Wasserlöcher sprang.

Sönke Hansen sah ihm belustigt nach. Als Wirk außer Sicht war und sich die Möwen wieder niedergelassen hatten, trat eine Stille ein, die in Husum unbekannt war. Aber trotz des herrlichen Sonnenscheins und der sommerlichen Wärme war Hansen ein wenig unbehaglich, er wusste selber nicht, warum.

Am nächsten Tag begann Sönke Hansen mit einer umfassenden Inspektion des Ufers, um sich ein eigenes Bild von der Lage zu machen, bevor er die Gespräche mit den Halligleuten aufnahm.

Danach wurde es Zeit, richtig zu stellen, wer er war. Vor allem die Ratmänner der Halligen, Mumme Ipsen und Tete Friedrichsen, mussten erfahren, dass er keineswegs als wunderlicher Badegast, sondern in dienstlichem Auftrag gekommen war.

Tete Friedrichsen wohnte auf Norderhörn. Die Sonne brannte, und es ging kaum ein Lüftchen, als Hansen sich am Nachmittag auf den Weg machte. Er stand im eigenen Schweiß, als er die Warf erreichte. Einem jungen Mann, der eine hoch mit Mist beladene Schiebkarre an der ruhenden Bockmühle vorbeistemmte, folgte er zum Dunghaufen und fragte ihn nach Friedrichsen. Der Jüngling zeigte wortlos auf zwei entfernte Gestalten, die auf einer Weide arbeiteten.

Hansen dankte und setzte seinen Weg fort.

Friedrichsen rammte gerade einen Pflock in die Fenne, offenbar, um den Handlauf des Stockes, eines schmalen Steges, über den breiten Priel zwischen Nordmarsch und Langeness zu reparieren. Ein junger Mann half ihm, und beide waren umgeben von Rindern, die mit nassen Mäu-

58

lern zudringlich an ihnen herumsabberten. Der Hütejunge stand untätig daneben und sah zu.

Verdammt, dachte Sönke Hansen und spürte wieder die altbekannte Furcht.

»Sind das Bullen?«, erkundigte er sich argwöhnisch und blieb in sicherer Entfernung stehen.

»Wo sind Bullen?« Friedrichsen drehte sich um sich selber und spähte irritiert über die Weiden.

Der junge Mann, der Friedrichsen wie aus dem Gesicht geschnitten war, grinste frech. »Er meint unsere Starken, Vater.«

Friedrichsen zog die Augenbrauen in die Höhe und musterte Hansen ungeniert. »Du bist der Gast auf Hilligenlei, der fischen und jagen will, stimmt's? Solange du meine Starken nicht mit Seehunden verwechselst … Die Starken sind neugierig.«

Hansen nickte beschämt. Wieder einmal hatte ihn seine Angst vor Rindviechern, die ihn seit seiner Kindheit begleitete, übermannt. »Wenn du Tete Friedrichsen bist, würde ich gerne mit dir als Ratmann sprechen. Ich bin nicht nur Gast, ich bin auch dienstlich hier.«

»Dienstlich«, wiederholte Friedrichsen und runzelte argwöhnisch die Stirn. »Ich wüsste nicht, welche dienstlichen Angelegenheiten jemanden vom Festland herführen könnten. Wir hier sind ruhige Menschen, die keinem etwas zuleide tun.«

»Ich auch nicht. Ich bin Deich- und Wasserbauer«, versuchte Hansen ihn zu beruhigen, stellte aber fest, dass sich das zerknitterte Gesicht des Ratmanns nur wenig glättete.

»Deichbauer. Was soll das denn schon wieder? Na ja, ich bin hier fertig, mein Junge macht den Rest. Wir können dein Anliegen auf dem Weg durchschnacken.«

Als sie an der Nordkante der Hallig zur Warf zurückstapften, stellte Hansen sich ausführlicher vor. »Ich komme vom Preußischen Wasserbauamt in Husum, ich bin dort Bauinspektor. Ich möchte mit euch Halligleuten darüber reden, was ihr von Baumaßnahmen zum Schutz der Hallig haltet.«

»Soso«, sagte Tete einsilbig. »Du bist aber doch kein Preuße?«

»Nein, und eben deswegen bin ich hier.«

»Wie ein Studierter siehst du auch nicht aus.«

Petrine Godbersen hätte dem Ratmann sofort zugestimmt. Hansen, der, abgesehen von den Stiefeln, losgelaufen war wie am Morgen, nahm es mit Humor. »Wie müsste so einer denn aussehen?«, erkundigte er sich lächelnd.

»Er muss Respekt einflößen«, sagte Friedrichsen mit verbissener Miene. »Man muss ihm ansehen, dass er mehr gelernt hat als unsereiner. Carsten Boysen lässt sich nie ohne Zylinderhut sehen.«

»Wer ist Carsten Boysen?«, fragte Hansen geduldig.

»Der Lehrer. Ein guter Lehrer. Er hat die Kinder im Griff. Kinder müssen Respekt lernen, sagt er, und da hat er Recht. Taugenichtsen lässt er nichts durchgehen. Es kommt nur selten vor, dass er sich an einem der Burschen die Zähne ausbeißt.« Friedrichsens abfälliger Seitenblick ließ deutlich erkennen, dass er einen Kopf ohne Bedeckung und ein kragenloses Hemd bei einem amtlichen Inspektor nicht akzeptabel fand.

»Ich bin studierter Wasserbauer«, bekräftigte Hansen voller Nachsicht. Manche Menschen brauchten etwas länger, um sich zu überzeugen. »Und Friese.«

»Tatsächlich«, brummte Friedrichsen und schien geneigt, Milde walten zu lassen. »Na gut. Du könntest morgen im Krug vortragen, was du auf dem Herzen hast, da ist Verlosen im Gastraum.«

Hansen glaubte, sich verhört zu haben. Vom Amt aus gesehen war es ein beleidigendes Angebot. »Nein«, sagte er entschlossen. »So nicht, Ratmann!«

Friedrichsen starrte ihn mit offenem Mund an. »Warum nicht? Die meisten Männer werden da sein, und was du erzählen willst, geht alle an!«

»Der Schutz der Hallig ist eine ernsthafte Angelegenheit. Den möglichen Tod von Menschen bespreche ich nicht zwischen Würfeln und Bierkrügen.«

»Tja«, sagte Friedrichsen bedächtig und lupfte seine Schirmmütze, um sich am kahlen Kopf zu kratzen, »wenn du es so siehst … Dann lasse ich die Männer benachrichtigen, dass sie heute Abend im Krug zusammenkommen sollen.«

»Das ist schon besser. Aber wollen wir beide die Angelegenheit nicht doch lieber vorher beschnacken?«, drängte Hansen sanft. »Du als Ratmann bist ja eine Respektsperson und solltest vor den anderen Bescheid wissen.«

Friedrichsen ging inzwischen in der Beobachtung der Mühle auf. Sie hatte sich zum Wind gestellt, und ihre Flügel drehten sich sacht. »Es kommt Wind auf. Ich muss mich darum kümmern, dass ich mein Schrot gemahlen bekomme. Wir sehen uns heute Abend.« Ohne Hansen weitere Beachtung zu schenken, stapfte er die Ack nach oben.

Unschlüssig zupfte Hansen an seinen Hosenträgern, während er Friedrichsen nachsah. Der Mann schien die Tragweite der Planung nicht zu begreifen. Vor allem wunderte ihn, dass er nicht mal neugierig war. Dann folgte er dem Ratmann, der längst außer Sicht war, nach oben und suchte sich zwischen den Häusern den Weg zur Westseite der Warf.

Die Hast, mit der Friedrichsen den Wind als Vorwand benutzt hatte, um sich dem Vorgespräch mit Hansen zu entziehen, gab ihm zu denken.

Friedrichsens herabsetzende Worte im Ohr, schien es Hansen für seinen Vortrag am Abend angebracht, im Anzug zu erscheinen. Zum ersten Mal war er dankbar für den Strohhut.

Die Gespräche verstummten für einen Augenblick, als Sönke Hansen in der Tür erschien und sich umsah. Um die zwanzig Männer waren erschienen, der Schankraum war verraucht von vielen Pfeifen, und in der Luft lagen Dünste von Bier und Schweiß. Während Hansen seinen Hut auf einem Tisch deponierte, bemerkte er, dass auffallend viele junge Männer gekommen waren.

Als er die Karte mit den Halligen Nordmarsch, Langeness und Butwehl, das schon lange fast zu einem Teil von Langeness geworden war, mit vier Nadeln aus dem Nähkästchen der Wirtin an die Wand heftete, ging ein Raunen durch den Raum, das zu lautem Gerede anschwoll. Hansen sah sich nach Friedrichsen um, aber der hatte offenbar keine Absicht, die Versammlung zu leiten. Er saß mit fünf anderen an einem Tisch, hatte eine spöttische Miene aufgesetzt und zwinkerte gelegentlich jemandem zu. Hansens Blick mied er.

»Der Staat hat beschlossen, den Schutz der Halligen jetzt ernsthaft in Angriff zu nehmen«, verkündete Hansen, nachdem er sich selbst und sein Amt in ziemlich lautem Ton hatte vorstellen müssen.

»Habe ich in meinem Leben schon öfter gehört.« Ein weißhaariger alter Mann grinste zahnlos und schob seinen Priem von einer Wangenseite zur anderen.

»Jetzt ist es anders«, entgegnete Hansen. »Berlin und Schleswig verlangen nach Plänen, und ich bin hier, um sie mit euch zu besprechen.«

»Wann wollen sie uns denn von der Hallig vertreiben?«, fragte Friedrichsen boshaft. »In diesem Sommer schon, oder hat es Zeit bis zum nächsten?«

Hansen ließ seinen Blick nachdenklich auf dem Ratmann ruhen, dessen hageres Gesicht jetzt tiefe Falten zeigte, die ihm einen scharfen, wachsamen Ausdruck verliehen. Daher wehte also der Wind. Friedrichsen suchte die Konfrontation.

»Man sieht die Sache mittlerweile anders«, sagte Hansen ruhig. »Es geht jetzt um Buhnen zur Beruhigung des Wassers und um die Befestigung der Halligkanten.«

»Ohne neue Vermessung?« Friedrichsen schaukelte auf seinem Stuhl nach hinten, wobei er sich flüchtig nach dem alten Mann umsah.

Es war wie eine Aufforderung. Hansen wunderte sich

nicht, als der Alte sich die Kehle freihüstelte, um schließlich mit schriller Stimme loszulegen.

»Genau! Als sie das letzte Mal vermessen haben, kam
die Rechnung für die Vermessung vierzehn Jahre später
von der Husumer Amtskasse!«

»Hört, Husum«, warf Friedrichsen ausdruckslos ein.
»Husum bedeutet für die Halligen Alarm …«

»Und die Halligleute sollten sie bezahlen!«, fuhr der
Alte leidenschaftlich fort. »Da gab es manchen, der sich
überlegte, ob er sich aufhängen sollte.«

Auf Beschwerden dieser Art hatte Hansen sich vorbereitet. »Du vergisst zu erwähnen«, konterte er geschickt,
»dass eine königlich dänische Resolution euch die Kosten
erließ.«

»Das war wohl auch mehr als gerecht«, warf Friedrichsen in rechthaberischem Ton ein und ließ die Stuhlbeine
mit einem Knall auf dem Fußboden aufschlagen. »Und das
war ja noch nicht alles: Obwohl jedermann weiß, dass Jahr
um Jahr Land im Wasser versinkt, blieben die Steuern so
hoch, wie sie vorher waren. Wir zahlen Steuern für Land,
das wir nicht besitzen, und das ist eine Schweinerei!«

»Das ist den Behörden nur einmal passiert«, entgegnete
Hansen. »Wo du das gerade zur Sprache bringst, Ratmann, muss man sich auch fragen, warum ständig Land
verloren geht. Es ist ja nicht allein die See schuld. Ihr selber wärt durchaus in der Lage, etwas dagegen zu tun.«

Friedrichsen erhob sich, stemmte die Fäuste auf die
Tischplatte und richtete seine blauen Augen mit hartem
Ausdruck auf den Bauinspektor. »Lass uns in Ruhe, Han-
sen! Wir brauchen keine Ratschläge von Klugschnackern

aus der Stadt. Halligleute regeln seit Jahrhunderten ihre Angelegenheiten selbst.«

Die meisten nickten bedächtig. Hansen entschloss sich zum Angriff. Sie wollten es nicht anders. »Ich habe mich gestern und heute etwas umgetan. Ich habe gesehen, was ihr unter regeln versteht. Ihr bekämpft weder die Ameisen, die den Halligboden aufwühlen, noch tut ihr etwas gegen die Abschälung der Grasnarbe durch angeschwemmten Sand. Ihr grabt nicht einmal Rinnen, damit das Salzwasser ablaufen kann, das nach Landunter stehen bleibt. Es gibt zu viele Sicken. Und Dungkuhlen, die zu nah am Rand der Warfen angelegt sind, habe ich übrigens auch gesehen.«

Hansen verzichtete darauf, auf Norderhörn zu verweisen, um den Ratmann, der dort wohnte und die geradezu fahrlässig angelegte Dungkuhle nicht verhindert hatte, nicht noch mehr zu reizen. Er legte eine kleine Pause ein, um versöhnlicher fortzufahren: »Es gäbe noch vieles, womit ihr selbst die Sicherheit für euch und eure Familien und das Vieh verbessern könntet. Aber davon will ich jetzt nicht reden.«

»Gut, gut, dann hör endlich auf«, brüllte das Jungvolk, das nur noch längs der Wand Platz gefunden hatte, wie aus einem Mund. Den Ton gab Friedrichsens Sohn an. »Nachschub, Rouwert, wir haben Durst!«

»Aber das Allerwichtigste ist die Steinbedeckung der Kanten«, verschaffte sich Hansen wieder mit erhöhter Lautstärke Gehör. »Und dazu gehört selbstverständlich die Durchdämmung aller Priele.«

Für einen Augenblick trat Stille ein. Danach setzten die

Proteste mit einer solchen Lautstärke und Intensität ein, dass Hansen die Worte in der Kehle stecken blieben. Er fragte sich, ob der Widerstand im Vorfeld organisiert worden war, und ging zu seinem Platz zurück, um den Bierkrug in Empfang zu nehmen, den der Wirt ihm unaufgefordert gebracht hatte. Während er trank, ließ er seine Blicke durch den Saal schweifen.

Mit Widerstand war zu rechnen gewesen. Allerdings würde man normalerweise erwarten, dass ein Ratmann die Hitzköpfe beschwichtigte und sich nicht selbst zum Wortführer eines Aufruhrs machte.

Der Schiffsführer der *Rüm Hart* hob die Hand. Plötzlich wurde Friedrichsen lebendig und erteilte ihm mit einer Selbstverständlichkeit das Wort, als ob er schon die ganze Zeit die Versammlung geleitet hätte.

Während der Mann sich erhob, war es mit Hansens zur Schau getragenen Ruhe plötzlich vorbei. Der Schiffsführer stellte offenbar das Ass in Friedrichsens Ärmel dar.

»Durchdämmung ist nicht möglich«, sagte der Schiffer knapp. »Wir Friesen sind Schiffer seit alters her, keine Bauern. Die Priele müssen offen bleiben!«

»Gut gesprochen, Hans!«, rief Friedrichsen in das hämmernde Klopfen vieler Fingerknöchel hinein. »Wir Friesen sind Schiffer! Wir brauchen das Wasser. Durchdämmung von Prielen kommt nicht in Frage! Da hast du deine Antwort, Deichbauer vom Binnenland. Die Versammlung ist beendet!«

Die Männer wichen Hansens Blicken aus, als er sich den Weg zur Tür bahnte. Friedrichsen würde den Hinauswurf als seinen Erfolg verbuchen, aber das kümmerte Hansen nicht sonderlich. Wenn er bliebe, würden alle sich auf die Seite des Ratmanns stellen, das wusste er. Nur wenn sie unter sich waren, kämen vielleicht einige Einsichtige zu Wort.

Zurück in seinem Zimmer, öffnete er die kleine Luke und ließ frische Luft herein. Am Horizont war ein orangegelber Streifen erkennbar, wo die Sonne schon vor einiger Zeit untergegangen war. Er setzte sich an den kleinen Tisch und konnte sich gar nicht satt sehen am Spiel der Wellen an der verfallenden Steinkante.

Später, da musste es schon mitten in der Nacht sein, denn in der Schankstube war es still und dunkel, stieg Hansen leise die Treppe hinunter.

Er suchte sich einen Platz auf dem Warfabhang und setzte sich ins Gras. Die Luft war lau wie im Hochsommer, und der Wind hatte sich fast ganz gelegt. Über sich sah er Milliarden von Sternen. Irgendwo blökte ein Schaf im Schlaf. Der Duft von Gras und erstem süßem Klee stieg in seine Nase, und dazwischen ein Hauch von Meer, vielleicht von Muscheln, die starben, um jüngeren Platz zu machen.

Und er war fest entschlossen, dieses Stückchen Land für seine Bewohner zu retten. Zuversichtlich lächelte Hansen in die Dunkelheit.

KAPITEL 4

Am nächsten Morgen regnete es. Sönke Hansen, der am frühen Morgen eine schriftliche Botschaft an den Ratmann von Langeness, Mumme Ipsen, verfasst hatte, mit dem Inhalt, dass er um eine Zusammenkunft der Langenesser bäte und am Abend käme, hatte bis zum Nachmittag Zeit. Sein Brief ging durch die Vermittlung des hilfsbereiten Wirts auf die Reise.

Als Hansen nach dem Frühstück vor die Tür trat, tröpfelte es nur noch. »Es kommt Wind auf«, bemerkte Rouwert Wollesen hinter ihm und betrachtete kritisch den Himmel über Hooge. »Mit dem Regen ist es erst einmal vorbei.«

Hansen nickte ihm zu und machte sich auf den Weg. Die Peterswarf, die Rouwert Alte Peterswarf genannt hatte, da sein Besitzer sich an anderer Stelle ein neues Haus gebaut hatte, interessierte ihn mächtig. Seitdem er sie gesehen hatte, ging eine Idee in seinem Kopf herum, die er überprüfen wollte.

Er sprang auf den Sandstreifen und wanderte auf der Seeseite um die zerstörte Warf herum. Pfähle waren in den

Schlick geschlagen worden, um zu verhindern, dass er abrutschte und brauchbares Baumaterial in der See verschwand. Von einem Nebengebäude war schon alles bis auf ein paar halbe Mauersteine und einige verrottete Ständer vom Wasser abgetragen worden.

Hansen bahnte sich durch die Trümmer seinen Weg nach oben und setzte ihn auf der Landseite der Warf fort, wo die Grasnarbe unbeschädigt war. Sein Entschluss festigte sich: Er würde im Wasserbauamt den Vorschlag machen, die Alte Peterswarf in den neuen Steindeich einzubeziehen.

Die Peterswarf wäre der ideale Standort für ein Leuchtfeuer. Und stand hier erst einmal ein kaiserlicher Leuchtturm, würde nie wieder jemand auf die Idee kommen, die Hallig aufzugeben.

Der Wirt hatte Recht gehabt: Als Hansen aus dem Leeschutz der Warf heraustrat, zerrten heftige Böen an seinen weißen Hemdsärmeln. Der Wind frischte jetzt schnell auf. Über ihm jagten die Wolken in einzelnen Fetzen dahin, und draußen auf See sah er schon Schaumkronen.

In einer der Uferbuchten lag ein dunkler Gegenstand, den Hansen zuerst für einen Bootsrumpf hielt und erst aus der Nähe als Robbe erkannte, ein großes, gut ernährtes Tier. Er schnupperte angewidert. Es stank ziemlich.

»Die Badeleute von Föhr hätten für solch einen Bullen als Trophäe eine Menge bezahlt, schätze ich«, sagte eine muntere Stimme.

Hansen fuhr zusammen und drehte sich um. Im Windschutz der Uferkante kauerte ein Mann, der älter war, als seine jugendliche Stimme vermuten ließ. Er sog an einer offenbar kalten Pfeife und trug sonderbarerweise einen Zylinderhut.

»Aber solche kriegen sie auf den Seehundsbänken nicht. Zu alt, zu klug, zu gewitzt.«

»Woher wissen Sie das?« Hansen hatte plötzlich Hemmungen, den Mann mit Du anzusprechen. Er gab sich nicht wie andere Halligleute. Dann dämmerte ihm, wer er war.

»Ist mein Beruf. Bin Lehrer.«

»Habe ich gerade begriffen«, sagte Hansen. »Erfreut. Sönke Hansen ist mein Name.«

»Das habe ich mir gedacht. Ich bin Carsten Boysen. Die Robbe hat eine tödliche Verletzung erlitten, wahrscheinlich von einem der großen Dampfschiffe da draußen. Ich vermute, das ungewohnte Geräusch der Maschine verwirrt die Tiere, und dann geraten sie in die Schiffsschraube.«

»Tatsächlich«, staunte Hansen. Weniger über den seltsamen Tod einer Robbe als darüber, dass der Lehrer sich so einleuchtende Gedanken darüber machte. »Und dann wird der Kadaver so weit hereingetragen?«

Boysen stemmte sich in die Höhe und kam zu Hansen herüber. »Sehen Sie da draußen?«

Hansen folgte seinem ausgestreckten Finger, der auf die Südspitze von Amrum zeigte, die plötzlich aus dem Dunst aufgetaucht war. Jetzt war das höhere Ufer im hellen Sonnenlicht vor den dunklen Wolken im Hintergrund so deutlich erkennbar, als könnte man geradewegs hinüberspazieren.

»Zwischen Amrum und Hooge läuft der Flutstrom in

Richtung auf das Festland, an der Südspitze von Amrum besonders schnell. Deswegen stehen dort im Sommer gern die Makrelen. Und Tiere, die es aus irgendeinem Grund da draußen erwischt, werden häufig hier angelandet. Nicht nur Robben, auch Seevögel: Eiderenten, Trauerenten ...«

»Sie befassen sich als Privatgelehrter mit Tieren«, erkannte Hansen voller Hochachtung angesichts eines Fachgebietes, das für ihn ein Buch mit sieben Siegeln war.

»Aller Art«, bestätigte der Lehrer. »Privatgelehrter ist zu viel gesagt. Aber ich schreibe hin und wieder Aufsätze zum Thema.«

»Ach so«, murmelte Hansen beeindruckt.

Carsten Boysen zog eine Uhr aus der Westentasche und klappte den Deckel auf. »Ich muss zum Unterricht. Wenn ich Ihnen einen Ratschlag geben darf: Achten Sie auf das auflaufende Wasser. Der Wind nimmt zu. Sehen Sie, Lorenz Friedrichsen hat seine Schafe schon auf die Warf geholt für den Fall, dass es Landunter gibt.«

Hansen nickte. Auf dem Abhang der neuen Warf, deren Kleiboden sich noch gar nicht ausreichend verfestigt haben konnte, hatte sich eine Schafherde verteilt. Aber er würde sich hüten, darüber eine Bemerkung zu machen. Die Abneigung der Halligleute gegen Ratschläge hatte er ja gestern bereits zu spüren bekommen.

»Passen Sie auf, dass Sie bei Ihrem Spaziergang nicht von Hilligenlei abgeschnitten werden. Unversehens haben Sie einen voll gelaufenen Priel hinter sich, während Sie nur auf das Ufer achten und sich noch in Sicherheit wähnen.«

»Ich danke für die freundliche Warnung«, sagte Hansen und verbeugte sich höflich. »Glücklicherweise bin ich nicht auf allen Gebieten so unkundig wie im Hinblick auf Tiere.«

Der Lehrer lächelte belustigt, schwenkte seine Pfeife zum Abschied und stapfte davon.

Als er außer Sicht war, bückte Hansen sich. Der Kadaver war zu schwer, um ihn ganz herumzudrehen, aber er war zu neugierig, um ihn nicht zu untersuchen. Schließlich entdeckte er die Kopfverletzung. Ein scharfkantiger Gegenstand war dem Tier in den Schädel gedrungen und hatte die Knochen gespalten. Blut und Gehirnmasse waren wohl vom Wasser abgewaschen worden.

Seltsam, dass ausgerechnet in diesem Paradies ein stinkender Kadaver angelandet war, um in so übler Weise an die Gefahren des Lebens und an den Tod zu erinnern. Schaudernd ließ Hansen den Seehundkopf in den Sand zurücksinken.

Die Besprechung der Langenesser mit Hansen sollte im Schulraum stattfinden, der sich im östlichen Teil der Kirche befand. Hansen traf erhitzt vom scharfen Marsch ein und betrat inmitten anderer Ankömmlinge den Versammlungsraum.

Kurz nach ihm kam die junge Frau vom Schiff. Verdutzt folgte Hansen ihr mit den Augen, bis sie sich setzte. Im Unterbewusstsein registrierte er das leise Gelächter hier und da im Raum und die eher neugierigen als ablehnenden Blicke. Die Stimmung war hier anders, weniger aggressiv.

Mumme Ipsen kam auf Hansen zu, ein stämmiger, schon grauhaariger Mann mit einem sympathischen, intelligenten Gesicht. Leise teilte er ihm mit, dass außer den Langenessern auch einige Butwehler gekommen seien, wartete, bis Hansen sich einen Platz gesucht hatte, und eröffnete dann die Versammlung.

»*Leve Lüüd* ...«, begann Ipsen, um zwischen Plattdeutsch, Friesisch und gelegentlich auch Hochdeutsch so geläufig hin und her zuwechseln, wie er auch eine kurze Zusammenfassung der bisherigen Schutzmaßnahmen der dänischen, der preußischen und der kaiserlichen Obrigkeit für die Halligen zu geben imstande war.

Hansen klatschte beeindruckt Beifall, als Ipsen seine Einleitung beendet hatte. Er war von anderem Kaliber als Tete Friedrichsen.

»Und so möchte ich euch denn Sönke Hansen vorstellen, der als Vogelbeobachter, Fischer, Jäger und Badegast zu uns gekommen ist und ganz nebenbei als Sachverständiger des Wasserbauamtes auch mit uns über die neuen Pläne der Regierung plaudern möchte.«

Selbst Hansen musste über diese Beschreibung lachen, und als Ipsen ihm freundlich zuzwinkerte und sich hinsetzte, stand er leichten Herzens auf und befestigte seine Landkarte an der Schultafel.

Im Wesentlichen erzählte er den Langenessern das Gleiche wie den Nordmarschern, und sie hörten aufmerksam und ruhig zu.

Unvermittelt meldete sich die Frau, und Hansen erteilte ihr das Wort. »Wie sieht es mit den Plänen aus, uns auf das Festland umzusiedeln?«

Hansen nickte. »Die stehen nicht zur Debatte. Derzeit geht es darum, die Halligen mitsamt ihrer Bevölkerung in ihrer gewohnten Lebensweise zu erhalten. Aber ich möchte deutlich machen, dass der ernsthafte Wille der Regierung, die Schutzmaßnahmen mitsamt der sehr hohen Kosten durchzuführen, auch davon abhängig ist, dass die Halligbevölkerung bereit ist, mitzumachen.«

»Es geht um die Zukunft unserer Kinder. Ich glaube, wir müssen bereit sein, mitzumachen.«

»Richtig«, warf Ipsen ein. »Dass die Maßnahmen in der Vergangenheit verschleppt wurden, liegt teilweise auch an uns selbst. Aber damit soll jetzt Schluss sein!«

»Was ist mit den großen Prielen zwischen den Halligen?«, erkundigte sich jemand.

»Die Durchdämmung muss sein«, antwortete Hansen fest. »Wenn wir die Ufer schützen, können wir nicht zulassen, dass das Wasser von binnen nagt und abträgt.«

»Aber dann werden die Nordmarscher ja zu Langenessern! Igitt, igittigitt! Und glauben womöglich, noch mehr Anspruch auf unsere Quelle zu haben.«

Gelächter kam auf, und alle wandten sich zu dem vorlauten Jüngling um. Im Grunde ihres Herzens stimmten sie mit ihm überein. Auch Ipsen nickte sorgenvoll. Aber es gab keine Kampfstimmung.

»Wir wollen Langenesser bleiben, und den Nordmarschern geht es genauso«, fasste Ipsen für Hansen zusammen. »Die Durchdämmung des Ridd hat uns schon nicht geschmeckt … Aber jetzt auf allen Seiten? Gibt es keine andere Lösung?«

»Kaum«, sagte Hansen mit geringem Bedauern. »Aber glaube mir, in hundert Jahren weiß keiner mehr davon. Da seid ihr Langenesser mit den Nordmarschern längst zusammengewachsen. Es ist doch einfach großartig, wenn noch eure Enkel und Urenkel in den Häusern wohnen, die ihr oder eure Väter mit eigenen Händen gebaut habt. Keiner braucht mehr auszuwandern, weil seine Warf im Wasser versunken ist. Neu York ist sicher schön, aber die Halligen sind schöner. Ist das nicht ein Zusammenrücken aller Halligleute wert?«

»Das ist es«, bekräftigte die resolute junge Frau in die nachdenkliche Stille hinein. »Mumme, sprich morgen mit den Nordmarschern. Ich beabsichtige nicht, mein Haus davonschwimmen zu sehen, nur weil der Ratmann von Nordmarsch zu dämlich ist zu verstehen, dass es um die Zukunft aller geht!«

»Wir werden morgen mit den Nordmarschern zusammen beraten«, versprach Mumme Ipsen in versöhnlichem Ton.

Das Klopfen auf den Schulbänken war einstimmig. Zufrieden nahm Sönke Hansen seine Karte wieder herunter und rollte sie zusammen. Nach dem Fiasko am Vortag war diese Versammlung besser gelaufen, als er zu hoffen gewagt hatte.

Am nächsten Morgen stand die Hallig unter Wasser. Der Starkwind wehte aus West. Als Hansen aus der Tür blickte, war die Ack voll mit Rinder- und Schafdung: Die Tiere waren in der Nacht noch in die Ställe geholt worden. Dann war das Muhen und Blöken, das er gehört hatte, doch kein Traum gewesen. Er konnte dankbar sein, dass er es am Abend noch nach Hilligenlei zurück geschafft hatte.

Hansen gab einen tiefen Seufzer von sich, ging in die Gaststube zurück, wo der Wirt aufräumte, und setzte sich ans Fenster, um hinauszuschauen. »Wird es noch weiter steigen?«, fragte er.

Der Wirt stellte den gesäuberten, blau glänzenden Spucknapf in der Ecke ab und kam zu ihm. »Nein. Es läuft schon ab. Der Wind hat gedreht und flaut auch ab. Land-unter im Mai, das muss wirklich nicht sein. Da hat man endlich alle Tiere auf der Weide, und dann muss man sie wieder hereinholen! Gut, dass wir die Ditten schon fertig hatten.«

Hansen nickte mitfühlend. Der Rinderdung musste auf dem Warfabhang ausgebreitet, getrocknet und zu hand-lichen Vierecken ausgestochen werden, um als Heizmate-rial zu dienen. Nicht auszudenken, wenn Salzwasser da-rüber ging! »Das wäre wohl im wahren Sinne Mist ge-wesen.«

»Kann man so sagen.«

Missmutig betrachtete Hansen die kurzen Wellen, die auf der Leeseite kraftlos auf das Gras am Fuß der Warf patschten.

»Fremde bekommen leicht Angst, wenn überall Wasser ist. Heute ist es harmlos.«

Hansen schüttelte den Kopf. Angst hatte er nicht, viel-mehr fühlte er sich vom Wasser behindert, jetzt, wo der Erfolg schon mit Händen zu greifen war.

»Geh doch auf ein Schwätzchen zum Lehrer hinüber«, schlug der Wirt vor. »Carsten freut sich, wenn er mal mit einem Studierten reden kann.«

»Darf man ihn denn stören? Vielleicht schreibt er an

einem Aufsatz?«, erkundigte sich Hansen und stand trotzdem hoffnungsvoll auf.

»Das macht gar nichts«, antwortete der Wirt ungerührt. »Ohne Landunter hätte er jetzt Unterricht.«

»Ja, dann …«, sagte Hansen erfreut.

»Es ist offen«, rief eine Stimme, als Hansen an der Tür zur Lehrerwohnung klopfte, und als diese unvermittelt aufgezogen wurde, wehte der Wind ihn in den Flur hinein.

»Hoppla«, sagte Carsten Boysen lächelnd. »Sie kommen ja hereingestürmt wie ein Schüler, der einen Einser abholen will.«

»Haben Sie denn solche Schüler?«, fragte Hansen.

»Natürlich. Wir haben begabte und weniger begabte, nicht anders als auf dem Festland.«

»Störe ich?«

»Keineswegs. Ich habe unterrichtsfrei, wie Sie sich sicherlich denken können.«

»Ich habe Wirk kennen gelernt«, erzählte Hansen und folgte dem Lehrer in die Wohnstube, vorbei am Klassenzimmer, dessen Tür offenstand und den Blick auf mindestens zehn Schulpulte freigab. »So viele Schüler haben Sie?«, erkundigte er sich erstaunt.

»Zweiundzwanzig in diesem Jahr. Wirk, tja …« Boysen wiegte zweifelnd den Kopf, während er einladend auf einen Stuhl am Tisch zeigte und selbst gegenüber Platz nahm.

Er klappte ein aufgeschlagenes Buch zusammen, schob es beiseite und packte sauber beschriebene Papierbögen obendrauf. »Langeness und Butwehl haben noch mehr

Kinder. Die Halligleute sind Tag und Nacht fleißig, könnte man sagen.«

Über Wirk wollte er anscheinend nicht sprechen, und Sönke Hansen respektierte es. »Gelegentlich unterbrochen durch Tage wie diesen.«

Carsten Boysen stand wieder auf, um aus einem Wandschrank blau gemusterte Tassen zu holen und anschließend Tee aus einer Kanne einzugießen, die auf dem Eisenofen heiß gehalten wurde. »Ich nehme an, Sie trinken auch Tee«, sagte er und fuhr fort, ohne auf die Antwort zu warten: »Es ist viel zu tun, das stimmt, vor allem zu dieser Jahreszeit. Einen Sturm mit Landunter kann man da nicht gebrauchen.«

»Schon mit einem niedrigen Steindeich um die ganze Hallig hätte man sich dieses Hochwasser vom Halse halten können«, meinte Hansen.

Boysen schmunzelte kaum wahrnehmbar. »Stimmt. Aber Halligleute sind konservativ, sie mögen keine Neuerungen. Ich habe schon gehört, dass Sie mit Ihren Vorschlägen angeeckt sind.«

»Leider ja. Sie wollen sich nicht gerne retten lassen. Allerdings gebe ich zu, dass ein Steindeich nur vom Festland aus aussieht wie eine Aneinanderreihung von Steinen. Für die Halligbevölkerung würde er eine einschneidende Maßnahme sein.«

»Tatsächlich? Darüber habe ich mir noch keine Gedanken gemacht«, gab Boysen zu. »Ich schreibe gerade eine Abhandlung über die Pflanzen der Hallig.«

»Deren Zusammensetzung würde sich mit der Abnahme des Salzgehaltes ändern. Das ist aber längst nicht alles …«

»Sollte das Wasserbauamt wirklich die Rolle unseres Herrn übernehmen?«, fragte Boysen kritisch.

Hansen war nicht fromm, aber es gab keinen Grund, sich mit dem Lehrer über religiöse Fragen zu streiten. »Man muss es wohl eher so sehen, dass wir uns bemühen, die vom Herrn geschaffene Natur zu erhalten«, sagte er.

Boysen lächelte hintergründig.

»Es gibt ja auch Halligleute, die mit dem Wasserbauamt einer Meinung sind«, fuhr Hansen fort. »Ich hoffe, dass Mumme Ipsen und diese energische junge Frau, deren Namen ich nicht erfuhr, imstande sind, auch die Nordmarscher auf künftige Baumaßnahmen einzustimmen.«

»Schmökte sie? Aber selbst wenn nicht, kann es nur Jorke Payens von Ketelswarf gewesen sein.«

Hansen schüttelte etwas verwirrt den Kopf. »Warum sollte sie geraucht haben?«

»Jorke ist resolut wie ein Mann und zeigt gerne ihre Freiheit«, erklärte Boysen mit nachsichtigem Lächeln. »Sie hat das Herz auf dem rechten Fleck und lässt sich nicht den Mund verbieten.«

»Aha«, murmelte Hansen und ließ sich Jorkes Einwürfe vom Vorabend nochmals durch den Kopf gehen. Er hatte sie schon auf dem Schiff gemocht. Irgendwie erinnerte sie ihn an Gerda.

»Es muss mit der Selbständigkeit der Frauen während der großen Zeit der Halligen zusammenhängen«, fuhr Carsten Boysen nachdenklich fort. »Während die Männer auf Walfang waren, mussten die Frauen hier alles machen: das Vieh versorgen, die vorhandenen Sommerdeiche ausbessern, Heu und Ditten machen, jedes Jahr die Fennen vermessen, fischen. Eben alles. Die Männer kamen im Herbst zurück, lieferten ihre Heuer ab und machten sich dann daran, Kinder zu zeugen. Entschuldigen Sie meine Deutlichkeit.«

Hansen nickte schmunzelnd.

»Bei den Halligfrauen ist Selbständigkeit nichts Aufgesetztes, Mondänes, wie bei den Damen aus Berlin auf der Wyker Promenade. Nicht alle zeigen ihre Unabhängigkeit so offen wie Jorke, die nie geheiratet hat, aber viele sind es. Ich habe mich daran gewöhnt.«

»Mir gefällt es. Es erinnert mich an die dänischen Frauen.«

»Dänemark, na ja …« Carsten Boysen schnitt ein Gesicht und schenkte Hansen Tee nach. Im Gespräch trat eine kleine Pause ein.

»Eine Frage hätte ich noch«, sagte Hansen.

»Ja?«

»Wer sind die Strandvögte der Halligen? Es wäre wohl von Vorteil, wenn ich mit den dreien das jeweilige Ufer abgehen könnte. Die Strandvögte sind erfahrungsgemäß von allen am besten über ihre Strandabschnitte informiert, will sagen, Abtrag, Anlandung, Wellenarten bei welchen Windrichtungen und dergleichen.«

»Tja«, sagte der Lehrer bedächtig. »Weisungsgebend für die Strandvogteien von Nordmarsch und Langeness–Butwehl ist das Strandamt Pellworm. Der Strandhauptmann von Pellworm setzt die Strandvögte ein. Sofern er keine einsetzt, ist der Ratmann der Gemeinde ex officio Strandvogt.«

»Das heißt?«, fragte Hansen und runzelte ahnungsvoll die Stirn.

Boysen schüttelte den Kopf. »Seit mehreren Jahren sind keine Strandvögte ernannt worden. Tete und Mumme nehmen die Aufgabe wahr.«

»Friedrichsen«, murmelte Sönke Hansen und klopfte mit den Händen auf die Armlehnen seines Stuhls. »Ausgerechnet!«

Der Lehrer äußerte sich nicht.

»Das macht meine Aufgabe nicht gerade leichter. Tete Friedrichsen scheint mir ziemlich schwierig.«

»Sie verstehen sicher, dass ich mich dazu nicht äußern werde. Aber Behutsamkeit Tete gegenüber wäre angebracht.«

Trotz der Zurückhaltung des Lehrers eine eindeutige Warnung. Hoffentlich besaß Mumme Einfluss auf den Nordmarscher Ratmann. Na ja, Hansen hatte nicht erwartet, dass seine Aufgabe leicht sein würde. Er seufzte leise und stand auf, um sich zu verabschieden.

Der Wind war inzwischen abgeflaut. Trotzdem wurde er noch von einer Böe in das Wirtshaus geschoben. Im Flur fiel Hansen noch etwas ein. Er rannte wieder zurück zum Lehrerhaus und trug seine Bitte vor.

Kapitel 5

Ungeduldig wie eine Rennyacht vor dem Start wartete Hansen darauf, dass es Abend wurde. Die Wege lagen am Nachmittag schon im Trockenen.

Noch bevor der erste Versammlungsteilnehmer eintrudelte, hängte Hansen die Karte auf. Mit einiger Erleichterung sah er Mumme und Jorke zusammen die Gaststube betreten, und hinter ihnen drängten etliche herein, an deren Gesichter er sich noch aus dem Schulraum erinnerte. Je mehr Langenesser und Butwehler, desto besser.

Aber es schien fast, als hätte Tete Friedrichsen noch mehr Gefolgsleute mobilisiert, es waren mehr Nordmarscher anwesend als beim ersten Mal. Neben Friedrichsen nahmen der Alte mit der schrillen Stimme und der Schiffer der *Rüm Hart* Platz. Hansen nahm sich vor, diese drei besonders im Auge zu behalten. Weshalb Rouwert, der Wirt, eine Weile mit ihnen flüsterte, konnte er sich nicht erklären.

»Ich freue mich, dass ihr so zahlreich erschienen seid«, begann Hansen kurz darauf seine förmliche Begrüßung, »zeigt es doch die Ernsthaftigkeit, mit der ihr die Angelegenheit zu besprechen bereit seid.«

82

Ein Lacher kam aus der Ecke der Nordmarscher.

Sönke Hansen ließ sich nicht beirren. Er schob die Schultafel zurecht, die er sich vom Lehrer ausgeliehen hatte, und bemerkte jetzt Aufmerksamkeit und Neugier auf den meisten Gesichtern. »Mir scheint, am meisten Kummer macht euch allen die Durchdämmung der großen Schlote zwischen den Halligen. Ich möchte euch dazu gerne die Einzelheiten erklären.« Behände skizzierte er, wie die technischen Probleme gelöst werden würden. Jeder konnte erkennen, wie der Steindeich an den Halligkanten im Verlauf und im Profil aussehen würde, wo die alten Sommerdeiche längs der Priele an den neuen Deich angeschlossen werden sollten und wie die Stellung der Schleusentore im offenen und im geschlossenen Zustand war.

Die Zuschauer schwiegen beeindruckt, als Hansen fertig war. Aus dem Augenwinkel bekam er mit, dass Jorke Mumme Ipsen mit dem Ellenbogen anstieß, worauf dieser aus seiner Versunkenheit aufschreckte und aufstand. »Danke, Bauinspektor«, sagte er überwältigt, »noch nie hat uns einer so wie du erklären können, was getan werden muss, wie und wozu es dient und welchen Vorteil wir davon haben. Ich denke, das hat nun wirklich jeder verstanden.«

»Das haben wir«, rief Tete Friedrichsen und sprang auf. »Dieser so genannte Deichbauinspektor versucht uns den freien Zugang zum Meer zu nehmen, um aus uns Bauern zu machen, was wir nie waren! Von wegen Deichbauinspektor! Man sollte ihn richtiger einen preußischen Landgewinnungsinspektor nennen! Und das, obwohl der Mann eine Kuh nicht von einem Bullen unterscheiden

kann. Aber er wagt sogar, uns Ratschläge über Ameisen-
bekämpfung und Dunghaufen zu geben! Dreist ist das!
Unverschämt!«

Gelächter kam auf, dieses Mal auch bei den Langenessern. Sönke Hansen war weniger belustigt.

»Er ist ein Stadtmensch ohne jede Ahnung davon,
was einer Hallig Not tut«, fuhr Friedrichsen erregt fort.
»Woher sollen wir wissen, dass er sich bei seinen Berechnungen und Voraussagen nicht irrt? Was ist, wenn er da
genauso gut Bescheid weiß wie über Kühe? Und was passiert, wenn wir zustimmen, und in ein paar Jahren die
wohlmeinenden Hoffnungen eines unbedeutenden Bau-
inspektors vom Festland wie Luftblasen platzen? Vielleicht hat er sich ja verrechnet! Ihn würde es nicht stören.
Er sitzt dann längst bei hoher Besoldung in Berlin und
schmiedet neue Pläne, die dem Kaiser gefallen. Nur wir
hier haben den Schaden!«

»Nun mach aber mal einen Punkt, Tete«, rief Jorke dazwischen und hieb mit der flachen Hand auf die Tischplatte. »Du bist ja unerträglich! Wenn er von günstigen
Böschungswinkeln erzählt, dann haben wir ihm zu glauben. Er ist der Fachmann! Du selbst ganz bestimmt nicht,
wenn es um Berechnungen geht. Jeder auf den Halligen
weiß, was du als Fennemacher für eine Flasche bist und
wie oft du deine Messungen nachbessern musst!«

Dem Ratmann stieg die Röte ins Gesicht. Er beugte sich
hastig zum Schiffer der *Rüm Hart* hinunter und zischte
ihm etwas ins Ohr.

»Du bist so großmäulig wie deine ganze Sippschaft,
Jorke«, rief dieser. »Siehst du nicht, wohin es deine Fami-

lie gebracht hat? Die Männer auf See, und du mutterseelenallein auf einem Hof, der dich überfordert!«

»Jede Sau hält am meisten von ihren eigenen Ferkeln, das ist bekannt«, antwortete Jorke schnippisch. »Du solltest trotzdem deinem Sohn noch mal ausführlich erklären, wie man erkennt, wo der Wind herkommt, statt dich um mich zu sorgen. Mir geht's gut und meinen Brüdern auch. Sie betreiben die Seefahrt, mit der Männer wie du nur prahlen.«

»Ruhig, ruhig, Leute«, mahnte Mumme Ipsen und versuchte mit hocherhobenen Händen das allgemeine Gerede und die Unruhe zu stoppen. »Wir kennen ja deine deutliche Ausdrucksweise, Jorke, und wissen sie zu nehmen. Aber wir sind hier zu einer Besprechung, nicht um uns zu streiten. Ich schlage vor, dass wir eine Pause einlegen, in der sich jedermann sein Bier holen kann, danach soll es gesittet weitergehen.«

Der Tresen war viel zu kurz, um den Andrang in kurzer Zeit zu bewältigen, aber Hansen kam die Verschnaufpause gerade recht, damit er sich eine neue Taktik zurechtlegen konnte.

Als alle wieder saßen, holte er in die Vergangenheit der Friesen aus, die so ruhmreich war, dass sie selbst den schlecht gelauntesten Friesen aufmuntern musste. »In einem gebe ich Tete Friedrichsen Recht«, sagte er. »Die Friesen waren immer Seeleute, und ihr Geld brachte Wohlstand auf die Halligen, vor allem durch den Walfang. Vielleicht nicht so hohe, aber regelmäßige Einnahmen könnten euch in Zukunft durch den Deichbau zufließen.«

»Deichbau! Mann! Weißt du nicht, dass wir uns für die Ausbesserung unserer Sommerdeiche jedes Jahr zwei Männer vom Festland kommen lassen, die wir bezahlen?«, fragte ein Zwischenrufer aus der Menge.

»Doch«, erwiderte Hansen unbeeindruckt. »Ungelernte Arbeiter mit Schaufeln. Für den Deichbau, den ich meine, sind Fachleute nötig. Gestandene Männer, die sich nicht scheuen, Deichquerschnitte und Böschungswinkel zu berechnen. Zugegeben, es ist etwas anderes als das Berechnen von Kursen in der Seefahrtschule auf Amrum, aber die Anlegedreiecke sind die gleichen.«

»Hört!«, rief Jorke anerkennend.

Hansen verbarg ein Lächeln. »Ich denke, einen Mann aus jeder Familie wird die Wasserbauinspektion wohl einstellen können. Das wäre eine sichere Einnahmequelle, Sommer für Sommer.« Zwar wusste er nicht, ob er hier den Mund zu voll nahm, aber nach den bisherigen Erfahrungen mit dem Deichbau konnte es ungefähr hinkommen. Er erkannte in vielen Augen Staunen, dann wachsende Bereitwilligkeit. Aber er wollte sie alle auf seine Seite bringen.

»Ihr Männer seid dann nicht mehr darauf angewiesen, dass eure Frauen Bargeld mit dem Verkauf von Eiern, Butter und Wollstrümpfen ins Haus bringen«, fügte er hinzu und war ausnahmsweise dankbar dafür, dass Gerda nicht in Hörweite war. Sie hätte ihm für eine solche Bemerkung tüchtig den Kopf gewaschen. Aus dem Augenwinkel stellte er fest, dass Jorke sich mit einem vorwurfsvollen Blick begnügte. Er konzentrierte sich auf Friedrichsen.

Der kaute mürrisch auf der Unterlippe und sah sich ratlos in seiner engsten Anhängerschaft um. Der Schiffer zuckte mit den Achseln.

Sein zum Greifen naher Sieg machte Hansen schwindelig vor Erleichterung. Er beschloss, Nägel mit Köpfen zu machen, denn vielleicht würde er die Bewohner aller drei Halligen nie wieder in einem Raum beisammenhaben. »Es wäre eine großartige Geste von euch Halligleuten, wenn ihr außer dem Uferstreifen für den Steindeich noch die aufgegebene Peterswarf an das Reich abtreten würdet. Man könnte sie in den Deich einbeziehen, ebenfalls befestigen und einen Leuchtturm darauf errichten.« Hansen wurde vom eigenen Schwung fortgetragen.

Nachdem er sich zufrieden einen Schluck genehmigt hatte, fügte er noch eine Bemerkung hinzu, die er wichtig fand. Die Intelligenteren würden ihre Bedeutung verstehen. »Von der Großschifffahrt wird ein Leuchtturm dringend benötigt.«

Die Stimmung schlug schneller um, als ein Hagelschauer im Frühjahr auf Sonnenschein folgt. Bestürzt starrte Hansen auf den Ratmann Friedrichsen, der sich mit triumphierend leuchtenden Augen an seinem Tisch hochstemmte.

»Das ist es also! Die Großschifffahrt!«, bellte Friedrichsen. »Die Preußen geben uns den Gnadentod nur nicht, weil sie einen Leuchtturm brauchen. Für die Großreeder und die Kriegsmarine! Es geht nicht um uns Halligleute! Wir sind denen völlig gleichgültig! Wenn ihr mich fragt: kein Fußbreit Halligland für eine Obrigkeit, die auch bereit wäre, uns ganz aufzugeben!«

»Genau!«, schrie jemand, der derart vom Pfeifenrauch eingehüllt war, dass Hansen sein Gesicht nicht sehen konnte, »und haben sie den Uferstreifen erst mal, bauen sie auch den Leuchtturm.«

»Richtig!«

Der Schiffer, dessen Einstellung Hansen inzwischen ja bekannt war.

»Aber«, übernahm wieder Friedrichsen das Wort, »wir Halligleute brauchen keinen Leuchtturm, wir finden auch ohne ihn nach Hause. Wenn man es genau bedenkt, könnten sie mit einem Uferstreifen, der ihnen gehört, ja alles Mögliche machen: ihn mit Extrasteuern belegen, wenn wir ihn auch nur betreten, um zu unseren Booten zu gelangen, einen Kriegsschiffhafen bauen, den wir nicht wollen, weil er die Feinde anlockt, und, und, und …«

»Das ist sicher nicht ihre Absicht«, warf Mumme friedfertig ein, aber was er sonst vielleicht noch hätte sagen wollen, ging im zunehmenden Tumult unter.

Hättest du bloß den Mund gehalten, dachte Hansen verärgert. Er spürte nur zu genau, dass er die Männer an diesem Abend nicht mehr beruhigen konnte.

Friedrichsen hob gebieterisch die Hand, bis der Lärm abflaute. »Was sagst du dazu, Lorns?«

Der Angesprochene wedelte den Rauch breit grinsend von seinem Platz fort und schälte seine Beine unter dem Stuhl hervor.

Als er stand, musste er den Kopf unter der Decke einziehen. »Was soll ich schon sagen? Dasselbe wie du, Vetter. Ich werde die Kriegsmarine bestimmt nicht anlocken. Damit es ein für allemal klar ist: Meine alte Warf bekommt niemand, weder für einen Steindeich noch für einen Leuchtturm.«

Mit einem Mal ging Hansen auf, wer der Mann war: der Besitzer der alten und der neuen Peterswarf. Lorenz Friedrichsen, der Mann, den der Lehrer erwähnt hatte, Vetter von Tete Friedrichsen. Dieselbe Gesinnung, derselbe Genuss am Verhindern von Regierungsplänen.

Sich nach dem Besitzer der zerstörten Warf nicht erkundigt zu haben war ein Versäumnis, das Hansen um den Ertrag seiner Arbeit bringen konnte. Mit versteinertem Gesicht wischte er seine Zeichnungen von der Tafel.

Währenddessen begann die Versammlung sich aufzulösen. Niemand gönnte Hansen noch einen Blick.

Eine kleine Gruppe von Männern blieb zurück, Hansen musste gar nicht erst hinsehen, um zu wissen, wer sie waren. Tete orderte lauthals eine Lage. Als jeder einen frisch gefüllten Bierkrug vor sich hatte, hob er seinen eigenen wie eine Trophäe in die Höhe und prostete allen zu.

»Gut gemacht, Tete!« und ähnliche Sprüche kamen aus der Runde.

Ohne sich zu Hansen umzudrehen, tönte Friedrichsen: »Ich schlage vor, dass du dich jetzt verpisst, Klugschieter Hansen. Wir möchten unseren Sieg über die Preußen ungestört feiern. Am besten, du verschwindest von der Hallig!«

Hansen verließ die Gaststube grußlos.

KAPITEL 6

Sönke Hansen fühlte sich behandelt wie ein Aussätziger. Sogar der Wirt, dessen Gewerbe es war, mit jedermann gut auszukommen, mied ihn. Als er die Gaststube zum Frühstück betrat, verschwand Rouwert in die Küche, und an seiner Stelle brachte ein mürrisches junges Mädchen Hansen einen wässerigen Kaffee. An diesem Morgen entfiel auch die Wahl der Eierart. Anscheinend hatten weder Hühner noch Möwen gelegt.

Lehrer Boysen hielt Unterricht, mit ihm konnte Hansen sich nicht beraten. Vorausgesetzt natürlich, dass Boysen überhaupt dazu bereit gewesen wäre. Schließlich war auch er ein abhängiger Mann, abhängig vom Wohlwollen der Eltern, die ihn bezahlten, und des Ratmannes.

Unschlüssig, wie es weitergehen sollte, bummelte Hansen an die Westkante der Hallig.

Dort war es angenehm einsam, gerade richtig zum Nachdenken. Und nach dem Sturm war es wieder sommerlich heiß geworden, obwohl noch nicht einmal alle Bäume auf den Warfen ihre Blätter voll ausgebildet hatten. Er sah die Segel eines Bootes, das auf Rixwarf zuhielt, während er über die Gräben sprang, und bekam Lust zu schwimmen.

Zwar würde erst am frühen Nachmittag Hochwasser sein, aber der Priel, der an der Alten Peterswarf vorbeilief, führte genug Wasser. Kopfüber stürzte er sich wenig später in die See, um sich so richtig die Verärgerung aus dem Leib zu kraulen. Mit dem auflaufenden Strom kam er schnell vorwärts.

Plötzlich bemerkte er, dass er sich fast querab der Rixwarf befand und es Zeit war, umzukehren. Erst als er kaum vorankam, merkte er, auf was er sich eingelassen hatte. Der Strom setzte hart. Auch für ihn als geübten Schwimmer.

Aber er konnte unmöglich bei der Rixwarf aus dem Wasser steigen und in Sichtweite von Hilligenlei splitterfasernackt über Land zu seinen Kleidern zurückwandern. Ein Inspektor des Wasserbauamtes bei helllichtem Tag im Adamskostüm wäre ganz bestimmt nicht die richtige Person, um die Halligen vor Stürmen und preußischen Beamten zu retten. Zumindest nach Meinung einiger bestimmter Personen.

Hansen biss die Zähne zusammen und kraulte mit aller Kraft zurück.

Schwer atmend ließ er sich geraume Zeit später in den Sand unterhalb der Uferkante fallen.

»Warum schwimmst du wie ein Hund?«, erkundigte sich eine leise Stimme.

Hansen hob vergrätzt den Kopf und starrte mit zusammengekniffenen Augen hoch. Er war so ausgepumpt, dass er auf seine Umgebung nicht geachtet hatte. »Und warum bist du nicht in der Schule?«

»Wenn du dich wie ein Lehrer benimmst, mag ich dich nicht leiden«, sagte Wirk gekränkt.

»Weil ich dich darauf aufmerksam mache, dass du dich im Unterricht befinden müsstest? Dass du schwänzt, sieht ja wohl jeder!«

Wirk zuckte gleichgültig mit den Schultern. »Das meinte ich nicht. Du hast eine Frage mit einer Frage beantwortet. Nein, nicht beantwortet. Bloß geplappert. Du willst es ja gar nicht wissen.«

Hansen betrachtete den Jungen, immer noch wütend, aber nachdenklich. Er musste zugeben, dass Wirk Recht hatte. Bei Licht besehen, hatte er selber seine Verärgerung an ihm ausgelassen. »Ich kraule. Das ist eine neue Schwimmtechnik, die aus England kommt. Weißt du, wo England liegt?«

Wirk ließ Hansen nicht aus den Augen, während sein ausgestreckter Arm signalisierte, dass England weit, weit hinter Amrum läge.

»Das stimmt«, sagte Hansen bedächtig. Offenbar hatte er Wirk bei ihrer ersten Begegnung falsch eingeschätzt, obwohl Gerda ihm hinreichend von Kindern erzählt hatte, die im normalen Unterricht durch den Rost fielen, weil sie anders waren, als Erwachsene es erwarteten.

»Ich kann nicht schwimmen«, teilte ihm Wirk mit.

Die Gleichgültigkeit, die der Junge an den Tag legte, war zweifellos gespielt. »Soll ich dir das Kraulen beibringen?«, fragte Hansen zu seiner eigenen Überraschung.

»Kraulen?« Wirks blaue Augen blitzten auf. Aber dann

verdüsterte sich sein Gesicht wieder. »Meinst du wirklich, ich könnte es lernen?«, erkundigte er sich unsicher, und auf einmal war auch zu hören, dass er stotterte.

»Das kann jeder«, antwortete Hansen. »Auch du.«

»Jeder soll es nicht können. Nur ich.«

Sönke Hansen verstand plötzlich. Irgendetwas arbeitete in Wirk. »Komm«, sagte er einfach und stemmte sich hoch. »Ich zeige es dir.«

Wirk war ein magerer, aber zäher Bursche. Hansen fror schon erbärmlich, aber Wirk gab nicht auf. Er ging unter, verschluckte sich und machte den nächsten Versuch. Und dann war es plötzlich, als hätte das Wasser sich entschlossen, ihn zu tragen. Es gelang ihm, Arme und Beine einigermaßen zu koordinieren, und er blieb an der Oberfläche.

»Ganz hervorragend«, hackte Hansen heraus. »Du hast es schneller gelernt als ich. Der Rest ist Übung. Aber jetzt komm, ich friere mir gewisse Körperteile bereits ab.«

Wirk sah den betreffenden Körperteil an und grinste zurückhaltend. Plötzlich entdeckte er an sich selbst den gleichen Beweis von Kälte. Sie brachen zugleich in ein unbändiges Gelächter aus und galoppierten im seichten Wasser zum Ufer zurück.

»Ich bin froh, dass ich jetzt nicht mehr mit den Füßen auf den Grund muss«, sprudelte Wirk heraus, als er sich angezogen hatte und in der Sonne aufwärmte.

Vom Stottern war im Augenblick nichts zu hören. Hansen wartete darauf, dass Wirk erklärte, was er meinte.

»Manchmal werden große Gegenstände unter Wasser festgehalten, sogar tote Tiere. Ich stelle mir immer vor, ich trete in den fauligen Bauch einer Kuh, die sich aufs Watt verlaufen hat und dann im Schlick stecken geblieben und ertrunken ist.« Wirk schauderte.

»Gibt es das?«, fragte Hansen etwas ungläubig und konnte das Unbehagen des Jungen voll und ganz verstehen.

»Ganz bestimmt sogar. Rinder kommen manchmal abhanden, und man findet sie nicht mehr. Nur ihre Fußspuren im Schlick. Ich glaube, sie riechen das Frischwasser, das aus den alten Quellen kommt.«

»Schaurig«, sagte Hansen aus vollem Herzen und verkniff sich die makabre Bemerkung, dass da ja auch ein Mensch liegen konnte. »Da würde ich überhaupt nicht schwimmen wollen. Nicht einmal, wenn ich eine Feder wäre!«

»Nicht wahr?« Wirk schien sehr befriedigt von Hansens Antwort. »Die anderen lachen mich immer aus, wenn ich davon spreche.«

»Ihnen fehlt die Vorstellungskraft.«

»Mm«, murmelte Wirk, und Hansen war nicht ganz klar, ob er ihn richtig verstanden hatte. »Das mit dem Lehrer nehme ich zurück. Du trägst ja auch keinen Bart. Ein Lehrer kannst du gar nicht sein.«

»Ich nehme meine Frage auch zurück«, erklärte Hansen feierlich und hielt Wirk die Hand hin, die dieser mit ernstem Gesicht schüttelte.

Als Sönke Hansen nachmittags aus dem Fenster blickte, um aus der höheren Position nach dem Wetter zu schauen, entdeckte er Rouwert Wollesen vor seiner Tür, der konzentriert durch ein Fernrohr auf See blickte. Hansen folgte der Richtung des Rohres und suchte den Horizont ab, aber er konnte nichts erkennen.

Neugierig stieg er die Treppe hinunter und stellte sich draußen neben den Wirt, der von seiner intensiven Inspektion der See nicht abließ. »Was Besonderes da draußen?«, fragte Hansen.

»Ein Fischer will gestern Nacht einen Tiefwassersegler gesehen haben, der auf Schiet geraten war. Das war aber nur einer von Hooge, deswegen weiß man nicht so genau, ob er sich nur wichtig machen wollte …«

Hansen lächelte unwillkürlich. An die Nadelstiche der Halligleute gegen die der Nachbarhalligen hatte er sich mittlerweile gewöhnt. Sie gehörten einfach dazu und waren nicht ernst gemeint.

»Bei dem Wetter ist es meistens zu diesig, um viel zu erkennen. Oder er liegt weiter draußen«, meinte Wollesen. »Oder er ist schon wieder freigekommen.«

»Wie weit könnte man bei gutem Wetter denn sehen?«, erkundigte sich Hansen.

»Ein, zwei Meilen westlich der Südspitze von Amrum.«

Hansen nickte. Vermutlich war von dieser Position außer dem Feuer von Amrum kein anderes zu sehen. Kampen und List waren zu weit weg, und nach Süden hin gab es überhaupt keine Leuchttürme. Ohne Kreuzpeilung konnte da ein Schiff schon mal festkommen. Ganz klar, dass ein Leuchtfeuer auf Nordmarsch von großem Nutzen sein würde. Aber er hütete sich, dieses Thema ein zweites Mal anzuschneiden. »Ich habe noch eine Frage. Gibt es auf dem Watt wirklich immer noch Süßwasserquellen?«

Wollesen schob das Teleskop zusammen. »Oh, ja. Aber sie versiegen allmählich. Die zuverlässigste ist noch die im Norden, an der Grenze zwischen Nordmarsch und Langeness. Unser Fething hier wird auch von Süßwasser gespeist, gleich von drei Quellen. Es gab noch eine vierte, aber die mussten wir dichtmachen, als sie nur noch Salzwasser lieferte. Unser Fething ist der einzige auf Nordmarsch, der über Frischwasser angelegt wurde.«

Hansen nickte und hörte die Tür hinter dem Wirt ins Schloss fallen, der grußlos ging.

Vor Rixwarf lag am Steg der Segler, der am Morgen gekommen war. Immer noch dachte er mit Erleichterung daran, dass er sich eine überaus peinliche Situation erspart hatte. Und er dachte an einen Jungen, der auf seine Weise ähnlich beschlagen wie der Lehrer war, was die Hallig anging.

Der Sonntagmorgen begann grau, und es nieselte. Sönke Hansen setzte sich mit seinem Notizbuch an den kleinen Tisch am Fenster und fasste schriftlich zusammen, was er bisher unternommen hatte und was dabei herausgekommen war.

Viel war es nicht. Ärgerlich vor allem war, dass er durch die völlig unnötige Erwähnung eines Leuchtturms alle schon sichtbaren Erfolge zunichte gemacht hatte. Baron von Holsten würde schnurren wie ein zufriedener Kater, wenn er mit diesem Ergebnis zurückkehrte.

Das kam nicht in Frage.

Hansen schlug das Büchlein zu und öffnete den Fensterflügel. Es tropfte vom Reet herab, aber das Nieseln hatte inzwischen aufgehört, und über Hooge, wo das schlechte Wetter herkam, war der Himmel hell geworden.

Zur anderen Seite, über Amrum, stand noch eine schwarze Wolkenwand. Am Halligufer fesselten zwei Gestalten seine Aufmerksamkeit, die an der Abbruchkante der Alten Peterswarf hinunter- und wieder heraufkletterten, ohne dass er erkennen konnte, was sie da so geschäftig betrieben.

Er beschloss, einen kleinen Spaziergang am Ufer entlang zu machen. Das Büchlein mit den peinlich mageren Ergebnissen schob er unter seine Wäsche in der Kommode. Eilig klapperte er die Stiege hinunter, wo er im Flur auf den Wirt traf, der mit gerunzelter Stirn und offenbar unzufrieden Plattfische in einem Fischkasten zählte.

»Oh, gibt es heute Mittag Butt?«, erkundigte sich Hansen erfreut.

»So ähnlich«, knurrte Wollesen. »Für Hausgäste gibt es Buttermilchsuppe.«

Hansen holte tief Luft. Er fühlte sich wie ein Schüler, der zur Strafe in der Ecke stehen musste.

Die beiden langen Gestalten am Rande der Alten Peterswarf waren unverkennbar Tete und Lorns Friedrichsen. Tete beugte sich mit den Händen auf den Oberschenkeln über etwas, das im Gras lag. Zwei andere Männer eilten über eine Fenne heran. Irgendetwas Ungewöhnliches ging vor.

Hansen spielte einen Augenblick mit dem Gedanken, abzubiegen und besser auf Mayenswarf zuzuhalten, aber dann entschloss er sich anders. Gesehen hatten sie ihn schon, und er wollte nicht, dass später jemand behauptete, er hätte vor den Friedrichsenvettern Angst gezeigt.

Tete Friedrichsen richtete sich auf. »Dies ist nichts für Fremde!«, schrie er durch die zusammengelegten Hände. »Verschwinde!«

Zu spät, dachte Hansen entschlossen.

»Das ist meine Anweisung als Strandvogt!«, brüllte Friedrichsen.

Hansen schüttelte den Kopf und stieg unbeirrt zwischen Mauerresten und Kleibrocken über den Warfabhang, obwohl Friedrichsen die Zähne bleckte. Aber er dachte gar nicht daran, sich auf diese Weise einschüchtern zu lassen. Wenn er die Robbe, oder was immer es war, besichtigen wollte, würde er es tun.

Als er bei den Vettern anlangte, erschrak er. Nicht eine Robbe, sondern eine männliche Gestalt lag auf dem Bauch im Gras.

Möglicherweise war Friedrichsen wirklich berechtigt gewesen, Hansen zurückzuschicken. »Ich weiß, wie man wiederbelebt«, verteidigte er sich lahm. »Deswegen dachte ich, ich sollte besser kommen …«

»Auch bei Leichen?«, fragte Friedrichsen höhnisch.

KAPITEL 7

Hansen registrierte jetzt erst, dass der Mann tot war. »Du liebe Zeit«, murmelte er betroffen. Und hatte fast ein schlechtes Gewissen, dass er gestern zufällig über eine Leiche im Schlick nachgedacht hatte.

»Du liebe Zeit? Schiet ist das!«, stieß Friedrichsen aus. »Als Strandvogt hatte ich noch nie mit einer Leiche zu tun! Ein Boot oder verloren gegangene Ladung lasse ich mir gern gefallen, aber keinen Toten!« Wie um sein Missfallen zu bekunden, stieß er den Mann mit der Schuhspitze an.

Hansen bemerkte, dass die Stiefel des Toten von guter Qualität waren, grau von Salz, aber ordentlich besohlt und ohne Kratzer und einst blank gewienert, als hätte seine Petrine Godbersen sie in der Hand gehabt.

»Wir müssen sein Boot suchen!«, befahl Friedrichsen mürrisch.

»Meinst das?«, fragte einer der Nordmarscher, die Hansen beide unbekannt waren, erstaunt.

»Wie soll er denn sonst hergekommen sein?« Friedrichsen gab sich abschätzig.

Er war der Strandvogt, es war seine Entscheidung, und er kehrte beides deutlich hervor.

Der andere kaute schweigsam auf der Unterlippe. Überzeugt war er nicht, genauso wenig wie Hansen. »Wenn er im Boot gekommen wäre, wäre er nicht ertrunken«, bemerkte Hansen.

»Ertrunken!«, schnaubte Tete Friedrichsen, und etwas gnädiger wandte er sich an seinen Vetter: »Dreh ihn mal um, Lorns.«

»Klar, Tete.« Pietätlos, als hätte er es mit einem Schlachtschwein zu tun, packte Lorns an der Jacke an und warf die Leiche um die eigene Achse.

»Da«, sagte Friedrichsen und zeigte auf einen ringförmigen Flecken in der Jacke, in dessen Mitte sich ein Schnitt befand. »Den hat jemand erstochen. Der war bestimmt sofort tot. Das ist hier passiert.«

»Bestimmt«, echote sein Vetter.

Woher wollen sie das wissen, fragte sich Hansen. Sicher war nichts, bevor es überprüft war.

»Was machen wir mit dem Kerl, Tete?«, erkundigte sich Lorns.

Tete beachtete seinen Vetter nicht. Er lutschte an seinen Zähnen, während er sich den Anschein gab nachzudenken.

Einer der anderen beiden Männer holte so plötzlich und geräuschvoll Luft, dass er Hansens Aufmerksamkeit auf sich zog. Für einen Augenblick war er überzeugt, der ihm bislang unbekannte Mann hätte den Toten erkannt.

»Der Herr bewahre mich«, brach er fromm aus. »Der sieht ja aus wie du, Hansen! Denn der bist du doch: Sönke Hansen!«

»Natürlich bin ich Hansen«, murmelte er abwesend. Ihn beschäftigte Friedrichsens These, dass der Tote mit dem Boot gekommen sein musste. Seiner Ansicht nach gab es dafür nicht den geringsten Anhaltspunkt, aber er würde sich mit dem Mann darüber nicht streiten.

»Wie Hansen?« Friedrichsens Ton war, wie fast immer, verächtlich.

»Genau. Wie Hansen.«

Dass sein Name so beharrlich fiel, holte Hansen plötzlich aus seinen Gedanken. Aber noch bevor er sich den abstrusen Vergleich verbitten konnte, baute sich Friedrichsen mit selbstgerechter Miene vor ihm auf und musterte ihn wie ein Pferdehändler.

Friedrichsen schien der Hinweis aus irgendeinem Grund zu gefallen. »Das stimmt! Das lange Haar – ich würde meinem Jungen ja die Ohren lang ziehen –, die teuren Lederstiefel und die Jacke mit den blanken Kapitänsknöpfen. Alles wie bei Sönke Hansen auch.«

»Und er liegt auf deiner Warf, Lorns, um die es gestern ging …«

Der Mann verstand es, Worte in die Köpfe sickern zu lassen.

Eine Unverschämtheit, ihn auf diese Weise mit einem Toten in Zusammenhang zu bringen, fand Hansen und bedauerte plötzlich, hergekommen zu sein. Für einen winzigen Augenblick erwog er die Möglichkeit, dass Lorns, der ja geradezu an den Lippen seines Vetters hing, die Hände im Spiel haben könnte. Aber dann blickte er ihm in das ratlose und nicht besonders kluge Gesicht und verwarf den Gedanken. »Der Tote ist eine Wasserleiche.

Der ist hergetrieben! Wie könnte er da mit mir verwechselt worden sein?«, fragte er erbost in die Runde.

Aber er schien für die anderen Luft zu sein.

»Ich werde die Polizeiwachtmeister auf Föhr benachrichtigen«, sagte Friedrichsen mit verkniffener Miene, »und dich, Bauinspektor, muss ich als Ratmann und Strandvogt auffordern, dich zur Verfügung zu halten! Ein Mann, der in einen Mordfall verwickelt sein könnte, muss gegenüber den Polizeidienern seine Aussage machen!«

»Blödsinn!«, schnaubte Hansen ungehalten. Hatte er nicht geahnt, dass der Kerl ihm Schwierigkeiten machen würde?

»Das zu beurteilen steht dir nicht zu«, bemerkte Friedrichsen überheblich. »Das überlass gefälligst mir und der Polizei!«

Trotzdem brauchte Friedrichsen sich nicht einzubilden, Hansen erschrecken zu können. Und von der Hallig würde er ihn auf diese leicht durchschaubare Weise schon gar nicht vertreiben. Unstrittig war jedoch leider, dass Friedrichsen als Strandvogt polizeiliche Macht besaß und seine Anordnung galt.

Breitbeinig und die Daumen hinter den Hosenträgern eingehakt, behauptete Hansen seinen Platz, betrachtete schweigend den Toten und wartete wie die anderen auch auf Lorns' Rückkehr, den Tete nach Hause geschickt hatte, um irgendetwas zu holen, mit dem man den Toten transportieren konnte.

Auf das leise Schwatzen der anderen achtete Hansen nicht. Als wäre er im Dienst am Deich, speicherte er unauffällig alle Details, die ihm auffielen. Die Kleidung des Toten war tropfnass, wie nicht anders zu erwarten war, nachdem es geregnet hatte. Viel Blut konnte nicht geflossen sein: Ein sehr dünner Gegenstand war dem Mann unter der linken Schulter in den Oberkörper gestoßen worden. Mit einer solchen Verletzung ruderte man nicht über See. War er also wirklich mit einem Boot gekommen, musste er bereits tot darin gelegen haben. Hansen hatte trotzdem große Zweifel.

»Na, endlich«, knarzte Friedrichsen herrisch, und Hansen sah hoch.

Über die Weide stapfte Lorns heran, unter dem Arm das gerundete Ende eines dicken, weiß gestrichenen Brettes, während das schmalere Ende auf der Schulter eines Jungen lastete, der hinter ihm herstolperte. Offensichtlich hatte Lorns nichts Geeigneteres als das Seitenschwert eines Bootes finden können.

Ohne viel Federlesens luden die Männer den Toten auf die provisorische Trage, schnürten ihn wie ein Segel an einer Spiere fest und trugen ihn zu viert davon.

Hansen sah ihnen nach. Als er sicher sein konnte, dass keiner ihn mehr beachten würde, kniete er sich hin und betrachtete das Gras an der Stelle, an der der Tote gelegen hatte. Es war nass und niedergedrückt, aber etwas Besonderes gab es da nicht.

Doch wie er von seinem Fenster aus beobachtet hatte, hatte der Tote ursprünglich auf dem Sandstreifen unterhalb des Ufers gelegen. Er sprang hinunter und fand schnell die Stelle anhand der zahllosen Fußspuren der beiden Vettern.

Der Sand war vom Gewicht des Toten platt gedrückt worden, der augenscheinlich ursprünglich auf dem Rücken gelegen hatte. Eindrücke der vier Fingerknöchel und des Ellenbogens waren auf einigen von der zerstörten Warf abgerutschten und im Wasser aufgeweichten Kleibrocken gut erkennbar. Irgendetwas irritierte Hansen. Schließlich kam er darauf, dass die Hand des Toten zur Faust geschlossen gewesen sein musste.

Blutspuren wären im gelben Sand gut zu sehen gewesen, aber es gab keine, wie auch keine Anzeichen für einen Kampf an Ort und Stelle erkennbar waren.

Hansen richtete sich auf und warf einen Blick auf das Wasser. Im Gegensatz zu Friedrichsen war er der Überzeugung, dass der Tote mit der Strömung auf die Hallig getrieben worden war. Das Blut war vermutlich wie bei der Robbe von der See abgewaschen worden.

Neben dem Abdruck des Toten lag nicht nur Tang, sondern allerlei Unrat, der mit ihm zusammen bei höchstem Flutstand auf das Ufer geworfen worden war. Das dicke Tau stammte von einem größeren Schiff, daneben fand Hansen eine halbe Angelrute, an deren Schnur ein rostiger Haken hing, und schließlich einen eisernen Ring, der wahrscheinlich von einem Schiff stammte, vermutlich der Beschlag eines Klüverbaums.

Uninteressant. Kein augenfälliger Zusammenhang mit dem Toten.

Auf einmal wurde Hansen unbehaglich zumute. Er sah sich um. Die Männer mit dem Toten waren verschwunden. Nur die schrillen Schreie der Möwen in der Luft über ihm bewiesen, dass er nicht allein auf der Welt war. Nicht einmal von Wirk war etwas zu sehen, der sonst doch auf diesem Teil der Hallig ständig gegenwärtig schien.

Vermutungen und Gerüchte eilten mit der Geschwindigkeit eines Orkans über die Hallig. Am Sonntag und Montag war der Tote im Schankraum einziges Gesprächsthema. Sönke Hansen hörte den Männern an den anderen Tischen während des Abendessens unauffällig zu. Anscheinend war es inzwischen ausgemachte Sache, dass er in diese für die Hallig unglückliche Angelegenheit verwickelt war, ja, ihn vielleicht sogar eine Mitschuld traf. Mit ihm sprach niemand.

Mit einer endgültigen Geste schob Hansen den Teller von sich fort. Die Bratkartoffeln waren versalzen, und Appetit hatte er ohnehin nicht mehr.

Am Dienstagmorgen wanderte Hansen zum Jelf, um diesen breiten Priel im Hinblick auf eine Abdämmung genauer in Augenschein zu nehmen. Gerade legte er die mögliche Position einer Schleuse fest, als ein kleiner Segler mit zwei Personen an Bord einlief. Die *Klåår Kiming* von Föhr.

Aus der städtischen Kleidung und der Neugier, die der junge Mann, der am Niedergang lehnte und in alle Richtungen spähte, an den Tag legte, schloss Hansen, dass er ein Passagier war, der noch nie auf der Hallig gewesen war.

Mit Brille und einem schmalen Bart gab der Besucher sich als Intellektueller. Was der wohl hier wollte? Hansen verfolgte, wie der Schiffer ihm am Steg der Kirchwarf von Bord half und sofort wieder ablegte.

Der Mann stürmte umgehend auf Hansen zu. »Hajo Clement von den *Führer Nachrichten*«, stellte er sich vor. »Kannst du mir sagen, wo sich die Warf Hilligenlei befindet? Es soll auch dein Schaden nicht sein, wenn du mich auf dem kürzesten Weg zum Bauinspektor Sönke Hansen von Husum führen könntest. Er ist als Gast hier. Du kennst ihn doch, nehme ich an?«

Hansen musterte Clement kühl. Zwar war er an diesem sonnigen Morgen wie jedermann nur im langärmeligen weißen Hemd und einer Hose, die von breiten Hosenträgern gehalten wurde, unterwegs, aber es gab keinen Grund, Halligleute wie Knechte zu behandeln. »Moin, erst mal. Wenden Sie sich an Oberdeichgraf Baron von Holsten in Husum«, sagte er abweisend. »Über die Pläne der preußischen Regierung zum Schutz der Hallig gibt nur er Auskunft.«

Clement riss sich seine Nickelbrille von der Nase, um Hansen genauer in Augenschein zu nehmen. Auf seinem Gesicht erschien ein verlegenes Grinsen. »Entschuldigung«, sagte er lahm. »Ich hab Sie wohl falsch eingeschätzt. Mich interessieren keine Pläne zum Schutz der Hallig, ich bin hier wegen des Mordes. Sie selbst sind der Bauinspektor?«

»Ja. Aber bei mir sind Sie trotzdem falsch«, wandte Hansen mürrisch ein. »Strandgut und fremde Leichen verwaltet Tete Friedrichsen. Er ist der Strandvogt von Nordmarsch.«

»Nein, nein«, widersprach Clement eifrig und setzte die Brille wieder auf, »es hat sich herumgesprochen, dass der Mord mit Ihnen zu tun hat, eine Verwechslung oder so etwas. Sie sollen gemeint gewesen sein, weil die Pläne des Wasserbauamtes den undankbaren Halligleuten nicht passen, hört man. Unsere Leser, zu denen illustre Badegäste aus aller Welt zählen, sind begierig, aus allererster Hand zu erfahren, wie das alles zusammenhängt. Bitte, gönnen Sie ihnen ein paar Minuten Ihrer kostbaren Zeit!«

Sprachlos vor Verwunderung verfolgte Hansen, wie der Journalist es sich auf dem niedrigen Sommerdeich neben dem Priel bequem machte, aus der Jackentasche Bleistift und Notizblock hervorzauberte und sich auf den Knien zurechtlegte. Dann sah er durch seine Brille, die wahrscheinlich nur aus Fensterglas bestand, tatendurstig zu Hansen auf. »Es kann losgehen.«

»Nein«, sagte Sönke Hansen fest, der sich inzwischen von seiner Überraschung erholt hatte, legte die Hände auf den Rücken und ging entschlossenen Schrittes davon.

Nach kurzer Zeit hörte Hansen hinter sich Laufschritte. Hajo Clement überholte ihn und verstellte ihm mit ausgebreiteten Händen den Weg.

»Das können Sie mit uns nicht machen, Bauinspektor!«, rief Clement in einem Ton, der Unglauben und Entsetzen über Hansens Dreistigkeit signalisieren sollte. »Sie unterschätzen die Macht einer modernen Gazette! Ihr Vorgesetzter wird die Hände über dem Kopf zusammenschlagen, wenn wir uns genötigt sehen, von Ihnen und Ihrem Amt Ungünstiges zu berichten. Was wir nicht möchten, nein, ganz und gar nicht.«

»Über mich können Sie nichts Ungünstiges berichten. Ich habe mit dem Mord nichts zu tun und das Amt auch nicht. Guten Morgen, Herr Clement.« Hansen tippte mit einem Finger an die Stirn und setzte seinen Weg fort.

Er war erleichtert, als Clement keinen weiteren Versuch machte, ihn zu belästigen. Im Wasserbauamt war seines Wissens nur ein einziges Mal ein Zeitungsschreiber gewesen, und ihm hatte der Oberbaudirektor Rede und Antwort gestanden. Noch im Nachhinein war er dafür dankbar, obwohl es um den Bau der neuen Landungsbrücke von Wyk gegangen war, wo er derjenige war, der sich in den Details bestens auskannte.

Aber so leicht ließ sich ein Hajo Clement nicht abschrecken. Als Sönke Hansen zum Mittagstisch nach Hilligenlei zurückgekehrt war und an dem gesondert stehenden Tisch für Hausgäste seine Suppe löffelte, betrat Tete Friedrichsen mit Clement auf den Fersen den Gastraum. Dem Nordmarscher stand ins Gesicht geschrieben, wie bedeutsam er sich fühlte, als er mit gewichtigen Schritten auf den Tresen zuging und mit dem Wirt flüsterte.

Rouwert nickte nur und deutete mit dem Daumen auf einen kleinen runden Tisch in einer Nische. Hansen bedauerte flüchtig, dass die beiden zu weit weg saßen, als dass er ihr Gespräch würde hören können. Es wäre bestimmt interessant gewesen. Über den Tresen hinweg konnte er lediglich ihre Gesichter sehen, wenn er sich reckte.

Als er beim zweiten Gang war und konzentriert einige große Gräten aus seinem Matjeshering herauszog, nahm er plötzlich wahr, dass er das halblaut geführte Gespräch zwischen Friedrichsen und Clement verstehen konnte. Offensichtlich lenkte eine Laune der Akustik der fliesenbedeckten Wände den Schall aus der vermeintlich verschwiegenen Ecke zu seinem Tisch. Hansen vermied, mit dem Besteck zu klappern, und kaute behutsam.

Auch der Wirt schien mit gespitzten Ohren zuzuhören. Fast lautlos entnahm er einer Schieblade Besteck, um es flüchtig zu polieren und wieder zurückzulegen. Es handelte sich stets um die gleichen drei Messer.

»Es war Lorns, mein Vetter, der die Ähnlichkeit zwischen dem Toten und dem Bauinspektor entdeckte«, behauptete Friedrichsen gedämpft.

Hansens Erinnerung war anders. Aber es war ohne Bedeutung.

»Und auch wenn ich es nicht gerne sage: Es muss jemand von hier gewesen sein, der auf den Mann losging. Das war vielleicht nicht gerade freundlich, aber man muss ihm zugute halten, dass keiner von der Anwesenheit eines zweiten Fremden auf der Hallig wissen konnte.«

»Natürlich nicht«, stimmte Clement zu. Hansen konnte den Bleistift auf dem Papier kratzen hören.

»Wer auch immer es war, er hat wohl gedacht, ein gutes Werk zu tun, wenn er Hansen einen Schrecken einjagt, und dann wurde es aus Versehen ein wenig mehr. Keiner traut diesen Bauleuten vom Festland, wir haben unsere Erfahrungen. Von den Halligen verstehen sie alle miteinander nichts. Und Hansen ist geradezu unerträglich, hatte am Abend davor schon Ärger gemacht! Vom ersten Augenblick an, in dem er auf der Hallig landete, zog er das Unglück an. Unser Spökenkieker hat uns vor ihm gewarnt.«

Als Spökenkieker galt also der Kerl, der die Ähnlichkeit

zwischen Hansen und dem Toten bemerkt haben wollte. Das glaubte er Friedrichsen aufs Wort.

»Ich habe den Bauinspektor selbst erlebt«, pflichtete Clement dem Ratmann bei. »Noch ein Bier gefällig?«

»Ich könnte noch eins vertragen.«

»Meinst du, dass Hansen den erstochenen Fremden treffen wollte? Ich meine, kam der vielleicht auf die Hallig, um heimlich mit Hansen zu reden?«

»Das könnte wohl sein«, antwortete Friedrichsen entgegenkommend, nachdem er sich mit mehreren tiefen Schlucken am Bier bedient hatte, das Rouwert rasch gebracht hatte. »Vielleicht wegen des Leuchtturms, den Hansen unbedingt durchsetzen will. Man könnte auf den Gedanken kommen, dass es in Wahrheit um die Vorbereitung für einen Krieg geht. Ein Leuchtturm, Kriegsschiffe, Kriegsschiffhafen … Aber ich will das nicht behauptet haben.«

»Kriegsschiffe«, wiederholte Clement und pfiff leise. »Ihr habt also den Verdacht, dass hier ganz andere Dinge eine Rolle spielen. Nationale Interessen sogar …?«

»Nationale Interessen. Genau. Ich suchte nur nach dem richtigen Wort«, behauptete Friedrichsen und fuhr beflügelt fort. »Dann wäre es ja sogar anzunehmen, dass ein dritter Fremder der Mörder ist. Keiner von der Hallig. Vielleicht waren sie beide auf der Suche nach Hansen.«

Clement klappte sein Notizbuch mit einem Knall zu, aber Friedrichsen war jetzt nicht mehr aufzuhalten. Anschaulich spann er den Faden vom Ruderboot aus, in dem beide Fremden gekommen sein mussten, wie sie sich in der rabenschwarzen Nacht getrennt hatten … Und wie das Boot abgetrieben war, als die Tide kenterte …

»Ist es denn gefunden worden?«, unterbrach Clement ihn nach einer Weile, des Wortschwalls offenbar überdrüssig.

»Noch nicht«, antwortete Tete Friedrichsen. »Aber das wird schon noch.«

»Hm«, brummelte Clement. »Wer könnte denn darüber etwas wissen?«

Friedrichsen zog die Schultern hoch. »Jeder zwischen hier und Sylt«, antwortete er endlich. »Bis zur Insel Röm sogar.«

»Na ja, gut«, sagte Clement in abschließendem Ton, steckte sein Notizbuch in die Tasche und erhob sich.

Friedrichsen nickte ihm zu und wanderte mit seinem Krug zum runden Stammtisch hinüber, wo er sich zwischen drei anderen niederließ und lauthals über seine Verluste von Gras durch die Ringelgänse zu klagen begann. Wie jedermann mithören konnte, waren diese gefräßigen Tiere aus purer Bosheit hauptsächlich über das Land hergefallen, das in diesem Jahr ihm als Weide zugeteilt war. Aber Clement, der am Tresen mit dem Wirt abrechnete, tat ihm nicht den Gefallen, sich auch noch für Diebstahl durch freches Federvieh zu interessieren.

Am nächsten Morgen trafen geraume Zeit vor Niedrigwasser zwei Polizisten aus Föhr ein. Der eine war ausgesprochen wackelig auf den Beinen und hatte eine grünliche Gesichtsfarbe. Als der lebendigere der beiden beiläufig mit einer zusammengefalteten Zeitung auf den Tresen klopfte, fiel Hansen, der noch beim Frühstück saß, Clement ein.

Auf Hilligenlei hatte er nicht übernachtet, überhaupt hatte Hansen ihn am vergangenen Tag nicht mehr zu Gesicht bekommen. Möglicherweise hatte er sich bei Witwe Bonken auf der Hunnenswarf einlogiert. Schließlich wäre das ein guter Ausgangspunkt, um ein Boot zu suchen, von dem man glaubte, dass es nach Osten abgetrieben war, das es vermutlich jedoch nicht gab.

Rouwert Wollesen drehte sich um und deutete mit feindseliger Miene auf Hansen.

Der beleibte und kurzbeinige Polizist stapfte um den Tresen herum, grüßte knapp mit der Hand an der Pickelhaube und stand stramm.

Hansen ergriff den nächststehenden Stuhl und zog ihn unter dem Tisch hervor. »Noch einen zweiten dazu?«, fragte er spaßhaft. »Herr Wollesen bringt Ihnen und Ihrem Kollegen sicherlich gerne auch eine Tasse Kaffee.«

»Danke, ich bin im Dienst! Polizeiwachtmeister Robert Schliemann, Wyk auf Föhr«, sagte der Mann säuerlich. »Und mein Kollege braucht keinen Kaffee, er braucht einen Spucknapf. Er ist nicht seefest.«

Hansen, der am dienstlichen Grund ihres Kommens keinen Zweifel gehabt hatte, runzelte die Stirn.

»Ich ziehe meine eigenen Beine vor«, erklärte der krank aussehende Mann und schwankte mit geschlossenen Augen vor und zurück. »Ich hasse Schiffe. Und die See.«

»Machen Sie einfach die Augen auf«, schlug Hansen freundlich vor. »Dann sehen Sie selbst, dass die Gaststube immerhin vor Anker liegt.«

»Vielleicht für einen Mann von der Hallig …«

»Das ist er nicht! Er ist der Mann, den wir suchen.«

Hansen zog die Augenbrauen zusammen und betrachtete den kleinen Dicken abwartend. Offensichtlich war es ein großer Irrtum gewesen, anzunehmen, dass jedermann auf Anhieb Tete Friedrichsens Seemannsgarn als bloße Erfindung abtun würde.

»Sie sollen in einen Mord verwickelt sein, der hier auf der Hallig passiert ist. Was wissen Sie darüber?«

»Nichts, außer dass der Mann tot war. Wie kommen Sie zu der Behauptung, ich hätte damit etwas zu tun?«, fragte Hansen absichtlich ungnädig, während er über die Schulter des Wachmanns hinweg den Wirt Gläser räumen sah. Von rechts nach links und wieder zurück an den alten Platz. Die Akustik funktionierte wohl auch so herum.

»Die *Föhrer Nachrichten* bringen einen ausführlichen Artikel darüber.«

Der Constabler warf die Zeitung auf den Tisch.

Hansen rührte sie nicht an. »Herr Clement, nicht wahr? Ich habe ihn verärgert, weil ich keine Mutmaßungen über einen Toten anstellen wollte, von dem ich nicht das Geringste weiß. Fragen Sie Ratmann Tete Friedrichsen. Der hat eine blühende Phantasie.«

Die Polizisten verständigten sich mit Blicken. »Versprechen Sie, sich zur Verfügung zu halten, Bauinspektor?«, erkundigte sich Schliemann.

Hansen zuckte die Schultern. »Auch ich bin dienstlich hier. Sie finden mich jederzeit irgendwo. Ich bin also nicht verhaftet?«, setzte er sarkastisch hinzu.

»Noch nicht!«, antwortete Schliemann in drohendem Ton.

KAPITEL 8

Auf die Zeitung, die Hansen unbeachtet liegen ließ, stürzte sich hinter seinem Rücken sofort der Wirt. »Heute Mittag gibt es Pissers«, rief er Hansen boshaft nach, während er sie aufschlug. »Nichts anderes da.«

»Nichts dagegen«, antwortete Hansen, um Wollesen die Freude an der vermeintlichen kleinen Schikane zu nehmen, und ging vor die Tür, um sich den Ärger mit der Polizei aus den Kleidern zu lüften.

Die Rinder von Hilligenlei fielen ihm ins Auge, die sich unterhalb der Warf am Priel drängten, an dem gerade die beiden Polizisten in gemächlichem Tempo vorbeiwanderten. Zwei neugierige Kälber folgten ihnen in Galoppsprüngen und mussten vom Hütejungen zurückgescheucht werden.

Die Wachtmeister widmeten weder ihm noch Wirk Aufmerksamkeit, der mit nackten Beinen im Graben umherpatschte und höflich grüßte.

Wirk kam Hansen gerade recht. Mit langen Schritten lief er die Warf hinunter. »Moin, Wirk«, rief er von weitem. »Schön, dich zu sehen, und zwecklos, dich an die Schule zu erinnern, oder?«

»Ganz zwecklos«, bestätigte Wirk und hievte einen Eimer ins Gras. »Bezahlte Arbeit geht vor. Rouwert gibt mir einen Groschen für das Dutzend.«

Hansen blickte in den Eimer, der zur Hälfte mit handtellergroßen, von Schlick schwarz verschmierten Muscheln gefüllt war. Ebenso schwarz war Wirk bis zu den Oberarmen. »Du sammelst wohl die Klaffmuscheln, die ich heute Mittag essen soll.«

»Ist gut möglich. Für drei Personen, hat Rouwert gesagt.«

»Warst du es, der vor ein paar Tagen bei Niedrigwasser mit dem Boot draußen war und Muscheln gegraben hat?«, erkundigte sich Hansen. Die Person, die er gebückt in der Nähe des Bootes beobachtet hatte, war zu weit fort gewesen, als dass er sie hätte erkennen können.

»Ja, mit Großvaters Austernboot. Wollten die Schutzleute mit dir sprechen?« Wirk blickte den Männern hinterher, die gerade den Steg an der Kirchwarf überquerten und den Weg zur Mayenswarf einschlugen.

»Ja, wegen des Toten.«

»War komisch angezogen, der Kerl«, murmelte Wirk nachdenklich. »Nicht wie ein Seemann auf großer Fahrt.«

»Du hast ihn gesehen?«, fragte Hansen hellhörig. Seines Wissens war der Tote sofort in den Sarg gelegt worden, der auf der Hallig stets bereitgehalten wurde.

»Natürlich. Als Erster. Ich habe Tete Bescheid gegeben, aber als ich ihn hingeführt hatte, hat er mich weggejagt. Nichts für kleine Jungen, sagte er.« Wirk schnaubte erbost.

»Ach so. Ich hatte mich schon gefragt, wer ihn gefunden hat«, meinte Hansen. »Warum sollte er denn deiner Meinung nach ein Seemann auf großer Fahrt sein?«

»Weil er angetrieben worden war. Mit der gleichen Flut waren zwei tote Eiderenten gekommen, die am Vortag da noch nicht gelegen hatten.«

Hansen lachte leise und setzte sich im Schneidersitz neben den Eimer, während Wirk seine Hand neben einer fingerdicken Öffnung in den Schlick bohrte. Einen Augenblick später zerrte er eine weitere Muschel heraus, die mit einem schmatzenden Geräusch zum Vorschein kam. »Der Zeitungsschreiber und die Polizisten hätten sich an dich wenden sollen. Du bist der Einzige, der etwas Wissenswertes beobachtet hat.«

Wirk schüttelte entschlossen den Kopf und fuhr mit seiner Arbeit fort.

»Vielleicht stammt der Tote ja von Amrum«, mutmaßte Hansen. »Er könnte in Amrum Hafen ins Wasser gefallen oder geworfen worden sein.«

»Das müsste doch leicht herauszukriegen sein? Ich meine, ob dort jemand fehlt«, sagte Wirk zögernd.

»Natürlich. Sie haben ja Melderegister in allen Hotels und Logierhäusern.« Hansen konnte nicht widerstehen. Er beugte sich vor und suchte tastend nach einer eigenen Muschel, die er mit Stolz musterte, als er sie herausgezogen hatte. Es war ein bescheidenes Exemplar, aber immerhin.

»Wie ein Badegast sah er aber auch nicht aus«, fand Wirk und krauste die Nase.

Das stimmte. Jetzt, wo der Junge es erwähnte, fiel Hansen das Unbehagen ein, das ihn beim ersten Anblick des Toten überfallen hatte. Als ob irgendetwas nicht gestimmt hatte. Wie ein Schausteller in einer falschen Bude. Oder ein Tanzbär auf einem Kinderkarussell. »Man hätte ihn für einen gut situierten Geschäftsmann halten können. Ein Viehhändler vielleicht, wegen der Stiefel …«

»Bist du Viehhändler?« Wirk warf einen beziehungsvollen Blick auf Hansens Beine.

Hansen grinste und streckte sie aus. So gut geputzt, wie Petrine Godbersen ihn mit den Stiefeln entlassen hatte, waren sie nicht mehr. Klumpen von Schlick klebten an den Schäften, und zwischen Hacken und Sohle hatten sich Grashalme eingeklemmt. »Also gut. Dann war der Mann einer, der nicht vom Land kommt, sondern aus der Stadt. Einer auf Geschäfts- oder Vergnügungsreise, könnte ich mir vorstellen. Wahrscheinlich eher auf Geschäftsreise, denn auf einer Vergnügungsreise wird man für gewöhnlich nicht erstochen. Aber wie gelangte er in die See?«

»Weiß nicht.« Der Eimer war schon übervoll. Wirk, der sich wie ein grasendes Schaf mit der Nase am Boden durch den Graben gearbeitet hatte, kam mit vier weiteren Muscheln zurück, die er oben draufpackte.

»Hör mal, so viel essen drei Personen doch gar nicht«, sagte Hansen und hielt den Jungen fest, der sich gerade zur anderen Seite aufmachen wollte.

»Hast du den Polizisten gesehen?«, wandte Wirk ein und befreite sich aus Hansens Griff. »Rund wie eine Frau in Umständen. Keine Sorge, der frisst den halben Eimer Pissers allein.«

»Ach, die beiden essen auch im Wirtshaus?« Dumme

Frage, die er sich hätte sparen können. Dann wunderte Hansen sich über die Respektlosigkeit, mit der Wirk über den Polizisten sprach. Hatte er Angst, dass es ihm selbst an den Kragen gehen sollte wegen seines Schulschwänzens? Offenbar brauchten Wirks Eltern dringend das Geld, da sie nicht einschritten. Immerhin bezahlte der Wirt die Muscheln im Dutzend, und dies war eine ganze Menge. »Fährt dein Vater zur See, weil du so gut darüber Bescheid weißt, wie ein Seemann auf großer Fahrt auszusehen hat?«

Wirk schüttelte stumm den Kopf.

»Sondern?«

»Ich habe keinen«, sagte Wirk leise. »Mutter ist ledig. Großvater war Fischer.«

Oh, da war er ja mitten ins Fettnäpfchen getreten. Auf dem Festland wäre Wirks Mutter wahrscheinlich als gefallenes Mädchen angesehen worden. Wie es hier war, wusste Hansen nicht. »Und wo ist deine Mutter jetzt?«

»Auf Amrum, in Stellung. Ich lebe bei den Großeltern.«

Hansen merkte, dass Wirk bei seinen Fragen litt. Sie schwiegen beide. »Meine Verlobte ist verschwunden«, bekannte Hansen plötzlich. »Spurlos. Niemand weiß, wo sie jetzt lebt, oder ob überhaupt …«

»Oh, tut mir Leid«, sagte Wirk und sah ihm teilnahmsvoll in die Augen. »Muss genauso schlimm sein.«

»Ich weiß nicht.« Hansen stieß einen Seufzer aus und stand auf. »Soll ich dir helfen, den Eimer zu tragen? Er sieht ziemlich schwer aus.«

»Nicht nötig«, wehrte Wirk stolz ab. »Außerdem weiß ich nicht, ob Rouwert mich bezahlt, wenn ich seinen Logiergast das Mittagessen selbst suchen und in die Küche tragen lasse.«

Sönke Hansen lachte und schlug den Weg zur Kirchwarf von Nordmarsch ein, wo in den Resten der schon vor vielen Jahren zerstörten und fast gänzlich abgetragenen Kirche der Tote aufgebahrt sein sollte.

Da Hansen ohnehin von allen Seiten beschuldigt wurde, in den Tod des Fremden verstrickt zu sein, hatte er beschlossen, sich an der ersten Begutachtung der Leiche durch die Polizei zu beteiligen. Wenn er es geschickt anstellte, konnten sie es ihm nicht verwehren. Darüber hinaus ergab sich vielleicht die Möglichkeit, beizeiten Ansichten in den Polizistenköpfen geradezurücken, die sich sonst wie ein Wagenrad in der Spur festfahren und mit Friedrichsens Unterstützung geradewegs zu ihm führen würden.

Einstweilen waren die Wachtmeister nach Norderhörn unterwegs, um Friedrichsen abzuholen. Hansen setzte sich im Sichtschutz eines Stockes in der Nähe der Kirchwarf ins Gras und wartete ab.

Als die drei Männer zurückgekommen und unter dem Notdach der Kirchenruine verschwunden waren, sprang Hansen auf und lief auf leisen Sohlen den Warfabhang hoch, vorbei an den Grabsteinen auf den sorgfältig gepflegten Grabstellen. Im Gegensatz zur Kirche waren sie nach der Verwüstung durch das Wasser wiederhergestellt worden.

Leise trat er in die Türöffnung, wo er stehen blieb, um sich an das Dämmerlicht zu gewöhnen.

Die Wachtmeister mühten sich gerade ab, dem Toten die Jacke auszuziehen. Offensichtlich erschwerte ihnen die Leichenstarre das Vorhaben. Friedrichsen stand untätig daneben.

Auf einem Hocker sah Hansen eine grüne Filztasche mit Lederlaschen, die geöffnet und von innen nach außen gekehrt worden war. Sie war so leer wie der Blick des Mannes, dem niemand die Augen geschlossen hatte. Sein Gesicht war bleich und aufgequollen vom Wasser. Hansen lief ein Schauder über den Rücken, er hätte diese Arbeit nicht verrichten mögen.

Auch dem Wachtmeister mit dem empfindlichen Magen waren die zuvor schnapsgeröteten Wangen wieder blass geworden. Mit zitternder Hand wischte er sich den Schweiß von der Stirn, als sie es mit vereinten Kräften geschafft hatten, den zweiten Ärmel vom Arm des Toten herunterzuziehen.

Friedrichsen wandte den Kopf ab, und dabei entdeckte er Hansen. »Raus!«, fauchte er.

»Er kann bleiben, Ratmann«, entschied Schliemann, der damit befasst war, die Finger der zur Faust verkrampften Hand des Toten aufzubrechen. »Schließlich war davon die Rede, dass der Tote dem Wasserbauinspektor verdächtig ähnlich sieht, und ich will sie vergleichen können.«

Toter und Verdächtiger! Hansen bekämpfte seine aufkommende Panik, um danach sogleich mit gewissem Stolz festzustellen, dass er den Abdruck der Faust ganz richtig aus dem Schlick herausgelesen hatte.

»Und wenn er beteiligt ist«, fuhr Schliemann mit verkniffenem Gesicht fort, »kann er uns vielleicht einiges erklären. Zum Beispiel dieses hier.«

Auf seiner Handfläche, die er Hansen unter die Nase hielt, lag ein kleiner metallener Gegenstand. »Ein Spitzgeschoss«, verkündete er düster. »Keine Rundkugel, nein. Ein modernes Spitzgeschoss!«

»Nein, das kann ich nicht erklären. Aber es ist einfach absurd, anzunehmen, dass dieser Mann mit mir verwechselt wurde«, sagte Hansen. »Eine Leiche, die mit einem modernen Spitzgeschoss in der Hand auf der Hallig landet, war an einem Verbrechen beteiligt. Glauben Sie nicht auch, Herr Schliemann?«

»Das muss sich erst herausstellen«, antwortete Schliemann knurrig und ging wortlos darüber hinweg, dass Friedrichsen mit störrischem Gesicht den Kopf schüttelte. »Der Tote muss nach Föhr überführt werden. Dies ist kein Fall, den man mit dem Begräbnis eines Unbekannten auf dem Halligfriedhof abschließt.«

Während der Ratmann in der Kirchenruine zurückblieb, verließen Schliemann und Hansen die Warf, der Wachtmeister unzufrieden und stumm wie ein Fisch. Aber immerhin war von Verdacht nicht mehr die Rede, und am Fuß der Warf trennten sie sich, ohne dass Hansen weitere Verhaltensmaßregeln über sich ergehen lassen musste.

Abends entdeckte Hansen in der Gaststube, dass Schliemann offenbar abgereist, während sein Untergebener zurückgeblieben war. Hansen nahm sein Bierglas mit und setzte sich zu ihm. Der junge Wachtmeister schien ihm zugänglicher für die Fragen, die er noch hatte.

»Alles, nur nicht schon wieder diese Muscheln«, sagte der Wachtmeister gerade zum Wirt, der neben ihm stand und auf die Bestellung wartete. »Nichts aus der See. Und ein großes Bier.«

»Sauerfleisch mit Bratkartoffeln«, schlug Wollesen mit stoischem Gesicht vor.

»Beim nächsten Mal musst du den runzeligen Wurmfortsatz abschneiden, damit du ihn nicht siehst«, riet Hansen freundlich. »Das Muschelfleisch selber ist vom Geschmack her noch besser als das von Blaumuscheln.«

Der Polizist schüttelte sich. »Nie wieder«, schwor er. »Muscheln mit Pimmel! Ich bin doch nicht pervers! So etwas esse ich nicht! Ich habe ja schon gesagt, dass ich die See nicht ausstehen kann!«

»Tja«, sagte Sönke Hansen teilnahmsvoll. »Eigentlich schade. Es gibt nichts Schöneres als die See, und du bist doch von hier, wie ich hören kann. Was sollst du hier denn noch untersuchen? Ich dachte, die Angelegenheit wäre für euch erledigt.«

»Das Boot! Ich soll das verdammte Ruderboot finden. Hoffentlich liegt es hoch und trocken!«

»Aha«, sagte Hansen und verschwieg ihm, dass er an die Existenz eines Bootes nicht glaubte. Schließlich war der Mann ganz umgänglich und verdiente nicht, dass er ihn entmutigte. »Was war eigentlich so wichtig daran, dass es sich um ein Spitzgeschoss und nicht um eine Rundkugel handelte?«

»Eine Militärwaffe«, murmelte der Polizist und blickte trübsinnig auf den Boden seines bereits leeren Bierkruges. »Gewehr 88. Keine Jagdwaffe.«

Beinahe hätte Hansen einen Pfiff ausgestoßen. Dieser Tote wurde von Stunde zu Stunde geheimnisvoller. Dass er in Amrum von selbst ins Hafenbecken gefallen war, konnte man getrost verwerfen. »Genehmigen wir uns noch einen? Ich lade dich ein.«

Der Schiffer, der die Leiche befördert hatte, kehrte am nächsten Vormittag mit einer Ausgabe des *Sylter Intelligenzblattes* zurück, das sich ebenfalls des rätselhaften Mordes angenommen hatte. Der Inhalt des Artikels sprach sich wieder einmal in Windeseile herum.

Der Schreiber war in den meisten Punkten gegenteiliger Meinung wie Hajo Clement von Föhr. Vor allem betonte er, dass nirgends an den fraglichen Küsten ein Ruderboot angetrieben worden war.

»Dann ist es eben leckgeschlagen und untergegangen«, war die Meinung der Hartnäckigen, die die Gefolgschaft von Tete Friedrichsen bildeten.

Untergegangen. Warum sollte es erst einen Toten an Land werfen und anschließend an anderer Stelle untergehen? Hörte sich nicht besonders wahrscheinlich an. Hansen, der pünktlich am Mittagstisch saß, grübelte ohne schlüssiges Ergebnis darüber nach, während er auf sein Essen wartete. *Untergegangen.* Irgendwie blieb das Wort in seinem Kopf haften.

Sein Blick schweifte über die Nordwestkante der Hallig. Rinder und Schafe. Und Vögel. Wirk war nicht zu sehen. Womöglich saß er ja endlich im Klassenzimmer, wohin er gehörte. Er hatte Hansen am vergangenen Tag noch stolz berichtet, dass er jetzt nicht nur nach englischer

123

Art kraulen, sondern auch richtig schwimmen konnte. Angst unterzugehen hatte er nicht mehr.

Plötzlich fiel es Hansen wie Schuppen von den Augen. Der metallene Ring, der praktisch unter dem Toten gelegen hatte! Wieso war er an Land geworfen worden? Ein Bugsprietbeschlag, der auf See verloren ging, wäre auf der Stelle untergegangen. Dieser Ring konnte nicht von einem Schiff stammen.

Viel wahrscheinlicher war, dass der Tote ihn in der Tasche, die angeblich leer gewesen war, mitgebracht hatte. Wo war in diesem Fall der Zusammenhang zwischen dem Ring und einem vom Militär verwendeten Geschoss?

Hansen warf einen Klecks gestovten Sudden auf die Kartoffeln, schaufelte alles im Eiltempo in sich hinein und machte sich auf den Weg ans Ufer. Den Ring musste er haben, der hatte möglicherweise eine Bedeutung!

Er hatte Glück. Der Ring lag noch im Tang am Fuß der Warf. Hansen hob ihn auf und putzte ihn ab. Am wahrscheinlichsten schien ihm bei näherer Betrachtung, dass er wirklich von einem Boot stammte, aber natürlich nicht angeschwemmt worden war.

Da kam ihm die Einladung von Wirks Großeltern, die Wirk am Vortag überbracht hatte, gerade recht. Er hatte gern angenommen, insbesondere weil er Wirks Zweifel deutlich herausgehört hatte. »Wir sind nur Fischer«, hatte er gesagt. »Wirst du trotzdem kommen? Aber du bist nicht so, oder?«

Kurz entschlossen stieg Hansen auf der alten Peterswarf nach oben und jenseits wieder hinunter, um dem jetzt nicht mehr benutzten Weg zur Mayenswarf zu folgen. Unterhalb der Warf spielten zwei kleine blonde Jungen in einer seichten Pfütze mit ihren Booten. Von ihnen ließ er sich die Kate von Wirks Großvater zeigen.

Die Großmutter wusste sofort, wer Hansen war, und komplimentierte ihn umgehend in den Pesel, wo er sich an einem rot gebeizten Tisch in einen für ihn zu niedrigen Korbsessel hocken musste, um auf den Tee zu warten. Und auf Nummen Bandick.

Der Hausherr humpelte kurze Zeit später herein und nahm ebenfalls Platz. Beglückt nahm er das Päckchen Tabak an, das Hansen vorsorglich dem Wirt abgeschwatzt hatte, und drehte es zwischen den rissigen Fingern. Hansen war froh, dem alten Mann mit dem schlohweißen Haar und den blassblauen Augen eine Freude gemacht zu haben. Seine Lippen schimmerten bläulich, und er atmete angestrengt.

Wirk tauchte auf, stand mit verlegener Miene auf dem Dielenboden, trat von einem nackten Fuß auf den anderen und sagte kein Wort.

Sönke Hansen begann sich unbefangen umzusehen. In der Ecke, die nicht von Alkovenbetten zugebaut war, lehnte ein langer, flacher Knochen, und auf dem dreieckigen Wandbord, das in jede friesische Stube gehörte, stand eine kurzschäftige Tabakspfeife, aber nicht das Porzellan aus der Walfängerzeit, das bei den meisten Halligleuten den Pesel schmückte. Diese Familie war immer arm gewesen.

»Stammt der Knochen von einem Wal?«, erkundigte sich Hansen höflich.

»Wohl«, antwortete der Großvater zurückhaltend.

»Urgroßvater hat die Rippe geschenkt bekommen«, erklärte Wirk stolz.

»Sein Vater war Walfänger«, ergänzte der Alte etwas aufgeschlossener. »Ertrank bei seiner dritten Reise, als die Schaluppe kenterte, weil der Wal unter ihr auftauchte.«

»Mm«, murmelte Hansen teilnahmsvoll und bedankte sich mit einem Nicken bei der Großmutter, die eine Tasse vor ihn stellte und den Tee eingoss, bevor sie den Pesel wieder verließ. »Schwere Zeiten waren das wohl.«

»Glückliche Zeiten waren das«, widersprach Nummen Bandick. »Die Seefahrt war immer besser als die Fischerei, aber der Walfang hörte dann ja auf. Ich war dankbar, dass ich von Föhrer Fischern als Junge aufgenommen wurde. Schellfisch und Kabeljau jagten wir auf offener See bei Amrum, und das war auch gefährlich. Später hatte ich dann mein eigenes Austernboot.«

»Damit werde ich uns ernähren, sobald ich konfirmiert bin, nicht wahr, Großvater?«, mischte sich Wirk stolz ein.

»Es wird zu alt, mein Junge«, sagte der alte Mann bekümmert. »Und was willst du damit fangen? Von Austern kannst du nicht mehr leben. Und wie willst du von der Hallig wegkommen? Das Wasserbauamt wird uns den freien Zugang zur See nehmen, hörte ich. Ich werde es zum Glück nicht mehr erleben.«

Hansen ertrug stumm, dass Wirk ihn mit einem vorwurfsvollen Blick bedachte. »Der freie Zugang wird erhalten bleiben. Und ich werde mich dafür einsetzen, dass ein kleiner Hafen gebaut wird …«

»Das glaube ich. Aber die Herren in Berlin entscheiden vielleicht, dass eine Hallig keinen Hafen benötigt.«

Der Einwand war nicht von der Hand zu weisen. Es war für Hansen beklemmend, immer wieder mit den Fehlern seiner Vorgänger konfrontiert zu werden.

Hansen kaute auf der Unterlippe herum und beschloss dann, zu seinem Anliegen zu kommen. Er nahm einen Schluck Tee und zog den Eisenring aus einer Tasche, die er sich geliehen hatte. »Stammt der von einem Halligboot, Herr Bandick?«

Über das Gesicht des Großvaters ging ein interessiertes Leuchten, als er danach griff. Er betrachtete den Ring von allen Seiten. »Nein«, sagte er schließlich, »der stammt nicht von einem unserer Schiffe. Ich glaube nicht einmal, dass die Quatschen aus der Ostsee solche Beschläge haben. Aber sag Nummen zu mir.« Er gab den Ring an Wirk weiter, der es kaum erwarten konnte, ihn anzufassen.

»Warum hast du das olle Ding mitgebracht, Sönke? Das lag am Ufer, ich habe es auch gesehen.«

»Ich denke, der Ring hatte für den Toten eine Bedeutung«, sagte Hansen.

»Aber der ist erst später da hingekommen! Da war der Mann doch längst fortgeschafft worden.«

Hansen hörte Wirk nur mit halbem Ohr zu, während er darauf wartete, dass der alte Mann noch mehr sagte.

»Vielleicht stammt der Ring aus der Landwirtschaft.«

»Aus der Landwirtschaft«, wiederholte Hansen verblüfft und ein wenig ungläubig.

»Möglicherweise.« Der alte Mann holte sich den Ring

von Wirk zurück und ließ einen gelblichen Fingernagel über die Oberfläche kratzen. »Nieten dieser Art sind mir fremd. Ich habe solche noch nie gesehen.«

Dass der Ring etwas Geheimnisvolles zu haben schien, bestätigte Hansens Vermutung, dass der Tote ihn mitgebracht hatte.

Aber so wie die Dinge lagen, konnte Hansen ihn nicht an Schliemann weitergeben.

Statt sich über seine eigene schlampige Untersuchung Gedanken zu machen, würde Schliemann vermutlich wieder darauf zurückkommen, dass Hansen sehr wohl mit dem Todesfall zu tun hatte.

Wirks Großmutter öffnete die Tür und sah herein. »Draußen ist Lorns, der dem Bauinspektor etwas zu sagen hat. Hereinkommen will er nicht.«

Hansen erhob sich mit einem unguten Gefühl und ging zur Haustür, wo er unter dem gemauerten Bogen mit eingezogenem Kopf stehen blieb.

Lorns bellte los. »Ich möchte nicht, dass ein Fremder sich auf meiner Warf zu schaffen macht und an seinen Fingern womöglich etwas kleben bleibt, das mir gehört! Ich will dich auf der Peterswarf nicht mehr sehen, Hansen!« Er drehte sich auf den Hacken um und schlurfte davon.

Mit Achselzucken nahm Hansen zur Kenntnis, dass etliche erwachsene Bewohner der Warf das Gebrüll mitgehört hatten. Vermutlich war Lorns im Auftrag von Friedrichsen so lautstark vorgegangen. Der Ratmann hatte wohl vor, jede sich bietende Gelegenheit auszunutzen, um Hansens Position zu schwächen.

Die geplanten Schutzmaßnahmen der Hallig arteten allmählich zum Kampf zwischen einem Ratmann und dem Wasserbauamt aus. Die Leiche eines Unbekannten hatte Friedrichsen sich dabei zunutze machen können. Hansen fragte sich, was ihm noch alles einfallen würde.

KAPITEL 9

An die Anwesenheit der Polizei auf der Hallig hatten sich alle allmählich gewöhnt, und als Polizeiwachtmeister Schliemann am Freitag wieder eintraf, kümmerte sich kaum noch jemand um ihn. Das änderte sich erst, als er Rouwert Wollesen die neueste Ausgabe der *Föhrer Nachrichten* überreichte.

Der Wirt überflog die Schlagzeilen. Sein empörtes Keuchen ließ Hansen, der gerade den Speiseplan auf der Schultafel studierte, aufmerken. »Das ist ja unerhört!«, schimpfte Rouwert. »Ich habe ihn doch nicht mit Porrenfrikadellen vergiftet!«

Hansen schlenderte zur Theke und warf einen Blick in den bemängelten Artikel, der die Überschrift trug: *Halligen in bestürzendem Zustand.* Ausgehend von der Tatsache, dass Hajo Clement Krabben des Vorjahres, salzig eingelegt, aber natürlich gewaschen, in Gestalt von Frikadellen vorgesetzt bekommen hatte, folgerte er, dass die Halligleute so roh von Gemüt seien wie ihre unverträglichen Speisen.

Über das gesuchte Boot ließ er sich nicht aus, jedoch

über Sönke Hansen. Wenn es für möglich gehalten wird, dass auf Nordmarsch-Langeness ein preußischer Bauinspektor ermordet werden soll oder gar selbst mordet, schrieb Clement, kann man die Halligen nur mit dem Wilden Westen Amerikas vergleichen.

Jetzt selbst stumm fluchend, ging Hansen zu seinem üblichen Tisch, wo sein Teller schon aufgetragen worden war.

»Kann ich mich zu Ihnen setzen, Bauinspektor?«, fragte hinter ihm Schliemann. »Nur für einen Augenblick, dann dürfen Sie essen.«

»Meinetwegen«, sagte Hansen argwöhnisch, obwohl ihm der höfliche Ton durchaus auffiel. »Wenn Sie mich nicht aufs Neue beschuldigen …«

Kaum saß Schliemann, legte er schon mit betretener Miene los. »Sie sind von jedem Verdacht entlastet, Herr Hansen. Er war von Anfang an weit hergeholt, und es gibt nicht den geringsten Anhaltspunkt, dass Sie mit dem Toten etwas zu tun haben. Meine Dienststelle bedauert das Versehen.«

»So. Danke«, sagte Hansen verblüfft. »Ich auch.«

»Das Ruderboot existiert nicht. Der Mann muss von einem Schiff gefallen sein. Wahrscheinlich eine handgreifliche Auseinandersetzung an Bord. Wir suchen jetzt nach einem Schiff, auf dem jemand vermisst wird.«

»Aha«, murmelte Hansen.

»Die Angelegenheit ist damit für Sie erledigt.« Schliemann erhob sich. »Wie gesagt, es tut uns Leid.«

»Und was macht man mit dem Kerl hier?«, fragte der Wirt, der aufmerksam zugehört hatte, und wedelte mit der Zeitung. »Kann man ihm den Mund stopfen?«

»Wohl kaum«, bedauerte der Polizist. »Hajo Clement ist meistens äußerst scharf, und es gibt Leser, die seinen Stil lieben. Er gehört zu einer neuen Generation von Zeitungsschmierern ...«

»Womit wurde der Tote eigentlich erstochen?«, fragte Hansen.

»Mit einem spitzen Gerät, einer Schusterahle oder einem Marlspieker, vermutet der Arzt, den wir in diesem besonderen Fall zugezogen haben. Er hatte Zeit für uns, noch sind nicht viele Badeleute da.«

Hansen beugte sich vor, vom Jagdfieber gepackt. »Hat er festgestellt, wie der Stichkanal verlief?«

Der kleine Dicke betrachtete ihn mit offenem Mund, während er sich erhob und den Stuhl unter den Tisch schob.

»Ich meine«, führte Hansen geduldig aus, »wenn einen Priel durchdämmen will, muss ich auch erst seine Beschaffenheit feststellen, am besten mit den Füßen voran. Dann weiß ich, ob er oft seinen Verlauf wechselt, ob der Boden aus Schlick, Sandschlick oder Sand besteht ... Die Umstände muss man kennen. In diesem Fall wäre es wichtig zu wissen, ob das Mordinstrument das Herz traf oder daneben ging ...«

»Wozu soll das gut sein? Er ist tot, oder nicht?«

Zweifellos. Doch hätte man nicht ausrechnen können, wie lange der Mann schon tot war, bevor er an Land trieb? Strömungen feststellen, die an dem Tag herrschten, wie schnell sie waren, woher sie kamen, einen Kreis um die Leiche auf der Peterswarf schlagen ... Hansen sinnierte in die Luft. Bei einer solchen Sache musste man seines Er-

achtens auch ein paar mathematische Berechnungen anstellen.

Oder war er auf dem Holzweg? Hansen schüttelte den
Kopf von Gedanken frei, die ihn nichts angingen, und
wandte sich wieder dem Polizisten zu, der inzwischen neben dem Stammtisch stand.

Schliemann starrte gerade mit gerunzelter Stirn auf den
Teller seines Untergebenen, auf dem sich Knöchelchen
häuften. »Komm, Mann, der Schiffer wartet! Die Zeitung
könnt ihr hier behalten«, rief er dem Wirt zu, bevor er die
Gaststube mit schnellen Schritten verließ.

Der jüngere Polizist schlurfte hinterher, sich im Gehen
noch den Mund abwischend.

An diesem Tag gab es Ringelgans. Dem Polizisten hatte
sie geschmeckt, im Gegensatz zu Hansen, der schon den
ersten Bissen tranig fand. Er winkte ihm mit dem Messer fröhlich hinterher, erleichtert, dass er mit der Polizei
nichts mehr zu tun haben würde.

Von Sönke Hansens Schultern fielen Mühlsteine. Eines
Verbrechens beschuldigt zu sein hatte ihn mehr belastet,
als er sich eingestanden hatte, auch wenn es nur ein unsin-
niger Verdacht gewesen war, erfunden von einem Mann,
der geglaubt hatte, ihn auf diese Weise von der Hallig vertreiben zu können.

Noch viel klarer war ihm jetzt geworden, was Gerda
auszuhalten hatte. Auf einmal raste sein Herz. Anschuldi-
gungen klebten wie Teer. Hatte er Gerda letzten Endes im
Stich gelassen? Sich mit der vagen Andeutung ihres Brief-
chens begnügt, sie sei freiwillig geflohen?

Seine Liebe zu ihr schien plötzlich zu groß, um in den kühlen Fliesenwänden einer Halligkneipe eingesperrt zu sein. Am liebsten wäre er auf der Stelle auf und davon gegangen, um Gerda zu suchen.

Hansen ballte die Fäuste und atmete tief durch, um seine Angst um sie zu bekämpfen.

Die Tür schlug mit einem Scheppern gegen die Wand, und Tete Friedrichsen stapfte herein, ohne nach rechts und links zu sehen. Hansen folgte ihm mit grimmigen Blicken. Dieser Mann war ein unversöhnlicher, intriganter Kerl, der bis zu seinem Lebensende darauf beharren würde, dass Hansen in den Mord verwickelt war.

Ihm blieb auch seinetwegen nur übrig abzureisen. Das Vertrauen der Halligleute hatte er ohnehin verspielt. Vielleicht konnte man den Kollegen Friedrich Ross zu neuen Verhandlungen herschicken, wenn Gras über die Sache gewachsen war. Vielleicht war der sogar in seiner manchmal tollkühnen Vorgehensweise der Bessere für schwierige Verhandlungen.

Hansen ließ sich von Wollesen noch einen Schnaps gegen den Trangeschmack bringen und ging dann nach oben. Viel zu packen hatte er nicht. Das konnte er am nächsten Morgen erledigen. Am Sonnabend fuhren die Halligleute zum Markt nach Wyk, und er würde mit ihnen zurückfahren.

Verabschieden musste er sich nur von Mumme Ipsen und Wirk. Schade, dass er die Frau nicht kennengelernt hatte, die ihm wegen ihrer entschlossenen Beteiligung an einer vermeintlichen Männersache so gut gefallen hatte.

Jorke. Jorke Payens.

Mit Mumme Ipsen traf er genau auf dem Stock über dem kleinen Wehl zusammen, und es stellte sich heraus, dass der Ratmann zu ihm wollte. »Ich komme, um mich zu verabschieden, ich fahre morgen«, erklärte Hansen.

»Das habe ich befürchtet«, sagte Ipsen und hielt Hansens Hand fest. »Du wurdest mit dem Mordfall in Zusammenhang gebracht, aber glaube mir, es war nicht so gemeint. Auch von Tete nicht.«

»Von Tete war es so gemeint«, widersprach Hansen. »Er will die Bedeichung nicht, und er ist nicht wählerisch in seinen Mitteln, das Wasserbauamt von der Hallig fern zu halten.«

»Aber er ist kein unrechter Mann, wirklich nicht. Die Halligen liegen ihm am Herzen.«

Hansen stieß einen Seufzer aus. »Er ist auf dem Holzweg. Wolltest du tatsächlich zu mir, um ihn zu entschuldigen?«

»Nicht ganz«, gab Ipsen zu. »Ich habe noch einen zweiten Grund. Es geht um diese Zeitungsschmierereien. Der Gast, der sich bei Witwe Bonken angemeldet hatte, hat brieflich abgesagt wegen der Gefahren auf der Hallig. Vier Wochen Bezahlung für Kost und Logis – es trifft sie hart. Und nicht nur sie: Ich hatte gehofft, dass die Halligen in Zukunft eigene Bade- und Logiergäste haben könnten. Im letzten Jahr hatte es so gut begonnen. Aber jetzt …«

»Soll ich bei Hajo Clement vorsprechen?«, fragte Hansen betroffen.

Ipsen schüttelte den Kopf. »Zwecklos. Ich habe mich umgehört: Clement ist ein ganz fanatischer. Er ändert seine Meinung nie. Man muss es anders anfassen.«

Hansen nickte abwartend. Ipsen wälzte eine Idee in seinem grauhaarigen Kopf herum.

»Die Sache muss bis aufs Tüpfelchen aufgeklärt werden, und dann muss es in die Zeitung, aber nicht in die, für die Clement schreibt.«

»In das *Sylter Intelligenzblatt*«, murmelte Hansen.

»Wenn du meinst. Jedenfalls müssen die Halligen von aller Schuld freigesprochen werden. Der Haken ist: Den Föhrer Wachtmeistern traue ich nicht zu, den Mordbuben zu finden. Die können vielleicht einen Hochradfahrer einfangen, der Kutschpferde scheu gemacht hat, aber einen, der eine Kruke mit Halligbutter zu Boden geworfen hat, schon nicht mehr.«

Hansen ahnte, was jetzt kommen sollte.

»Kurz und gut«, sagte Ipsen, »du bist derjenige, der die Sache in die Hand nehmen muss. Du bist der Einzige, der den Halligen jetzt noch helfen kann. Und mit dem Vorsatz bist du doch gekommen. Andernfalls könnten wir auf den Deichschutz auch verzichten.« Ohne auf Antwort zu warten, machte er kehrt und stapfte den Weg wieder zurück.

Es war eine schwierige Entscheidung. Urlaub, um die Suche nach dem Mörder aufzunehmen, würde Hansen nicht bekommen. Kompetent fühlte er sich auch nicht. Es musste schließlich Methoden geben, mit Hilfe deren man systematisch vorgehen konnte. Nicht dass er solche Kenntnisse den Föhrer Polizisten zugetraut hätte, da gab er Mumme Recht. Aber er hatte sie auch nicht. Und dann war da noch Gerda …

Er holte den mysteriösen Ring, den er auf den Schrank geschoben hatte, wieder herunter, drehte ihn zwischen den Händen und dachte nach.

Plötzlich knarrte seine Zimmertür, und Wirk steckte die Nase durch den Spalt. »Darf ich hereinkommen?«

»Natürlich. Aber beim nächsten Mal klopfst du«, belehrte Hansen ihn. »So ist es üblich.«

Wirk grinste unbekümmert. Dann kam er ins Zimmer und bemühte sich um eine tieftraurige Miene. »Ich habe das Kraulen verlernt«, behauptete er mit dumpfer Stimme. »Es geht nicht mehr.«

»Verlernt? Das kann man gar nicht.«

»Nicht?«, fragte Wirk bestürzt.

Hansen schüttelte den Kopf.

Wirk schubberte sich mit den Knöcheln an der Wange. »Ich habe nämlich morgen den ganzen Vormittag Schule und dachte, dass du mir am Nachmittag wieder Schwimmunterricht erteilen könntest, aber da ist Niedrigwasser, und in den Priel traue ich mich wegen der Strömung nicht, so dass es erst wieder am Sonntagmorgen bei Flut ginge.«

»Hol mal Luft. Von deinem Wortschwall ist ja wohl nur die Hälfte wahr«, sagte Hansen erstaunt.

»Das mit der Schule stimmt, und wann wir Niedrigwasser haben, weiß ich wohl auch«, widersprach Wirk rasch. »Aber wenn man Kraulen nicht verlernen kann, muss ich mir etwas anderes ausdenken. Schwimmen nach deutscher Art denn?«

»Auch nicht«, sagte Hansen und schüttelte belustigt den Kopf. »Du willst ja nur, dass ich hier bleibe und den Mordfall aufkläre.«

»Natürlich! Aber Mumme Ipsen sagt, dass er nicht weiß, ob du es tun wirst. Dabei möchte Großmutter auch einen Logiergast haben. Ich habe ihr versprochen, dafür zu sorgen.« Wirk strahlte Hansen an. »Unsere Gäste sollen Austern, Pissers und Räucheraal bekommen, so viel sie wollen. Und niemals Porrenfrikadellen!«

Hansen lachte von Herzen. »Dann ist es entschieden. Wenn jetzt auch du mir zuredest wie einem lahmen Gaul, muss ich wohl doch bleiben.«

»Hat es auf der Hallig schon mal Fuhrwerke gegeben, Wirk?«, fragte Sönke Hansen. Wenn der Beschlag nicht von einem Schiff stammte, dann vielleicht von einem Wagen. Aus der Landwirtschaft, wie Nummen vermutet hatte. Es war höchste Flutzeit, und sie standen an der Peterswarf. Es zog Hansen dort hin, weil er stets das Gefühl hatte, er müsste noch mehr über die Strömungsverhältnisse erfahren.

»Mumme hat im vergangenen Jahr ein Gespann für die Heuernte vom Festland ausgeliehen«, erzählte Wirk munter. »Aber auf den Fennen klappte es nicht. Viel zu viele Priele, und dann mussten sie lange Umwege machen, weil sie nicht rüberkamen, auch nicht über hingelegte Bohlen.«

Hansen zuckte zusammen. Es war eine eher gedankenlose Frage gewesen, aber Wirks Antwort machte ihn mit einem Schlag auf einen weiteren Aspekt der Bedeichung aufmerksam.

»Boote sind besser für die Heuernte als Pferde«, ergänzte Wirk überzeugt.

»Ich glaube, ich muss nach Föhr zum Schmied«, sagte Hansen nachdenklich.

»Ich fahre mit!«

»Du hast morgen wieder Schule.«

Wirk grummelte nur leise vor sich hin, aber Hansen hörte ihn trotzdem und schüttelte unnachgiebig den Kopf.

Aber in der Nacht erhob sich ein heftiger Sturm aus Nordost, der erst am Vormittag abflaute. Da kein Nordmarscher bei solchem Wetter ausfahren konnte, verzichtete Hansen wohl oder übel auf seinen Ausflug und folgte stattdessen am späten Nachmittag etwas ungläubig Wirks Einladung, ihn auf das Watt zu begleiten, um Wellhornschnecken zu fangen.

Mit zunehmender Entfernung von der Mayenswarf nahm Hansens schlechtes Gewissen ab, obwohl er die Zeit für Erkundigungen hätte nutzen sollen, statt sich freizunehmen.

Wirk ging rasch, sprang barfüßig über die kleinen wassergefüllten Kuhlen im harten Sand, und Hansen geriet bald ins Schnaufen. »Wir müssen uns beeilen«, rief Wirk über die Schulter zurück, »die Hünne laufen uns sonst davon!«

»Ich dachte, wir sammeln Schnecken! Und jetzt willst du plötzlich Hünne jagen?«, protestierte Hansen. »Nicht dass ich überhaupt wüsste, was das ist.«

Wirk begann auf einem Bein im Kreis zu hüpfen und lachte sich schief, bis Hansen ihn eingeholt hatte. »Hünne sind doch die Wellhornschnecken, du Dummkopf!«, schrie er und schwenkte ausgelassen seinen Korb. »Ich denke, du bist Friese!«

»Aber vom Festland«, murrte Hansen.

Der Wyker Hafen schien fast zum Greifen nah, als Wirk in einer Senke die ersten Schnecken einzusammeln begann, die emsig unter ihren großen Gehäusen kriechend zum Wasser unterwegs waren. »Wie kommt das?«, fragte Hansen staunend.

»Das Wasser wird durch den Oststurm nach draußen getrieben, und wenn er vor dem nächsten Niedrigwasser schon abgeflaut ist, schaffen es die Schnecken nicht rechtzeitig ins Wasser zurück«, sagte Wirk, sehr zufrieden, weil die Beute unermesslich groß schien. »Nur dann kann man sie zu Fuß einsammeln. Nicht alle mögen sie, aber ich schon. Und Rouwert bezahlt gut dafür, weil sie so selten sind.«

»Dann ist es ja ein Glück, dass Hajo Clement nicht in der Nähe ist. Dass jemand Schnecken isst, würde er wohl für den Gipfel des Barbarischen halten. Was ist das da draußen?«, fragte Hansen und zeigte auf eine flache Erhebung, die sich schwärzlich vom hellen Sand abhob.

»Die Austernbank. Kommt auch nur bei sehr niedrigem Wasser zum Vorschein. Eine von den Bänken, auf denen Großvater früher gefischt hat. Komm, hilf mir jetzt.«

»Ja, ja«, murmelte Hansen unschlüssig und musterte über die Bank hinweg das dunklere Wasser der Fahrrinne zwischen den Inseln und den Halligen. Er folgte ihr mit den Blicken bis zur Südspitze von Amrum. »Die Leiche hätte auch bei den Austern hängen bleiben können, oder?«

»Damals war der Wasserstand höher«, erinnerte Wirk ihn. »Und der Wind hätte anders kommen müssen.«

»Mm. Die Strömung ist vermutlich mit dem Wind gegangen, als der Tote im Wasser trieb. Im Grunde muss er von Amrum Hafen oder von einem Schiff stammen, das sich zwischen Hooge und Amrum befand. Womöglich segelte das Schiff sogar gerade in der Norder-Aue nach Wyk ein.«

Die Schneckengehäuse, die Wirk unermüdlich einsammelte, flogen mit klackerndem Geräusch in den Korb, während Hansen nachdachte. »Es sei denn, er ist von Ebbe und Flut über Stunden hin und her getrieben worden …«

Wirk richtete sich auf und stemmte die Fäuste in die Seiten. »Ist dir schon mal ein Seehund begegnet, der von den Jägern angeschossen wurde und entkam? Und nach Tagen tot auf Land geworfen wurde? Der stinkt, kann ich dir sagen! Da bleibst du eine Schiffslänge ab von.«

»Ja, das stimmt«, sagte Hansen überrascht. »Ich bin einem begegnet. Im Gegensatz zu ihm war der Tote ganz frisch, sozusagen.« Sein Blick und seine Gedanken richteten sich auf Amrum.

»Ich weiß, was du vorhast«, sagte Wirk in leicht drohendem Ton, als wäre er von Hansen enttäuscht. »Du willst jetzt auch noch nach Amrum. Darf ich denn wenigstens dorthin mitfahren? Mutters Bruder ist der Leuchtfeuermeister.«

»Auf dem großen Leuchtturm?«, fragte Hansen beeindruckt.

Wirk nickte stolz.

»Dann muss ich mit deinem Lehrer sprechen. Es kommt nicht in Frage, dass du schwänzt.«

»Na ja, gut«, murrte Wirk und sah sich um. Mit der Hand über den Augen spähte er gegen die Sonne über das Wasser. »Wir müssen los. Die Flut kommt.«

»Schade. Ich wäre gern noch zur Austernbank gegangen«, meinte Hansen verlangend.

»Zu spät. Das Wasser kommt schnell.«

»Das weiß ich auch«, versetzte Hansen griesgrämig, schon im Laufen. Er war doch kein Badegast!

Als sie keuchend an der Halligkante anlangten, stieg Wirk das Wasser in einem ufernahen Priel bereits bis zur Brust. »Tiefer Schlick«, murmelte er schaudernd und konnte sich kaum überwinden, einen Fuß vor den anderen zu setzen.

Hansen nahm Wirk den Korb ab und zog den Jungen mit Schwung auf Land. »Ich will doch sehr hoffen, dass du mich gewarnt hättest, wenn an dieser Stelle ein Kuhkadaver läge«, sagte er entrüstet. »Auch wenn du deine Gedanken hauptsächlich bei den leckeren Hünne hast, die du heute Abend essen wirst.«

»Stimmt«, sagte Wirk, und sein Gesicht hellte sich wieder auf. »Und ja, hätte ich.«

KAPITEL 10

In Wyk regnete es in Strömen, und Hansen musste sich durch schlammige Gassen hindurchkämpfen, bis er zur Schmiede kam. Bis dahin waren seine Hosenbeine schon durch und durch nass und bespritzt von den Kutschen, die bei diesem Wetter besonders schnell fuhren. Und rücksichtslos, wie die Halligfrau auf der *Rüm Hart* gesagt hatte.

Er fing nach diesem kurzen Aufenthalt bereits an, die Welt mit den Augen eines Halligbewohners zu betrachten. Mit einem Lächeln auf den Lippen trat Hansen über die Schwelle der Schmiede.

Der Schmied stand an der Esse und schlug rhythmisch auf eine Stange weiß glühenden Eisens. Als es ein wenig abgekühlt war, versenkte er es in einem Bottich mit Wasser. Unter dem Zischen und ohne Hansen anzusehen, erkundigte er sich: »Welche Kutsche ist beschädigt, Ihre oder die entgegenkommende? Die Stadtväter sind wirklich zu säumig! Überall Löcher in den Straßen! Ich hoffe, es ist keine Person zu Schaden gekommen.«

Hansen schlug den Jackenkragen herunter, von einem

Ohr zum anderen grinsend. »Von einer Kutsche kann nicht die Rede sein. Ich bin ja nicht der dänische König.«

»Tja, Sie haben Recht, diese Glanzzeiten, als noch Könige in Wyk Urlaub machten, kommen nicht wieder«, meinte der Schmied wehmütig und legte sein Handwerkszeug beiseite. »Womit kann ich Ihnen denn dienen?«

Statt zu antworten, reichte ihm Hansen den Ring. »Haben Sie so etwas schon einmal gesehen oder selbst gefertigt?«

Der Mann betrachtete den Ring erstaunt. »In letzter Zeit habe ich zwar mehr mit Gartentoren für Logierhäuser zu tun, aber ich darf doch sagen, dass mir alle Arten von Reisefahrzeugen vertraut sind. Von Schiffen, die in der Gegend gebaut werden, auch. Ich war früher in der Wyker Werft beschäftigt, zuständig für Beschläge aller Art.« Mit herabgezogenen Mundwinkeln schüttelte er den Kopf und gab Hansen den Ring zurück. »Bedauere, so etwas ist mir noch nicht untergekommen.«

»Aus der Landwirtschaft stammt er auch nicht?«

»Von den Inseln jedenfalls nicht. Ein Meister arbeitet so nicht. Und einem Gesellen, der mir ein solches Stück ablieferte, würde ich den Laufpass geben. Schlechtes Material, schlechtes Handwerk.«

»Das ist immerhin mehr, als ich vorher wusste«, sagte Hansen dankbar.

»Dann sind Sie sehr bescheiden, für einen Gast. Nette Abwechslung. Ich werde Ihnen eine Vermutung mit auf den Weg geben«, meinte der Schmied. »Vielleicht ist es ein Gegenstand, der aus der Not heraus gefertigt wurde. Oder die Erfindung eines Eigenbrötlers.«

»Tja, das ist natürlich eine Möglichkeit«, sagte Hansen zögernd und betrachtete einen Augenblick die wieder angefachten Flammen. Im fauchenden Lärm der Esse winkte er dem Handwerker dann nur dankend zu und verließ die Werkstatt.

Die Schmiede befand sich am nördlichen Ortsrand, und Hansen hatte ein ganzes Stück zu gehen, bis er zurück in den lebhafteren Teil von Wyk kam.

Auf der Suche nach der Polizeistation geriet er an den Strand, wo vereinzelte Badekarren für Mutige bereitstanden, die sich ins kalte Wasser wagen wollten. Aber die meisten Gäste saßen stattdessen in den neumodischen Strandkörben, die Männer hinter ihren Zeitungen, die Frauen mit einem aufgeschlagenen Bibliotheksbuch, das ihnen verstohlene Blicke auf vorübergehende, gut aussehende Mannsbilder gestattete.

Die Damen waren nicht nach Sönke Hansens Geschmack, und ihre Neugier empfand er als zudringlich. Ganz anders als Jorkes Blicke, die ihn hauptsächlich wegen Gerda in Verlegenheit gebracht hatten. Die hatten ihm gefallen.

Er hob seinen Strohhut, um nicht als unhöflich zu erscheinen, und beschleunigte seine Schritte. Es ging gegen Mittag, und er musste sich beeilen, den Langenesser Ewer zu erreichen. Spätestens eine Stunde vor Niedrigwasser, hatte der Schiffer gesagt.

Als er die Kate mit dem altmodischen Schild *Wyker Policeystation* endlich fand, war sie geschlossen. Es blieb ihm nichts anderes übrig, als zu warten.

Er entschied sich für die Hafenkneipe. Die waren meistens laut und verräuchert, aber die Fische, die sie dort dem Gast vorsetzten, pflegten frisch zu sein. Im *Vernarbten Schulterblatt* hatte er gelegentlich gegessen, als er wegen des Brückenbaus in Wyk gewesen war.

»Hereinspaziert, hereinspaziert!«, rief ein Mann, der aussah wie ein Preisboxer und Hansen geschäftstüchtig schon von weitem aufs Korn genommen hatte. Er winkte ausholend, hielt das im Wind an Ketten schwingende Schulterblatt des Wals fest, damit es Hansen nicht am Kopf traf, und schob ihn in die Kneipe. »Ich habe heute vorrätig: den größten Kabeljau, den flachsten Steinbutt, die sauersten Heringe, die fettesten Makrelen, die grätenlosesten Hornhechte, das giftigste Petermännchen, den tranigsten Wal, alles vom Besten in ganz Wyk.«

Hansen lächelte belustigt. »Sie sind wohl ein neuer Wirt? Die Auswahl hört sich verlockend an. Wann macht die Polizeistation wieder auf?«

»Zwei Uhr. Sie können ganz gemütlich speisen«, sagte der Wirt zufrieden und schlüpfte an Hansen vorbei, um sich hinter den Zapfhahn an der Theke zurückzuziehen. Ungefragt begann er ein Glas Bier abzufüllen, und Hansen war es recht.

Er setzte sich, einigte sich mit dem Wirt auf Scholle mit Speck, weil diesem die Petermännchen gerade ausgegangen waren, nahm das Bier dankend entgegen und wartete gut gelaunt ab.

Die Kneipe erinnerte ihn an die *Rumboddel*, abgesehen davon, dass die Wände hauptsächlich von Mitbringseln der Walfänger strotzten. Neben den Knochenschnitzerei-

en und mehreren Harpunen war das Prunkstück ein See-
hundschlitten. Aber es hatte auch die bestimmt drei Meter
lange Ruderpinne eines Windjammers an die Wand dieser
Kneipe verschlagen sowie den breitkrempigen Lederhut
eines französischen Matrosen, beides sicherlich eher selte-
ne Erinnerungsstücke. Hansen nahm einen Schluck Bier,
zog den Ring aus der Tasche und drehte ihn nachdenklich
zwischen den Händen. Nach allem, was er bisher wusste,
war er selbst im Besitz eines seltenen Fundstückes.

Es sei denn, er liefe total in die Irre, und der Ring hatte
mit dem Toten überhaupt nichts zu tun. Vielleicht hatte
jemand von der Hallig ihn angefertigt, und er war aus dem
Abfall, der in den Prielen entsorgt wurde, zufällig wieder
hochgeschwemmt worden. Und er, als echter Klugschnacker aus der Stadt, vergeudete seine Zeit, um einem völlig
belanglosen Gegenstand nachzuspüren. Ärger stieg in ihm
hoch, den er sofort vergaß, als er den Wirt mit einem auf
der flachen Hand hochgestemmten Teller zwischen den
Tischen herbeisegeln sah.

Die Scholle war zu groß für die Platte, auf ihrer Haut
knisterte der Speck vor Hitze, und ihr Duft ließ Hansen
das Wasser im Mund zusammenlaufen. Er schob den Ring
weit außerhalb seines Gesichtsfeldes und nahm den Fisch
in Angriff.

»Wollen Sie den dazuhängen?«, fragte der Wirt und
deutete mit dem Daumen an die Wand.

»Wen dazuhängen?«, fragte Hansen mit vollem Mund.
»Schmeckt köstlich!«

»Das will ich meinen! Wenn ich auch nie gelernt habe,
all die vielen Segel auseinander zu halten, Fische zuberei-

ten kann ich! Ich meine Ihren Ring. Würde gut zu meinen eigenen Erinnerungsstücken passen. Bin früher auf großen Seglern gefahren. Nicht auf so lütten Dingern, wie sie hier auf Reede liegen.«

Hansen warf beiläufig einen Blick aus dem Fenster. Die kleinen Fischerboote im Hafenbecken waren mit dem ablaufenden Wasser erkennbar unter das Niveau der Kaimauer gesunken. Dahinter im offenen Wasser ankerten zwei Dreimaster. Klein, nach Ansicht des Wirtes. Auf einmal konzentrierte er sich wieder auf den Ring. Gehörte er etwa auf einen der ganz großen Segler? »Haben Sie solche Ringe schon mal gesehen?«, erkundigte er sich interessiert.

»Klar. Wer mit Stückgut nach Westindien fuhr, bekam Ringe und Sklaven zu Gesicht. Davon wurden mehr gebraucht, als man denken sollte.«

Eine verblüffende Antwort. »Sklaverei ist doch schon lange verboten«, wandte Hansen irritiert ein. »Und warum ausgerechnet so schäbige Ringe als Stückgut, wenn man mit Menschen handelt?«

Der Wirt runzelte für einen Moment die Stirn, dann zuckte er mit den Schultern. »War ein gutes Geschäft«, wich er aus und hinkte davon, als hätte er schon zu viel gesagt.

Sklaven und Ringe. Hansen ließ sich die Antwort des Wirts durch den Kopf gehen. Es war ihm unmöglich, sich vorzustellen, dass jemand mit solchen Ringen Geld verdiente. Die Antwort machte einfach keinen Sinn. Er musste den Wirt falsch verstanden haben.

»Noch ein Bier, bitte«, rief Hansen.

Nach einer Weile stellte der Wirt das Glas mit solchem Schwung vor Hansen, dass der Schaum überschwappte, und wollte wieder davon.

»Augenblick mal«, sagte Hansen leise. »Wegen des Ringes …«

»Ich muss in die Küche«, schnappte der Wirt.

Hansen nickte verdrossen. »Es riecht schon angebrannt.« Der Mann, der sich vor einigen Minuten noch geradezu nach einem Schwatz gedrängt hatte, schien inzwischen einen Maulkorb zu tragen. Aber der Fisch war zu gut, um sich lange mit einem solchen Widerborst aufzuhalten. Schwungvoll drehte Hansen die Scholle um die eigene Achse und machte sich über die Bauchseite her.

Als er das letzte Fett mit dem Brot aufgewischt hatte, drängte sich der Wirt wieder in seine Gedanken. Plötzlich ging ihm auf, dass der Mann wahrscheinlich am Sklavenhandel beteiligt gewesen war. Aber er war entschieden zu jung für diesen ehemals sogar vom König geförderten Geschäftszweig. Vermutlich war er auf einem illegalen Sklavenschiff gefahren; gelegentlich hatte man davon gehört, dass es so etwas gab.

Hansen beobachtete ihn verstohlen. Er hätte wetten können, dass der weit gereiste Wirt einer Hafenkneipe die Seeleute der kleinen Küstenfrachter abends mit tatsächlichen und erfundenen Begebenheiten auf den Tiefwasserseglern, auf denen er gefahren war, zu unterhalten pflegte. Vor allem mit blutrünstigen Geschichten über das Einfangen von Schwarzen.

Aber einem Gast gegenüber, der schon von der Kleidung her einer anderen Gesellschaftsschicht angehörte und außerdem geradewegs zur Polizei wollte, würde er nicht gerade über illegalen Sklavenhandel auspacken, auch wenn dieser der Vergangenheit angehörte.

Grimmig musterte Hansen seinen idiotischen Strohhut, der schon von weitem nach Sommergast schrie. Er beschloss, ihm bei nächster Gelegenheit auf dem Dampfer ein Seemannsgrab zu verschaffen. Das hatte er sich redlich verdient. Dann blickte er hinaus ins Hafenbecken und stellte fest, dass es höchste Zeit für ihn wurde.

Zu Hansens Glück war die Polizeistation jetzt wieder besetzt. Die Tür war offen und festgekeilt, und sein Zechkumpan saß am Schreibtisch. Der dicke Schliemann war nicht zu sehen. Das passte ihm gut.

»Moin. Gibt's etwas Neues?«, fragte der Polizist erstaunt.

Hansen schüttelte den Kopf. »Moin. Ich bin hier, um mir die Luft der großen weiten Welt um die Nase wehen zu lassen«, behauptete er und klopfte auf die Zeitung, die er an der Promenade gekauft hatte und die noch ungelesen unter seiner Achsel klemmte. »Und von ihr zu lesen.«

»Ach so«, sagte der Polizist verständnisvoll. »Ja, Wyk ist eine Stadt, die Könige und Kaiser besuchen, und der Hallighimmel kann einem da schon mal auf den Kopf fallen. Mir ganz bestimmt!«

»Das Halligmeer wohl auch«, ergänzte Hansen scherzhaft. »Darf ich mich setzen?«

»Bitte, bitte.«

»Ich habe nicht viel Zeit«, sagte Hansen und machte

eine Kopfbewegung zum Wasser. »Der Ewer. Aber ich wollte mich trotzdem erkundigen, ob du schon etwas herausgefunden hast … Es würde die Halligleute ja beruhigen.«

Der Mann am Tisch straffte sich. »Sie. Hier in Wyk sind wir per Sie. Ja, eigentlich darf ich Dienstliches nicht weitergeben … Aber es verhält sich so, dass in Amrum Hafen ein Mann vermisst wird. Er soll ins Hafenbecken gefallen sein, wir haben telegraphischen Bescheid erhalten. Das ist er! Damit ist die Sache so gut wie aufgeklärt.«

»Tatsächlich?«

Irgendwie fühlte Hansen sich von der simplen Erklärung enttäuscht. Der Amrumer passte nicht in seine Berechnungen. »Und das Geschoss?«

Der Polizist winkte abfällig. »Das wird sich alles noch aufklären. Durch das Telegraphenkabel passen einfach nicht so viele Worte.«

Hansen ließ es auf sich beruhen und nickte verständnisvoll. »Mich interessiert noch etwas anderes. Die grüne Filztasche … Hatte der Tote sie bei sich? Ich kann mich an keine Tasche erinnern, als ich ihn das erste Mal gesehen habe.«

»Dieser Lorns Friedrichsen hat sie uns ausgehändigt. Er schwor, dass der Mann sie am Leib trug, als er noch unten am Ufer lag. Im ersten Schrecken haben sie sie beiseite gelegt und dann vergessen.«

Auch Wirk hatte sie gesehen und vergessen. Immerhin war es vermutlich seine erste Wasserleiche, und er war zu Tete gerannt, was die Beine hergaben. »Hat Lorns auch gesagt, ob sie offen war?«

»Das hat er gesagt«, bestätigte der Polizist. »Wir hätten uns sonst gewundert, dass sie leer war, abgesehen von etwas grauem Sand. Vielleicht enthielt sie eine geleerte Schnapsflasche, die davongeschwommen ist. Eine Schlägerei unter Betrunkenen am Hafen ist ja auch nichts Außergewöhnliches.«

»Das stimmt«, gab Hansen zu und erhob sich, um dem Polizisten zum Abschied die Hand zu schütteln. »Dann ist ja fast alles erklärt.«

»Genau. Adjö, Herr Bauinspektor«, sagte der Polizist steif.

Als Sönke Hansen zum Hafen hetzte, fand er jedoch, dass überhaupt noch nichts ausreichend erklärt und schon gar nicht geklärt war.

Als Letzter sprang er in das Nordmarscher Boot, dessen Schiffer es eilig hatte, zur Hafeneinfahrt zu staken, wo das tiefere Wasser begann, und er unter Segeln Fahrt aufnehmen konnte.

Im gleichen Augenblick, als der Schiffer das Schwert an seinem Geschirr klirrend ins Wasser senkte, klärten sich in Hansens Kopf die Ungereimtheiten des Ringes.

Der Ring musste sich in der Tasche befunden haben, die sich beim Aufprall des Toten auf das Ufer geöffnet hatte. Da er offenbar unter dem Leichnam gelegen hatte, hatte der aufmerksame Wirk zwar die Tasche, aber nicht den Ring gesehen. Erst am nächsten Tag hatte er ihn bemerkt und irrtümlich angenommen, er sei mit dem Müll der nächtlichen Flut angeschwemmt worden.

Hansen schlug sich mit der flachen Hand an die Stirn.

»Etwas vergessen?«, fragte der Schiffer.

»Etwas Wichtiges entdeckt«, berichtigte Hansen vergnügt.

Am nächsten Morgen wanderte Sönke Hansen zur Ketelswarf, wo Mumme Ipsen wohnte, um ihm von seinem Gespräch mit dem Polizisten zu berichten. Er wollte ihm vorschlagen, einen sehr höflichen Brief an Hajo Clement zu schreiben, mit der Bitte, über die Entdeckung der Amrumer Polizei zu berichten. Ein solcher Artikel musste die Hallig entlasten.

»Wenn ich dich richtig verstehe, glaubst du doch selbst nicht, dass die Polizei Recht hat?«, erkundigte Ipsen sich mit gerunzelter Stirn.

»Nein, aber die Zwischenlösung könnte für die Hallig hilfreich sein«, beharrte Hansen.

Mumme Ipsen verschränkte die Arme und schüttelte störrisch den Kopf. »Wir rühren völlig unnötig alles wieder auf«, sagte er fest. »Und dem Clement traue ich nicht. Wer so schlecht über Porrenfrikadellen schreibt …«

Da war nichts zu machen. Auf dem Weg zurück nach Hilligenlei ärgerte sich Hansen mächtig. Er konnte nicht glauben, dass Clement wirklich wagen würde, die offizielle Lesart zweier Polizeistationen zum Tod eines Mannes zu unterschlagen. Warum also sperrte Mumme sich so?

Plötzlich fiel ihm eine andere Erklärung ein, die so simpel war, dass er über einen Stein stolperte: Ipsen konnte vielleicht nicht schreiben.

Hansen war unzufrieden über den Ausgang des Gesprächs mit Ipsen und wurde obendrein noch von Gewissensbissen seinem Amt gegenüber geplagt. Abends trank er einen über den Durst, merkte es aber erst, als er eine Treppenstufe verfehlte und die Stiege unter beträchtlichem Lärm wieder herabrutschte.

Mitten in der Nacht fuhr er schweißgebadet in die Höhe. Er hatte Gerda um Hilfe schreien hören. Oder war er selbst es gewesen? Ganz allmählich besann er sich auf den Albtraum, den er gehabt hatte.

Die Leiche, deren Herkunft er untersuchen sollte, war Gerda gewesen.

KAPITEL 11

Carsten Boysen hatte nichts dagegen einzuwenden, Wirk einen Tag schulfrei zu geben.

»Ist bei dir sowieso Hopfen und Malz verloren, oder weißt du mehr als die anderen?«, zog Sönke Hansen Wirk auf, als sie sich auf den Weg machten.

Wirk zuckte die Achseln und presste die Lippen aufeinander. Hansen sagte lieber nichts mehr. Womöglich hatte Tete Friedrichsen mit seiner Bemerkung, dass Boysen sich gelegentlich an einem der Jungen die Zähne ausbisse, Wirk gemeint.

Kurz darauf stellte er fest, dass an diesem Morgen nicht nur Wirk schlechte Laune hatte. Tete Friedrichsen, der ihnen höchstpersönlich in Begleitung des Hütejungen mit einer kleinen Herde Rinder entgegenkam, wich seinem Blick mit verkniffener Miene aus und gönnte nicht einmal Wirk ein Nicken.

Da wunderte es Hansen auch nicht mehr, dass sie nach Amrum aufkreuzen mussten und, als sie die Insel endlich erreicht hatten, sich die Einfahrt in den Fischerhafen Steenodde als versandet erwies.

155

Der Schiffer zog das Schwert hoch, worauf der Ewer immer wieder aus der Fahrrinne heraus und in ein Tangfeld getrieben wurde. »Das liegt nur an der neuen Siedlung auf dem Südhaken«, schimpfte er vor sich hin.

Mit der neuen Siedlung meinte er den Badeort Wittdün, für den zwei Dampferbrücken gebaut worden waren. Sönke Hansen drehte sich um und betrachtete sie. Möglich, dass sie die Strömung beeinflussten. »Leg doch einfach an der Brücke des Hotels an«, schlug er vor.

»Darf man das?«

Hansen nickte. Ein Segler lag bereits dort. »Bestimmt. Wir sind Besucher, keine Fischer.«

Kurze Zeit später setzte der Mann sie unterhalb des Badeortes ab. »Ein Glück«, sagte Hansen erleichtert, »erreicht haben wir Amrum wenigstens! Hätte mich nicht gewundert, wenn wir heute nach Föhr abgetrieben worden wären!«

»Na, so schlimm war es nun wieder auch nicht«, protestierte Wirk, der seine gute Laune endlich wiedergefunden hatte.

Fast sofort stießen sie auf Badegäste, für die Jahreszeit überraschend viele. Hansen hatte schon gehört, dass Wittdün mit Wyk zu konkurrieren versuchte, aber so lebhaft hatte er es sich nicht vorgestellt.

Die Badegäste kamen von der Hotelanlage und strebten offensichtlich zur Vogelkoje. Erstaunt betrachtete Hansen die nackten, schwarz behaarten Beine der Männer, die ihre Hosen nach neuster Mode sportlich bis über die Knie hochgekrempelt hatten. Dann wurde er von Wirk abgelenkt, der fast einen Lachkrampf bekam. Hansen folgte seinem Blick zu einer Gruppe von Damen, die modisch-fesche Strohhütchen und unterschiedliche Modelle von Matrosenkappen trugen.

»Sei nicht unhöflich, Wirk«, raunte Hansen, kurz bevor sie die Gruppe überholten, »denk daran, dass du deiner Großmutter genau diese Art von Gästen versprochen hast.«

»Solche?«, fragte Wirk entsetzt.

»Na ja, vielleicht nicht ganz«, gab Hansen zu.

Aber Wirk grüßte dann die ältere Dame mit dem lächerlichen blauen Pompon auf dem schlohweißen Häkelmützchen besonders höflich. Sie wedelte ihm mit dem Wanderstock, der bei allen der gleiche war, großzügig ihren Dank zu und betrachtete ihn entzückt von oben bis unten, bis sie mit ihrer Nachbarin zu flüstern begann.

Wahrscheinlich würde sie zu Hause im Salon zwischen silbernen Leuchtern und rotem Plüsch von einem hübschen hellblonden, wenn auch ärmlich gekleideten friesischen Knaben schwärmen, der ihr in einem kurzen Augenblick sich begegnender Seelen seine unschuldige kindliche Liebe entgegengebracht hatte. So ungefähr jedenfalls. Sönke Hansen wusste auch nicht genau, warum diese Leute bei ihm Aggressivität auslösten.

Sie passte überhaupt nicht zu ihm, fand er.

Broder Bandick, Wirks Onkel, wohnte im Leuchtturmwärterhaus auf einer Düne ganz in der Nähe des Leuchtturms. Er freute sich riesig, Wirk so unverhofft zu sehen, und zog ihn gleich in die kleine Wohnstube.

Wirk ließ es sich nicht nehmen, Sönke Hansens Anliegen zu erklären. Erst als es darum ging, den unbefriedigenden telegraphischen Wortwechsel zwischen den Polizeistationen von Föhr und Amrum zu schildern, übernahm Hansen selbst das Wort.

»Das stimmt. Den Kerl gab es. Der fiel ins Wasser und ist noch nirgends angetrieben worden«, berichtete Bandick. »Der Herr sei seiner Seele gnädig. Noch einen Lütten?«

»Aber nur einen kleinen«, stimmte Hansen zu, dem schon beim Anblick der Schnapsgläser der Schweiß ausbrach. »In Wyk behaupten sie, er wäre gefunden worden. Es handele sich um den Toten, der auf Langeness angetrieben ist. Wie sah der vermisste Mann denn aus?«

»Wie Seeleute eben so aussehen. Ein Deutscher. Einer von hier hat mit ihm geschnackt und behauptet, er wäre von Hamburg.«

»Und der Täter? Jemand hat ihn ja erstochen und ins Hafenbecken geworfen.«

Der Leuchtturmwärter schwenkte abschätzig seinen Kopf, der ziemlich massig war. Trotzdem sah er seinem Vater Nummen sehr ähnlich. »Über den ist nichts bekannt«, meinte er. »Aber es ist ja auch kein Wunder. Jeden Tag Dampfschiffe mit Badeleuten und anderen Besuchern. Mit diesen neuen Hotels, Pensionen und Logierhäusern, von der grässlichen Aktiengesellschaft des Herrn Andresen gar nicht zu reden, ist manches Gelichter auf die Insel geraten. Die kommen und gehen.«

»Wer ist Herr Andresen?«

»Ein Kapitalist aus Tondern. Besitzt die Badeanlagen auf dem Kniepsand, die Strandhalle, in der für die anspruchsvollen Badeleute Konzerte gegeben werden, und in diesem Jahr noch will er eine Bahn durch die Dünen über den Kniepsand bis zum Badestrand legen lassen. Unglaublich! Na, der nächste Orkan wird den Schienen den Garaus machen.«

Hansen nickte verständnisvoll. »Es ist wohl nicht so angenehm für die Amrumer, diesen Rummel anzusehen …«

»Angenehm? Sie hassen den Badeort Wittdün!«

»Derjenige, der mit dem Seemann sprach …«

»Haye.«

»Haye also. Hat Haye den Hamburger zufällig beschrieben?«

»Hat er. Weil der das Gegenteil von dem war, wie sich die Badedamen einen Matrosen vorstellen, und darüber hat er sich lustig gemacht. Der war einer von der heruntergekommenen Sorte. Hemd, speckige schwarze Weste, Holzpantinen, verfilzter Bart. Ein Häkelmützchen mit einem Ball als Toppzeichen hat der in seinem ganzen Leben nicht gesehen.« Broder lachte schallend.

Die Erwähnung des Bartes gab Hansen einen Ruck. »Ist es sicher, dass er einen Bart hatte? Und Holzschuhe trug?«

»Ich kann nichts anderes denken. Was sollte er denn sonst getragen haben? Um barfuß an Deck zu arbeiten, ist es noch zu kalt. Und der Bart ist ihm bis zum ersten Knopf gegangen. Drittes Knopfloch von oben.«

Hansen schlug mit der flachen Hand auf den Tisch und erhob sich halb. »Dann ist er nicht unser Mann. Der trug gute Lederstiefel. Einen Bart hatte er auch nicht. Damit ist meine Mission eigentlich beendet.« Und es erübrigte sich, selbst mit Haye zu sprechen.

»Wo sagtest du, ist die Leiche gelandet?«, erkundigte sich Bandick, als hätte er bei der ersten Erwähnung nicht genau hingehört.

»Unterhalb der zerstörten Peterswarf.«

»Ein Gegenstand treibt nie auf geradem Weg von Amrum Hafen nach Nordmarsch«, behauptete der Leuchtfeuermeister bestimmt. »Der Flutstrom setzt hier am Beginn der Norder-Aue nicht quer, sondern mit ihr. Nur wenn die Leiche hin und her gedümpelt wäre, hätte sie bei euch landen können.«

Sönke Hansen sah Wirk mit hochgezogenen Augenbrauen an. Darüber hatten sie sich ja schon unterhalten. »In dem Fall ist es ausgeschlossen, dass unser Toter von Amrum Hafen kam.«

Wirk verlor das Interesse. »Können wir nicht noch auf den Leuchtturm, Onkel?«, fragte er begierig.

Broder Bandick grinste. »Kann mich nicht erinnern, dass du mal nicht hochgewollt hättest.«

»Eben«, sagte Wirk zufrieden. »Dann komm jetzt.«

»Du bist ja so resolut geworden«, sagte Bandick anerkennend.

Der hohe braune Turm wirkte noch höher, weil er auf einer Düne stand. An seinem Fuß legte Sönke Hansen den Kopf in den Nacken und sah nach oben, bis ihm schwindelig wurde.

»Einundvierzig Komma acht Meter hoch. Über Hochwasser dreiundsechzig Komma zwei«, schnurrte Bandick herunter und zwinkerte seinem Neffen zu, wie Hansen aus dem Augenwinkel bemerkte. »Dann wollen wir mal.«

Ihre Tritte hallten blechern, als sie sich an den Aufstieg machten, immer im Kreis um den Schacht in der Mitte, in dem die Gewichte des Uhrwerks hingen.

Im Turmzimmer saß ein Mann am Tisch und schlürfte aus einer Tasse ein Getränk. »Es ist alles in Ordnung, Broder«, sagte er.

Bandick nickte ihm zu. »Habe es nicht anders erwartet. Ich will dem Deichbauinspektor Hansen aus Husum mal unseren Turm zeigen und was wir hier so machen.«

»Deichbauinspektor«, sagte der Mann am Tisch und neigte höflich den Kopf. »Viel Vergnügen. Halten Sie sich draußen fest, damit Sie nicht abheben. Es frischt auf.«

»Werde ich tun. Ich bin nicht für das Fliegen geschaffen, Zeppeline jagen mir Schrecken ein«, bekannte Hansen nicht ganz ernsthaft. »Mein Element ist das Wasser.« Er stemmte sich gegen den Luftzug, der zur Tür hereinfegte, als Wirk sie aufgedrückt hatte.

Draußen sah er sich einen Moment staunend um und begann dann eine Wanderung um den Turm herum. In Luv zerrte und riss der Wind an ihm, und ein Lee suchte er vergebens. Im Süden hatte sich eine Wolkenwand vor die Sonne geschoben, deren letzte sichtbare Strahlen ein schwarzes Seezeichen beleuchteten.

»Die Seesand-Bake«, erklärte Bandick, der Hansens Blick gefolgt war.

Seesand-Bake.

Hansen schmeckte den Namen geradezu auf der Zunge. Irgendwie hatte er das Gefühl, dass sie eine besondere Bedeutung haben könnte.

»Die Seesand-Bake steht auch bei Hochwasser trocken

und ist bei klarer Sicht um die zehn Seemeilen weit zu sehen«, erklärte Broder, der Hansens Interesse bemerkte.

»Und bei Nacht?«

»Gar nicht. Sie ist nicht beleuchtet. Dafür können sich bei Tage Schiffbrüchige in einen Schutzraum retten.«

»Ist das öfter nötig?«

»Gelegentlich. Die Wester-Brandung knapp nordwestlich davon ist sehr gefährlich. Diese Sände zwischen dem Land-Tief und dem Rüter-Gat haben an manchen Stellen nicht mehr als einen Meter Wassertiefe, und manche fallen bei Niedrigwasser sogar trocken. Selbst erfahrene Kapitäne haben dort schon ihr Schiff verloren.«

Eine Idee nistete sich in Hansens Kopf ein, die er zunächst als wenig wahrscheinlich abtat. Onkel und Neffe ließen ihn nachdenken und wanderten wieder zur anderen Seite hinüber. Die Hände fest um die Reling geklammert, hörte Hansen sie über die Fresnel'schen Linsen des Leuchtturms reden, während die Idee, die sich nicht vertreiben ließ, langsam Gestalt annahm.

Als die beiden wieder neben ihm standen, um ihn abzuholen, zeigte Hansen nach Süden. »Was befindet sich östlich der Bake?«

»Das Schmal-Tief. Das vereinigt sich mit dem Rüter-Gat. Und von der Bake zweigen zwei Wasserarme ab, die Norder-Aue und die Süder-Aue, die Nordmarsch-Langeness zwischen sich nehmen.«

»Beide vereinigen sich doch vor Nordmarsch, Onkel, oder?«, fragte Wirk aufgeregt.

»Ja, stimmt.«

»Dann wäre es«, sagte Hansen bedächtig, »doch viel

wahrscheinlicher, dass ein Toter, der auf Nordmarsch angelandet wird, irgendwo bei der Seesand-Bake ins Wasser
fiel.«

»Kann ich nicht genau sagen. Vielleicht auch weiter
draußen vor dem Rüter-Gat. In dem Falle wäre das Schiff
auf Fahrt an der Küste entlang gewesen, ohne die Inseln
anlaufen zu wollen. Ins Rüter-Gat läuft kein seegehendes
Schiff ein, das ist zu gefährlich, weil das Fahrwasser nicht
gekennzeichnet ist. Im Gegensatz dazu ist das Schmal-
Tief gut ausgeprickt und wird von Schiffen befahren, die
nach Wyk auf Föhr wollen.«

»In Wyk wurde auf den Schiffen, die auf Reede lagen,
kein Mann vermisst«, sagte Hansen sofort. »Jedenfalls war
davon nicht die Rede. Allerdings weiß ich nicht, ob die
Polizisten überhaupt auf die Idee gekommen sind, sich zu
erkundigen.«

»Ich hab's gewusst«, rief Wirk triumphierend. »Ich
hab's vor dir gemerkt, Sönke.«

»Das stimmt«, gab Hansen lächelnd zu, um sich gleich
wieder an den Leuchtturmwärter zu wenden. »War hier
vor einigen Tagen nicht ein Schiff festgekommen?«

»Wo?«, fragte Bandick überrascht.

»Hier irgendwo. In dem Gebiet, in dem die Hooger fischen.«

»Nein, das wüsste ich. Alle Havarien, und auch das
kurzzeitige Festsitzen ist eine Havarie, werden gemeldet,
und wir erhalten vom Schifffahrtsamt Bescheid. Die Kapitäne geben ihren Reedern von solchen Vorfällen Nachricht, weil das Schiff beim Auflaufen einen Schaden da-
vongetragen haben könnte. Es muss ja auch ins Logbuch

eingetragen werden. Die Versicherungsgesellschaften bezahlen nicht, wenn das Schiff schlampig geführt wurde, deshalb muss das alles sein.«

»Aber nachts könnt ihr es nicht sehen«, beharrte Hansen.

»Die Lichter«, erinnerte ihn Bandick. »Grün und Rot an Steuerbord und Backbord, ein helles Dampferlicht, wenn es sich um einen Dampfer handelt, dazu ein Ankerlicht, wenn er festgekommen ist, schon um andere zu warnen.«

»Ja, das stimmt natürlich.« Dann war die Idee wohl ein Schlag ins Wasser. Schade.

»Ich kann meine Leute befragen, ob sie etwas Auffälliges bemerkt haben«, bot Bandick bereitwillig an. »Wir wechseln uns ab. Es haben immer zwei zusammen Dienst; solange alles ruhig ist, darf einer in die Schlafkoje.«

»Ja, das wäre hilfreich«, sagte Hansen, aber seine Hoffnung war nicht besonders groß.

»Wann könnte es passiert sein?« Bandick stieg über die hohe Schwelle in das Turmzimmer. Mit kräftigem Griff stemmte er für seine Besucher die schwere Tür auf. Wirk schlüpfte unter seinem Arm durch, und Hansen fühlte sich hineingeschoben. Hinter ihnen drückte der Wind die Tür mit einem Knall ins Schloss.

»Ja, genau«, sagte Hansen, der sich plötzlich erinnerte. »Damals frischte der Wind auch auf. Das Schiff könnte bei dem Sturm vor ungefähr zwei Wochen aufgelaufen sein.«

»Umso besser. Dann waren beide Männer wach«, bemerkte Bandick und wandte sich an seinen Kollegen.

»Habt ihr beim letzten Sturm irgendetwas Außergewöhnliches gesehen? Und wenn es nur Schiffslichter zu dicht an
der Seesand-Bake gewesen wären. Muss ja nichts passiert
sein.«

»Windstärke acht aus Südwest«, sagte der junge
Leuchtturmwärter, der immer noch am Tisch saß, wie aus
der Pistole geschossen. Er legte die Zeitung hin, die er gelesen hatte, und krauste die Stirn. »Das war kein schwerer
Sturm, und Schiffe, die Amrum passierten, hielten sich
von den Sänden frei. Allerdings war es wie alle Tage in dieser Woche: teilweise unsichtiges Wetter, höchstens zwei
Seemeilen.«

»Was bedeutet das?«, fragte Hansen.

»Dass die Seesand-Bake auch bei Tage nicht zu sehen
gewesen wäre«, antwortete Bandick. »Die ist vier Seemeilen von uns entfernt.«

Hansen hörte nachdenklich zu, während er sich die einzelnen Informationen durch den Kopf gehen ließ. Bislang
waren sie ungeordnet und ergaben keinen logischen Ab-
lauf. Aber irgendetwas musste draußen auf oder zwischen
den Sänden geschehen sein, das mit einem Erstochenen
endete, davon war er überzeugt.

»Ich glaube, wir müssen los«, sagte er mit einem Blick
auf die Sonne und verabschiedete sich.

Am Fuß des Leuchtturms fiel ihm noch etwas ein.
»Sollten wir nicht deine Mutter besuchen, Wirk? Ist sie
hier in den Logierhäusern in Stellung?«

Aber Wirk schüttelte nur stumm den Kopf.

Rouwert Wollesen überreichte Hansen einen Brief, kaum dass er am späten Nachmittag das Wirtshaus betreten hatte. »Der kam heute. Von deiner Dienststelle. Ist bestimmt wichtig«, mutmaßte er.

Hansen zitterte ein wenig, und das nicht nur, weil er von der übergekommenen Gischt nass geworden war und fror. Mit dem auffrischenden Wind war es auch kühler geworden, das frühsommerliche Wetter erst einmal vorbei. »Da hast du vermutlich Recht«, murmelte er und öffnete mit unbehaglichem Gefühl den Umschlag. Er las den Brief schon, während er die Treppe nach oben stieg. Er war unangenehm kurz.

Sehr geehrter Bauinspektor,

stand da,

ich erwarte Sie umgehend zur Berichterstattung in Husum. Hochachtungsvoll, Baron von Holsten, Oberdeichgraf des I. Schleswigschen Deichbandes, Vorsitzender der Kommission für Schleswig-Holsteinische Wasserbauangelegenheiten.

Sönke Hansen ging in der Nacht mit sich zu Rate. Mit Ergebnissen im Hinblick auf den Halligschutz konnte er nicht aufwarten.
Im Gegenteil, man würde fragen, was er denn die zwei Wochen auf der Hallig getrieben hatte. Er konnte sich den sarkastischen Ton des Barons und das hinterhältige Grinsen seines Gefolges gut vorstellen. *Sind Sie nicht ein*

Verfechter des Crawlens, Inspektor, das unser Erzfeind England erfunden hat? Haben Sie womöglich Ihre Fertigkeit darin in unbeobachteten Halliggewässern verbessert, um nicht als Stümper zu gelten? Haben Sie sogar während Ihrer Arbeitszeit einem privaten Vergnügen gefrönt?

Kurz nach Mitternacht kam er zum Schluss, dass nichts verkehrter wäre, als jetzt nach Husum zurückzukehren. Es würde bedeuten, dass alle Ansätze, die Halligen zu schützen, für die nächsten dreißig Jahre auf Eis gelegt wären. Zumindest solange es eine Kommission gab, deren Mitglieder im Grunde ihres Herzens nichts für die Halligen zu tun wünschten; ihre Tätigkeit erschöpfte sich darin, Kommissionsmitglied zu sein.

Im Gegensatz zu ihm selber, der Ergebnisse wollte, und deshalb hatte er gar keine Wahl. Er musste weitermachen. Die Aufklärung des Mordes war die einzige Möglichkeit, das Vertrauen der Halligbewohner zu gewinnen. Ohne Vertrauen keine Deichschutzmaßnahmen. So einfach war das.

Er setzte sich hin und schrieb einen Antwortbrief.

Sehr geehrter Oberdeichgraf
Baron von Holsten,
die Gespräche, die ich zu führen beauftragt wurde, stehen augenblicklich auf Messers Schneide, ich bin jedoch sehr zuversichtlich, sie zu einem guten Ende zu bringen, sofern ich sie kontinuierlich fortsetze. Jetzt zu unterbrechen hieße aufgeben. Ich denke, in Ihrem und der Kommission Sinne zu handeln, wenn ich hier bleibe, und hoffe, hierdurch die Vorwürfe

und Anklagen, die andernfalls von Berlin erhoben
würden, von allen Beteiligten abzuwenden.
Mit vorzüglicher Hochachtung,
Ihr ergebener Bauinspektor

Sönke Hansen

Selbst nach mehrmaligem Überprüfen seines Schreibens
fand er keinen Fehler. Danach ging er ins Bett und schlief
in der festen Überzeugung, die richtige Entscheidung getroffen zu haben, sofort ein.

KAPITEL 12

Bei ziemlich rauhem Wetter ließ sich Sönke Hansen am nächsten Tag nach Hooge segeln, versehen mit mehreren Butterbroten und einer Feldflasche mit Tee in einem Klobb des Wirts. Für alle Fälle hatte er auch seinen Waschbeutel eingepackt.

Der Langenesser, zu dem er im Westerwehl zustieg, wo die Ketelswarfer und einige Butwehler anzulegen pflegten, ließ ihn gegenüber der Kirchwarft von Hooge abspringen und zeigte ihm die benachbarte Ockelottswarft, auf der Knud Steffensen wohnte. Nicht lange danach stand Hansen ihm gegenüber.

Steffensen war ein schmalschultriger mittelgroßer Mann mit lockigen schwarzen Haaren und braunen Augen. Hansen sah ihm zu, während er eine spitz zulaufende Reuse zum Trocknen auf der Warft ausbreitete und mit Pflöcken feststeckte.

Danach erst blickte Steffensen auffordernd hoch, und Hansen stellte sich als Bauinspektor vor. Steffensen musterte ihn misstrauisch. »Von Langeness?«

»Ja. Ich wollte mich nach dem Schiff erkundigen, das

vor rund zwei Wochen auf Schiet saß«, erklärte Hansen rundheraus, damit er nicht in Verdacht geriet, auch hier wegen ungeliebter Deichbaumaßnahmen zu sondieren.

»Warum?«

»Meine zukünftige Frau ist möglicherweise ein Passagier dieses Schiffes gewesen, und da ich von ihr keine Nachricht habe …«, schwindelte Hansen und ersparte sich den Rest des Satzes in der Hoffnung, Steffensen würde es dabei belassen.

Aber der Fischer ließ sich nicht für dumm verkaufen, Hansen konnte es ihm ansehen. »Und?«, fragte er kühl.

»Hast du zufällig den Namen des Schiffes lesen können?«

»Nein.«

»Es ist mir schrecklich wichtig«, sagte Hansen und empfand angesichts dieser unfreundlichen Verweigerung leise Verärgerung. »War es schon dunkel?«

»Ich will mit ablaufendem Wasser raus, verstehst du, Bauinspektor?«, versetzte Steffensen ungeduldig. »Ich muss meine Familie mit meiner Hände Arbeit durchbringen, ich bin kein preußischer Beamter. Ich habe keine Zeit für alberne Fragen.«

»Das verstehe ich. Kann ich mitfahren? Wenn du unterwegs meine Fragen beantworten würdest, würde ich dir die Auskunft mit zwei Reichstalern vergüten«, bot Hansen an.

Steffensen blinzelte verblüfft.

Der Mann wirkte geschäftstüchtig. Hansen beschloss, vorzubauen, und sprach in warnendem Ton weiter. »Ich kann es mir nicht leisten, mit Geld um mich zu werfen. Du brauchst auch nicht zu glauben, du würdest mich übers Ohr hauen. Ich verstehe dein Problem, aber ich möchte dringend mein eigenes lösen und bezahle dafür.«

Statt einer Antwort gab Steffensen ihm die Hand, drückte sie kurz und nickte. »Ich komme gleich zurück.« Er eilte ins Haus, und Hansen wartete.

Sein Schiff läge im Hafen, erzählte Steffensen, als sie am Priel entlang den gleichen Weg einschlugen, den Hansen gerade gekommen war. Hansen erinnerte sich an das zweimastige Boot, das er dort gesehen hatte.

Steffensen sprang an Bord, fuhr das Bugspriet aus, setzte die Fock und zog das Gaffelsegel hoch. Als beide Segel im Wind killten, rief er Hansen an Bord, der den Bug kräftig vom Steg abstieß, die Leine an Deck warf und hinterhersprang.

Das Großsegel fing den Wind ein, und sie trieben langsam herum, bis das Bugspriet auf das offene Meer zeigte. Steffensen stand am Ruder und fuhr das Großsegel aus der Hand. Ohne Anweisung suchte sich Hansen unter den auf dem Seitendeck ausgestreckten Tauen die Fockschot, und das Schiff wurde sofort schneller, als sich das Vorsegel blähte.

Steffensen nickte ihm schweigsam zu und steuerte ins freie Wasser hinaus, wo er Kurs auf die Westspitze von Nordmarsch nahm.

»Dies ist eine Quatsche, oder?«, fragte Hansen und belegte das Tau des Vorsegels.

Steffensen, der inzwischen das Großsegel richtig getrimmt hatte, nickte. Er lehnte mit verschränkten Armen an der Pinne, lugte wachsam über das Deckshaus hinweg und steuerte mit der Hüfte.

»Nummen von Mayenswarf erwähnte eine Quatsche auf Hooge, aber nicht seinen Eigner.«

»Guter Mann, Nummen. Erfolgreicher Fischer, als er noch fischte.«

»Wirk, sein Enkel, möchte das Austernboot übernehmen.«

»Die Fischerei mit einem Austernboot hat keine Zukunft«, meinte Steffensen abschätzig. »Die Quatsche ist hervorragend, wenn man beim Fischen langsam vor einem Netz treiben will, und ohne Netz, mit allen Segeln, ist sie schnell wie der Wind. Ich habe mir den Bauplan selber beschafft. Aber noch besser sind motorgetriebene Kutter. Im Süden, in Dithmarschen, gibt es den ersten. In ihnen liegt die Zukunft. Wenn ich könnte, würde ich mir sofort einen zulegen.«

»Ich habe davon gehört«, sagte Hansen, vom Plattdeutschen ins Friesische wechselnd. »Du könntest dir Unterstützung von der preußischen Regierung holen, weißt du das? Du würdest auf offene Ohren stoßen. Die zuständigen Beamten beklagen, dass gerade die Nordfriesen sich gegen alle Verbesserungsvorschläge in der Fischerei sperren.«

»Stimmt. Die meisten Halligleute sind sich zu fein für die Fischerei«, gab Steffensen ihm brummig Recht. »Schwärmen immer noch von der guten alten Zeit der Auslandsfahrer und halten Männer wie Nummen und mich für dumm. Dabei war kaum einer von ihnen auf großer Fahrt: das waren vielmehr ihre Großväter. Solche

Maulhelden schlagen heutzutage nur noch Pflöcke auf Fennen ein und bedienen die Mistforke.«

Hansen dachte an den Tag zurück, als er Tete Friedrichsen zum ersten Mal begegnet war, und musste lachen.

Steffensen, der inzwischen richtig umgänglich geworden war, grinste mit. »Du wolltest doch etwas über das Schiff auf Schiet wissen?«

Hansen nickte.

»In der Nacht«, erzählte Steffensen, »hatten wir leichten Ostwind. Auch wenn es diesig war, konnte kaum jemand mit Verstand auf die Sände auflaufen, deshalb wunderte ich mich und bin aus Neugier etwas näher herangesegelt. In Not war der ja nicht.«

»Das war gar nicht in der Sturmnacht?«, erkundigte sich Hansen. Seine Erinnerung musste ihm einen Streich gespielt haben.

Steffensens Miene ließ erkennen, dass er dies für eine beschränkte Frage hielt. »Bei Südweststurm bin ich natürlich nicht zum Fischen draußen«, bemerkte er nur. »Selbst wenn es mich draußen erwischt und ich den Hafen nicht erreiche, lege ich mich irgendwo in Leeschutz. Nein, es war zwei Nächte später, von Freitag auf Sonnabend. Kurz vor Niedrigwasser saß er fest, und als ich zurückfuhr, war er anscheinend gerade freigekommen.«

»Und wann war das?«

»Niedrigwasser so um halb neun. Ich war rund zwei Stunden danach unterwegs nach Hause.«

Hansen rechnete nach. »Dann muss er ja etwa vier Stunden festgesessen haben.«

»Kann angehen. Deine Frau wird sich geängstigt haben.«

»Ja, bestimmt«, sagte Hansen etwas hilflos, dem die faule Erklärung längst Leid tat. »Und wo spielte sich das Ganze ab?«

»Zwischen dem See-Sand und dem Schweinsrücken. Ziemlich nah der Bake.«

»Der Schweinsrücken ist der Sand vor Nordmarsch, nicht? Sozusagen die Verlängerung der Hallig.«

»Wohl, wohl.«

»Glaubst du, dass das Schiff in die Süder- oder in die Norder-Aue wollte?«

»Der?« Steffensen lachte sarkastisch. »Ein Tiefwassersegler? Jedenfalls hatte er hohe Masten …« Er verstummte und versank in Nachdenken.

»Was ist? Irgendetwas daran merkwürdig?«

»Ich weiß nicht«, antwortete Steffensen zweifelnd. »Er war so lang und scharf geschnitten. So einer braucht viel Ballast, um überhaupt stehen zu können, aber obwohl er vorne festsaß, schien er mir sehr rank zu sein. Er war als Dreimaster gerigt. Bei der Länge hätte er eher eine Viermasttakelung haben sollen. Alles in allem sah er aus wie ein umgerüsteter Post- und Passagierdampfer auf weiter Reise. Bis Amrum Hafen oder Wyk kommt der wegen seines Tiefgangs gar nicht in die Aue. Was also macht der so weit binnen?«

»Er könnte einen unerfahrenen Kapitän gehabt haben.«

»Möglich. Oder gar keinen. Vielleicht war es ein Geisterschiff. Hatte keine einzige Laterne an.«

»Das ist doch nicht erlaubt!«

Steffensen drückte die Pinne weit nach Steuerbord, und der Bug der Quatsche schwenkte gehorsam herum. Er zuckte mit den Schultern. »Was erlauben die Preußen schon?«

Hansen schwieg dazu und dachte nach, während er verfolgte, wie Nordmarsch und die Westspitze von Föhr nach achteraus zu wandern begannen. Der Wind hatte abgeflaut, und es war gute Sicht. Der Amrumer Leuchtturm rückte erkennbar näher und würde bald querab liegen.

Im festen Vertrauen darauf, dass alle Schiffe dem Gesetz entsprechend beleuchtet waren, hatten die Leuchtturmwärter ihm erzählt, dass ihnen praktisch kein Schiff entgehen konnte, außer bei unsichtigem Wetter natürlich. Dass es auch Schiffe gab, die illegal ohne Beleuchtung fuhren, hatten sie nicht erwähnt.

»Wie lange braucht, sagen wir, ein toter Seehund von der Bake auf See-Sand, bis er auf Land geworfen wird?«

»Das kommt darauf an, ob er deine zukünftige Frau auf dem Rücken zu schleppen hat oder nicht«, antwortete Steffensen barsch.

Er fühlte sich zu Recht gekränkt. Hansen beschloss, dem Schiffer jetzt reinen Wein einzuschenken. »Meine künftige Frau, die spurlos verschwunden ist und sich vielleicht auf diesem Schiff befand, ist die eine Sache. Die andere ist, dass ich versuche, den Tod eines Unbekannten aufzuklären, der der Hallig Langeness-Nordmarsch angelastet wird. Ein wild gewordener Zeitungsschreiber von Föhr hat so viel Böses über die Hallig geschrieben, dass ein schon angemeldeter Badegast abgesagt hat. Da sind einige Hoffnungen auf künftige Logiergäste zerstört worden …«

»Und was hat das mit dir zu tun, Hansen?«

»Ich bin zufällig in die Geschichte hineingeraten, genau

wie die Hallig. Und da meine Verlobte mit all dem auch noch zu tun hat, will ich wissen, was wirklich geschehen ist und warum. Das bin ich meiner Verlobten, der Hallig und mir selber schuldig.«

»Das ist in Ordnung.«

»Und wie lange braucht nun der Seehund?«, fragte Hansen erleichtert.

»Es sind ungefähr sieben oder höchstens acht Seemeilen nach Nordmarsch. Wenn der Flutstrom mit drei Knoten setzt, zwei oder drei Stunden.«

»Wieso hat er dann erst am Sonntag dort gelegen und nicht schon am Sonnabend?«

»Weil er vielleicht mit dem Schiff gar nichts zu tun hat. Oder aus einem anderen Grund. Die Strömung geht sowieso nicht so, wie jeder Lehrer es aus einem Buch herauslesen könnte. Da muss man schon genau Bescheid wissen. Übernimm du mal das Ruder, ich will das Hecksspriet setzen, damit ich fischen kann. Mein Junge ist krank, aber du bist ja ganz anstellig ...«

»Ich soll das Ruder übernehmen?«, fragte Hansen überrascht und ein wenig geschmeichelt angesichts der vielen Stangen, die auf dem Vordeck und auf dem Seitendeck festgebunden waren und nur darauf warteten, benutzt zu werden. »Ein solches Boot habe ich noch nie gesteuert ...«

»Ein Friese sollte mit allen Booten klarkommen ...«

Hansen nickte und baute sich breitbeinig neben der Pinne auf, denn der Schwell einer hereinlaufenden Altwelle begann die Süder-Aue unruhig zu machen. Er behielt den Fischer im Auge, der auf das Vordeck lief und den

Klüver setzte. Die Quatsche lag jetzt insgesamt besser auf dem Ruder.

Nachdem auch der Besan stand, begann Steffensen das Schleppnetz klarzumachen, das zwischen Bugspriet und Heckspriet gefahren wurde. Hansen atmete insgeheim aus, als er ihm das Ruder wieder übergeben durfte und die Verantwortung los war.

Unter seinen Füßen spürte er jetzt das Vibrieren des Bootsrumpfes. Er genoss trotz allem die Fahrt, als sie mit halbem Wind und weit gefierten Segeln langsam den Sänden entgegentrieben, auf denen seiner persönlichen Meinung nach ein Mann einen gewaltsamen Tod gefunden hatte.

Die Seesand-Bake war der einzige feste Punkt in dieser Wüste aus Wasser und Sänden, in der sie hin und her kreuzten. Während Hansen dem Fischer half, das Netz hochzuholen, die Krabben in die Körbe zu leeren und wieder auszuwerfen, fing er die Bake mehrmals aus dauernd wechselnden Richtungen mit den Blicken ein, um sich zu orientieren.

»Ich würde die Bake gerne besichtigen«, sagte er plötzlich. »Ich lege noch einen Reichstaler drauf.«

Steffensen nickte und zog das Netz an Bord. In weitem Bogen segelte er um die Bake herum, holte das Schwert hoch und warf schließlich wenige Schiffslängen vom ausgeprickten Fahrwasser entfernt in einem Priel Anker. »Näher kann ich nicht heran, ich muss hier bleiben, um noch eine Handbreit Wasser unter dem Kiel zu haben. Du musst dich beeilen.«

Hansen war bereits dabei, sich Stiefel und Hosen auszuziehen, und ließ sich kurz darauf ins Wasser gleiten. Es war kalt, aber wenigstens gab es in Lee der Sandbank keine höheren Wellen. Als er mit den Zehen auf Sand stieß, erhob er sich und watete auf die Sanddüne zu, die trockenlag.

Die Bake war aus dieser Nähe überwältigend hoch. Hansen legte den Kopf in den Nacken, um das baumhohe Seezeichen in Augenschein zu nehmen. Gekrönt wurde es von einem kugelförmigen Toppzeichen, und auf halber Höhe befand sich die Fensteröffnung des Schutzraums, von dem ihm der Leuchtturmwärter erzählt hatte.

Diese Kletterpartie würde für manchen Schiffbrüchigen, der hier ermattet anlangte, zu viel sein, dachte Hansen, als er begann, die stabile Leiter hochzuklettern. Für einen Verletzten war sie ganz sicher unmöglich. Wahrscheinlich könnte er sich die Anstrengung sparen.

Aber er würde den Teufel tun, vor Steffensens Augen auf halbem Weg umzukehren. Den preußischen Beamten hatte er ihm nicht vergessen.

Das Türchen zum Schutzraum war offen und bewegte sich im Wind mit leisem Quietschen. Hansen kroch keuchend hinein. Sein Atem beruhigte sich, während er sich im Sitzen umsah.

Neben ihm lag ein Flaggenstock mit einer blaugelben Signalflagge. Offensichtlich klemmte sie für gewöhnlich in einer Halterung an der Wand, wo sich zwei weitere Haken befanden. An dem einen hing ein mit Ölhaut umwickeltes Paket, der andere war leer. Jedoch lag eine blecherne Trinkflasche, wie sie auch beim Militär ausgegeben wurde, mit geöffnetem Verschluss in einer Ecke des Raums.

Hansens Atem ging wieder schneller. Sollte sein völlig ungeübtes Gespür für Kriminalfälle ihn doch richtig geleitet haben? Hier war seit der letzten Inspektion durch das Wartungspersonal jemand gewesen! Von Broder Bandick wusste er, dass Proviant und Wasser im Abstand von vier Wochen ausgetauscht wurden.

Er kroch zur Wasserflasche hinüber. Wie er schon vermutet hatte, war sie leer.

Als er ihr Äußeres betrachtete, entdeckte er einen deutlichen blutigen Fingerabdruck.

Die Erleichterung stand Steffensen ins Gesicht geschrieben, als er Hansen an Bord half. »Das Wasser läuft immer noch ab, und ich möchte hier schnellstens weg«, sagte er und begann, das Ankertau Hand über Hand einzuholen. »Du kannst dich in der Kajüte abtrocknen, da ist es warm. Im Spind liegt ein Troyer …«

Zähneklappernd stieg Hansen die kurze Leiter im Vorschiff nach unten. Dort bullerte im Ofen ein Feuer, und aus einem großen Kochtopf auf der Herdplatte stieg Dampf, der nach Krabben roch. Er trocknete sich mit dem Handtuch aus seinem Waschbeutel ab und zog sich wieder an, darüber noch den Troyer, den er zwischen dem Ölzeug im kleinen Schrank fand.

Über Hansens Kopf rumpelte und klirrte währenddessen das Ankergeschirr, und als er wieder oben an Deck erschien, lagen sie schon auf Heimatkurs.

»Etwas gefunden?«, erkundigte sich Steffensen.

Hansen, der mit den Händen auf seine Oberarme schlug, um schneller warm zu werden, nickte bedächtig. »Mehr als ich wollte.«

»Das soll heißen?«, fragte Steffensen.

»In der Bake hat ein Verletzter Schutz gesucht. Ich habe einen blutigen Fingerabdruck gesehen, das Wasser war aufgebraucht und die Signalflagge aus der Halterung genommen. Nur der Proviant war nicht angerührt.«

Dass auf dem Boden weitere Blutspuren gewesen waren, die er sich noch nicht erklären konnte, verschwieg er.

»Vielleicht wurde er von einem vorbeifahrenden Schiff aufgenommen.«

»Vielleicht«, sagte Hansen nachgiebig.

»Vielleicht auch nicht.« Steffensen grinste Hansen an. Offenbar hatte er Verständnis für wortkarge Menschen.

Hansen knöpfte seinen Troyer zu und vergrub sich darin.

Bisher hatte er den Toten aus der Distanz betrachtet. Jetzt fühlte er sich plötzlich als Mitspieler in einem blutigen Drama.

In seinem Zimmer auf Hilligenlei notierte Sönke Hansen am nächsten Tag auf der einen Seite eines Doppelblatts, was er wirklich gesehen hatte, und auf der anderen seine Gedanken und Vermutungen.

Kurz und bündig ergab sich, dass ein Mann aus guten Verhältnissen möglicherweise auf einem Schiff umgebracht und als vermeintlich Toter ins Wasser geworfen worden war, sich aber schwer verletzt – durch einen Stich, der das Herz verfehlt haben musste – auf die Seesand-Bake gerettet und dort vergeblich auf Hilfe gehofft hatte.

So weit passten die Fakten gut, danach aber begann die Spekulation. Unklar war, ob er den Versuch hatte wagen wollen, sich auf die gut sichtbaren Sände vor Hooge zu retten, um von dort auf die Hallig zu gelangen, ungeachtet der Fahrrinne, die er möglicherweise als solche gar nicht erkannt hatte. Die andere Möglichkeit war, dass er von der Bake heruntergefallen war. Jedenfalls war er lebend über die Hochwassergrenze hinausgekommen und war entweder an den Verletzungen gestorben oder ertrunken. Die nächste Flut hatte seine Leiche mitgenommen. Aber warum war sie nicht auf Föhr gelandet, wenn der Strom mit der Aue ging?

Was hatte es mit dem Spitzgeschoss auf sich, das dem Toten so wichtig gewesen war, dass er es noch im Tod umklammert hielt? Und was hatte den Kapitän bewogen, eine Havarie zu vertuschen, die gemeldet werden musste?

Oder waren seine ganzen Spekulationen falsch, und das Schiff hatte mit dem Toten gar nichts zu tun?

KAPITEL 13

Sönke Hansen fand, dass er bei seinen Nachforschungen endlich ein Stückchen weitergekommen war. Damit aber war sein Aufenthalt hier beendet,
denn mehr konnte er im Moment auf der Hallig nicht in
Erfahrung bringen.

Da am Sonnabend seine Dienststelle schon am Mittag
schloss, er sie also innerhalb der Dienstzeit nicht mehr
erreichen würde, brauchte er sich nicht zu beeilen. Mon-
tagmorgen würde er rechtzeitig an seinem Schreibtisch
sitzen.

Nach dem Mittagessen wanderte er zur Ketelswarf, um
mit Mumme zu reden. Ausnahmsweise war er dankbar,
Wirk nicht zu begegnen, denn der hätte sich wie eine Klet-
te an ihn gehängt. Und diese blutige Fortsetzung der Geschichte war nichts für seine Ohren. Auf Norderhörn
machte er die Entdeckung, dass der streitbare Alte, mit
dem sich Tete Friedrichsen so ausgezeichnet verstanden
hatte, als es galt, die Pläne des Wasserbauamtes zu torpe-
dieren, auf der Bank vor Tetes Haus saß. Vermutlich war
er der Vater. Als Hansen freundlich grüßte, blickte er stur

182

geradeaus. Von dieser Familie war offenbar nicht einmal Höflichkeit zu erwarten.

Mumme saß allein am Tisch in der Dörns und studierte das Meer vor dem Südufer der Hallig, als Hansen eintrat. Stumm wies er auf den Stuhl gegenüber, und Hansen schaute gemeinsam mit ihm ins Fahrwasser, in dem zwei Segler vor dem Wind nach Oland liefen und einer gegen den Wind aufkreuzte. »Die *Pidder Lüng* und die *Rüm Hart*. Und die *Loosch* von Oland«, brach Mumme schließlich das beschauliche Schweigen.

Hansen sah keine auffälligen Merkmale, an denen man die Schiffe hätte unterscheiden können. Im Augenblick interessierten sie ihn auch nicht. »Ich weiß jetzt alles, was ich von der Hallig aus in Erfahrung bringen kann«, sagte er. »Trotzdem habe ich keine Ahnung, wer der Mann ist und wer ihn getötet hat.«

Ipsen machte ein enttäuschtes Gesicht.

»Aber ich kenne die Umstände, glaube ich«, fuhr Hansen fort und schilderte ihm die Einzelheiten.

»Donnerwetter!«, rief Ipsen anerkennend, als Hansen fertig war. »Du machst doch weiter?«

»Ja«, sagte Hansen, »aber ab jetzt geht es langsamer, schließlich bin ich im Dienst. Und damit ich überhaupt weitermachen kann, muss ich im Hinblick auf den Halligschutz etwas in der Hand haben, das ich meinem Dienstherrn als Fortschritt melden kann.«

»Du könntest doch sagen, dass zwei Halligen dafür sind und auf der dritten noch beraten wird …«

»Leider nur ist die dritte ausgerechnet Nordmarsch, wo die Baumaßnahmen begonnen werden müssten.«

Ipsen nickte düster. »Ich werde mit jedem einzelnen Nordmarscher reden. Unter vier Augen sind sie alle viel verständiger, als wenn Tete Friedrichsen dabei ist. Er ist wie ein Bulle, der seine Kuhherde wild macht.«

»Ochse«, verbesserte Hansen grimmig.

Der Ratmann grinste. »Es hat sich herumgesprochen, dass du nicht der große Kenner von Tieren bist, aber in diesem Fall gebe ich dir Recht.«

»Noch eins.« Hansen wurde wieder ernst. »Du wolltest den Clement nicht mit der Nase auf die Vermutung der Polizei stoßen. Gut, das ist deine Sache. Aber was ich herausgefunden habe, darfst du auf keinen Fall weitergeben!«

»Aber jetzt haben wir doch erstmals etwas in der Hand«, widersprach Ipsen verwundert. »Und wenn man Clement alles ordentlich erklärt …«

»Nein, Mumme Ipsen«, sagte Hansen fest, »erkläre nichts. Noch wissen wir nicht genug. Diese Geschichte ist vielleicht von größerer Tragweite, als wir dachten. Verrate auch niemandem auf der Hallig etwas. Du weißt nichts, fertig.«

»In dieser Angelegenheit bist du der Ratmann. Ich schweige«, versprach Ipsen feierlich und reichte Hansen die Hand. »Ich glaube, darauf sollten wir einen zur Brust nehmen.«

Im engen Gang zwischen Ipsens Haus und dem benachbarten kamen Hansen drei Gänse halb im Eilmarsch, halb im Flug entgegen. »Fort mit euch!«, rief die junge Frau, die sie mit wedelnden Armen vor sich herscheuchte. »Ihr habt in Lenes Küchengarten nichts zu suchen, und das wisst ihr genau!«

Hansen trat beiseite. Erfreut erkannte er Jorke und winkte ihr zu.

»Oh, du bist es, Sönke«, sagte sie herzlich. »Ich wusste gar nicht, dass du noch auf der Hallig bist.«

»Ich war auf Hooge und bin jetzt wieder zurück. Um morgen abzureisen«, antwortete er und fühlte sich seltsam befangen.

»Schade. Ich wollte dich zum Tee einladen. Oder hättest du jetzt gleich Lust?«

Zeit, verbesserte er in Gedanken. Zeit hätte er. Über anderes wollte er nicht nachdenken. Er nickte.

»Übrigens, ich bin Jorke Payens.« Sie reichte Hansen die Hand, die sich gut und warm anfühlte.

Überhaupt tat ihre Gegenwart ihm irgendwie wohl. »Ich weiß. Du wohnst hier auf der Warf«, sagte er, um irgendetwas zu sagen, als er ihr folgte.

»Ja, ich führe meine eigene Wirtschaft«, sagte Jorke stolz und deutete über den Fething in der Mitte der Warf hinweg auf einen stattlichen Hof.

Er erinnerte sich, dass Lehrer Boysen so etwas angedeutet hatte. Aber hatte er sie wirklich richtig verstanden? Ihm schwindelte noch etwas von den Schnäpsen. »Du wirtschaftest ganz allein?«

»Vater und Mutter sind tot«, sagte Jorke einfach, »und meine beiden Brüder fahren zur See.«

»Jorke, sag mal, was für Tiere hast du?« Hansens Gedanken gingen ein wenig durcheinander, wie er selbst merkte. Aber schließlich war auch der Mensch ein Tier. Er

185

blieb stehen und hielt sich am Ast eines Pflaumenbaums fest, obwohl der sich als stachelig erwies.

»Ist dir nicht gut?«, fragte Jorke und kam zu ihm zurück. »Klaren getrunken?«

»Stimmt«, gab Hansen zu. »Sag mir, was für Tiere du hast. Es ist wichtig.«

»Hühner, Gänse, Kühe, Kälber, eine Sau mit Ferkeln«, antwortete Jorke kurz und bündig.

»Hast du schon mal erlebt, dass sie in Ringen und Sprenkeln bluten?«

»In Ringen???«

Hansen hockte sich hin und malte kirschkerngroße Ringe auf die Erde, so wie er es im Schutzraum der Bake gesehen hatte. »So, und der Rand besteht aus Blut.«

Jorke schwieg. Hansen war drauf und dran, alles fortzuwischen, weil er sich darüber ärgerte, sich lächerlich gemacht zu haben. Sie hielt seine Hand fest. »Warte. Mir fällt etwas ein. Mumme hat mal eine meiner Kühe erschossen, die tollwütig geworden war. Wir konnten sie nicht einfangen. Sie starb aber nicht sofort, sondern ging in die Vorderknie und hustete Blut. Schaumiges Blut. Als ich später mit zwei kräftigen Nachbarn zurückkam, die den Kadaver begraben sollten ...«

»Schaum«, unterbrach Hansen sie. »Der Stich in die Lunge! Das war es!«

»Ich glaube, es war Schrot für die Entenjagd«, murmelte Jorke verdattert.

»Du hast Recht, du bist ein Schatz!« Hansen küsste sie mitten auf den Mund, sprang auf und zog Jorke an der Hand hoch.

»Danke! Du hast ein Rätsel für mich gelöst.« Hansen sah ihr tief in die Augen.

»Ich fürchtete schon, du wärst etwas sonderbar.« Jorke betrachtete ihn reserviert, um gleich darauf lachend den Kopf zu schütteln. »Der Schnaps!«

»Es waren nur zwei.«

»Das stimmt nicht. Auf zwei Beinen kann man auf der Hallig nicht stehen«, widersprach Jorke. »Das weiß ich besser als du.«

»Drei dann …«

»Mindestens.«

»Du trinkst wohl auch nicht nur Tee?«

»Nein. Ich bin so frei wie zur Walfängerzeit alle Frauen«, sagte sie stolz und zog Sönke fröhlich hinter sich her.

»Friesische Frauen waren immer selbständig«, stimmte Hansen zu. »Wie Däninnen.«

Jorke hielt in ihrem Sturmschritt am Fethingrand entlang ein und drehte sich zu Hansen um. Die feinen blonden Haare wirbelten um ihre Stirn. »Ich hatte vergessen, dass du auch Friese bist. Dir muss ich das ja nicht erklären.«

»Musst du das denn sonst immer?«, fragte Hansen, während er einen kleinen Jungen beobachtete, der jenseits des Fethings einen Soodschwengel bediente. Offenbar füllte er den Trog der Schweine.

»Ich habe nicht oft die Gelegenheit.«

Hansen löste seinen Blick von dem kleinen Jungen. Er glaubte so etwas wie Sehnsucht in Jorkes Stimme gehört zu haben. Du musst aufpassen, ermahnte er sich. Du bist ein treuer Verlobter.

Nach dem Tee mit Knerken bot ihm Jorke ein Gläschen Wein an. Hansen hatte nichts dagegen. Es war der allererste Tag auf der Hallig, an dem er sich gelöst und frei fühlte. Bis dahin hatten stets Lasten und Verpflichtungen auf seinen Schultern geruht, deren er sich dauernd bewusst war.

Sie saßen in der Küche, weil der Ausblick nach Norden über die See so schön sei, wie Jorke gleich erklärt hatte. Sie legte keinen Wert auf Repräsentation, das merkte Hansen sofort, obwohl in ihrem Pesel feines und kostbares Porzellan hinter Glas aufbewahrt wurde, wie er im Vorbeigehen gesehen hatte. Ihr Vater, der als Kapitän zur See gefahren war, hatte aus China und der Südsee außer Kuriositäten auch wertvolle Dinge mit nach Hause gebracht.

In der Ferne war Föhr zu sehen. Hansen, der sich hier wohl fühlte, als sei er zu Hause, lehnte sich zurück und streckte sich genüsslich. Seine Hände stießen gegen die Katschur, und er besann sich, wo er war. Erschrocken entschuldigte er sich.

»Kein Grund«, sagte Jorke, »ich bin mit Brüdern aufgewachsen. Du bist ihnen ähnlich im Aussehen. Aber ich glaube, auch im Wesen.«

»Ist das ein Vor- oder ein Nachteil?«, fragte Hansen schmunzelnd und nahm einen weiteren Schluck Wein. Während seine Augen ihr folgten, ahnte er schon, dass er sich vielleicht zu weit auf unsicheres Terrain vorwagte. Aber warum auch nicht?

Jorke holte eine Kerze von einem Bord, stellte sie auf den Tisch und zündete sie an. Der Himmel draußen hatte sich verdüstert, und einzelne Schaumkronen auf den

Wellen zeigten, dass es auffrischte. »Ich liebe meine Brüder«, murmelte sie selbstvergessen.

»Ich habe keine.« Aber Sönke Hansens Gedanken waren nicht bei irgendwelchen Brüdern, die ihm völlig gleichgültig waren, denn Jorkes frischer Duft wirbelte um ihn herum und machte ihn noch trunkener, als er schon war. Sie kam näher, umfing ihn und schmiegte sich an ihn, ihre Locken kitzelten seine Haut, und alles zusammen machte ihn seltsam glücklich und federleicht.

»Wollen wir Karten spielen, oder wollen wir etwas anderes?«, flüsterte sie an seinem Ohr. »Wir sind allein. Der Hütejunge wohnt ab heute bei Mumme.«

»Wir wollen etwas anderes«, flüsterte Sönke Hansen zurück und folgte Jorke zum Alkovenbett.

Die Sonne wärmte Sönke Hansens Rücken, als er am frühen Sonntagmorgen nach Hilligenlei zurückwanderte. Er hatte die Nacht genossen, und sie wurde zum vorläufigen Schlussstrich für seinen Auftrag auf der Hallig.

Er begann zu pfeifen.

»Welchen Grund hast du schon, mit dir so zufrieden zu sein, Deichbauer vom Binnenland?«, fragte eine gehässige Stimme hinter seinem Rücken, als er gerade den Stock zwischen Langeness und Nordmarsch querte.

Hansen fuhr herum, sprachlos in dem kurzen Augenblick, den es ihn kostete, in die Realität zurückzukehren. Hinter ihm hatte sich Tete Friedrichsen aufgebaut, wie zum Kampf bereit mit gegrätschten Beinen, irgendwelchem Gerät auf dem Rücken und verbissener Miene. »Was geht es dich an, Ratmann?«, fragte er zurück.

»Ich weiß gerne, was auf meiner Hallig vorgeht, das solltest du inzwischen bemerkt haben«, antwortete Friedrichsen. Irgendwie wirkte er atemlos, beunruhigt und aufgewühlt.

Nur weil er seinen Gegner am Sonntagmorgen auf einem von aller Welt begangenen Weg antraf? Hansen befand sich doch nicht auf Meedeland, wo man ihm hätte vorwerfen können, Gras zu zertrampeln. Bedächtig ließ Hansen seine Augen wandern. Von Friedrichsens schlickbeschmierten Stiefeln gelangte er schnell zu einer Doppelspur im hallignahen Schlick, die ins Watt hinausführte und sich zwischen schilfbestandenen Torfinseln im Sand verlor. »Liegt da draußen nicht irgendwo die Süßwasserquelle, die den Langenessern gehört?«, erkundigte er sich höflich.

»Die Langenesser sollen mal den Mund nicht so voll nehmen! Und überhaupt: Die Quelle bringt nur Ärger. Aber was geht dich das an«, giftete Friedrichsen und machte sich davon, so schnell er konnte.

Hansen sah ihm nach. Über der Öljacke, wie Fischer sie trugen, schleppte Friedrichsen die Ringe einer Aalreuse mit einem beutelartigen Netz, das einen langstieligen Kleispaten darunter nicht ganz verdeckte.

Er hatte gar nicht gewusst, dass Aalreusen unter Schlick geraten konnten und ausgegraben werden mussten. Auf jeden Fall hatte Friedrichsen nichts gefangen und war wohl deswegen schlecht gelaunt gewesen. Im Gegensatz zu ihm selber.

Hansen nahm sein Pfeifen wieder auf, so laut, dass Friedrichsen es noch hören musste, und marschierte in aufgeräumter Stimmung weiter.

Sein Gewissen erwachte stürmisch, als er packte. Er hätte es nicht tun sollen! Er liebte nur Gerda! Und sie durfte zu Recht von ihm erwarten, dass er ihr treu war.

Sönke Hansen schmetterte wütend über sich selbst sein Notizbuch in die Reisetasche, dann ließ er sich auf den Stuhl am Fenster nieder.

Gedankenverloren begann er das weiche Leder der Tasche auf seinem Schoß zu streicheln. Gerda war die Frau, mit der er sein Leben verbringen und Kinder haben wollte, er hörte schon ihre munteren Stimmen im Garten. Sie würden auf dänische Art frei aufwachsen, nicht als artige Marionetten in blauweißen Matrosenanzügen, die nach dem Nachmittagstee für eine Stunde auf ein Schaukelpferd klettern durften.

Und Jorke? Jorke war anders. So unkompliziert. Frisch wie eine Halligbrise. Sie hatte erwähnt, dass er ihren Brüdern ähnlich sei. Daran wollte er nicht denken. Trotzdem spürte er, was sie meinte. Er konnte sich gut vorstellen, Jorke auf eine Segeltour mitzunehmen und sie an der Vorschot anzulernen. Oder mit ihr im Schlick zwischen zwei Schleusentoren umherzustapfen, um ihr die Feinheiten des Bauwerks zu erklären. Oder …

Er unterbrach seine unsinnigen Gedanken. Wie konnte er diese beiden Frauen nur vergleichen!

Vielleicht, um sein schlechtes Gewissen zu beruhigen, vielleicht, weil seine Gefühle für Gerda ihn plötzlich wie eine Flutwelle überkamen, beschloss er, noch heute ihre vage Spur aufzunehmen. Nach Ansicht seines Dienstherrn hatte er sich gewiss schon so weit vom Pfad der

Tugend entfernt, dass zwei weitere Tage Abwesenheit vom Amt auch keine Rolle mehr spielten.

Dieses Mal hatte er Glück, was Halligewer, Dampfschiff und Zug betraf.

Spätabends betrat er das Haus von Ella und Lars Rasmussen in Tondern. Sie betrachteten ihn besorgt, als er auf die Schlagbank in der Küche sank. Ella versorgte ihn erst einmal mit einem großen Becher Kaffee, und Lars stellte ein Gläschen Aquavit daneben.

»Bist du auf der Flucht?«, erkundigte sich Lars, als er davon ausgehen konnte, dass die Lebensgeister seines künftigen Schwiegersohnes langsam wieder erwachten.

Sein beiläufiger Blick auf Hansens Gepäck und der beziehungsvolle auf die Dreckspritzer an der Hose, die er sich zugezogen hatte, als er im Regen zum Zug gehetzt war, brachten Hansen zum Lachen.

»Nein, das nicht. Es sei denn, meine Dienststelle lässt mich schon suchen. Dem Oberdeichgrafen wäre es zuzutrauen. Bin ein bisschen zu lange auf der Hallig geblieben. Hatte meine Gründe. Aber ich wette, du würdest mich verstecken, Lars.«

»Das würde ich«, bestätigte Rasmussen ernsthaft und schien beruhigt. Er sog heftig an der Pfeife, die er gerade angezündet hatte und die mit gurgelndem Geräusch den Dienst verweigerte.

»Genau wie deine Tochter.«

»Dazu gibt es nichts zu sagen.«

»Aber sie lebt?«, fragte Hansen hoffnungsvoll.

Doch Lars Rasmussen presste die Lippen aufeinander. Ella rang unter dem Tisch verzweifelt die Hände.

Trotz allem hatte Sönke Hansen nicht den Eindruck, dass Lars um seine Tochter besorgt war. Er schien etwas zu wissen, das er nicht preisgeben wollte.

Hansen spürte, dass er nicht weiter nachfragen durfte. Aber mit Ella wechselte er einen Blick. Hoffentlich war Lars nicht dabei, sich so weit im Widerstand zu verstricken, dass er der preußischen Obrigkeit eine Handhabe bot, ihn festzunehmen. »Du bist dir im Klaren, dass du dich gefährdest?«, fragte er.

Der Journalist nickte mit düsterer Miene.

Sönke Hansen beschloss, das Thema zu wechseln. »Kennst du einen Herrn Andresen, der eine Aktiengesellschaft auf Amrum gegründet hat?«

»Aksel Andresen«, antwortete Rasmussen prompt und auskunftsbereit wie stets, wenn es nicht um Gerda ging. »Ich kenne jeden Kapitalisten in der Gegend, besonders dänische, die es mit den Preußen halten. Ein Blutsauger und Ausbeuter, der Kerl.«

»Lars, sag das nicht so laut«, rief Ella entsetzt und sah zur Tür, als ob dort gleich Polizisten eintreten könnten.

»Schon gut, Ella. Aber es stimmt, und die Wahrheit muss heraus! Andresen ist nicht angenehmer als andere Feinde. Ich hoffe, die Amrumer werfen ihn hinaus.«

»Es sah nicht so aus, als ob sie einen Grund hätten«, urteilte Hansen. »Die Hotels und Logierhäuser wirken gepflegt, dazwischen liegen nagelneue Tennisplätze. Und was der Leuchtfeuermeister mir über Andresens Pläne erzählte, lässt für die Zukunft noch mehr von allem befürchten.«

»Unser Andresen hat die Protektion eures Oberdeichgrafen.«

»Darum also«, sagte Hansen verblüfft. »Solche Leute
finden einander immer, wie es scheint.«

»Gauner aller Länder, vereinigt euch! Mein Beitrag
zum kommunistischen Manifest«, bemerkte Rasmussen.
»Dann ist da nichts mehr zu machen. Aber ich könnte den
Amrumern ein paar Ratschläge geben, damit sie nicht vor
lauter Sommergästen eines Tages zum Auswandern gezwungen werden.«

»Lars, nun hör aber auf«, schimpfte Ella erzürnt. »Sta-
chele nicht auch noch Sönke auf. Ich bin dankbar, jemanden in der Familie zu haben, um den ich mich nicht aus
Gründen der Politik sorgen muss.«

Hansen lächelte Ella zu. Sie war ein Gottesgeschenk als
Schwiegermutter.

Das windige, regnerische Wetter hatte Flensburg schon
erreicht, als Sönke Hansen am nächsten Vormittag aus
dem Zug stieg. Wie zur Bekräftigung ihres ersten Tipps
hatte Ella ihm am Morgen einen Zettel in die Hand gedrückt, auf dem *Stefan Nielsen* stand. Sie war offensichtlich so beunruhigt und bekümmert wegen Gerda, dass sie
ihn nochmals um Hilfe bat. Er wollte und konnte ihr die
nicht verweigern.

Ohne sich sonderlich für die Menschenmenge zu inter-
essieren, die sich an Nielsens Kaiabschnitt vor mehreren
Kuttern drängte, als ob es an diesem Tag Heringe zum
Sonderpreis gäbe, steuerte er auf das Kontor zu.

Beide Flügeltüren der Toreinfahrt waren aufgeschla-

gen. Ein Rinnsal bahnte sich seinen Weg über das Kopfsteinpflaster in Richtung auf die Spundwand. Ein Blick
lehrte Hansen, dass im Hof ein Chauffeur in Uniform ein
Automobil wusch. Ein zweites war so staubig, dass es
ebenfalls ein Vollbad verdient hatte. Donnerwetter, dachte er beeindruckt.

Wieder war der junge Mann da, der Hansen beim ersten
Besuch so resolut hinausbefördert hatte. »Herr Nielsen ist
nicht da«, beteuerte er eilig, als er Hansen erkannte.

»Wann ist er denn mal zu sprechen?«, fragte Hansen
verärgert. »Ein Firmeninhaber hat doch bestimmt auch
Arbeitszeiten. Ich komme extra aus Husum, um mit ihm
zu reden.«

»Ich bin nicht befugt, darüber Auskunft zu geben«, erwiderte der Jüngling unbeeindruckt. »Aber so bald wird
Herr Nielsen sicher nicht zurückkehren. Unser Kontor
genießt höchstes Ansehen in aller Welt. Der König geruh-
te gerade, Herrn Nielsen zu einem Fest nach Amalienborg
einzuladen …«

Er wartete, bis Hansen die Information verdaut hatte.
Die Hand schon auf der Türklinke, versprach er: »Ich
hole Herrn Christiansen«, und verschwand, bevor Hansen protestieren konnte.

Nils Christiansen würde genauso wenig wie vor einigen
Wochen über die Verschiffung von dänischen Staatenlosen sprechen. Wenn einer ihm Auskunft geben konnte,
dann nur Nielsen selbst. Vielleicht wusste Christiansen
nicht einmal etwas davon.

Oder doch, sofern alle diese Mutmaßungen überhaupt
zutrafen? Aber als Diener seines Herrn war er natürlich

zur Verschwiegenheit verpflichtet. Mit den Händen auf dem Rücken, begann Hansen zwischen den Vitrinen im Vorraum umherzuwandern. Am liebsten wäre er gleich gegangen, aber das war ausgeschlossen – eine Frage der Höflichkeit.

Plötzlich riss es ihn geradezu herum. Mit beiden Händen am Glaskasten und die Nase dicht an der Scheibe, starrte er hinein. Da lag ein Ring, der seinem glich wie ein Zwilling!

Eiserner Halsring für Sklaven, die schon mehrfach maroongelaufen sind, las er vom beigefügten Messingschildchen ab. Und auf einem handschriftlichen Zettel, der mit einer Stecknadel festgespießt war, war hinzugefügt, dass die am Ring befestigten Stangen mit Haken es den Flüchtigen unmöglich machen sollten, sich schnell durch die Zuckerrohrfelder oder das Unterholz der Wälder zu bewegen.

Der Wirt vom *Vernarbten Schulterblatt* hatte Hansen mit der Nase draufgestoßen, und er hatte es nicht begriffen!

In diesem Augenblick flog die Tür auf. Christiansen verhinderte mit der Stockzwinge, dass sie zurückschlug. Aus seiner Miene loderte Feindseligkeit. »Herr Nielsen ist für Sie nicht zu sprechen«, schmetterte er Hansen entgegen. »Weder heute noch in Zukunft! Ich bitte zu respektieren, dass wir mit preußischen Beamten keinen privaten Umgang pflegen.«

Sönke Hansen verschlug es bei diesem Anwurf voller Gift die Sprache. Er erinnerte sich, beim ersten Besuch im

Kontor Dänisch gesprochen zu haben. Jetzt beschloss er, beim Deutschen zu bleiben. »Ich verstehe«, sagte er ruhig. »Herr Nielsen zieht den dänischen Königshof vor, sofern er sich nicht mit den Leuchtfeuern an der Westküste beschäftigt.«

Der Prokurator runzelte verständnislos die Stirn. Plötzlich begriff er, worauf Hansen anspielte. »Die Eingabe wegen des Leuchtfeuers wurde durch den seligen Frederik Nielsen getätigt, dem Vater von Stefan Nielsen, dem jetzigen Firmeninhaber. Stefan Nielsen fühlt sich dem Rumhandel weniger verbunden. Das Geschäft lastet auf meinen Schultern.«

»Ist denn der Rumhandel heute noch so lukrativ?«, erkundigte sich Hansen sarkastisch, zutiefst verärgert. »Oder zehrt die Firma immer noch vom Sklavenhandel?«

Christiansens Fingerknöchel am Griff seines Stockes wurden weiß. Er humpelte einige Schritte auf Hansen zu. »Was wissen Sie schon vom Sklavenhandel?«, fragte er mit einer Stimme, die seine brodelnde Wut nur knapp verbarg.

Anscheinend hatte Hansen eine ganz empfindliche Stelle getroffen. Noch während er nach einer angemessenen Entschuldigung suchte, holte der Prokurator, den Blick auf das Bild des Firmengründers gerichtet und mit den Gedanken anscheinend weit in der Vergangenheit, zu einer Erklärung aus.

»König Christian VIII. hatte allen Besitzern von Schwarzen eine Übergangsfrist von zwölf Jahren für die Freilassung eingeräumt. Die lief 1859 ab. Frederik und ich haben deswegen den Forderungen während der Revolutionen im Jahr achtundvierzig keine Beachtung geschenkt. Sie fanden in Europa statt und hatten mit Dänisch-Westindien gar nichts zu tun. Es verstieß gegen geltendes Recht, dass diese Revolutionäre von Europa aus nach der Freilassung der Plantagenarbeiter in einem ganz anderen Teil der Welt riefen. Die gingen sie gar nichts an!«

Christiansen sprach so leidenschaftlich, dass Hansen ihm stumm zuhörte.

»Die Revolutionäre hatten vor allem keine Ahnung von der Bewirtschaftung von Plantagen! Zuckerrohr benötigt Schwarze. Und die Freicouleurten bewiesen jeden Tag, dass sie dem Leben in Freiheit nicht gewachsen waren! Neger brauchen einen Herrn, der für sie sorgt!«

»Aha«, murmelte Hansen wie gelähmt. Ihm wurde klar, dass der Prokurator den Umschwung in der Art des Handels, wie er ihn wohl erlernt hatte, nie verwunden hatte. »Waren Sie denn damals schon im Geschäft?«

»Ich habe zusammen mit Frederik Nielsen das Geschäft erst richtig aufgebaut«, sagte Christiansen stolz und stieß mit der Stockzwinge auf den Fußboden. »Sein Vater Carl Heinrich hat es gegründet, das wohl, aber in Schwung gebracht haben wir beide es. Stefan hat wenig damit zu tun. Er wurde erst einundsechzig geboren. Frederik hat so spät geheiratet, dass Stefan die Blüte des Zucker- und Rumhandels gar nicht mehr erleben konnte.«

Hansen rechnete rasch nach. Dann war Stefan Nielsen ja erst dreiunddreißig Jahre alt. Er hatte ihn automatisch für einen älteren Herrn gehalten, zu dem die luxuriösen Automobile im Hof passten.

»Frederik nahm mich gleich in meinem ersten Lehrjahr

mit auf seine größte Plantage Carlsminde, so benannt nach seinem Vater, der auf St. Croix gestorben war, jedoch auf der ersten, viel kleineren Plantage der Familie. Das war im Jahr achtundvierzig. Ich habe nie in meinem Leben wieder solche Angst ausgestanden wie bei meiner ersten Reise dorthin.«

»Wovor?«

»Dass die aufständischen Mohren uns die Hälse durchschneiden würden, natürlich. Damals habe ich begonnen, sie zu hassen. Wir haben uns schließlich auf die Missionsstation der Herrnhuter gerettet und sind bald danach glücklich abgereist.«

»Und die Sklaven, haben die wirklich jemanden ermordet?«, fragte Hansen sanft.

»Nein, haben sie nicht«, antwortete Christiansen in barschem Ton und kehrte erkennbar aus seiner Reise in die Vergangenheit zurück. Sein plötzlich auf Hansen gerichteter Blick brachte diesen zum Frieren. »Warum interessieren Sie sich für einen Sklavenhandel, den es nicht mehr gibt?«

»Ich habe einen Halsring gefunden«, antwortete Hansen wahrheitsgemäß, »wusste aber bis eben nicht, dass er im Sklavenhandel von Bedeutung ist.«

»Gefunden?«, fragte Christiansen mit Misstrauen im Blick. »Wo und wann?«

»Kürzlich. Auf der Hallig Nordmarsch.«

Der Prokurator starrte Hansen an, als hätte er den Tod vor Augen.

KAPITEL 14

»Raus!«, brüllte Nils Christiansen, als er sich von seiner Bestürzung erholt hatte. Seine Lippen nahmen eine bläuliche Färbung an und zitterten vor Erregung.

Sönke Hansen unternahm nicht einmal den Versuch, ihn zu beschwichtigen. Er wollte nicht daran schuld sein, dass ein alter Mann vor Aufregung an Herzversagen starb.

Die kleine Pforte wurde hinter Hansen zugeschmettert und verriegelt. Draußen trat er in eine Pfütze, die vom Waschwasser im Kontorhof gespeist wurde, und spürte, wie die Nässe durch seine Schuhsohlen drang.

Tief in Gedanken, mit den Händen in den Hosentaschen, schlug er den Weg nach Norden ein, wo jenseits des Nordertors die Neustadt begann und das Fördeufer weniger belebt war. Er versuchte zu verstehen, was Christiansen so erregt hatte.

Des Pudels Kern schien der Sklavenhandel zu sein. Hatte nicht der Wirt auf Föhr ganz genauso reagiert? Es war offensichtlich ein auch heute noch heißes Thema für alle, die davon gelebt hatten.

Aber, du lieber Himmel, es waren seitdem vierzig, fünfzig Jahre vergangen.

Warum also interessierte sich ein Prokurator für den Zeitpunkt und den Ort, an dem jemand einen Sklavenhalsring gefunden hatte? Es musste in der Welt Tausende davon geben.

Ohne eine schlüssige Antwort zu finden, wanderte Hansen immer weiter. Blöken und Muhen verrieten ihm, dass er sich in der Nähe des Schlachthofs befinden musste. Auf dem Ufer häuften sich aufgebockte Schiffsrümpfe, Öl schillerte in Wracks und auf rostigen Eisenteilen, und eine Werfthalle versperrte ihm den Weg. Eine ungastliche Gegend, die nicht zum Weitergehen einlud, so dass er umkehrte.

Aus dem großen Tor von Nielsens Rum-Kontor rollte gerade eines der Automobile heraus. Die Pfütze hatte sich weiter ausgebreitet, und Sönke Hansen wich vor dem Spritzwasser auf den Kai aus, wo es am großen Kran des Zollpackhauses trockener war. Dort drängten sich immer noch die Flensburger um einige Schiffe, die im Päckchen nebeneinander lagen, mit dem Bug zur Spundwand und vor Heckanker.

»Frühe Kirschen, beste Kirschen!«

Hansen sah auf. Über die Köpfe der Hausfrauen in dunklen Schuten und die der Mägde in hellen Hauben hinweg konnte er das Schild am Mast des einen Schiffes lesen: *Obstverkauf von D. Bendixen Langballigau.*

Umgeben von Kistenstapeln, stand der Obstverkäufer breitbeinig auf dem Vorschiff und spähte nach weiteren

Kunden aus. Obwohl in schwarzem Anzug und Schiffer-
mütze, machte er den Eindruck eines Witzboldes. Die
Käufer schienen auf sein Marktgeschrei zu warten, und einige lachten noch über einen Spaß, den Hansen nicht mit-
bekommen hatte.

Der Obstbauer erblickte Hansen und grinste erwartungsvoll. »Kirschen, schöner junger Mann, rot und süß
wie die Lippen deiner Geliebten!«, brüllte er. »Zwei
Pfund für dein Liebchen, wie wäre es damit? Komm und
koste und schwöre diesen blutjungen Damen hier, dass sie
jeden Mann mit einer Kirsche aus Langballigau betören
können!«

Hansen, der sich so plötzlich im Mittelpunkt des In-
teresses der Flensburger Hausfrauen befand, wollte kein
Spielverderber sein. Schmunzelnd und nicht ganz unwillig
ließ er sich zur Kaikante vorschieben, zumal ihm freundli-
cherweise eine Gasse geöffnet wurde, und streckte die
Hand nach den angebotenen Früchten aus.

Ein heftiger Stoß traf seinen Rücken. Er ruderte hilflos
mit den Armen in der Luft und versuchte vergeblich, die
Balance zu wahren. Die Schreie der entgeisterten Zuschauer in den Ohren, fiel er zwischen zwei Bootssteven
ins schwarze Hafenwasser.

Sönke Hansen sackte hinunter. Noch auf dem Weg nach
unten streifte er sich die Schuhe von den Füßen, stieß sich
am Grund ab und durchbrach wenige Augenblicke später
die Wasseroberfläche, wo er dankbar Luft holte.

Eine Scholle mit grauen, blinden Augen dümpelte ihm
entgegen. Zwischen den Booten schwappte überhaupt

eine ekelhafte Mischung von faulenden Gemüseresten und Fischen, von Koksstückchen und treibendem Seegras umher.

Hansen sah nach oben. Die Spundwand, über der sich gaffende, erschrockene Frauengesichter drängten, war mehr als mannshoch, und die verrottenden Latten zwischen den Pfählen machten nicht den Eindruck, als ob sie ihn tragen könnten. Der Obstbauer stand wie gelähmt auf seinem Vorschiff, verschanzt hinter einer Mauer von Kisten und mit Booten wahrscheinlich sowieso nicht vertraut.

Hansen besann sich nicht lange, tauchte ab und fädelte sich zwischen den benachbarten Bootsrümpfen hindurch bis zu den Ankertauen. Mit einigen kräftigen Kraulbewegungen gewann er das freie Hafenwasser, wo er Wasser trat, während er das Ufer nach einer brauchbaren Stelle zum Hochklettern absuchte.

Ein greller Pfiff lenkte seine Aufmerksamkeit auf einen Mann, der einen Rettungsring kreisen ließ und ihn dann hinausschleuderte. Hansen fing ihn ein und ließ sich ans Ufer ziehen, wo er entdeckte, dass am anderen Ende des Taus Peter Müller, der Hafenarbeiter, stand. Sogar eine Strickleiter hatte er schon ausgerollt, die an der hier geschwärzten glitschigen Kaimauer pendelte.

Der triefend nasse Anzug zog schwer an Hansen. Er war dankbar, als vier kräftige Hände ihn packten und auf den Kai hochhievten. Er sank auf das Kopfsteinpflaster, den Rücken am Poller, an dem die Strickleiter befestigt war, und bemerkte voll Grausen, dass die Kunden von den

Apfelkähnen neugierig herbeieilten. Er sandte einen Hilfe suchenden Blick zu Müller.

»Es ist gut, Leute, ihr könnt gehen«, rief Peter Müller launig in die Runde. »Es ist nichts passiert. Nicht dass ich wüsste, warum mein Freund Sönke im Hafen baden musste, bevor er mich besuchte – hätte er ja auch hinterher tun können –, aber ich kümmere mich um ihn.«

Die Zuschauer lachten, als wäre alles nur ein großer Spaß gewesen, und begannen sich zu zerstreuen, als nichts Aufregendes mehr passierte.

»Danke«, murmelte Hansen.

Müller half ihm auf und machte eine Kopfbewegung in Richtung auf die *Rumboddel*. »Dorthin. Die haben trockene Kleidung in allen Größen. Du bist nicht der Erste, der in den Hafen gefallen ist. Höchstens der erste Stocknüchterne.«

»Woher willst du das so genau wissen?«, fragte Hansen sarkastisch. Er blieb beim du. Noch nie war nach kurzer Bekanntschaft jemand so entscheidend und hilfreich in sein Leben getreten. Auf Socken patschte er vorsichtig hinter Müller her, der ihm einen Schritt voraus war. Er hatte keine Lust, obendrein noch auszurutschen und hinzuschlagen. Die Aufmerksamkeit, die er heute genossen hatte, reichte ihm für lange Zeit.

Müller blieb stehen. Als Hansen aufgeschlossen hatte, entdeckte er, dass sein Retter mit nachdenklicher Miene auf der Unterlippe nagte.

»Vierzig Jahre Erfahrung mit Flensburger Spirituosen. Außerdem habe ich die Hand gesehen, die dich über die Kante befördert hat«, antwortete Müller schließlich.

Der Wirt, den sein Knecht vorübergehend am Tresen ab-
gelöst hatte, wühlte in einer Truhe, die den schmalen
Gang zur Hintertür fast versperrte, nach Kleidungsstü-
cken für Hansen. Offensichtlich stammten sie allesamt
von Seeleuten.

Sönke Hansen nahm zähneklappernd einen zerlöcher-
ten Troyer und eine Hose, die ihm zu kurz war, entgegen.
Alles war gewaschen, trocken und warm, einzig das zählte
an diesem kühlen Tag.

Auf dem Rückweg in die Schankstube lieferte er am
Tresen einen nassen Geldschein ab, um seine Kreditwür-
digkeit zu beweisen. Es stand zu befürchten, dass er im
Augenblick viel Ähnlichkeit mit einem Landstreicher hatte. Der Schankknecht dankte grinsend für das Trinkgeld
und deutete zu dem Tisch in der Ecke hinüber, an dem
Peter Müller schon bei einem Bier saß.

Mit einem Seufzer der Erleichterung ließ Sönke Hansen
sich auf der Wandbank nieder, um sich erst einmal einen
ausgiebigen Schluck aus dem für ihn bereitstehenden Krug
zu gönnen.

»Das hätte auch anders ausgehen können«, bemerkte
Müller. »Aber Männer von der Waterkant lassen sich
nicht so leicht ertränken.«

Ertränken? »Glaubst du wirklich?« Hansen bezweifelte es entschieden, wollte aber nicht unhöflich wirken. Diese biederen Hausfrauen vor den Apfelkähnen kamen doch
nicht auf solch abartige Ideen.

»Aber ja doch. Es war ein Kerl, der am Hafen bekannt
ist, aber natürlich habe ich nicht auf ihn, sondern auf dich
geachtet. Ich wollte sehen, ob du dich von den Langballig-

auern einwickeln lässt. Wenn die da sind, haben die Leute immer viel Spaß. Manche kommen nur deswegen.«

»Heute sind sie ja besonders auf ihre Kosten gekommen«, bemerkte Hansen säuerlich. »Bezahlen die Langballigauer dafür?«

»Quatsch«, sagte Müller entrüstet. »Die Bauern sind redliche Leute. Die heuern keinen für so etwas an. Und der Kerl trieb mit dir keinen Scherz, das war ernst. Über den Kopf einer Hausfrau hinweg stieß er dir seine Faust zwischen die Rippen. Er ist eine lange dürre Latte, noch größer als du.«

»Und mit kräftigen Fingerknöcheln. Du kennst ihn?«

»Kennen ist zu viel gesagt, ich will nichts mit ihm zu tun haben, das will keiner. Ich weiß nur, wer er ist. Er wird Fiete Rum genannt. Treibt sich immer am Hafen herum.«

»Und ist immer besoffen und hat sich über mich, oder die Aufmerksamkeit, die ich bekam, geärgert. Vielleicht war es das. Es war mir selbst etwas peinlich, aber ich wollte kein Spielverderber sein«, setzte Hansen die Erklärung fort. Er glaubte keineswegs, dass er das Ziel eines Anschlags gewesen sein sollte. Als Schabernack war er allerdings ziemlich derb gewesen.

»Ich habe ihn noch nie so betrunken gesehen, dass es auffällig gewesen wäre, eher im Gegenteil«, widersprach Müller. »Den Beinamen hat er, weil er geschäftlich irgendetwas mit Rum zu tun haben soll, nicht weil er ihn trinkt. Aber bei rechtschaffener Arbeit hat ihn noch nie jemand erwischt.«

Sönke Hansen zuckte zusammen und starrte ihn an.

»Was ist?«

»Ich war kurz vorher in Nielsens Rum-Kontor. Man hat mich praktisch hinausgeworfen.«

Der Hafenarbeiter schob seinen Krug von sich fort, legte die Ellenbogen auf den Tisch und beugte sich zu Hansen herüber.

»Sieh an. Ist ja interessant«, sagte er gedämpft. »Warum?«

Hansen schüttelte ratlos den Kopf, bevor er antwortete. »Es ist mir selbst ein Rätsel. Der Alte geriet außer sich, als ich den Sklavenhandel erwähnte, und kam dabei richtig ins Faseln.«

Peter Müller gab einen Pfiff von sich. »Der Alte! Donnerwetter! Ja, der ist ein ganz Knochenharter. Der hat den Laden in der Hand. Wundert mich, dass du überhaupt an ihn geraten bist.«

»Ja, mich auch«, stimmte Hansen wahrheitsgemäß zu.

»Stefan Nielsen hat nichts zu melden«, erklärte Müller mit leiser Verachtung. »Geschieht ihm aber ganz recht. Von seinem Papa wurde er wie ein Prinzchen aufgezogen. Nach dessen Tod ist es noch schlimmer mit ihm geworden, er ist kaum mehr in Flensburg, sondern meistens in der Welt unterwegs. Als Modegeck. Alles vom Neuesten, gleich ob Spazierstock oder Hut.«

»Dann macht er wohl seine Ausflüge mit dem Automobil?«, erkundigte sich Hansen.

»Klar, und der Alte benutzt wacker dasjenige, mit dem Nielsen nicht unterwegs ist. Sie haben zwei Chauffeure.«

»Ziemlich viel Geld in einem Geschäft, mit dem es bergab geht, findest du nicht? Jedenfalls, wenn man in Betracht zieht, was zur dänischen Zeit hier los gewesen sein muss. Und so berühmt ist sein Rum ja nun auch nicht, soviel ich weiß.«

Peter Müller nickte und leerte mit tiefsinniger Miene seinen Krug. »Ich vermute schon lange, dass es bei den Nielsens nicht mit rechten Dingen zugeht«, flüsterte er und blies die Backen auf. »Fiete Rum passt zu ihnen. Aber wenn sie jetzt schon Anschläge auf harmlose Deichbauer verüben, muss irgendetwas passiert sein, das sie nervös macht.«

Wum, wum, wum, ratterten die Waggons über die Schienen, und Hansens Kopf wurde im Takt dazu an die hölzerne Rückwand gestoßen. Die Bänke in der vierten Klasse waren höllisch unbequem, aber immer noch angenehmer als der Ruheplatz im Hafenschlick, der ihm zugedacht worden war, wie Peter Müller felsenfest glaubte.

Er selber war allerdings von dieser Sichtweise noch immer nicht überzeugt.

Sofern Christiansen in den Hof gegangen war, um den Chauffeur mit einem Auftrag loszuschicken, hatte er dort vielleicht seinem Ärger über Hansen Luft gemacht. Und Fiete Rum, der sich gewohnheitsmäßig in den Rum-Kontoren herumtrieb, hatte es gehört, sich den blonden langen Friesen zeigen lassen und diesem anschließend vorgeführt, wie man in Flensburg mit unerwünschten Fremden umging. Vielleicht sogar im Einverständnis mit dem Prokurator, der dabei an einen kleinen, aber wirksamen Denkzettel gedacht hatte.

Mit dieser Erklärung beruhigte sich Hansen und begann einzudösen. Irgendwann spähte er, vom Pfeifen der

Dampfpfeife aufgeschreckt, auf einen in der Dämmerung liegenden einsamen Bahnsteig mitten auf der Geest.

Ein Glück, dass er erst in der Dunkelheit in Husum ankommen würde. Er grinste in sich hinein. Es war das erste Mal in seinem Leben, dass er sein Haus als heruntergekommener Seemann betreten würde. Aber er war zu müde, um sich im schaukelnden Waggon umzuziehen. Und sein Anzug war nicht nur nass, er stank auch erbärmlich.

»Nein, wie sind die von der Hallig bloß mit Ihnen umgegangen, Herr Inspektor!«, weckte am nächsten Morgen Petrine Godbersens aufgebrachte Stimme Hansen. »Haben sie Ihnen Ihren schönen Strohhut weggenommen und dafür diese schäbige Pudelmütze überlassen?«

Hansen fuhr in die Höhe und sah blinzelnd auf den Wecker. Verschlafen! Er rieb sich die Augen und schwang die Beine aus dem Bett, wo er eine Weile benommen sitzen blieb. »Der verdammte Strohhut hängt am Haken«, murmelte er und verschwieg ihr, dass er etwas verwahrlost aussah, weil er eine Zeit lang im Hafenwasser geschwommen war, bevor ihn jemand aufgefischt hatte.

Glücklicherweise ließ Frau Godbersen ihn in Ruhe, was ihm Zeit zum Nachdenken gab. Er hatte jetzt ein Problem. Seinen Vorgesetzten. Auf die Begegnung mit Cornelius Petersen freute er sich nicht im Geringsten. Er würde allerhand zu erklären haben. Wenn es überhaupt noch etwas zu erklären gab.

»Und dieses blaue löcherige Ding«, schimpfte seine Haushälterin aus der Badestube heraus, wo Hansen alles hatte liegen lassen, bevor er kurz vor Mitternacht ins Bett gefallen war. »Was müssen das für heruntergekommene Menschen auf der Hallig sein!«

Hansen schüttelte mit unbestimmtem Lächeln den Kopf und nahm sich vor, ihr in einer ruhigen Stunde von der Hallig zu erzählen. Auch von den Halligfrauen.

Im Augenblick fand er nur wenige Worte. »Die Männer gehen stets in Hemden, die von Ihnen geplättet sein könnten, Frau Godbersen, und der Lehrer verlässt ohne Zylinderhut nicht das Haus. Sie sind sehr anständige Menschen«, widersprach er laut.

»So? Dann waren Sie wohl gar nicht auf der Hallig! Da möchte ich mal wissen, wo Sie herumgestreunt sind! Herr Wasserbauinspektor!«, sagte sie in einem Ton, als hätte sie Hansen bei einer fetten Lüge erwischt.

»Ich erzähle es Ihnen«, versprach er friedlich. »Nur jetzt nicht. Jetzt brauche ich einen starken Kaffee.«

»Verdient haben Sie ihn nicht«, sagte Petrine Godbersen, aber im Ton schon etwas milder.

Und auf dem gedeckten Frühstückstisch fand Sönke Hansen wenig später eine Kanne mit Kaffee vor, die für eine dänische Familienfeier gereicht hätte.

Auf dem Weg zum Amt konnte Hansen sich nicht erinnern, wie der Kaffee geschmeckt hatte, nur dass sein Duft ihm aus der Haustür gefolgt war.

Hoffentlich war er kräftig genug gewesen, um ihn für die Begegnung mit seinem Vorgesetzten zu rüsten.

KAPITEL 15

Hatte der Oberdeichgraf die letzten Wochen auf der Treppe gestanden und auf ihn gewartet? Sönke Hansen vergaß für einen Augenblick seine Beklemmung, als er im unbeleuchteten Treppenhaus nach oben spähte. Von Holstens Kleidung und Aktentasche waren die gleiche wie vor seiner Reise zur Hallig.

Nur die Miene des Barons war, wenn überhaupt möglich, noch finsterer.

»Sie!« Herr von Holsten musste sich räuspern. »Sie wagen es, Hansen, hier hereinzuspazieren, mit einem Unschuldsgesicht wie ein diebischer junger Jagdhund? Sie haben gegen Dienstanweisungen verstoßen! Ist Ihnen das klar, Hansen?«

Hansen schüttelte den Kopf. »Wenn man es mit den Vorschriften genau nimmt, Herr Baron, habe ich nicht gegen Dienstanweisungen verstoßen. Dienstanweisungen bekomme ich von meinem Vorgesetzten. Von Ihnen bekam ich einen Brief. Um der Sache willen konnte ich Ihrer Bitte zu diesem Zeitpunkt nicht nachkommen.«

»Es war keine Bitte«, brüllte von Holsten durch das

Treppenhaus, dass sich der Schall brach. »Es war ein Marschbefehl!«

»Ja, durchaus. Ich habe ihn verstanden.«

»Aber?« Der Baron erstickte fast an seinem Zorn. »Wollen Sie mir jetzt auch noch zu verstehen geben, dass ich kein Recht habe, Ihnen Befehle zu geben?«

»In Ihrer Eigenschaft als Berichterstatter einer Kommission … Ja, Herr Baron, das will ich, wenn Sie darauf bestehen«, sagte Hansen leise.

»Dann ist wohl jedes weitere Wort überflüssig!« Von Holsten stampfte die Treppe herab, als wollte er die Stufen in Grund und Boden treten, und dazu klirrte die eiserne Zwinge seines mit Jagdplaketten verzierten Wanderstockes kreischend und unangenehm auf dem ausgetretenen Sandstein.

Es war für Hansen kein Triumph, die Schlacht gewonnen zu haben. Er hätte die Auseinandersetzung gerne vermieden, aber er dachte gar nicht daran, vor einem Menschen wie dem Baron zu kuschen.

Im Flur kam ihm Friedrich Ross entgegen, mit einem dicken Aktenbündel unter dem Arm. Hansen nickte ihm zu und wollte vorbeigehen. Nach einem Gespräch stand ihm nicht der Sinn.

Ross blieb jedoch vor ihm stehen, betrachtete demonstrativ erstaunt Hansens im Amt ungewöhnliches Schuhwerk und sah sich anschließend unauffällig um. »Moin, Sönke«, grüßte er mit gedämpfter Stimme, »warst du schon an deinem Schreibtisch?«

Merkwürdige Frage. Hansen krauste die Stirn. In den

Augen von Ross las er Neugierde. Aber noch mehr. Irgendetwas anderes, das ihn beunruhigte. Er schüttelte den Kopf.

»Wirst dich freuen«, sagte Ross und setzte seinen Weg unter unterdrücktem Gelächter fort.

Hansen schluckte trocken und beschleunigte seinen Schritt. Was konnte das sein? Ein Kündigungsschreiben? Aber würde sich ein Kollege, der ihm immer sympathisch gewesen war, sich darüber amüsieren?

Sein mahagonibrauner Schreibtisch war leer bis auf einen Brief, den jemand im Zentrum der Arbeitsplatte deponiert hatte. Die Akten, die wie üblich als Vorgänge auf dem Tisch jedes Abwesenden zu landen pflegten, waren auf seinen Stuhl gestapelt worden.

Er stürzte hin und riss den Brief an sich. In zierlicher Schrift standen sein Name und die Amtsadresse auf dem Umschlag. Hansen drehte ihn um. Absender: Jorke Payens, Hallig Langeness.

Sönke Hansen stieg das Blut zu Kopfe. Er wischte die Akten vom Stuhl und ließ sich mit butterweichen Knien auf das harte Holz fallen.

Minutenlang behielt er den Brief in der Hand, unfähig, ihn zu öffnen. Was wollte Jorke? Warum schrieb sie ihm nach nur einer gemeinsamen Nacht?

Und warum nur hatte er sich so hinreißen lassen? Inzwischen bereute er seine Unbesonnenheit. Hinzu kam die Furcht, dass das flüchtige Abenteuer Folgen gehabt haben könnte. Das konnte sie so schnell doch gar nicht wissen! Und stellte trotzdem schon Ansprüche an ihn?

Hansen schleuderte den Umschlag von sich und vergrub das Gesicht zwischen den Armen. Was hatte er nur angerichtet!

»Du sollst zu unserem Herrn und Meister kommen«, raunte eine Stimme an Hansens Ohr.

Er fuhr in die Höhe und stieß mit etwas Hartem zusammen. »Zu Petersen?«, fragte er und bekam gerade noch mit, wie Ross, der Jorkes Brief wieder auf die Tischmitte zurückbefördert hatte, sein Grinsen einstellte und sich das Kinn rieb.

»Welchen Meister denn sonst? Oder gibt es eine neue Meisterin in deinem Leben?«

Wenn er jetzt noch deutlicher wird, dachte Hansen voll Wut, schlage ich ihn nieder. Mit geballten Fäusten wandte er sich ab und marschierte laut klappernd zur Tür.

»Sind Holzpantinen jetzt Mode im Amt?«, stichelte Ross.

Hansen ignorierte seine Frage. Hätte er ihm vielleicht mitteilen sollen, dass seine guten Schuhe auf dem Grund des Flensburger Hafens lagen?

Der Oberbaudirektor stand am mittleren seiner drei Fenster und wartete schon auf Hansen.

»Guten Morgen«, grüßte Hansen ungewohnt förmlich und bemühte sich jetzt darum, nicht allzu laut aufzutreten.

Petersen wandte sich um und musterte ihn mit angespannter Miene. »Das weiß ich noch nicht. Was haben Sie nur angerichtet, Herr Hansen?«

Er war drauf und dran, aus vollem Herzen zuzustimmen, fing sich aber in letzter Sekunde. »Was genau meinen Sie, Herr Petersen?«

»Sie haben eine klare dienstliche Weisung erhalten und sich geweigert, ihr nachzukommen. Ich müsste Sie fristlos entlassen.«

Hansen schlug plötzlich das Herz bis zum Halse. »Ich nehme dienstliche Anweisungen nur von meinem Vorgesetzten entgegen«, stammelte er unbeholfen. »Der Herr Baron hat sich, mit Verlaub gesagt, die letzten Jahre hauptsächlich durch Untätigkeit ausgezeichnet, neben einer Reihe von falschen Entscheidungen. Es wäre auch ein nicht wieder gutzumachender Fehler gewesen, zu dem Zeitpunkt, als sein Brief mich erreichte, die Hallig zu verlassen.«

»Unsinn! Dass Sie sich mit Herrn von Holsten nicht verstehen, ist im ganzen Haus bekannt. Und im Hinblick auf die Arbeit der Kommission sind Sie ihm unterstellt, das wissen Sie genau!«

Ja, das wusste er natürlich. Es war eine plausibel klingende Ausrede gewesen, mit der er gehofft hatte durchzukommen. Hansen schwieg.

Petersen schlug die Hände auf dem Rücken zusammen und begann eine unruhige Wanderung entlang der hohen schmalen Fenster. »Sie haben es mit Ihrer Eigenmächtigkeit geschafft, das Verhältnis zwischen Kommission und Wasserbauamt total zu zerrütten! Ist Ihnen das klar, Hansen?«

»Der Oberdeichgraf findet es angemessen, seine Aversion gegen mich auf das ganze Amt zu übertragen?«, erkundigte sich Hansen überrascht. »Dann möchte ich die

Vermutung äußern, dass er es auch ohne mich schaffen würde. Dann bin ich nur ein Vorwand. Vielleicht ist er eifersüchtig auf uns oder sieht seine Tätigkeit nicht ausreichend gewürdigt.«

Petersen fuhr herum. »Sie sind ungewöhnlich offen, Hansen.«

»Das erleichtert den Umgang mit mir«, erklärte Hansen zustimmend.

»Nicht, wenn ich Ihre Fehler ausbügeln muss«, knurrte Petersen und schob den schweren Vorhang des mittleren Fensters beiseite, um es zu öffnen und stumm über den Hafen zu schauen.

Sein Zögern ließ Hansen hoffen.

Schließlich seufzte Petersen schwer und drehte sich wieder um. »Dann lassen Sie mal Ihre Erfolge hören.«

Hansen atmete durch. »Die Langenesser sind einverstanden mit den Halligschutzmaßnahmen!«, verkündete er erleichtert. »Ihr Ratmann Mumme Ipsen hat mir sein Wort gegeben.«

»Die Langenesser sind doch gar nicht in so hohem Maße gefährdet. Im Augenblick interessieren sie uns weniger als Nordmarsch, das es in erster Linie zu schützen gilt! Was haben Sie da erreicht?«

Selbstverständlich kannte Petersen die Karte sehr genau. »Konkretes noch nicht«, gab Hansen kleinlaut zu. »Ipsen hat versprochen, auf die Nordmarscher einzuwirken. Vor allem deren Ratmann zeigt sich widerspenstig. Die Zeit muss für unseren Plan arbeiten.«

Der Oberbaudirektor schnappte förmlich nach Luft. »Solch dürftige Ergebnisse wagen Sie mir als Erfolg zu präsentieren?«, sagte er schließlich. »Diese Leute sollen Urkunden unterzeichnen, mit denen sie Halligland an den Staat abtreten werden! Und Sie erzählen mir, dass irgendwer mit irgendwem ein wenig zu plaudern versprochen hat.«

Hansen schwieg betreten. So formuliert, hörte es sich nach wenig an.

Aber es stimmte nicht. Nur auf diese Weise ging es. Den Halligleuten konnte man nicht mit der Tür ins Haus fallen. Sie waren stolz auf ihre Vergangenheit und ließen sich durch keine Obrigkeit überfahren. Man musste sie überzeugen.

»Oder …«, begann Petersen in einem ganz anderen, überaus scharfen Ton, »sollten Sie Ihre gesellschaftlichen Erfolge auf der Hallig meinen? Im ganzen Haus geht herum, dass Sie sich Damenpost von Langeness in Ihre Dienststelle schicken lassen! Das ist ein so unerhörter Vorgang – ein Beispiel dafür ist mir nicht bekannt. Ich werde festzustellen haben, ob Sie allein dafür mit einer Disziplinarstrafe zu rechnen haben!«

Hansen fühlte, wie er zu schwitzen begann. Aber er war außerstande, sich zu verteidigen.

Es klopfte vernehmlich. Petersen verwies Hansen mit einer barschen Geste auf einen Stuhl, der an der Wand zwischen zwei Schränken stand. Ein Armsünderplätzchen. Die Standpauke war immer noch nicht beendet. Resigniert setzte Hansen sich.

Baron von Holsten riss die Tür auf, bevor Petersen geantwortet hatte, und schob mit besonders liebenswürdiger

Miene einen elegant gekleideten Herrn ins Zimmer, den Hansen im Amt noch nie gesehen hatte.

»Darf ich die Herren einander vorstellen?«, schnarrte der Oberdeichgraf. »Herr Petersen, Leiter des Wasserbauamtes in Husum. Herr Aksel Andresen aus Tondern, ein großer Gönner und Finanzier auf der Insel Amrum.«

»Ich kenne Ihr bewundernswertes Projekt, Herr Andresen«, lobte Petersen überschwänglich und schüttelte ihm ausgiebig die Hand.

Der Kapitalist! Lars Rasmussens Schilderung hatte ihn durchaus neugierig auf diesen Mann gemacht. Hansen drückte sich tiefer in den Stuhl. Zu seinem Glück befand sich der Schreibtisch, um den herum die Herren Platz nahmen, am anderen Ende des Raums.

»Was führt Sie in unser bescheidenes Amt, Herr Andresen?«, erkundigte Petersen sich höflich.

»Mein Interesse für alles, was mit den Inseln und Halligen zu tun hat, bester Oberbaudirektor«, antwortete Andresen mit einer Spur von Herablassung.

»Wir sind im Augenblick in einer Umbruchphase«, umschrieb Petersen Hansens Bericht, »erste Erfolge im Gespräch mit der Halligbevölkerung beginnen sich abzuzeichnen. Und …«

»Wir sind sehr zuversichtlich«, unterbrach der Baron ihn ungehalten, »dass wir schnellstens alle Halligufer unter Deichschutz nehmen können. Bald gehört der Abbruch der Vergangenheit an.«

»Sind Sie auch dieser Meinung, Herr Petersen?«, erkundigte Andresen sich.

»Ja, ja durchaus«, stimmte Petersen halbherzig zu.

»Sehr schön!«, sagte Andresen zufrieden.

Der Kerl wollte irgendetwas. Dies war kein Höflichkeitsbesuch. Hansen witterte geradezu, dass der Kapitalist gleich ein Anliegen vorbringen würde. Und da er hier unter dem Geleitschutz sowohl des Schleswig-Holsteinischen Deichbandes als auch der Preußen hereingesegelt war, beabsichtigte er vermutlich, sich mit allen Mitteln durchzusetzen.

»Haben Sie den neuen Badeort Wittdün schon einmal besichtigt, Herr Petersen?«

»Nein, dort gewesen bin ich noch nicht, leider«, bekannte der Oberbaudirektor, als hätte man ihn bei einer Unterlassung ertappt.

»Macht nichts, obwohl ich durchaus das amtliche Interesse des Wasserbauamtes erwarten würde«, sagte Andresen und warf sich im Besuchersessel nach hinten, dass die Lehne knackte. Mit versonnenem Blick gegen die schadhafte Stuckdecke sprach er weiter. »Ich habe Großes vor. Die Dünenbahn. Schiffsverbindungen außer nach Hamburg auch nach Cuxhaven und Helgoland. Vielleicht sogar ein Zeppelinlandeplatz. Die Buchungen der Gäste aus den gesellschaftlich besseren Kreisen lassen sich ausgezeichnet an, alle Zimmer in den guten Hotels sind auf längere Zeit belegt. Wir müssen neue Unterkünfte bauen, auch einfache, für Wanderer und Naturliebhaber. Und Erholungsheime für Kinder. Es wird nicht mehr lange dauern, bis mein Wittdün Wyk auf Föhr den Rang abgelaufen hat. Und Westerland wird Wittdün nie das Wasser reichen können. Wittdün ist attraktiv. Lebhaft. Modern.«

»Sicher«, stimmte Petersen wortkarg zu.

»Eine der Attraktionen für die Badegäste ist der Leuchtturm von Amrum. Noch mehr als die Vogelkoje«, sagte Andresen und kehrte mit überraschender Plötzlichkeit in die Gegenwart des Dienstzimmers zurück.

Er richtete seine blassblauen, etwas vorstehenden Augen auf Petersen, der sich unbehaglich rührte. »Ich nehme an, dass Sie seinen Bau in die Wege geleitet haben? Sehr gut!«

Aha. Andresen kam jetzt zur Sache.

»Das war vor meiner Zeit«, murmelte Petersen.

»Leuchttürme haben einen hohen Unterhaltungswert für Binnenländer«, fuhr Andresen fort. »Das Einzige, das sie zu Hause nicht haben können, im Gegensatz zu Dünen und Wasservögeln. Gäste unternehmen ausgesprochen gern Lustfahrten zu solch herausragenden Zielen, um an ihrem Fuß zu picknicken und sich fotografieren zu lassen. Davon könnte man noch mehr gebrauchen.«

»Wie meinen Sie das?«, fragte Petersen verdattert.

»Ganz einfach. Ich wünsche mir einen Leuchtturm. Ob auf Nordmarsch, auf Sylt oder Hooge, ist gleichgültig. Hauptsache, Hin- und Rückfahrt von Amrum aus sind an einem Tag möglich.«

»Ich erinnere mich«, flocht der Oberdeichgraf geschickt in Petersens beredte Verblüffung ein, »dass Kapitänleutnant von Frechen, ein sehr rühriges Mitglied in unserer Kommission für Wasserbauangelegenheiten, sich für ein Leuchtfeuer auf Nordmarsch ausgesprochen hat. Unter anderem aus Gründen der Landesverteidigung.«

Hansens Erinnerung war eine ganz andere. Aber ihm wurde immer klarer, dass die beiden Herren einen abgesprochenen Plan verfolgten, und da kam es weniger auf die Wahrheit an.

»Im Augenblick sind wir noch nicht so weit, dass wir zusätzlich ein solches Projekt in Angriff nehmen könnten, Herr Andresen«, wandte Petersen, der sich endlich gefasst hatte, ein.

»Papperlapapp, wie meine deutschen Nachbarn zu sagen pflegen!« Andresen lächelte breit. »Was man will, schafft man auch. Wünschen Sie etwa nicht, dass man den Friesen da draußen mehr deutsche Kultur und Unterhaltung auf ihre armselige Sandinsel bringt?«

Sehr geschickter Schachzug vom Dänen, in Gegenwart eines Preußen mit nationalen Argumenten Druck zu machen. Hansen bekam fast Mitleid mit seinem Vorgesetzten.

»Ich fahre nächste Woche nach Berlin«, verkündete von Holsten aufgeräumt. »Ich könnte mich an der zuständigen Stelle für den Plan verwenden. Sie werden sehen, dass wir die Genehmigung unverzüglich erhalten.«

Petersen presste die Kiefer aufeinander, bis sie knackten.

Hansen hielt den Atem an. Petersen war geborener Nordfriese und nicht auf den Kopf gefallen. Selbstverständlich war er in der Lage, das Zusammenspiel seiner Besucher als Erpressung zu erkennen.

Der Oberbaudirektor räusperte sich. »Ein weiterer Leuchtturm wird die Sicherheit für die Großschifffahrt hier an der Westküste erhöhen, deshalb bin ich einverstanden, mich als Verantwortlicher für dieses Amt für ein Leuchtfeuer zu verwenden. Ich bedinge mir allerdings den

Standort Nordmarsch aus. Das ist die einzig sinnvolle Position. Wenn wir den Bau des Leuchtturms mit dem des Steindeiches zusammenlegen, sparen wir obendrein noch Kosten. Die Steinschuten können leicht auch noch Ziegelsteine befördern …«

»Ganz ausgezeichnet«, lobte Andresen. »Wann fangen Sie an?«

Petersen lächelte unverbindlich und blieb ihm die Antwort schuldig.

Stattdessen wandte er sich an den Baron. »Wie gesagt, wir befinden uns noch in den Vorgesprächen mit der Halligbevölkerung. Diese führt, entsprechend Ihrem eigenen Wunsch, Inspektor Sönke Hansen. Ich werde ihn also informieren, vor allem im Hinblick auf die Erweiterung der Planung um einen Leuchtturm.«

Baron von Holsten schüttelte herrisch den Kopf. »Ich habe vor, ihn von seinen Pflichten in der Kommission zu entbinden«, bemerkte er verdrießlich. »Er ist ein unmöglicher Mensch!«

»Daran kann ich Sie nicht hindern, Herr Baron«, sagte Petersen glatt. »Als Ersatz für Hansen schlage ich unter diesen Umständen Friedrich Ross vor.«

»Ross?« Der Baron rümpfte die Nase. »Ihm fehlt es an Erfahrung. Außerdem neigt der junge Mann zu unüberlegten Taten.«

»Richtig, er ist ein wenig ungestüm, hat etwas von einem jungen Füllen an sich. Aber meine anderen Mitarbeiter sind im Augenblick unentbehrlich. Dass das Wasserbauamt bei der Halligbevölkerung durch jeden Wechsel, nicht nur zu Ross, vollends die Glaubwürdigkeit verlieren würde, erwähne ich nur nebenher. Jedoch unterliegt diese Entscheidung Ihrer Verantwortung.«

In von Holstens Gesicht stieg Röte. »In Gottes und des Kaisers Namen. Hansen, wenn es denn sein muss«, stieß er nach einer Weile mit säuerlicher Miene aus.

Hansen grinste schamlos.

»Dann kann die Planung sofort losgehen«, beantwortete Petersen Andresens Frage.

Dieser nickte, sprang auf und schüttelte dem Oberbaudirektor mit liebenswürdigem Lächeln die Hand, bevor er als Sieger das Zimmer verließ.

»Da sind Sie ja noch einmal davongekommen, Hansen!«

»Ich gebe es zu, Herr Petersen«, murmelte dieser und streckte erleichtert die Beine aus, als die Tür hinter den Besuchern zugefallen war. Es hatte ihm nicht sonderlich geschmeckt, wie ein gejagter Hase in einem Versteck zu klemmen. Aber es war die Sache wert gewesen. »Dafür hat der Baron ja nun eine böse Kröte schlucken müssen.«

Petersen lachte freudlos. »Dass Sie sich selbst als böse Kröte bezeichnen, ist immerhin ein Weg zur Selbsterkenntnis.«

»Na, na«, murrte Hansen mit gespielter Empörung und musste selbst lachen. »Ich gehe dann wohl wieder ...«

»Tun Sie das«, gestattete Petersen und widmete sich, noch bevor Hansen ganz zur Tür hinaus war, seiner schriftlichen Arbeit, in der linken Hand schon wieder ein Butterbrot.

»Noch nicht entlassen?« Die spöttische Stimme und ein Schlag auf die Schulter ließen Hansen herumwirbeln.

»Nein, Friedrich«, antwortete er mit aufreizendem Grinsen, »stattdessen habe ich einen erweiterten Auftrag. Und fast schon ein freundschaftliches Verhältnis zu unserem Baron.«

Ross schüttelte belustigt den Kopf. »Wie du das immer machst«, sagte er. »Aber ich gönne es dir. Tüchtigen Leuten kann man keinen Erfolg neiden.«

Er meinte es ehrlich. Hansen sah ihm nach, bis er sich besann und mit den Händen in der Jackentasche zu seinem eigenen Zimmer schlenderte.

Wo ihm sofort der bedrohliche Briefumschlag auf dem Schreibtisch ins Auge fiel. Aber jetzt konnte er Hansen nicht mehr derartig erschrecken. Während er sich setzte, um den Umschlag aufzuschlitzen, dachte er, dass diese dramatische Präsentation nur Ross zuzutrauen war. Vermutlich hatte er nicht einmal darüber nachgedacht, was daraus entstehen konnte.

Er überflog den Brief und begann zu lachen.

Wenige Augenblicke später stand Hansen erneut vor dem Oberbaudirektor und legte ihm wortlos das Schreiben vor.

Petersen rückte seine Brille zurecht und las laut.

Sehr geehrter Herr Sönke Hansen,
Wasserbauinspektor im Wasserbauamt.
Im Auftrage von unserem Ratmann Mumme Ipsen
auf Langeness und wegen der Schwäche seiner Augen
möchte ich Ihnen mitteilen, dass es vorangeht. Gut

die Hälfte der an Weide- und Meedeland berechtig-
ten Einwohner von Nordmarsch hat der Abtretung
des Uferstreifens bereits zugestimmt.
Mit höflicher Hochachtung,
Jorke Payens, Nachbarin

Eigene Hinzufügung: Wann kommen Sie wieder
her? Ich weiß, dass Mumme Ihre hiesige Arbeit sehr
schätzt. Jorke Payens.

Hansen grinste verstohlen. Mumme Ipsen hatte Augen
wie ein Adler. Aber sein Vorgesetzter musste ja nicht erfahren, dass ihr zuverlässigster Bündnispartner vielleicht
nicht schreiben konnte.

»Wer ist Jorke Payens, Nachbarin? Und warum haben
Sie nicht gleich meinen Irrtum berichtigt?«, erkundigte
sich Petersen irritiert.

»In dem Augenblick rauschte der Baron gerade zur Tür
herein«, schwindelte Hansen.

»So, so.« Petersen sah ihn forschend an. »Und Jorke
Payens?«

»Eine mutige und aufrechte Nachbarin von Mumme
Ipsen.«

Petersen gab ihm den Brief zurück. »Dass Sie mutige
Frauen schätzen, ist bekannt. Dennoch sollten Sie vorsichtig sein, damit es nicht zu viele mutige Bekanntschaften werden.«

KAPITEL 16

»Wollten Sie nicht zur Hallig Nordmarsch fahren?«, fragte am nächsten Tag Baron von Holsten in einem Ton, der schon fast freundlich war.

Hansen meisterte seine Verblüffung und ergriff die Chance. »Ja, es wäre gut, das Eisen zu schmieden, solange es heiß ist. Noch kennen die Halligleute mein Gesicht.«

»Aber?«

»Ich weiß nicht, ob es Herrn Petersen gelegen kommt, wenn ich schon wieder abreise …«

»Soll ich bei Petersen ein gutes Wort für Sie einlegen?«

Hansen glaubte nicht richtig zu hören. Protektion, und die noch von der falschen Seite! Unter Aufbietung aller Willenskraft überwand er seinen Widerwillen. »Das wäre hilfreich, Herr Baron.«

»Endlich nehmen Sie ein wenig Vernunft an«, bemerkte von Holsten und wanderte mit den Händen auf dem Rücken davon, als wäre er in den Gängen des Wasserbauamtes auf Inspektionstour.

Zwei Stunden später wurde Sönke Hansen zu seinem Chef gerufen. Cornelius Petersen drehte gedankenvoll einen Bleistift zwischen den Fingern. »Der Herr Baron hat es eilig«, brummte er. »Dabei haben wir hier im Amt wirklich genug zu tun. Wann fahren Sie?«

»Mit Ihrer Erlaubnis morgen …«

»Sie pfeifen eigentlich auf meine Erlaubnis, stimmt's, Herr Hansen?«

»Nein, auf Ihre nicht, Herr Petersen«, beteuerte Hansen ehrlich. »Nur, wenn es gar nicht anders ginge …«

»Genau das meine ich. Sie haben meinen Segen. Machen Sie es gut.«

»Ich hoffe.« Sönke Hansen verabschiedete sich mit einer leichten Verbeugung. Petersen war in Ordnung.

Als Hansen am späten Nachmittag nach Hause zurückkehrte, erwartete ihn seine Haushälterin, die sonst gegen Mittag sein Haus verließ. »Nanu?«, fragte er überrascht. »Etwas Besonderes vorgefallen?«

»Ich weiß nicht«, sagte sie unbestimmt. »Sie hatten Besuch von einem Herrn, oder vielmehr einem Kerl, der nach Ihnen fragte.«

»Was wollte er?«

»Das hat er nicht gesagt. Eine Nachricht hat er auch nicht hinterlassen.«

»Was bekümmert Sie dann so, Frau Godbersen?«

Sie knetete die Hände. »Ich will einem Menschen, den ich nicht kenne, nicht Unrecht tun. Aber der ist kein Umgang für Sie, Herr Hansen, entschuldigen Sie, wenn ich das so direkt sage!«

»Sagen Sie es nur direkt! Ich bin sicher, dass auch ich ihn nicht kenne. Alle, die ich kenne, haben keinen Grund, Ihnen ihren Namen zu verschweigen.«

»Wenn es so ist ...«, sagte Frau Godbersen erleichtert. »Ich dachte, wegen der merkwürdigen Kleidung, mit der Sie zurückgekommen sind ... Und weil Sie doch heute wieder in Holzpantinen zum Dienst gegangen sind. All das tut man nicht in Ihrer Position, entschuldigen Sie, wenn ich auch das so direkt sage. Und dann noch dieser Kerl ... Aber jetzt bin ich einigermaßen beruhigt. Dann einen schönen Abend noch, Herr Bauinspektor.«

Am späten Vormittag bestieg Sönke Hansen den Salondampfer der Wittdüner Aktiengesellschaft. Seine Laune war heiter wie das Wetter, als er sein Gepäck verstaut hatte und wieder an Deck schlenderte, um das Ablegemanöver zu verfolgen. Zufrieden stellte er fest, dass die Schuhe, die er sich gerade gekauft hatte, nicht drückten.

Erstmals fuhr er im Rahmen seiner Ermittlungen ruhigen Gewissens nach Amrum. Dass der Auftrag des Kapitalisten ihm die Möglichkeit bot, weiter zu recherchieren, war ein Glücksfall, der ihm ohne sein Zutun in den Schoß geplumpst war. Es schien ihm jetzt sinnvoll, die ganze Mordgeschichte aus der Vogelperspektive des Leuchtturms auf Herz und Nieren zu überprüfen. Danach würde er nach Wyk weiterfahren, um den Wirt über Sklavenhandel auszufragen.

Das Achterdeck füllte sich, während Hansen die Sommerfrischler beobachtete, die in der Kutsche vorgefahren wurden oder zu Fuß von der Eisenbahnstation heranstrebten, gefolgt von Dienstleuten, auf deren Karren sich Koffer und Reisetaschen stapelten.

Hinter Hansen schwollen Gespräche und Gelächter zum Lärm an, Kinder begannen unter Geschrei über das Deck zu rennen, und Hunde, die an Leinen in den Händen von Damen zerrten, bellten sich gegenseitig an.

Die Schaufelräder liefen an, und kurz danach stieß der Schornstein schwarze Rauchwolken aus. Die Dampfpfeife gab ihr zweimaliges Signal zum Zeichen, dass die *Andrea I* gleich auf Backbordkurs in das Fahrwasser eindrehen würde.

Hansen legte bequem die Arme über die Reling und sah den Seeleuten zu, die die Gangway einzuholen begannen. Wie auf Kommando stoppten sie plötzlich, um auf einen verspäteten Fahrgast zu warten, der geräuschvoll den Kai entlangtrabte.

Allgemeine Erheiterung brach sich unter den Passagieren auf dem Deck Bahn. Ein Strohhut mit flatternden Bändchen unterstrich, dass der kurzbeinige Mann sich als Sommergast fühlte, dazu passten aber nicht die auf das Kopfsteinpflaster klatschenden Holzpantinen und der geflickte Seesack auf der Schulter.

Hansen schmunzelte nur verhalten. Was wusste denn er, warum dieser Mensch Holzschuhe trug? Vielleicht aus ähnlichen Gründen wie er selber am Vortag. Oder er wollte seine Lederschuhe nicht dem salzigen Spritzwasser aussetzen.

Schon während der Fahrt durch die ausgeprickte Rinne verzogen sich die meisten Passagiere auf das vordere Deck, wo sie nicht vom Qualm belästigt wurden. Hansen blieb neben dem Flaggenstock mit der schleswig-holsteinischen Fahne stehen, schaute ins schäumende Heckwasser und genoss die Reise.

Als er sich umdrehte, um mit dem Rücken an der Reling weiterzuträumen, fiel ihm der Mann mit den Pantinen am anderen Ende des halb offenen Achterdecks auf.

Sein breites grobes Gesicht mit der niedrigen Stirn wurde von einer auffallend schiefen Nase verunstaltet, die ihm ein brutales Aussehen gab. Der geradezu elegante Strohhut, der neben ihm auf der Bank lag, wurde in der Gesellschaftsschicht, aus der er offensichtlich stammte, nicht getragen. Frau Godbersen hätte ihn unverblümt als Kerl bezeichnet.

Als Hansen merkte, dass der Unbekannte seinerseits ihn beobachtete, beschloss er, sich seinen Roman aus der Reisetasche zu holen und irgendwo anders ein ruhiges Fleckchen zum Lesen zu suchen. Gemächlich wanderte er in Richtung Bug, breitbeinig, um das Gieren des schneller werdenden Schiffes abzufangen, das sich inzwischen im freien Fahrwasser befand.

Die Gepäckablage im Inneren des Dampfers war bis oben hin mit Koffern und Körben beladen. Es dauerte eine Weile, bis Hansen sich zu seiner Tasche vorgearbeitet hatte. Ihm wurde warm dabei, hauptsächlich durch den Strom heißer Luft, der aus der zum Maschinenraum offen stehenden Tür herauswirbelte. Die Kohlenschaufler da unten waren wirklich zu bedauern.

Hansen schob seine Tasche in eine Lücke zurück, klemmte sich das Buch unter den Arm und wanderte schwankend den engen Gang weiter. Hinter sich hörte er schnelle Schritte.

Bevor er ausweichen konnte, bekam er einen Stoß, der ihn über das Schott hinweg in den Abgang zum Maschinenraum schleuderte. Mit der Nase voran schoss er über den metallenen Rost einer handtuchbreiten Plattform, die im Nichts zu enden schien.

Hansens Jackettknöpfe retteten sein Leben. Sie verklemmten sich zwischen den gekreuzten Eisenstäben und verhinderten den Sturzflug abwärts. Gelobt sei Frau Godbersens Nähkunst, dachte er, als er einen Augenblick geschockt auf sein tief unter ihm im Maschinenraum liegendes Buch hinunterstarrte.

Eine fast senkrechte eiserne Leiter führte nach unten. Mit zitternder Hand stützte sich Hansen auf die oberste Stufe und stemmte sich in die Höhe, um sich, im Schneidersitz gegen die Wand lehnend, von seinem Schrecken zu erholen.

»Was passiert?«, brüllte ein verrußter Seemann von unten durch den Lärm der Maschine und hielt Hansens Buch in die Höhe. »Lebensgefährlich, wenn man nicht aufpasst! Der Aufenthalt da oben ist für Passagiere verboten! Steht auf dem Schild!«

»Ich hab's im Vorbeiflug nicht lesen können«, schrie Hansen zurück und nahm anschließend dem Heizer, der flink hochkletterte, dankbar sein Buch aus den Zähnen.

Dem Mann stand ein breites Grinsen im Gesicht, als er Hansen, mit beiden Händen an den Handläufen, aus gleicher Augenhöhe betrachtete. »Sie nehmen's anscheinend mit Humor. Dann darf ich wohl annehmen, dass Sie die offen stehende Tür nicht gleich dem Käpten melden?«

»Das dürfen Sie.« Hansen grinste kameradschaftlich. »Danke fürs Hochbringen.«

»Gern.« Der Heizer rutschte mehr nach unten, als dass er stieg, und war kurz darauf schon im Gewirr von Rädern und Kolben der Maschine verschwunden.

Hansen rappelte sich hoch und verließ die Plattform. Dieses Mal gab es keinen Zweifel, dass er absichtlich gestoßen worden war. Und eigentlich war die Aussicht auf Erfolg wesentlich besser gewesen als im Flensburger Hafen. Aus Fiete Rums Sicht war es Pech gewesen, dass Schwimmen eine von Hansens Freizeitbeschäftigungen war. Flugübungen im Maschinenraum eines Dampfers hingegen mussten in aller Regel mit dem Tod enden.

Nachdenklich starrte Hansen an Steuerbord über die silbrig glänzende Wasserfläche, erkannte ohne großes Interesse, dass sie Nordstrand hinter sich gelassen hatten, und beschloss dann, das Schiff nach Fiete Rum zu durchsuchen. Der konnte wohl kaum ahnen, dass Hansen eine ungefähre Beschreibung von ihm besaß. Er würde ihn zur Rede stellen. Mindestens das.

Da er es für wahrscheinlich hielt, dass jemand, der nicht auffallen wollte, sich in einer größeren Menschenmenge verstecken würde, wanderte er nach vorne. Der Dampfer lag inzwischen auf einem anderen Kurs, das Gieren hatte aufgehört, und viele Passagiere waren auf den Beinen. Die Männer standen mit Biergläsern oder Butterbroten an der Reling, Frauen unterhielten sich mit neuen Bekanntschaften über leere Deckstühle hinweg, und die Kinder spielten Nachlaufen. Nur die Hunde schliefen.

Er entdeckte niemanden, der Fiete Rums Beschreibung entsprach. Und alle diese zumeist fröhlichen Gesichter gehörten zu Badegästen und Urlaubern.

Hansen setzte seinen Weg auf der anderen Schiffsseite zum Salon fort, wo Fiete Rum auch nicht zu finden war, und zog dann kurz Bilanz. Es war nicht anzunehmen, dass der Kerl sich beim Kapitän auf der Brücke aufhielt und genauso wenig im Maschinenraum. Was blieb dann? Der Waschraum? Der war schnell durchsucht.

Es blieb die Möglichkeit, dass Hansen hinter dem Falschen her war.

Das aber brachte die Angelegenheit gleich in eine andere Dimension. Im Grunde glaubte er nicht daran. Etwas irritiert rieb Hansen sich das Kinn und kehrte zum Achterdeck zurück.

Der Holzschuhmann saß noch auf seinem Platz und schnarchte, den Nacken auf dem Sims des Salonfensters und den nagelneuen Hut tief ins Gesicht gezogen. Hansen holte sich einen Stuhl unter das Schutzdach und beobachtete ihn verstohlen.

Der Kerl war schwer einzuschätzen, zusammengesetzt aus einer kaum wahrnehmbaren Spur Urlauber und einer größeren Portion von etwas Undefinierbarem. Sahen so die Männer aus, die gewerbsmäßig in den Kurorten Badegäste ausnahmen? Vielleicht war er ein Taschendieb? Hansen klopfte sich auf die Brust. Seine Brieftasche war, wo sie hingehörte.

Als das gleichmäßige Stampfen der Maschine plötzlich erstarb und der Dampfer sich nur noch in den Wellen wiegte, schreckte Hansen auf. Was war jetzt wieder los? Ein Attentat auf den Maschinisten? Hatte der Stoß, der ihn vorhin getroffen hatte, gar nicht ihm gegolten? War er nur jemandem im Weg gewesen? Was ging auf diesem Dampfer vor?

Hansen war auf den Beinen, ohne sich lange zu besinnen, und stürmte den Gang entlang, wo er den Abgang zum Maschinenraum jetzt ordnungsgemäß geschlossen vorfand. Er riss die Tür auf und sprang über das Schott. »Alles in Ordnung da unten?«, schrie er hinunter.

»Wer is'n da?«, brüllte es respektlos zurück, dann tauchte der Maschinist auf. Mit dem Kopf im Nacken staunte er nach oben. »Sie schon wieder? Sie fühlen sich wohl mächtig von unserer neuen Maschine angezogen! Aber ich lasse Sie nicht herunter! Absolut verboten! Außerdem habe ich im Augenblick Ärger mit dem Ding.«

»Vergessen Sie's. Es war falscher Alarm«, rief Hansen und stieg nach draußen, bevor womöglich er in Verdacht geriet, den Maschinenschaden verursacht zu haben.

Verärgert wegen seiner plötzlichen Nervosität, schlenderte Hansen zum Heck zurück, wo der Holzschuhmann jetzt an der Reling lümmelte und ins Wasser stierte.

Der Dampfer hatte Hooge hinter sich gelassen und befand sich mitten im Gewässer zwischen Amrum und Nordmarsch. Hansen fiel sein Vorsatz aus der Wyker Hafenkneipe ein. Geradezu schadenfroh nahm er den Strohhut vom Kopf und ließ ihn fortfliegen. Er landete im Kielwasser des Dampfers, das sich längst beruhigt hatte, und begann zu treiben.

Interessiert schaute Hansen ihm nach. Seltsamerweise zog der Hut nicht mit dem auflaufenden Flutstrom Richtung Wyk davon. Verhielt sich ein Hut anders als eine Leiche?

»Was ist das denn?«, fragte der Holzschuhmann, der nahe an Hansen herangerückt war, ohne dass er es bemerkt hatte.

»Ein physikalisches Experiment. Und eine Bestattung«, antwortete Hansen mürrisch, dem solche Zudringlichkeit unangenehm war und der auch den Tonfall ausgesprochen frech fand.

Der Mann staunte ihn mit offenem Mund an und brach dann in brüllendes Gelächter aus, während er mit einer schwieligen Hand auf die Reling klatschte. »Die Seebestattung eines Hutes! So was! Aber eigentlich gehört ja eine Leiche unter den Hut!«

Hansen blieb ihm eine Entgegnung schuldig. Voll Unbehagen sah er ihm nach, als er sich davonmachte.

Den Strohhut hatte Hansen inzwischen aus den Augen verloren. Er nahm sich vor, die genaue Windrichtung an Land zu überprüfen. Vielleicht besaß der attraktive, lebhafte, moderne Ort Wittdün ja schon einen Kompass für Gäste.

Als der Dampfer an der Brücke von Amrum Hafen angelegt hatte, spülte es Hansen innerhalb eines Pulks von Inselbesuchern von Bord. Den Holzschuhmann sah er nicht mehr, hingegen trotz der vielen Neugierigen und

Müßiggänger, die ihren Nachmittagsspaziergang zum Anleger gemacht hatten, sofort ein bekanntes Gesicht. Aksel Andresen, der mit einer Rose in der Hand augenscheinlich eine Dame vom Schiff abholen wollte.

Andresen winkte und schob sich durch die Menge, den Blick auf Hansen gerichtet. Verblüfft blieb Hansen stehen. Andresen kannte ihn doch gar nicht. Und eine Rose zur Begrüßung?

»Ich sehe, Ihr Amt folgt meinem Ratschlag. Dass Sie sich postwendend auf den Weg gemacht haben, gefällt mir«, sagte Andresen. »Zum Leuchtturm, vermutlich.«

Hansen verbeugte sich knapp. »Ich glaube, wir wurden einander noch nicht vorgestellt.«

Andresen brach in schallendes Gelächter aus. »Typisch preußischer Beamter! Ich kenne Sie! Sie sind der unmögliche Mensch! Ich sah Sie im Zimmer Ihres Amtsleiters. Sie wirkten zornig und etwas beleidigt wie ein Erstklässler, der in die Ecke gestellt worden war. Ihr Chef greift offenbar durch. Tatkräftiger Mann. Wie hieß er doch gleich? Lorenzen?«

»Petersen«, berichtigte Hansen und ging zum Dänischen über. »Mein Name ist Sönke Hansen. Und ja, ich bin auf dem Weg zum Leuchtturm.«

»Donnerwetter!«, lobte Andresen mehrdeutig. »Wenn Sie über Nacht bleiben, Hansen, gehen Sie in eins meiner Hotels, das *Solitüde*, würde ich vorschlagen, und lassen die Rechnung an mich schicken.«

»Vielen Dank, Herr Andresen«, antwortete Hansen mit vor Zorn dumpfer Stimme. »Das wäre wohl nicht angebracht.«

»Oh, ich hatte schon gehofft, Sie wären gar nicht so preußisch akkurat.«

Stumm versuchte Hansen, den Ärger zu schlucken. Er war zwar von manchen Preußen ebenfalls nicht begeistert, aber der Teufel sollte ihn holen, wenn er der Schimpfkanonade eines dänischen Kapitalisten in dieser Sache zustimmte. Plötzlich fiel ihm der Flaggenmast ins Auge, nach dem er sich schon verstohlen umgesehen hatte. Irgendetwas war daran sonderbar.

Andresen folgte seinem Blick. »Oh, eine preußische Fahne an einem meiner Hotels? Hatte ich noch gar nicht bemerkt. Sehr national.«

Sönke Hansen beschattete seine Augen mit der Hand und fing an zu grinsen, als er sich ganz sicher war. »Keine schwarz-weiße preußische Fahne. Überhaupt keine Fahne. Ein friesischer Grütztopf. Noch nationaler.« Die Windrichtung ließ sich daran keinesfalls ablesen.

Andresen begann wieder schallend zu lachen. »In der Hinsicht seid ihr Friesen schon fast Dänen«, meinte er. »Macht nichts. Ist eine völlig harmlose Demonstration. Meine Angestellten sind alle gutartig.«

Das stimmte. Friesen waren friedfertige Leute.

Andresen stellte sich auf die Zehenspitzen und schwenkte mit heiterer Miene die Rose. »Ich muss fort, junger Mann, hat mich sehr gefreut.«

Bestimmt, dachte Hansen und wandte sich um, um zu verfolgen, wie der Däne sich zwischen Sommerfrischlern, Hunden und Dienstleuten durchschlängelte. Er begrüßte eine Dame, die einen riesigen fliederfarbenen Hut trug und Hansen deswegen schon an Bord aufgefallen war. Ihr etwas einfältiges Gesicht hatte ihn nicht weiter interessiert, er bevorzugte kluge Menschen, gleich ob Mann oder Frau.

Andresen war ein derart kluger Mann. Seine lockere unkomplizierte dänische Art hinderte ihn nicht daran, scharf zu beobachten, gezielte Fragen zu stellen und ganz nebenher jemanden auf Bestechlichkeit zu überprüfen. Ganz abgesehen davon, dass er Hansen erfolgreich wegen Petersen gereizt hatte. Dessen Namen hatte Andresen bestimmt nicht vergessen.

Der Erfolg dieses Geschäftsmannes wunderte Hansen nicht.

KAPITEL 17

Broder Bandick, der Leuchtfeuermeister, hatte selbst Dienst, und mit ihm zusammen der junge Mann, der sich so gut an den Sturm erinnert hatte.

Bandick ließ das Fernrohr sinken und legte es hin. »Das ist ja eine Überraschung«, sagte er und reichte Hansen die Hand. »Setz dich. Mein Kollege Boy Jensen. Ist Wirk auch mitgekommen?«

Hansen gab Jensen ebenfalls die Hand. »Nein, ich bin von Husum direkt hierher gefahren.«

»Also ein dienstlicher Besuch. Man sieht jemanden vom Wasserbauamt nicht gar so häufig hier.«

»Nein, aber es geht um die Planung eines neuen Leuchtfeuers. Da kann man die Ratschläge von Fachleuten gut gebrauchen.«

Bandick schmunzelte.

»Jetzt schwindelst du aber. Die Planer von Leuchttürmen haben noch nie auf die Meinung eines Leuchtturmwärters gehört.«

Hansen lachte freimütig, weil er ertappt worden war. »Können wir nach draußen gehen?«

»Natürlich«, sagte der Leuchtfeuermeister und erhob sich mit Neugier im Gesicht.

Hier oben war der Wind frischer, als Hansen ihn auf dem Dampfer empfunden hatte. Westwind. »Die Frage ist, wo ein Leuchtturm am sinnvollsten für die Schifffahrt sein würde«, erklärte er, während er die Gegend, die ihn am meisten interessierte, sorgfältig musterte. »Seitdem ich den Mann kennengelernt habe, der ihn befürwortet, bin ich davon überzeugt, dass er ihn durchsetzt.«

»Der dänische Kapitalist etwa?«, fragte Bandick mit böse gefurchter Stirn.

»Genau der.« Hansen nickte.

»Für seine Gäste, damit die nicht vor Langeweile sterben?«

»Es kommen in Frage Hörnum auf Sylt, Nordmarsch und Hooge«, zählte Hansen auf, ohne sich auf die Erbitterung des Leuchtfeuermeisters einzulassen. Immerhin war er im Dienst.

»Wenn einer Geld hat, kann er alles machen«, knurrte Bandick und spuckte mit dem Wind über den Handlauf. »Hörnum muss nicht sein. Wer will schon bei Nacht ins Hörnumtief? Bei Tag ist die Bake auf der Düne vollkommen ausreichend. Und Hooge wäre geradezu Blödsinn! Geldverschwendung!«

»Und Nordmarsch?«

Der Leuchtfeuermeister kratzte sich nachdenklich hinter dem Ohr.

»Ja, da sieht's schon anders aus. Wenn der Vorschlag nicht gerade von Andresen käme, würde ich sagen: sofort mit dem Bau anfangen!«

240

Hansen grinste. »Genau das sagt mein Vorgesetzter auch.«

»Spricht für ihn«, meinte Bandick. »Der Schiffsverkehr nach Wyk auf Föhr ist ziemlich dicht, heute nicht mehr so wie früher, aber immerhin. Es gibt die Schiffswerft … Dem Eigner gehört die *Henriette*, die bis Brasilien auf Fahrt geht. Und fremde Kuffen, Galioten, Schoner, alle so um die zwanzig Meter Länge, kommen noch genug. Mit einem Leuchtturm auf Nordmarsch würden sie in die Norder-Aue gleiten wie ein Korken in die Flasche.«

»Die Dampfer auch«, ergänzte Hansen belustigt. Es war nicht zu verkennen, dass Broder Bandicks Sympathie den Segelschiffen galt.

»Dampfschiffe! Wenn ich darüber nachdenke, dass Andresen diese lärmenden Dinger, die den stinkenden Schlamm vor dem Bug herschieben, nach Amrum geholt hat, packt mich schon wieder die Wut.«

»Ja«, sagte Hansen zustimmend, »ich kann dich verstehen. Die auf dem Dampfer Mitreisenden waren auch nicht alle nach meinem Geschmack. Aber diese Entwicklung lässt sich nicht mehr aufhalten. Aksel Andresen hat vor, mit seinem Wittdün Wyk auszustechen. Auf euch wird noch einiges zukommen.«

»Verflucht soll der Kerl sein«, murrte Bandick.

»Ich habe mir von einem Fachmann ein paar Ratschläge geben lassen, was ihr Amrumer in dieser Situation tun könntet. An der Flut von Gästen vorbeizuschauen, als ob es sie nicht gäbe, wäre ganz falsch.«

»Schieß los«, sagte Bandick gespannt, als sie im Turmzimmer am Tisch saßen. »Wenn ich dem Andresen ein Bein stellen kann, will ich es tun!«

»Darum geht es weniger«, meinte Hansen. »Mein Gewährsmann, der Aksel Andresen gut kennt, gewissermaßen aus beruflichen Gründen, sagt, dass ihr im Wesentlichen zwei Möglichkeiten habt.«

»Die wären?«, fragte Bandick, dessen Augen Jensen folgten. Dieser hatte die zusammengefaltete Zeitung in die Schlafkoje geworfen und war zu einem einflammigen Kocher an der Wand gegangen, um Teewasser aufzusetzen. Dank der Höhe des Turmzimmers war er nicht gezwungen, sich zu bücken, eine Annehmlichkeit, die auch Hansen zu schätzen wusste.

»Beteiligen«, sagte Hansen. »An Andresens Projekten beteiligen.«

»Wie das?«, fragte Jensen interessiert und drehte sich zu Hansen um.

»Ihr müsst hier an der Südspitze Land aufkaufen, so viel ihr könnt. Überall, wo Andresen planen könnte, Häuser oder andere Objekte zu bauen.«

»Ich verstehe«, murmelte Jensen. »Mein Vater hat an ihn verkauft. Das war wohl verkehrt.«

»Was daraus werden würde, konnte vor ein paar Jahren niemand wissen«, tröstete ihn Hansen. »Heute ist es anders. Wenn ihr Amrumer selber Grundstücke erwerbt, habt ihr die Wahl, den Verkauf zu verweigern, wo es Andresen am meisten schmerzt. Oder ihr verkauft an ihn teuer. Oder baut selber. So habt ihr wenigstens euren Anteil am hereinströmenden Geld.«

»Nichts für mich«, lehnte Bandick entschieden ab. Ein wenig enttäuscht wärmte er sich die Hände an der Tasse, die Jensen ihm hinstellte.

»Aber für mich. Lust hätte ich schon, wenn ich Geld auftreiben könnte«, sagte Jensen und setzte sich zu ihnen. »Glaubst du, eine Bank würde mir Geld leihen, Sönke?«

»Warum nicht? Du hast einen guten Beruf, dein Arbeitsplatz ist gesichert, und dein Leumund ist in Ordnung, vermute ich.«

»Sonst wäre ich nicht Leuchtturmwärter«, sagte Jensen und warf stolz die blonden Haare nach hinten.

Der Himmel hatte sich verdunkelt. Hansen trank seinen Tee aus und dachte allmählich daran, sich zu verabschieden. Es war schon später Nachmittag, und er musste sich noch einen Schlafplatz besorgen. »Könnt ihr mir ein Logierhaus empfehlen? Eines, das nicht Andresen oder der Aktiengesellschaft gehört.«

»Du kannst bei mir übernachten«, bot Bandick sofort an. »Bist herzlich eingeladen. Meine Frau freut sich über Gäste.«

»Ich danke dir«, sagte Hansen ein wenig unglücklich, »es geht nicht. Überall würde ich eine so nette Einladung annehmen, nur auf Amrum nicht. Hier brauche ich die Quittung eines Logierhauses. Es hängt mit Andresen zusammen …«

»Die *Kleine Auster*«, fiel Jensen ihm ins Wort. »Da habe ich schon übernachtet, wenn ich es nicht nach Hause schaffte …«

Bandick grinste vor sich hin.

»Ein Mann darf sich ein Mal im Jahr betrinken«,

verteidigte sich Jensen. »Zu meinen Eltern in Nebel kann ich dann nicht, das möchte ich ihnen nicht antun. In der *Kleinen Auster* übernachten kaum Badegäste. Die haben bestimmt Platz für dich.«

»Gut, dann ist das abgemacht«, sagte Hansen erleichtert.

»Ich bringe dich hin«, bot Jensen an. »Die *Auster* liegt etwas versteckt, wie es sich für Austern gehört.«

Hansen nickte und wandte sich an Bandick. »Eines habe ich inzwischen begriffen, nämlich dass die Strömungen in den Auen nicht einfach zu beurteilen sind. Mein Hut, zum Beispiel, zog anscheinend mehr mit dem Wind als mit dem Strom. Wer weiß wohl über Strömungen am besten Bescheid?«

Der Leuchtfeuermeister starrte Hansen an, als versuche der ihn zu verspotten. »Mein Vater. Ich dachte, du hättest darüber mit ihm gesprochen. Die alten Austernfischer sind die besten Kenner dieser Gewässer, die es gibt.«

Sönke Hansen lud Jensen zu einem Bier in einer Kneipe ein, an der sie vorüberkamen, und während er ihm erklärte, wie er mit einer Bank und einer Anleihe umzugehen hätte, wurden es auch mehrere.

Als sie sich schließlich auf den Weg zur *Kleinen Auster* machten, dämmerte es schon. Hansen bekam ohne Schwierigkeiten einen Schlafplatz.

Dann fiel Jensen eine weitere Frage ein, die sie im Verlauf der nächsten Stunde im überfüllten Schankraum des Logierhauses klärten. In ihm gab es keine Erinnerungsstücke an Seereisen, nur harte Bänke und eng gedrängte

Stühle, dafür aber Einheimische, die Friesisch und Platt durcheinander sprachen. Jensen und Hansen wurden in die Gespräche einbezogen und schnackten sich fest.

Schließlich stellte Hansen fest, dass es auf Mitternacht zuging, und gähnte demonstrativ.

»Ich muss auch nach Hause«, bemerkte Jensen und stand auf.

Hansen begleitete ihn nach draußen, um sich den Tabakrauch, der schwer zwischen den Deckenbalken gehangen hatte, aus den Kleidern zu klopfen. Nachdem sie sich in bierseliger Freundschaft getrennt hatten, entschloss sich Hansen, noch ein wenig am Wasser entlangzubummeln, um dem leisen Schwatzen der Wellen zuzuhören. Als er plötzlich von einem Entenjäger aufgeschreckt wurde, kehrte er in die *Kleine Auster* zurück und fiel schließlich schwer in sein Bett.

Die Bugwelle des Schnelldampfers fraß sich durch die Fahrrinne, die zu Andresens neuer Schiffbrücke führte, und klatschte schwarzen Schlick an die Kaimauer. Möwen flogen kreischend auf und setzten sich nach wenigen Metern wieder. Hansen beobachtete das Meer, bis es sich wieder beruhigt hatte. Bandick hatte Recht gehabt und wahrscheinlich auch der Schiffer, der die Versandung im Fischerhafen auf die schnellen Dampfer zurückführte.

Solche Belastungen konnten die Uferbefestigungen auf Dauer nicht aushalten. Der neuartige Schiffsverkehr würde im Wasserbauamt ein Umdenken erfordern. Hansen nahm sich vor, Petersen darauf aufmerksam zu machen, während er auf der Landungsbrücke entlangwanderte.

Nach einigem Suchen fand er einen Amrumer, der sich bereit erklärte, ihn nach Nordmarsch zu segeln.

Während der Mann das Boot klarmachte, holte Hansen sich vom Pavillon die *Amrumer Morgenzeitung* und betrachtete dann müßig die Traube von abreisenden Badegästen, die sich inzwischen auf der Brücke eingefunden hatten. Der luxuriöse Dampfer der Nordsee-Linie würde in Kürze nach Hamburg ablegen, wie das inzwischen neben der Gangway aufgestellte Schild bekannt gab.

Eiliges Klappern veranlasste Hansen, sich umzudrehen. Der Holzschuhmann kam, wieder mit seinem Seesack auf der Schulter. Aus einem Instinkt heraus sprang Hansen in den Ewer und setzte sich so, dass das flatternde Großsegel ihn verbarg. Aber der Kerl kletterte nach oben, ohne nach rechts oder links zu schauen, ließ den Matrosen seinen Fahrschein einreißen und verschwand auf kürzestem Wege im Inneren des Schiffes. Bei der Abfahrt des Dampfers kurz darauf war er nicht unter den zahlreichen winkenden Passagieren an der Reling.

Ein Sommergast war er jedenfalls nicht. Und für einen Taschendieb war der Aufenthalt wohl doch zu kurz gewesen.

Auf Hilligenlei bekam Hansen sein altes Zimmer, was ihm ein Gefühl von Rückkehr nach Hause vermittelte. Sein Tag verging damit, alte Freundschaften aufzufrischen.

Erst am Abend fand er Gelegenheit, die Amrumer Zeitung aufzuschlagen. Schon bei der ersten Zeile stockte ihm der Atem. *Unerklärlicher Todesfall in Amrum Hafen,* hieß es da.

*Kurz nach Mitternacht wurde einer der Leuchtturm-
wärter von Amrum, Boy Jensen, tot aufgefunden, erschossen auf seinem offensichtlich einsamen Heim-
weg nach Nebel. War es ein Unfall oder Raubmord?
Der Amrumer Polizeiwachtmeister sah sich nicht in
der Lage, diese Frage zu beantworten, und hat im
Übrigen die Untersuchung des Falles an die Policey-
Station auf Föhr weitergegeben.
Es wäre jedenfalls ein schweres Unglück für die Insel,
wenn die großstädtische Verbrecherbrut jetzt auch
hier schon Gewalttaten ausübte, angelockt von begüterten Gästen, deren Zahl mit jedem Sommermonat
in erfreulicher Weise zunimmt.*

Ein schlichter, strebsamer junger Mann wurde erschossen,
nachdem er vor den Augen vieler einige Stunden mit Hansen zusammen gewesen war. Sie waren beide gleich groß
und beide blond. Ein furchtbarer Verdacht kam Hansen.

In der Nacht schlief er unruhig. Gegen Morgen erwachte er in panischer Angst, weil ihm im Traum Gerdas star-
res, bleiches Gesicht durch ein Bullauge entgegengeblickt
hatte. Die Strömung hatte ihre Haare erfasst und bewegt.
Aber es waren Jorkes Locken gewesen.

Hansen sah sich verpflichtet, der Wyker Polizei seinen
Verdacht mitzuteilen. Da jedoch der Ewer erst am nächsten Tag segeln würde, beschloss er, Nummen Bandick
aufzusuchen.

Nummen freute sich, als er hörte, dass sein Wissen über
die Gewässer gefragt war. Während er in aller Ruhe die

Pfeife mit dem geschenkten Tabak stopfte, wartete Hansen geduldig.

»Dass der Hut an der Stelle, die du beschreibst, wo also das Rüter-Gat in die Norder-Aue übergeht, quer getrieben ist, ist überhaupt nicht erstaunlich«, bemerkte Nummen schließlich. »In Höhe des Rüter-Gats setzt der Flutstrom nämlich quer, weil er ja auch in die Süder-Aue geht.«

»Ach so«, sagte Hansen atemlos. »Also war es doch nicht nur der Wind. Und ein Gegenstand, der an der Seesand-Bake ins Wasser fällt?«

»Landet zumeist auf Nordmarsch.«

»Auch eine Leiche?«

»Die auch«, bestätigte Nummen. »Aber was auf Nordmarsch landet, kann natürlich auch vom Land-Tief, vom Schmal-Tief, vom Rüter-Gat oder von weit draußen hereingetrieben sein. Kommt auf den Strom am betreffenden Tag an.«

»Ach, du liebe Zeit«, stöhnte Hansen unzufrieden. Gerade eben noch hatte er geglaubt, alles sei geklärt.

»Weiß man sonst nichts über den Toten?«

»Sonst nichts. Er hatte etwas Sand in seiner Tasche.«

Nummen ließ die Pfeife auf die Knie sinken. »Welche Farbe hatte der Sand?«

Hansen schloss die Augen und versuchte sich darauf zu besinnen, was der Polizist gesagt hatte. Er hatte nicht sonderlich darauf geachtet. »Grau, glaube ich. Ja, er sagte, grauer Sand.«

»Weiter draußen ist der Sand braun. Dein Toter muss ganz in der Nähe der Seesand-Bake im Wasser gelandet sein.«

Sönke Hansen sprang auf und schüttelte dem alten Mann dankbar beide Hände zugleich.

Am Tag darauf setzte der Wind böig aus Südwest, und Hansen musste froh sein, dass der Schiffer überhaupt nach Wyk fuhr. Die kurzen, harten Wellen mit Schaumkronen machten das Segeln ungemütlich. Keiner der Passagiere war gesprächig. Hansen war dankbar, als sie nach ermüdendem Aufkreuzen vor dem Hafen endlich anlegten.

An diesem Tag hatte Robert Schliemann Dienst. Ungläubig sah er Hansen entgegen. »Kaum gibt es einen polizeilich gemeldeten Toten, tauchen Sie schon wieder auf«, bemerkte er ruppig. »Was wollen Sie?«

Eigentlich war Hansen bei seinem ersten Satz schon die Lust vergangen, seine Aussage zu machen. »Darf ich mich setzen?«, fragte er widerwillig.

»Bitte.«

»Ich habe am Abend vor seinem Tod noch mit Boy Jensen zusammengesessen«, berichtete Hansen.

»Sie?« Schliemann betrachtete ihn, als hätte er ihn endgültig bei einer faustdicken Lüge ertappt. Er schüttelte den Kopf.

»Doch«, bekräftigte Hansen. »Es könnte sogar sein, dass sein Tod etwas mit mir zu tun hat.«

»Natürlich«, stimmte Schliemann aggressiv zu, der jetzt sichtlich jeden Funken von dienstlichem Interesse verloren hatte. »Sprechen Sie nur weiter.«

»Auf der Hinfahrt nach Amrum wurde auf mich ein Anschlag verübt, und es könnte sein, dass der Täter derselbe ist.«

»Selbstverständlich«, pflichtete ihm Schliemann höhnisch bei und zückte seinen Bleistift und einen Papierbogen. »Die Namen der Zeugen, bitte.«

Hansen hob hilflos die Handflächen.

»Das dachte ich mir«, schnappte Schliemann zu und schob das Schreibmaterial demonstrativ weit von sich. Er beugte sich über seinen Schreibtisch zu Hansen. »Wissen Sie, was ich glaube? Sie sind süchtig nach Aufmerksamkeit! Irgendwie haben Sie es beim ersten Fall so gedeichselt, dass Tete Friedrichsen Sie ins Spiel brachte. Aber glauben Sie ja nicht, dass ich Clement auch nur ein Sterbenswörtchen mitteile! Mit Ihrer Person mache ich mich ja selbst unglaubwürdig!«

Hansen schaffte es, ruhig zu bleiben.

»Das sind kommunistische Revolutionäre, die im feinen Badeort umgehen und Krawall machen! Und manchmal kommt es eben zu Tätlichkeiten. Die Stimmung schwappt aus Dänemark zu uns herüber. Ich sage es Ihnen nur, Hansen, damit Sie aufhören, meine Zeit zu verschwenden.«

»Und das glauben Sie?«, fragte Hansen entgeistert.

»Ich, ja. Ich weiß doch, was die Leute über Herrn Andresen denken! Die Kugel hat diesen Jensen versehentlich getroffen!«

»Und was tun Sie?«

Schliemann zuckte die Achseln. »Nichts. Meine Vorgesetzten auf dem Festland glauben nämlich nicht an einen Racheakt, sondern an eine verirrte Kugel eines Schützenoder Kriegervereins. Und wir werden natürlich nicht gegen ehrenwerte Bürger mit deutschnationaler Gesinnung vorgehen.«

»Natürlich nicht«, pflichtete Hansen ihm bei und bemühte sich angestrengt darum, seine Verachtung im Zaum zu halten.

»Aber wie auch immer. Zwei gewaltsam zu Tode Gekommene in der Nähe des von internationalem Publikum besuchten Badeortes Wittdün: Das ist Politik, und da stecken wir unsere Nasen nicht rein!«

»Teilen Sie mir bitte wenigstens mit, ob Boy Jensen ausgeraubt wurde«, bat Hansen.

»Warum sollte ihn jemand ausrauben«, versetzte Schliemann ungeduldig, während seine Hand bereits zur Tür wies. »Zwei Reichstaler hatte er bei sich, glaube ich.«

Die Münze hatte Jensen zwischen den Fingern gehabt, als er sich in der *Kleinen Auster* für die vorangegangenen Biere erkenntlich zeigen wollte, was Hansen natürlich nicht gestattet hatte.

»Jetzt trollen Sie sich bitte. Machen Sie Ihre Arbeit und lassen uns unsere machen. So fahren wir alle am besten.«

Eher nachdenklich als verärgert erhob Hansen sich und verließ die Wache. Na schön, dachte er gleichmütig. Kommunistische Revolutionäre oder nationalistische Schützenbruderschaften! Zum Lachen! Klar war vor allem, dass diese Polizei sich darum drückte, den Täter zu finden. Bei einer Untersuchung hätten sie ja womöglich die Hautevolee belästigen müssen.

Insgeheim war ihm diese Wendung trotzdem nicht unlieb. Gut vor allem, dass seine Beteiligung nicht an die große Glocke gehängt wurde. Im Stillen konnte er viel besser ermitteln. Denn jetzt hatte er noch viel mehr Grund, es zu tun.

»Haben Sie heute Petermännchen?«, fragte Hansen launig den Wirt des *Vernarbten Schulterblattes*. Es war noch früh am Tag, und die Schankstube war leer. »Ich hätte sie gerne scharf gebraten und schön giftig.«

Der Wirt grinste und begann, das Bier für Hansen zu zapfen, den er offenbar bereits als Stammgast betrachtete. »Vielleicht könnte ich ein paar Giftschnecken für Sie auftreiben«, meinte er mit einem Augenzwinkern, als er das Glas vor Hansen hinstellte. »Als Ersatz. Die Fischer, die Petermännchen für mich fangen, waren schon tot, bevor sie hier ankamen.«

»Schade. Gibt es wirklich giftige Schnecken? Setzen Sie sich zu mir und erzählen Sie mir davon«, schlug Hansen vor. »Ich lade Sie ein.«

Einer solchen Aufforderung konnte der Wirt nicht widerstehen, zapfte für sich selbst ein Bier und machte es sich Hansen gegenüber bequem. »Die Schnecken können mit ihrem Stich einem Mann den Garaus machen«, bekräftigte er nach dem ersten Schluck. »Drüben im Stillen Ozean. Da gibt es an Scheußlichkeiten alles, was man sich nur ausmalen kann. Riesenmuscheln, die einem Perlentaucher den Fuß einklemmen, bis er unter Wasser erstickt. Riesenkraken, die eine Viermastbark auf den Grund ziehen können, kirchturmhohe Walungeheuer ...«

»Scheint eine ungesunde Gegend zu sein«, meinte Hansen leichthin.

»Gibt viele ungesunde Gegenden auf der Welt«, bestätigte der Wirt.

»Wie ist es mit den Westindischen Inseln? Um ehrlich zu sein, bin ich deswegen hier«, sagte Hansen geradeheraus und drehte, ohne den Mann anzusehen, das Glas zwischen den Händen. »Glaube, dass Sie ein Kenner des Handels mit Westindien sind.«

»Wer hat Ihnen das erzählt?«, fragte der Wirt etwas mürrisch.

»Niemand. Ich hatte bei unserem letzten Gespräch den Eindruck, dass Sie selbst früher mal im Sklavenhandel tätig waren. Ich würde gerne von einem Kenner erfahren, wie er ablief. Wofür wurden Halsringe benutzt?«

»Dachte ich mir, dass es um den geht. Wo haben Sie ihn her?«

»Geschenkt bekommen. Ein Erbstück«, erklärte Hansen der Einfachheit wegen.

»Na ja, es ist ja alles lange vorbei«, murmelte der Wirt, der noch mit sich kämpfte.

»Geschichte, gewissermaßen«, bestätigte Hansen beruhigend. »Und die Geschichte eines Erbstückes aus erster Hand zu erfahren ist doch etwas anderes, als darüber zu lesen.«

»Stimmt.« Der Wirt nickte mehrmals und starrte auf die zusammengefügten Kieferknochen eines Wals, ohne sie wirklich wahrzunehmen. »Halsringe. Mit den Ringen ketteten sie die widerspenstigen Sklaven an. Die, die sich laut beklagten, und vor allem die, die schon mal zu fliehen versucht hatten. Dabei predigten die Herrnhuter den Schwarzen alle Sonntage, dass ihnen dieses Schicksal vom Herrn auferlegt worden war und sie nicht dagegen aufbegehren dürften. Aber manche waren unbelehrbar.«

»Mm«, murmelte Hansen.

»Es gab diesen Handel, den sie bei uns nach der Route

Dreieckshandel nannten«, sagte der Wirt mit plötzlich entschlossener Miene. »Sie verschifften von hier Flinten und Schnaps nach Schwarzafrika und tauschten sie bei den Muselmanen gegen Neger. Die verkauften sie in Westindien als Sklaven. Dort nahmen sie dann Zucker, Rum, Kaffee und Tabak an Bord und segelten zurück nach Europa. Wenn einer Glück hatte, konnte er in wenigen Jahren reich wie Krösus werden.«

»Wer machte das denn?«

Die Handbewegung des Wirts umfasste die ganze Welt. »Handelsherren aus allen Ländern. Dänen, Deutsche, Holländer, Engländer, Portugiesen … War ja ein glänzendes Geschäft. Sogar die Mannschaften wurden gut bezahlt. Damit sie nicht meuterten.«

»Hätten sie das sonst getan?«

»Na ja. War eine rauhe Arbeit. Hielten nur Männer mit starken Nerven aus. Vor allem, als sich immer mehr Leute darum kümmerten, dass das Verbot des Sklavenhandels auch eingehalten wurde. Wenn Gefahr bestand, dass das Schiff aufgebracht wurde, ließen die Kapitäne die ganze Ladung über Bord kippen.«

»Von lebenden Menschen?«, fragte Hansen ungläubig.

»Was denn sonst? Es stand für sie ja viel auf dem Spiel. Vor allem, wenn der Waffenhandel, der Sklavenhandel und die Rumdestillation in der Hand eines einzigen Mannes lagen. Frederik Nielsen von Nielsens Rum-Kontor in Flensburg war einer von diesen Glücklichen. Von dem haben Sie vielleicht schon mal gehört. Ich führe seinen Rum aber nicht. Schmeckt mir nicht.«

Hansen erstarrte.

Der Wirt merkte es nicht. Nachdenklich rieb er mit dem Daumenballen an einem Flecken auf der Tischplatte herum. »Ist vielleicht ganz gut, dass es vorbei ist. Die Schwarzen sind ja irgendwie auch Menschen.«

»Ich denke auch«, stimmte Hansen mit einem tiefen Seufzer zu. »Seit wann genau ist es denn vorbei?«

Der Wirt wiegte den Kopf. »Ganz genau weiß ich es nicht. Es war ja bei den einzelnen Nationen auch unterschiedlich. Muss so zwischen achtzehnzehn und -zwanzig gewesen sein. Danach machten jedenfalls alle europäischen Staaten Schluss mit dem Sklavenhandel. Offiziell.«

»Aber das ist siebzig Jahre her«, wandte Hansen ungläubig ein und betrachtete sein Gegenüber genau. Älter als sechzig konnte dieser doch gar nicht sein. Und was meinte er mit offiziell?

Der Wirt ließ sich die Musterung grinsend gefallen. Anscheinend wusste er genau, was Hansen dachte. »Viele Jahre segelten immer noch einzelne waghalsige Kapitäne auf der Route, und es wurde von der jeweiligen Obrigkeit stillschweigend geduldet. Die wussten alle, dass der Sklavenhandel Reichtum ins Heimatland brachte. Ich hatte Glück, dass ich auf einem solchen Schiff anmustern konnte.«

»Als Überbordschmeißer von Menschen?« Hansen konnte sich angesichts der unter den hochgekrempelten Ärmeln herausquellenden schenkeldicken tätowierten Oberarme des Wirtes vorstellen, wie nützlich er an Bord eines Sklavenschiffes gewesen war.

Aber der Mann ließ sich nicht provozieren. »Als Jungmann. Erst als sie merkten, dass ihnen mein Essen besser schmeckte als der Fraß, den die schwarzen Köche zusammenrührten, blieb ich ganz in der Kombüse. Dreißig Jahre. Mir war es recht.«

Das wenigstens sprach für den Wirt.

»Übrigens …«, fügte er hinzu, »wer weiß, ob der Sklavenhandel wirklich aufgehört hat. Die Schiffe, die unter der preußischen Obrigkeit den Pure-Rum aus Jamaika nach Flensburg holen, fahren ja ganz legal … Und so ein kleiner Umweg über Guinea nach Brasilien … Ich habe zwar gehört, dass der Sklavenhandel vor kurzem auch in Brasilien verboten wurde. Aber was will das schon heißen?«

Hansen starrte ihn mit offenem Mund an.

KAPITEL 18

Sönke Hansen brauchte einen ganzen Tag, um seine Informationen zu ordnen und aufzuschreiben, und war in dieser Zeit für niemanden zu sprechen. Plötzlich hatte er das Gefühl, wieder einen Schritt weitergekommen zu sein. Es gab zwei voneinander zunächst unabhängige Ereignisse.

Zum einen hatte vor kurzem ein unbeladenes Schiff Nielsens Rum-Kontor mit unbekanntem Ziel verlassen, was vom Prokurator rundweg und seltsamerweise ohne erkennbaren Anlass geleugnet worden war. Aus der Vergangenheit war bekannt und wurde auch mit einem gewissen Stolz in den Räumlichkeiten der Firma demonstriert, dass der Gründer und sein Sohn den lukrativen Dreieckshandel mit Sklaven betrieben hatten, der heute verboten war.

Das zweite Ereignis hatte sich in der Nordsee abgespielt, wo ein auffällig rankes, gesetzeswidrig unbeleuchtetes Schiff an der Westküste auf den Sänden festgekommen war, was zufällig von einem Fischer bemerkt worden war.

Wahrscheinlich hatte sich auf diesem Schiff der Mann befunden, der ein Gewehrgeschoss und einen Sklavenhalsring in seinen Besitz gebracht hatte und deshalb in eine tätliche Auseinandersetzung mit der Schiffsbesatzung verwickelt worden war. Verletzt hatte er sich lebend auf die Seesand-Bake gerettet, war aber schließlich tot auf Nordmarsch angetrieben.

Wenn man beide Ereignisse in einen Zusammenhang brachte, wurde die *Olivia* plötzlich außerordentlich interessant. Vor allem, wenn man ins Kalkül zog, dass der illegale Dreieckshandel möglicherweise weiterexistierte, nur war das Ziel jetzt Brasilien statt der Karibik und die Handelsware nicht Zuckerrohr, sondern Kaffee. Davon unberührt blieb der Handel mit Waffen und Sklaven.

Hansen überflog seine Notizen. Sie fügten sich zu einem sehr schlüssigen Bild zusammen. Sein Gefühl sagte ihm, dass es sich bei dem festgekommenen Schiff wahrscheinlich um die *Olivia* handelte. Er musste unbedingt feststellen, wohin sie gefahren war, nachdem sie den Flensburger Hafen verlassen hatte.

Aber sein Gefühl der Zufriedenheit verlor sich rasch. Vielleicht hatte er sich total verrannt und Dinge miteinander in Verbindung gebracht, die gar nichts miteinander zu tun hatten.

Leise seufzend warf er einen Blick aus dem Fenster. Später Nachmittag, kurz vor Hochwasser seiner Berechnung nach. Die *Kleine Auster* war ziemlich schmuddelig gewesen. Er fühlte sich immer noch schmutzig und beschloss, baden zu gehen.

Ein melancholisches Lied falsch pfeifend, wanderte Hansen den Fußweg Richtung Kirchwarf entlang. Vor dem Heeg bog er nach Hallge ab, wo er wegen des feinen Sandes am liebsten badete.

An diesem Tag waren die Vögel aggressiv. Die Seeschwalben stießen schreiend auf ihn hinunter. Er vernahm ein sirrendes Geräusch von Flügeln und spürte im selben Moment einen heftigen Schmerz im Oberarm. Sein Hemd wies ein kleines Loch auf.

Irgendwie machte es Hansen sprachlos, dass ihm so etwas passieren konnte. Nicht nur Mordversuche auf dem Festland, selbst hier auf der Hallig Unfreundlichkeiten, die er nicht verdient hatte.

Seine Laune sank plötzlich auf einen Tiefpunkt.

Und keine langen Stöcke zum Schutz vor Möwen in Sicht. Er fand nur einen kurzen, dicken Knüppel, den er sich über die Schulter legte. Fest entschlossen, sich keine Übergriffe mehr bieten zu lassen, marschierte Hansen weiter, trampelte über lila blühende Grasnelken und gelbe Hahnenfüße hinweg, und es war ihm völlig gleichgültig, dass er sich wie ein Großstädter aufführte.

Es wunderte Hansen nicht einmal mehr, dass jemand seinen Lieblingsbadeplatz besetzt hatte. Verärgert wollte er umkehren, als die Person, die bis zur Brust im Wasser stand, mit beachtenswerter Geschwindigkeit auf das Ufer zuzukraulen begann.

»Moin, Sönke«, schrie Wirk begeistert und atemlos, als er in Ufernähe auf die Füße kam. »Seit wann bist du zurück? Und wen willst du mit dem Knüppel erschlagen? Oder wärmst du nur dein Ohr?«

Wider Willen musste Hansen lachen. Er holte aus und schleuderte das Holz weit hinaus ins Wasser. »Die Seeschwalben hatten mich aufs Korn genommen.«

»Wenigstens erkennst du sie inzwischen. Du machst Fortschritte.«

»Danke, gleichfalls. Ich habe sogar einen Schnabelhieb abbekommen.« Hansen zog sich das Oberhemd aus und inspizierte seinen Arm, wo aus einem kleinen Loch Blut heraussickerte.

»Nicht schlimm«, bemerkte Wirk sachkundig, der inzwischen aus dem Wasser gepatscht und auf das Ufer hochgesprungen war.

»Nein«, seufzte Hansen und ließ sich mit heruntergezogener Hose auf sperriges Kraut fallen, um sie von den Füßen zu streifen. »Aber Petrine Godbersen wird mich ausschimpfen. Oje, ich habe jetzt noch mehr Flohstiche an den Beinen! Diese blöde *Kleine Auster!*«

»Austern haben doch keine Flöhe, Sönke«, belehrte ihn Wirk überlegen. »Deine Fortschritte sind doch nicht so groß. Wer ist Petrine Godbersen?«

»Meine Zugehfrau«, antwortete Hansen mürrisch.

Anscheinend hatte sich die ganze Welt gegen ihn verschworen. Er kratzte an den roten Punkten, die von den Knöcheln bis zu den Knien über seine Beine verteilt waren.

»Stopf dir Noppekrut in die Hosenbeine«, empfahl Wirk. »Flohkraut«, übersetzte er schnell, nachdem er Hansen ins Gesicht gesehen hatte.

»Danke, danke. Friesisch kann ich schon noch«, sagte Hansen grimmig. »Weißt du, ich habe heute keine besonders gute Laune. Nimm mir's nicht übel und halt dich einfach von mir fern.«

»Werd ich nicht«, antwortete Wirk, ganz leise, aber bestimmt. »Erzähl mir, warum du zurück bist. Wegen Jorke? Sie hat schon nach dir gefragt.«

Hansen vergrub sein Gesicht in den Handflächen und atmete ein paar Mal tief durch.

Jorke. Warum nur ließ sie ihn nicht los? Dann schoss er in die Höhe und stürzte sich ins Wasser. Er brauchte jetzt eine Langstrecke für Wettkampfschwimmer, um sich abzureagieren.

Am nächsten Tag blieb Hansen keine Zeit mehr, um vor der Föhrer Tour noch mit Mumme Ipsen zu sprechen. In letzter Minute hetzte er am frühen Morgen zum Ewer. Er erschrak, als er unter den Fahrgästen Jorke entdeckte.

Auf eine Begegnung mit ihr fühlte er sich gänzlich unvorbereitet. In seine heimliche Freude, sie zu sehen, mischte sich die Furcht, dass sie wirklich Ansprüche an ihn zu stellen hatte. Warum hätte sie sich sonst bei Wirk nach ihm erkundigen sollen?

»Moin, Sönke«, grüßte sie unbefangen und setzte sich neben ihn. »Ich wusste gar nicht, dass du auf der Hallig bist. Kommt ihr vorwärts mit eurer Planung?«

»Doch, ja«, stotterte er unbeholfen.

»Wir auch«, sagte Jorke, drehte sich etwas seitwärts, wie um über das Wasser zu spähen, und blinzelte ihm zu.

Überrascht sah er sie an. Sie meinte offensichtlich ohne jeden Hintergedanken die Bedeichung der Hallig.

»Inzwischen haben viele Nordmarscher Vernunft angenommen. Wurde auch Zeit«, sagte Jorke mit erhöhter Lautstärke, um das plötzliche Knattern des Großsegellieks zu übertönen. »Du bist zu hoch am Wind, Bocke. Merkst du das denn nicht?«

Bocke, der junge Mann am Ruder, den Hansen bisher noch nie gesehen hatte, korrigierte mit rotem Gesicht den Kurs. *»Mach Platz, sagte der Hahn zum Pferd, oder ich trete dir auf die Füße«,* knurrte er höhnisch, aber er fand bei kaum jemandem Zustimmung.

»Wie gesagt, viele Nordmarscher sind inzwischen dafür, dass der Steindeich gebaut wird«, wiederholte Jorke, ohne den wütenden Schiffsführer weiter zu beachten, und sah mit fröhlicher Miene in die Runde.

Sönke Hansen, der seinen Schrecken überwunden hatte und ihren Blicken folgte, erkannte mehrere Halligleute, denen er freundlich zunickte. Dann traf er auf Tete Friedrichsen, der demonstrativ das Gesicht abwandte.

»Mein Vater und ich nicht, Jorke, und wir werden auch nie zustimmen«, versetzte Bocke heftig. »Wir graben uns doch nicht unser eigenes Grab! Rouwert, Tete und Lorns sehen es genauso.«

»Für den Schiffsverkehr werden wir eine annehmbare Lösung ausarbeiten, Bocke«, sagte Hansen ruhig, der inzwischen begriffen hatte, dass Bocke der Sohn des Schiffers der *Rüm Hart* war. Beide waren offenbar keine begnadeten Seeleute. »Der Steindeich darf nicht dazu führen, dass zwar das Halligland, aber nicht seine Bewohner geschützt werden. Ich hoffe, es gelingt uns, Berlin zu überzeugen, dass ein richtiger Hafen gebaut werden muss. Natürlich nicht für Kriegsschiffe!«

»Was das betrifft, Herr Kriegshafenbauinspektor«, versetzte Friedrichsen höhnisch, »sind wir es schon gewohnt, dass wir von euch Beamten der verschiedensten Dienststellen mit leeren Versprechungen abgespeist oder gleich betrogen werden. Deswegen mögen wir euch nicht sonderlich, verstehst du? Wir hier auf den Halligen sind zwar einfache Leute, aber unsere Ansprüche an Anstand sind höher als auf dem Festland.«

»Ach, ja?«, rief Jorke, sprang auf und baute sich mit den Fäusten in der Seite vor Friedrichsen auf. »Und was ist mit der Langenesser Frischwasserquelle, die du heimlich zugeschüttet hast? Anspruch auf Anstand! Dass ich nicht lache, Herr Halliguferinspektor!«

Sie sah so reizend aus, wie sie gegen Friedrichsen Stellung bezog, wütend und erhitzt, aber sie würde sich nicht kleinkriegen lassen, das wusste er genau. Sönke Hansen betrachtete Jorke mit einem fast stolzen Lächeln, während er aufpasste, dass sie im schwankenden Boot nicht zu Fall kam. Vorsorglich hatte er seine Hand bereits in der Nähe ihres Schürzenbandes.

»Stimmt doch gar nicht!«, bellte Friedrichsen, dem der Zorn aus den Augen sprühte. »Du bist eine närrische Gans, die ohne Verstand schnattert! Niemand außer dir würde wagen, mir so etwas zu unterstellen!«

»Ich habe dich aus dem Langenesser Watt kommen sehen, kurz bevor wir entdeckt haben, dass die Quelle zugeschüttet wurde. Es war ein früher Sonntagmorgen, und du hattest irgendwelche Gerätschaften auf dem Buckel«, beharrte Jorke unerschrocken.

Blitzartig schoss durch Hansens Gedächtnis der Morgen, an dem er am Nordufer entlanggewandert war, noch warm von Jorkes Umarmungen und ihrem Bett, und dem schlickbeschmierten Tete Friedrichsen begegnet war. Jorke musste ihm oben von der Warfkante nachgesehen und Friedrichsen erkannt haben. Zu gerne würde er ihr helfen, aber damit würde er sie kompromittieren. Sie und er – zur gleichen frühen Stunde nicht weit voneinander …

»Lügnerin!«, versetzte der Ratmann verächtlich und kramte anschließend in seiner Jackentasche, um eine Pfeife herauszuholen, zum Zeichen, dass das Gespräch beendet war.

Jorke warf Hansen einen langen, bedeutungsvollen Blick zu. Forderte sie ihn wirklich auf, ihre Aussage zu bestätigen? Er hob ungläubig die Augenbrauen, und sie nickte ernsthaft.

»Einen Augenblick, Tete Friedrichsen«, mischte Hansen sich vernehmlich ein. »Es wird mir jetzt erst klar, von welchem Morgen ihr beiden sprecht. Ich kann bezeugen, was Jorke beobachtet hat, weil ich am Ufer war. Du hast mich sogar angesprochen, erinnerst du dich?«

Die Pfeife in Friedrichsens Hand, die er noch nicht angezündet hatte, zitterte. Aber, die blassblauen Augen auf Hansen gerichtet, er schien bereit, ihn anzugehen wie ein wütender Eber.

»Du bist hinter mir mit einem Kleispaten auf das Halligland hochgestiegen, und deine Spuren führten schräg fort vom Nordmarscher Ufer auf das Langenesser Watt und wieder zurück. Der Spaten und deine Stiefel waren voll von Schlick, das Netz aber war sauber und trocken, das fiel mir auf. Es sollte wohl nur den Spaten verbergen.«

»Hure!«, stieß Friedrichsen aus, ohne sich auf Hansen einzulassen.

Jorke gab ihm eine schallende Ohrfeige. Friedrichsen flog die Pfeife aus der Hand.

Ein älterer Mann hob sie auf und reichte sie dem Ratmann bedächtig. »Was Jorke macht, ist ihre Sache und geht niemanden etwas an. Unsere Quelle zuzuschütten ist etwas ganz anderes, Tete. Die ist Allgemeinbesitz der Langenesser. Und wenn wir uns mit euch gestritten haben, dann nur wegen ihr. Was fällt dir ein, sie zu zerstören! Und wo wir doch jetzt bald eine einzige Hallig werden, ist das auch noch dumm von dir!«

Das ernste Nicken seiner Nachbarn bestätigte seine Rede. Hansen wunderte sich trotzdem, dass sie so ruhig blieben.

»Danke, Melff«, rief Jorke.

»Wir bleiben Nordmarscher, schreib dir das hinter die Ohren!«, giftete Friedrichsen rechthaberisch. »Wenn wir kein Vieh hintreiben dürfen, sollt ihr es auch nicht. Und jetzt ist der ewige Streit endlich beendet.«

Der Langenesser schüttelte unnachgiebig den Kopf. »Mit dieser Erklärung ist es nicht getan, Tete. Es gibt einen Zeugen, der nicht von der Hallig stammt, und deshalb müssen wir die Angelegenheit unter allen, die Vieh haben, ordentlich regeln. Wir sind keine Wilden!«

Friedrichsen knurrte leise, widersprach aber nicht, augenscheinlich, um die Angelegenheit nicht noch zu verschlimmern.

Wie ernst sie von allen genommen wurde, zeigte das dumpfe und störrische Schweigen, das sich über das Boot legte. Es hielt noch an, als die Halligleute im Wyker Hafen von Bord gingen und sich in verschiedene Richtungen zerstreuten.

Jorke stand vor Hansen auf dem Kai. Sie drehte sich zu ihm um. Zahllose Löckchen umspielten ihr Gesicht, und während Sönke Hansen ihr wie gebannt in die klaren blauen Augen blickte, zog sie ihn zu sich herunter und gab ihm vor aller Augen einen Kuss auf die Wange. »Hast du einen Augenblick Zeit? Ich möchte dir noch etwas sagen, bevor du abreist.«

Hansens Herz klopfte laut, er fühlte sich überrumpelt, und die Beklemmung stieg ihm in die Kehle, so dass er nur nicken konnte.

»Ich weiß, dass es dir schwer fallen musste, praktisch vor Zeugen zu bekennen, dass du die Nacht bei mir gewesen bist«, sagte Jorke ernst. »Danke, dass du es getan hast, du hast eine Prüfung, die ich nicht wollte, bestanden. Es gibt wenige Männer wie dich. Die meisten sind Feiglinge in solchen Situationen – der Vorwand ist, dass sie auf die Frau Rücksicht nehmen müssen. Mutter hatte für solche Kerle einen guten Spruch: *Du büst en Held in de Boddermelk – wenn de Klümp rut sünd!**«

Er musste sie angeglotzt haben wie ein Ochse, den jemand melken wollte. Jorkes Miene zeigte jedenfalls Mitgefühl, dann lächelte sie. Und den Satz, der dann folgte, würde er nie vergessen.

---

*Plattdeutsch: Du bist ein Held in der Buttermilch – wenn die Bröckchen raus sind.

»Ich wünsche dir viel Glück mit Gerda. Du hast im Schlaf von ihr gesprochen«, fügte sie hinzu.

»Du bist mir die Zweitliebste auf der Welt«, flüsterte Hansen Jorke unendlich erleichtert ins Ohr und umarmte sie ungestüm.

Sönke Hansen holte sich für die Bahnfahrt nach Husum wieder einmal eine Fahrkarte dritter Klasse, obwohl er als Beamter Anspruch auf die gepolsterten Sitze der zweiten hatte. Dabei hätte er zweifellos seiner Flöhe wegen sogar in die Holzklasse gehört.

Als er einstieg, waren seine Gedanken immer noch bei Jorke. Jetzt, da er wusste, dass sie mit sich und ihm im Reinen war, konnte er sich eingestehen, dass er sich in sie ein wenig verliebt hatte.

Die Sitzbank war hart und unbequem. Er rückte sich in einer Ecke zurecht und begann von Jorke zu träumen. Bis er sich gewaltsam von ihr losriss und die Föhrer Zeitung aufschlug, in der ein hochinteressanter Artikel über die Entwicklung der Schifffahrt und neue Schiffbautechniken ihn zu fesseln begann.

Als die Struckumer Mühle in Sicht kam, versanken allmählich die Halligen und Inseln hinter Hansen. Er faltete die Zeitung zusammen und begann seine nächsten Schritte zu planen.

Nach Hause fuhr er eigentlich nur, um die Kleidung zu wechseln. Inzwischen war der erste Floh in seiner Weiche angelangt, wo es sich vermutlich besonders gut lebte, wie Hansen aus der wachsenden Beißlust schloss. Kratzen vertrieb das Tier nicht, das hatte er schon versucht. Und die Unterhose mit Noppekrut auszustopfen war auch keine Lösung.

Am nächsten Morgen kam Frau Godbersen, bevor es Hansen gelungen war, rechtzeitig die Wohnung zu verlassen. Ihm blieb aber auch nichts erspart!

»Ein Hemd ist etwas blutig geworden«, bekannte er und hielt es ihr hin. »Und die Hose hat Flöhe, was man mit der machen muss, weiß ich nicht. Vielleicht eine Katze hineinsetzen?«

»Inspektor«, stammelte Petrine Godbersen erschüttert. »Was ist in letzter Zeit nur mit Ihnen los?«

»Es gehört zu meiner Arbeit«, sagte Hansen verlegen. »Ich verspreche Ihnen, dass bald alles wieder so ist wie früher.«

»Wie früher, oder wie ganz früher?«

Hansen seufzte unhörbar. Natürlich wusste er, was sie meinte. »Nein, ich habe Gerda noch nicht gefunden.«

»Wie früher also. Nun, das würde mir fürs Erste reichen, Herr Hansen. Was haben Sie als Nächstes vor? Ich dachte, Sie blieben länger auf der Hallig.«

»Stimmt, aber jetzt muss ich erst noch nach Flensburg«, antwortete er, erleichtert, dass die Inquisition schon vorüber war.

»Nach Flensburg. Dann habe ich ein Paket für Sie.« Petrine Godbersen verschwand in der Waschküche, um mit einem in Papier eingewickelten Bündel zurückzukehren, das sie Hansen in den Arm legte.

Er sah sie fragend an.

»Die Kleidung, in der Sie neulich aus Flensburg kamen.

Sie ist gewaschen und geflickt. Es ist mir lieber, Sie geben Sie sofort zurück!«

»Oh! Daran hätte ich nicht gedacht.«

»Natürlich nicht. Wann denkt ein Mann schon an solche Dinge. Ich gebe sie Ihnen mit, von Hausfrau zu Hausfrau gewissermaßen. Mit einem schönen Gruß.«

»Die Hausfrau der *Rumboddel* ist der Wirt, glaube ich«, bekannte Hansen.

»*Rumboddel!* Und der Wirt einer Kneipe als Hausfrau! Danach sieht seine Kleidung auch aus. Übrigens auch der Anzug, in dem Sie offenbar reisen wollen! Abgetragen und schäbig! Ich hätte ihn fortwerfen sollen, statt ihn auf den Dachboden zu hängen«, sagte Frau Godbersen missbilligend und entließ Hansen mit zusammengepressten Lippen.

KAPITEL 19

An diesem späten Vormittag war in der *Rumboddel* nur der Wirt tätig. Klein und gedrungen, wie er war, schaute hinter der halbhohen Wand nur sein Kopf heraus, und der schien nicht besonders fröhlich. Unter misstönendem Geklapper und Geklirre spülte er Gläser.

Sönke Hansen umging den aufgeblasenen Kugelfisch und legte dem Wirt das Paket auf die Theke.

»Was ist das?«, fragte der Wirt missmutig.

»Die Kleidung, die Sie mir geliehen hatten, gewaschen und geflickt, hat meine Haushälterin gesagt. Und sie arbeitet sehr sorgfältig.«

»Im Ernst?«, fragte der Wirt ungläubig und schlug mit der tropfenden Hand eine Seite des Packpapiers auf, um in das Bündel hineinzuspähen.

»Unbedingt. Ich weiß es genau, sie ist schon seit drei Jahren bei mir!«

»Den Troyer hat sie in Ordnung gebracht! Der stammt von der Elbkante, ich erinnere mich noch an den Kerl und seine Abenteuer. Den werde ich selbst anziehen.«

»Und die Geschichten des Kerls?«, fragte Hansen spaßeshalber.

»Die gehören natürlich zum Troyer«, antwortete der Wirt glatt. »Nett, dass Sie das Zeug zurückgebracht haben, das macht selten jemand.«

»Das war doch selbstverständlich«, erwiderte Hansen im Brustton der Überzeugung. »Können Sie mir nochmals helfen? Ich wüsste gerne mehr über Fiete Rum.«

Der Wirt verzog sein grobes Gesicht. »Da er gelegentlich Kunde bei mir ist, dürfte ich eigentlich nichts Schlechtes von ihm sagen.«

»Aber?«

»Ich will ihn in Zukunft hier sowieso nicht mehr sehen. Er geht zu weit, und ich muss auch an meine anderen Gäste denken. Fiete Rum ist ein Streithahn und Krawallmacher.«

»Im Suff?«

»Nein. Er trinkt nie viel. Ich glaube eher, dass es ihm Spaß macht, andere, die über den Durst getrunken haben, zu reizen.«

Das deckte sich mit dem, was Peter Müller ihm erzählt hatte. »Wovon lebt er?«

Der Wirt zuckte die Achseln, während er das Kleiderpaket nach hinten brachte und wieder zur Theke zurückkehrte. »Gelegenheitsarbeiten. Es heißt, dass ihn Nielsens Rum-Kontor beschäftigt.«

»Ein seriöses Kontor einen Streithahn?«

»Genau da liegt der Hase im Pfeffer! Ich habe mir öfter Gedanken darüber gemacht. Manchmal scheint es mir sogar, als ob Fiete absichtlich Streit anzettelt. Seine Opfer sind immer die Arbeiter der anderen Rumdestillen, und er weiß es jedes Mal so zu wenden, dass die Männer etwas aus ihrem Betrieb ausplaudern. Das dürfen die bestimmt nicht, aber Fiete ist sehr geschickt darin, und das Bier, das er spendiert, lockert die Zungen.«

»Was, zum Beispiel, erzählen sie denn so?« Hansen war ganz hellhörig geworden.

Der Wirt überlegte einen Augenblick. »Wie viele Fässer sie in letzter Zeit abgefüllt haben. Meistens fängt es so an. Dann beschuldigt Fiete Rum den Mann, ein Aufschneider zu sein. Der ärgert sich, und Fiete lädt ihn zur Versöhnung zu einem Bier ein, worauf der Mann sich bemüht, seine Behauptung zu beweisen. Später nennt er Namen von Kunden. Wer am meisten bestellt. Wie viele Fässer sein Hersteller im Zollpackhaus lagern lässt. Und manchmal sogar Einzelheiten der Rezeptur.«

Hansen pfiff überrascht. »Man könnte ihn also für eine Art Spion bei der Konkurrenz halten.«

»Das trifft es wohl. Seltsamerweise merkt es keiner außer mir, und ich habe es mir im Laufe der Zeit so zusammengereimt. Aber verraten Sie niemandem, dass ich es erzählt habe.«

»Ganz gewiss nicht. Dabei fällt mir ein«, fügte Hansen nachdenklich hinzu, »in welche Kneipe gehen denn die Angestellten von Nielsens Kontor?«

»Deren Arbeiter hängen im *Schmiedehammer* herum, als gäbe es da Freibier«, sagte der Wirt grollend. »Von denen kommt kein Einziger zu mir. Und die Angestellten vergnügen sich natürlich in der Stadt, für Hafenkneipen sind sie sich zu fein.«

»*Schmiedehammer*, das hört sich nach Werft an …?«

»Genau, da ist er auch. Zwischen Flensburger Schiff-bau-Gesellschaft und Fördewerft. In den *Schmiedeham-mer* gehen auch die Leute von der Fördewerft, die Niel-sens Schiffe warten. Aber dass Sie mir nicht dorthin ab-wandern, wenn Sie nach Fiete Rum suchen!«

»Nein, bestimmt nicht«, versprach Hansen lachend. »Ich bin ein treuer Mann.«

Doch, das war er. Trotzdem war er nicht ganz sicher, ob Gerda ihm zustimmen würde. Und Jorke? Mit einem Lä-cheln auf den Lippen wanderte Hansen an der Schiffbrü-cke entlang stadtauswärts.

Vor dem Zollpackhaus herrschte geschäftiges Treiben. Ein Zweimaster hatte angelegt, und auf der Zollwaage wurden Säcke und Fässer abgewogen. An Nielsens Rum-Kontor war hingegen das große Tor geschlossen, und das ganze Gebäude wirkte unbelebt.

Vorsichtshalber tat Hansen so, als ob ihn der Ballast-berg auf der anderen Fördeseite mächtig interessiere, schalt sich dabei aber schon selber närrisch. Je mehr Zeit seit seinem Beinaheunfall auf dem Dampfer verstrich, des-to unwahrscheinlicher kam ihm ein Zusammenhang mit dem Rum-Kontor vor. Auch dass der Anschlag tatsäch-lich ihm selbst gegolten hatte, wollte er nicht mehr recht glauben. Vielleicht war er ebenso mit einem Unbekannten verwechselt worden wie Boy Jensen.

Eine handfeste Tatsache hingegen war die dicke Lüge des Prokurators von Nielsen. Mit der *Olivia* stimmte irgendetwas nicht, und er war fest entschlossen, ihr Geheimnis zu lüften und herauszubekommen, welche Rolle sie für die Optanten spielte. Für den Besuch der Werft war er genau richtig angezogen, auch wenn Frau Godbersen anderer Meinung war: Auf den ersten Blick konnte er als einfacher Arbeitsuchender im besten Anzug durchgehen.

Die Hallen der Werftanlagen waren schon von weitem zu sehen. Wieder trieb der Wind ihm den Gestank und das Geblöke von Vieh entgegen. Noch bevor er die Förde-werft erreichte, entdeckte er in der Hauptzufahrtstraße zu den Werftanlagen den *Schmiedehammer*. Jetzt zur Mittagszeit hatte dieser anscheinend gerade aufgemacht, denn Männer in Arbeitsanzügen gaben sich die Klinke in die Hand.

Das passte ihm gut. Mit etwas Glück würde er in der Werfthalle jemanden auftreiben, der ihm unter vier Augen etwas über die *Olivia* erzählen konnte.

Unversehens stand er mitten im Gelände der Werft. Zur Linken hatte er ein respektables Bürgerhaus, das wohl die Geschäftsleitung und die Verwaltung enthielt, und zum Wasser hin lagen zwei große Hallen.

Aus dem Verwaltungsgebäude kam gerade ein Mann in Arbeitskleidung. Seine Haltung und sein Gesichtsausdruck ließen erkennen, dass er kein einfacher Arbeiter war, vielleicht Vorarbeiter oder Ähnliches. Hansen überlegte, ob er ihn auf dem Hof ansprechen sollte, dann entschied er sich, ihm in die Halle zu folgen. Hier draußen waren zu viele Zeugen.

Noch bevor die schwere Tür von selbst ins Schloss schlug, schlüpfte er mit klopfendem Herzen hindurch.

Die Halle war zum Wasser hin ganz offen. Auf einer Slipanlage, deren Schienen im Hafenwasser mündeten, stand der Rumpf eines Eisenschiffes. Und außer dem Mann, dem er gefolgt war, war niemand anwesend.

»Schnittiger Neubau«, sagte Hansen bewundernd. »Ein Dampfer? Könnte ich einen Augenblick mit Ihnen sprechen?«

Der Blick des Mannes glitt zufrieden über die Eisenplatten, bevor er sich Hansen zuwandte. »Ein Dampfer. Neubau«, bestätigte er. »Wer sind Sie? Hat Herr Vollertsen Sie zu mir geschickt? Derzeit brauche ich niemanden.«

»Herr Christiansen vom Rum-Kontor«, verbesserte Hansen. »Ich schreibe für meine Zeitung über Schiffseigner, Werften und ihre Neubauten im Bereich Schleswig. Sie glauben gar nicht, wie sich die Leser dafür interessieren, vor allem die Badegäste aus dem Binnenland.«

»Sie schreiben? Von den *Flensburger Nachrichten* sind Sie nicht.«

»Nein, nein, habe ich das nicht gesagt?«, entgegnete Hansen jovial und spürte selbst, dass ihm die Glaubwürdigkeit fehlte. »Ich bin Mitarbeiter der *Föhrer Nachrichten*. Ein Artikel über die Wyker Schiffswerft und die *Henriette* ist mein jüngster Beitrag zum Thema. Seither weiß ich auch um die Nützlichkeit von Arbeitsanzügen, aber bei unserem Hungerlohn …«

»Aha.«

Der Mann kam Hansen kein Stück entgegen, aber sein anfängliches Misstrauen schien sich gelegt zu haben. »Hansen ist mein Name«, sagte er und fuhr forsch fort: »Darf ich Sie fragen, wie Sie die Probleme der mangelnden Stabilität bei den Großseglern sehen? Glauben Sie auch, dass sie mit falsch dimensionierten Stahlmasten und nicht richtig genutzten Ballasttanks zu tun hat? Verlegen Sie sich deshalb auf Dampfer?« Er zückte sein schwarzes Notizbüchlein und den Bleistift und blickte auffordernd hoch.

»Wir verlegen uns auf alles, was die Kunden wünschen«, gab der Vorarbeiter widerwillig preis. »Also, mein Name ist Holger Carstensen. Ich bin hier Werftmeister.«

»Bestens, Herr Carstensen«, sagte Hansen erleichtert, »da bin ich doch an genau den Richtigen geraten. Würden Sie mir für meinen Artikel Auskunft geben?«

Carstensen nickte.

»Sie haben schon Recht, Hansen«, sagte Carstensen. »Die Masten der stählernen Segler machen die meisten Probleme, sie lassen sich nicht einfach berechnen. Durch viele schwere Havarien in der jüngsten Zeit wissen wir inzwischen, dass sie häufig zu elastisch abgestagt werden. Eben nach altem Brauch auf Holzschiffen. Wir müssen umlernen. Manche Werften gehen inzwischen zu neuartigen Spannschrauben über, aber es gibt noch keine hinreichenden Erfahrungen.«

»Und die Ballasttanks, Herr Carstensen?«

Carstensen schob seine Mütze nach hinten. »Tja, bis die sich durchsetzen konnten, verging einige Zeit. Die Reeder sahen meistens nicht ein, dass sie kostbaren Laderaum für Sand hergeben sollten, besonders die Partenreeder, die meistens Kaufleute aus dem Binnenland sind …«

»Das erwähne ich lieber nicht«, flocht Hansen rasch ein, »unter unseren Badegästen befinden sich wahrscheinlich auch Partenreeder.«

Carstensen zuckte mit den Schultern.

Der Werftmeister interessierte sich nicht für Hansens Meinung. Er beschloss, fortan den Mund nur an der richtigen Stelle zu öffnen.

»Die Tanks wurden manchmal falsch positioniert und waren dadurch nutzlos«, fuhr Carstensen in seinem Vortrag fort, »oder sie wurden gar nicht gefüllt.«

»Herr Christiansen erwähnte, dass die *Olivia* Probleme mit ihren Tanks hätte, glaube ich.«

Ein scharfer, aufmerksamer Blick traf Hansen. »Sie hat keine Probleme mit dem Ballast!«

»Dann habe ich das falsch verstanden«, gab Hansen eilig zu. »Es ist für einen Laien wie mich nicht einfach, auf Anhieb alle Fachausdrücke zu verstehen. Ich lerne noch. Vermutlich war die *Olivia* sein Beispiel für einen Dampfer, der zum Segelschiff umgebaut wurde.«

»Vermutlich.«

»Ist sie zufällig im Dock? Ich würde ein solches Schiff gerne mal sehen.«

»Sie war hier vor einigen Wochen. Aber nur kurz. Sie ist tadellos in Schuss.«

Der Werftmeister war nicht mehr so gesprächig wie noch vor einigen Minuten. Es schien Hansen an der Zeit, von der *Olivia* abzulenken und sich einem anderen Thema zuzuwenden. »Auf Föhr erzählte man mir, dass die Schiffe, die früher am Sklavenhandel teilnahmen, besondere Einbauten hatten. Ist Ihnen so etwas auch bekannt?«

»Sklavenhandel?«, hieb Carstensen heraus und fing sich dann wieder. »Fünfstöckige hölzerne Gestelle, natürlich.«

»Haben Sie selbst solche schon mal eingebaut?«

»Hören Sie, Hansen, der Sklavenhandel ist seit vielen Jahren verboten! Danach hätten Sie meinen Großvater fragen können. Und er hätte nein gesagt! Wir hatten nie etwas mit Sklavenhandel zu tun!«

»Ich will doch Sie nicht beschuldigen, Herr Carstensen. Es interessierte mich nur«, sagte Hansen in besänftigendem Ton. Es war nicht zu verkennen, dass auch Carstensen dieses Thema nicht kalt ließ. »Bei einer Recherche hört man dies und das und auch viel Widersprüchliches. Unter anderem erfuhr ich, dass nach Brasilien auch heute noch Sklaven gehandelt werden.«

»Ausgeschlossen«, entfuhr es Carstensen. »Achtzehnachtundachtzig hat auch Brasilien den Sklavenhandel verboten! Er ist in der ganzen Welt geächtet.«

»Ach so«, sagte Hansen lahm, dem seine Hypothese wie Sand zwischen den Fingern verrann. Der Werftmeister schien gut über den Sklavenhandel Bescheid zu wissen. Und ihn zu verachten. Um ihn nicht vor den Kopf zu stoßen, wagte er nicht mehr, ihn direkt nach der Möglichkeit einer Beteiligung der *Olivia* am Sklavenhandel zu fragen.

Er musste umgekehrt vorgehen, den Beweis führen, dass die *Olivia* mit dem Havaristen vor Hooge nicht identisch war. »Womit und welche Route fährt eigentlich ein umgerüstetes Schiff wie die *Olivia* heutzutage?«

»Meistens mit Massengütern. Getreide, Kohle, Salz, zum Beispiel. Hören Sie, Hansen, meine Geduld ist jetzt am Ende. Die Mittagspause auch.«

»Ja, sicher, eine Bitte noch«, sagte Hansen hastig. »Wäre es möglich, den Riss der *Olivia* einzusehen? Nur so als Beispiel …«

»… für diese Art Schiffe, ich habe Sie schon verstanden.« Carstensen sah sich um, entdeckte den Lehrling, der gerade in der Hallentür erschien, und winkte ihn zu sich.

Hansen schluckte trocken vor Aufregung. Er hätte nicht gedacht, dass es so einfach sein würde, an Unterlagen über die *Olivia* heranzukommen.

Carstensen begann dem jungen Mann ins Ohr zu flüstern, der ein höchst erstauntes Gesicht machte. Nach einem verstohlenen Seitenblick auf Hansen rannte er aus der Halle. »Ich lasse den Riss holen«, verkündete der Werftmeister mit hohler Stimme. »Es dauert ein paar Minuten.«

Hansen nickte und betrachtete angespannt den Neubau, ohne viel zu sehen. Plötzlich bemerkte er, dass sich die Atmosphäre verändert hatte. Irgendwie strahlte Carstensen jetzt Feindseligkeit aus. Hinter Hansens Rücken schien etwas vorzugehen.

Bedächtig schob er seine Schreibutensilien in die Hosentasche und begann am Schiffsrumpf entlangzuschlendern, als ob er ihn besichtigen wollte. Mit einem Seitenblick vergewisserte er sich, dass der Meister ihm nicht folgte. Die Hände in den Kitteltaschen, betrachtete dieser scheinbar interessiert den Boden und scharrte mit einem Arbeitsstiefel im schmierigen schwarzen Dreck herum.

Die bis ins Wasser reichenden Hallenwände versperrten Hansen die Sicht nach rechts und links. Das Einzige, das er sehen konnte, waren die kräftigen Dalben zum Festmachen der zu Wasser gelassenen Schiffe, das ölige schwarze Wasser, in dem der gewöhnliche Unrat aller Häfen schaukelte, und jenseits der Förde das Ballastufer.

Am anderen Ende der Halle quietschte die Tür, die für Hansen hinter dem Neubau verborgen war. Nervös drehte er sich um.

In seinem Blickwinkel erschien der Werftmeister mit hochrotem, erregtem Gesicht. »Ich habe Ihnen keinen Augenblick geglaubt, Hansen, oder wie Sie heißen!«, schrie er, und der Hall verzerrte seine Stimme derart, dass Hansen Mühe hatte, ihn zu verstehen.

Aber der Anblick des Mannes reichte, um ihn rückwärts zum Wasser hinunter zu treiben.

»Wahrscheinlich ist auch der Name Hansen falsch. Ihr auffälliges Interesse für die *Olivia* macht Sie verdächtig! Ich werde Sie zu Nils Christiansen expedieren lassen! Nie im Leben hat der Sie geschickt! Aber er wird herausbekommen, was Sie im Schilde führen!«

Im gleichen Augenblick tauchten beiderseits des Schiffsrumpfes zwei vierschrötige Männer mit Schmiedehämmern in den Händen auf, die mit stoischer Miene auf Hansen zuschritten.

In rasender Geschwindigkeit streifte er Jacke und Schuhe ab und hechtete ins Wasser.

Noch nie vorher war Sönke Hansen in einem Hafen um sein Leben gekrault. Als er irgendwo im Schatten eines mächtigen Dalbens auftauchte, um vorsichtig zur Schiffshalle zurückzublicken, begriff er, welches Glück er gehabt hatte.

Er war nicht an einen der schwimmenden Arbeitspontons geprallt, die an Tauen befestigt im Wasser trieben, und war auch von keiner Eisenkette aufgehalten worden.

Obendrein lagen offenbar die Ruderboote, die die Werft besitzen musste, auf der anderen Hallenseite.

Denn noch war niemand hinter ihm her. Hansen hörte vereinzelte Rufe, ohne sie verstehen zu können, und sah kurze Zeit später einen Mann, der an der Kaimauer entlangging, um sich an mehreren Stellen darüber zu beugen und zwischen den Stützpfählen ins Wasser zu spähen.

Allzu viel Aufsehen schien Carstensen nicht zu wünschen. Nach einigen Minuten bewies der anschwellende Lärm in der Werft, dass die Männer wieder an der Arbeit waren.

Glück gehabt.

Hansen tauchte und legte unter Wasser ein beträchtliches Ende zurück. Später schwamm er mit ruhigen Zügen weiter, bemüht, das Wasser so wenig wie möglich zu bewegen und kein Aufsehen an Land zu verursachen. Erst als er vor einem Silo im Fischerhafen eine neue Spundwand ohne viel Bewuchs entdeckte, kletterte er nach oben.

Eine Weile versteckte er sich hinter einem Korbstapel und suchte das unübersichtliche Ufer ab, ohne einen Verfolger entdecken zu können. Schließlich machte er sich auf der Kaimauer auf den Weg stadteinwärts, schwankend wie ein Betrunkener und jederzeit bereit, wieder in das Hafenwasser zu springen. Endlich kam das Rumfässchen der *Rumboddel* in Sicht.

Kurze Zeit später stand er ein zweites Mal tropfend vor dem Wirt.

»Mir scheint, ich sollte ständig eine Extragarnitur Kleidung für Sie bereithalten.« Der Wirt, der Hansen gegenübersaß, grinste und hob ihm seinen Bierkrug prostend entgegen. »Vielleicht könnte Ihre Mutter so freundlich sein, und auch diese Strickjacke …«

Hansen sah an sich hinunter. Die Jacke klaffte, weil drei Knöpfe fehlten, und die Außentasche war fast abgerissen. Aber es war nutzlos, dem Wirt den Unterschied zwischen seiner Mutter und Petrine Godbersen zu erzählen. Und auch ziemlich unwichtig.

Er verzog das Gesicht säuerlich. Mehr und mehr wurde ihm klar, dass er sich selber in eine schlimme Lage hineinmanövriert hatte. Wenn Christiansen oder gar Nielsen selbst sich an das Wasserbauamt wandten, um Beschwerde einzulegen, wäre er geliefert. Als preußischer Beamter hatte er unter Nennung von vollem Namen und Dienststelle zu arbeiten. Was er heute getan hatte, fiel nicht unter den Begriff Arbeitsauftrag. Selbst wenn er Urlaub gehabt hätte, wäre er unehrenhaft unter falscher Flagge gesegelt. Und seine fast noch nagelneuen Schuhe war er auch wieder los.

»Ich hoffe, so viel Ersatzkleidung ist nicht nötig«, murmelte er. »Ich bin in eine ärgerliche Sache hineingezogen worden und muss sie zu einem guten Ende bringen.«

»Habe auch nichts anderes vermutet«, sagte der Wirt gutmütig.

»Und mit all dem hat auch Fiete Rum zu tun.«

»Wundert mich gar nicht.«

Der Schankknecht, der inzwischen die Bedienung übernommen hatte, schlängelte sich hastig zwischen den eng gedrängten Tischen hindurch und beugte sich zu seinem Chef hinunter.

»Fiete Rum steht auf dem Kai und neben ihm einer von Nielsens Kontor, ich glaube, der Laufbursche«, sagte er verhalten. »Sie sehen herüber, als gäb's bei uns etwas Besonderes.«

»Sind Sie das Besondere?«, fragte der Wirt und war schon halb auf den Beinen, bevor Hansen begriff, warum ihn der Mann am Arm packte und hochzog. »Ich wette, Sie sind's. Nach hinten, schnell!«

Hansen folgte ihm wortlos und ließ sich hinter dem Schankraum in einen Schrank schieben. Er war scheußlich eng und niedrig, und ihn überkam Niesreiz. Dann entdeckte er neben dem Gehänge einen breiten Spalt im Holz, der Luft und Licht hereinließ. Einen Teil des Schankraums konnte er sogar einsehen.

»Nanu«, hörte er kurz darauf den Wirt geschmeidig sagen, »ein Angestellter aus Nielsens Kontor in meinem Restaurant? Ich hoffe, Sie sind als Vorkoster für die anderen gekommen, Meister.«

Das schrille Lachen, das der Einladung folgte, hatte Hansen schon einmal gehört. Der Kontorlehrling.

»Danke, danke. Aber ich glaube nicht. Im Gegenteil. Ich möchte Ihnen einen Gast entführen, der mit meinem Dienstherrn zu sprechen wünscht. Ich bringe ihn später zurück.«

»Suchen Sie sich einen aus«, erlaubte der Wirt mit versstecktem Spott. »Aber ich bin nicht sicher, dass von meinen Gästen viele mit Nielsens zu tun haben wollen.«

Darauf wurde es still in der Kneipe, die voll war von

Gästen. Die Aufmerksamkeit aller richtete sich auf die Neuankömmlinge. Hansen hielt den Atem an.

»Der Mann ist nicht hier«, unterbrach der aufgeregte Lehrling die Stille. »Er ist bestimmt hierher gekommen und schon wieder fort! Er heißt Hansen. Kennen Sie ihn?«

»Schon möglich«, antwortete der Wirt behäbig. »Ich kenne mindestens zehn Hansens. Wenn nicht zwölf.«

Gelächter kam auf. Die Fischer und Schauerleute schienen die Hilflosigkeit der beiden zu genießen. Unversehens wurde Hansen klar, dass möglicherweise etliche von ihnen einem Angestellten von Nielsens Kontor gerne eins auswischen würden.

»Und du, Fiete?«, fragte der Wirt unbeirrt weiter. »Willst du dich nicht setzen, um wieder einmal Leute aufeinander zu hetzen?«

»Was faselst du!«, antwortete Fiete Rum knapp und trat in diesem Augenblick in Hansens Blickfeld hinein. Er war so groß, dass er sich im Schankraum bücken musste, aber im Übrigen von so unauffälliger äußerer Erscheinung, dass sich keiner nach ihm umdrehen würde.

»Komm, wir gehen. Der Mann ist nicht hier. Wenn er auftaucht, schicken Sie ihn zum Chef selber«, befahl der Laufbursche hochnäsig. »Herr Stefan Nielsen ist heute im Kontor.«

Schade, das hätte er wissen sollen.

Ein Blick auf den Besitzer der *Olivia* hätte bestimmt nicht geschadet, dachte Hansen, während er Fietes Rücken auf die Hafenzeile entschwinden sah und darauf wartete, befreit zu werden.

Einen Augenblick später wurde die Schranktür aufgezogen. »Die Luft ist rein«, meldete ihm der Schankknecht leise.

Hansen schlüpfte unauffällig an den nächststehenden Tisch und setzte sich. Unterdessen stand der Wirt mitten im Gastraum, wo zwischen den Gästen lauthals Meinungen über Nielsens Rum-Kontor ausgetauscht wurden.

Wie Hansen vermutet hatte, waren sie nicht besonders gut.

Spät am Abend befand sich Hansen immer noch in der *Rumboddel*. Erst als es dunkelte, schlich er in Holzschuhen, die mit Papier ausgestopft waren, zum Hintereingang hinaus. Eine Droschke wartete auf ihn, die ihn zur Nordschleswiger Weiche brachte. Er erwischte gerade noch den letzten Zug nach Husum.

Kapitel 20

»Herr Petersen«, sagte Sönke Hansen entschlossen, »es tut mir Leid, bekennen zu müssen, dass ich mich auf der Hallig in eine Angelegenheit gemischt habe, die zunächst einfach zu lösen schien, inzwischen aber ein Ausmaß angenommen hat, das sich nicht mehr zwischen den Dienststunden verstecken lässt. Darüber hinaus habe ich, ohne es zu beabsichtigen, das Wasserbauamt in die Sache hereingezogen.« Er berichtete, was passiert war, ohne sich selbst zu schonen.

Cornelius Petersen stieg mit fortschreitender Berichterstattung das Blut zu Kopfe, und seine stämmige Figur schien sich in seinem Bürosessel zu verkürzen und breiter zu werden.

»Das größte Problem für das Wasserbauamt ist zweifellos die Beschwerde, die von Nielsens Rum-Kontor droht«, bekannte Hansen offenherzig zum Schluss der Beichte.

»Zweifellos«, brachte Petersen mühsam heraus. »Und spätestens dann sind Sie entlassen. Hansen, was haben Sie uns angetan!«

»Ich wurde von den Halligbewohnern gebeten zu helfen.«

»Als ob das eine Begründung wäre!«, bellte Petersen.

»Ja, doch, das ist eine. Welches Amt sollte einer Hallig helfen, wenn nicht das Wasserbauamt?«

Petersen hielt inne. Seine Wut schien wie Rauchwölkchen um seinen Kopf zu schweben, indes er Hansen überrascht betrachtete. »Sie rechnen auf Dankbarkeit der Halligleute? Wie alt sind Sie eigentlich, Hansen?«

»Zweiunddreißig. Nein, nicht Dankbarkeit. Die Engländer würden es Fairness nennen.«

»Ich weiß um Ihren Hang zum Englischen. Aber sprechen Sie ruhig Deutsch.«

»Auf den Halligen haben die Leute vieles bewahrt, was auf dem Festland als altmodisch gilt«, sagte Hansen mit leisem Trotz. »Es gelten andere Regeln zwischen den Menschen. Man wird nach seinen Taten beurteilt, nicht nach dem Wort. Es ist nicht derjenige der Angesehenste, der die flinkste Zunge hat. Oder einer verachtet, weil er nicht schreiben kann.«

»Das war das Plädoyer für die Halligbewohner«, sagte Petersen trocken, aber es war nicht zu verkennen, dass Hansen ihm den Wind aus den Segeln genommen hatte. »Sie lieben sie und ihre Halligen.«

»Das stimmt.«

Es kam von Herzen.

»Ich werde Sie und Ihre tollkühne Handlungsweise decken, so gut ich kann«, brummte Petersen nach einer Weile. »Aber wenn Herr Nielsen etwas gegen das Amt unternimmt, sind Sie geliefert. Ist Ihnen das klar, Herr Hansen?«

»Natürlich.«

Petersen rieb sich nachdenklich die Nase. »Gesetzt den Fall – nur mal angenommen –, wir hören nichts vom Rum-Kontor, dann wäre das der Beweis, dass die Leute dort Dreck am Stecken haben.«

»Ja.«

»Natürlich. Ja, ja … Warum so einsilbig, Hansen? Sie haben Angst, stimmt's?«

»Ich gebe es zu«, sagte Hansen. »Ich habe nicht sehr viel Vertrauen zu den Mächtigen. Dummerweise kennen sie einander meistens, selbst wenn sie offiziell auf verschiedenen Seiten stehen, und die Ehre erfordert es, einander zu unterstützen. Stefan Nielsen hat Verbindungen zum dänischen Königshaus, dieses wiederum mit dem preußischen König, und … Sie wissen ja selbst, wie das ist.«

»Wir müssen Munition gegen das Rum-Kontor bereithalten«, entschied Petersen entschlossen. »Offensichtlich gibt es ein Geheimnis um die *Olivia*, das sowohl die Werft als auch der Besitzer zu schützen bemüht sind. Wenn tatsächlich etwas Ungesetzliches dahinter steckt, lassen sie vielleicht die Finger von Ihnen. Wir müssen mehr über die *Olivia* in Erfahrung bringen!«

»Kapitänleutnant von Frechen hat gewiss die besten Möglichkeiten, über die Schiffsregister an Informationen zu kommen«, schlug Hansen vor und verkniff sich die Frage, ob Petersen etwa vorhatte, dem Kontor mit ihrem Wissen zu drohen. Er war dazu imstande.

Petersen lächelte schmal. »Ich sehe, Sie haben trotz

Ihrer demonstrativ hängenden Ohren Ihre nächsten Schritte schon überlegt. Sprechen Sie den Kapitän an und versuchen Sie Ihr Glück. Mich lassen Sie bitte aus dem Spiel.«

Hansen nickte.

Petersen hob die Hand und legte seinen Zeigefinger wie eine Schusswaffe auf Hansen an. »Aber abgesehen davon rühren Sie sich nicht von Ihrem Schreibtischstuhl! Sie sind ja gemeingefährlich!«

Das wohl weniger. Hansen lächelte trübsinnig. Immerhin hatte er noch einen Aufschub bis zur Entlassung bekommen. Das bedeutete, er musste dem Kapitän so bald wie möglich sein Anliegen vortragen, um keine Zeit zu verlieren. Leider oder gottlob, wie man's nahm, war die Kommission nicht täglich im Amt, und er wusste nicht, wie er von Frechen erreichen konnte.

Es war daher ein Geschenk des Himmels, als Hansen ihn am Nachmittag auf der Treppe stehen sah, allerdings im Gespräch mit Aksel Andresen. Er beschloss, unauffällig zu warten, bis sie sich trennten, und dem Kapitän dann nachzugehen.

Doch von Frechen bemerkte ihn und winkte ihn zu sich. »Kommen Sie her, Hansen«, rief er nach oben. »Herr Petersen bat mich, Ihnen zu helfen. Eine Auskunft, die das Militär betrifft?«

Der Herr Kapitänleutnant wollte gebeten sein. Am besten im Beisein anderer, denen er imponieren konnte, stellte Hansen für sich selber fest, als er die flachen Stufen hinunterlief.

»Guten Morgen, Herr von Frechen, guten Morgen Herr Andresen«, grüßte er höflich.

»Sie kennen sich?«, fragte der Kapitän irritiert, während Andresen mit nun schon gewohntem Spott um die Lippen nickte.

»Wusste ich nicht. Also, was ist? Machen Sie es kurz«, verlangte von Frechen ruppig.

Hansen gab ihm eine geraffte Zusammenfassung all dessen, was die *Olivia* betraf, das Übrige ließ er beiseite. Nebenher bemerkte er, dass Andresen sich weitaus mehr dafür zu interessieren schien als der Kapitän.

»Wie kommen Sie nur an diese Geschichte«, sagte von Frechen nörgelig, ohne eine Antwort haben zu wollen. »Und Sie wollen doch nicht im Ernst behaupten, dass ein unbeleuchteter Großsegler in deutschen Gewässern herumgeistert! Tun Sie sich mit Richard Wagner zusammen und erfinden Sie ihm ein neues Libretto!«

»Er ist tot«, bemerkte Hansen humorlos.

»Und schon gar nicht ein Schiff des ehrenwerten Stefan Nielsen!«, fuhr von Frechen im Schwung seiner wachsenden Entrüstung fort. »Wissen Sie überhaupt, gegen wen Sie da antreten? Die Nielsens sind Rum-Barone! Sie verkehren in der besten Gesellschaft Deutschlands und Dänemarks!«

»Da würde ich nicht so viel drauf geben, Kapitän. Stefan Nielsen ist ein Taugenichts«, warf Andresen zu Hansens Überraschung ein.

»Na, na!«

»Die Wahrheit darf man allemal aussprechen, Herr Kapitän. Jedenfalls als Däne.«

»Als preußischer Beamter auch«, stellte von Frechen eilig richtig. »Es ist dies eine von mehreren Tugenden, die unsere Grundhaltung ausmachen.«

Hansen verkniff sich ein Grinsen. Dem Kapitän, der sich dem Baron stets so beflissen andiente, gönnte er ein wenig Irritation von Herzen.

»Gibt's noch mehr Tugenden ähnlicher Art?«, fragte Andresen scheinbar neugierig.

Herr von Frechen warf einen indignierten Blick auf den Dänen. »Ehrlichkeit, Unbestechlichkeit, Rechtschaffenheit …«

»Fein«, unterbrach ihn Andresen. »Dann wüsste ich nicht, was dagegen spricht, dass Sie sich ein wenig um die *Olivia* kümmern. Hier ist ein rechtschaffener junger Mann, der im Rahmen seiner Arbeit offensichtlich einem Verbrechen auf die Spur gekommen ist, und auf der anderen Seite sitzen Gauner, glauben Sie es mir, Herr Kapitänleutnant. Unterstützen Sie Hansen, denn damit unterstützen Sie mich am besten. Ich werde es nicht vergessen.«

Der Umfang seiner Interessen war wirklich atemberaubend. Mit der abwertenden Beschimpfung als Kapitalist war er längst nicht beschrieben. Hansen begann schon fast Sympathie für den Mann zu empfinden.

»Anschließend kümmern Sie sich natürlich wieder um meinen Leuchtturm. Nicht wahr, Hansen?« Andresen ermunterte ihn mit einem kräftigen Schlag auf die Schulter.

Sönke Hansen nickte stumm.

»Ich darf mich dann verabschieden, Herr Andresen«, sagte von Frechen förmlich und gab ihm die Hand. Für

Hansen hatte er nur einen giftigen Seitenblick und nicht einmal die Andeutung einer Zusage übrig.

»Da haben Sie aber in ein Wespennest gestochen, Hansen«, sagte Andresen in warnendem Ton, als der Kapitän außer Hörweite war.

»Glauben Sie wirklich?« Hansen fiel erst auf, dass Andresen zum Dänischen übergewechselt war, als er seine eigene Antwort formulierte.

»Glauben ist gar kein Ausdruck, ich weiß es.«

»Ich bin schon zweimal in Unfälle verwickelt worden, seitdem ich mich mit der Sache befasse«, bekannte Hansen, ohne sich genauer zu erklären. Er hatte das Gefühl, dass Andresens Meinung dazu wichtig sein könnte.

»Sie meinen Anschläge auf Ihr Leben?«, stellte Andresen ohne Umschweife klar.

»Man könnte es so nennen. Ich nahm sie als Zufälle, aber jetzt bin ich mir nicht mehr sicher.«

»Im Zusammenhang mit der Geschichte, die Sie erzählt haben, können Sie ganz sicher sein, dass es keine Zufälle gibt. Hat dieser merkwürdige Todesfall eines Leuchtturmwärters auf Amrum auch damit zu tun?«

»Vermutlich. Ich denke, er wurde mit mir verwechselt. Er brachte mich in die *Kleine Auster*, und wir trennten uns erst spätnachts. Aber die Polizei von Föhr glaubte an politische Verwicklungen, in die sie sich nicht einmischen wollte.«

Andresens Hand beschrieb eine abfällige Bewegung. »Da sieht man, dass Ihr Egoismus ein Menschenleben gekostet hat. Sie hätten meine Einladung annehmen sollen.«

Hansen sog heftig Luft ein. Diesen Vorwurf, mochte er auch ungerecht sein, hatte er sich auch schon gemacht. Er spürte Andresens Hand auf seiner Schulter und blickte ihm ins Gesicht.

»So habe ich es nicht gemeint. Ihre Entscheidung war ehrenwert und richtig. Seien Sie in Zukunft vorsichtig. Und machen Sie zur Erholung mal eine Dampferfahrt durch den Haderslev-Fjord. Er ist eng und gewunden, und seine Ufer sind malerisch. *Mojn, mojn.*«

Am nächsten Tag erschien Petersen in Hansens kleinem Raum. Er sprang erschrocken auf. Die Entlassung?

Aber Petersen warf ihm eine Ausgabe der *Flensburger Nachrichten* auf den Schreibtisch und zeigte auf einen unscheinbaren Artikel auf der vorletzten Seite.

Am gestrigen Tage meldete die Fördewerft unserem Nachrichtenblatt ein Geschehnis, das unter der Rubrik Curiosa einer Erwähnung wert ist.

Es tauchte in der Werfthalle ein Fremder in der einfachen Kleidung eines Hafenarbeiters auf, der sich unter falschem Namen und falscher Berufsangabe Informationen über Schiffe der Werft erschleichen wollte. Als er schließlich gar noch um einen Schiffsplan (Riss) bat, entschloss sich der zu Recht misstrauisch gewordene Werftmeister, ihn festhalten zu lassen, um ihn der Polizei zu übergeben.

Der Mann verschwand jedoch vorher spurlos. Die Polizei geht davon aus, dass es sich um die Einhaltung einer Wette oder einen ähnlichen Scherz handelte.

*Eine Wiederholung anderenorts scheint nicht ausge-
schlossen.*

»Was sagen Sie dazu?«, fragte Petersen.

»Als Hafenarbeiter verkleidet zu sein ist immerhin
nichts Ehrenrühriges.« Hansen starrte noch eine Weile
ungläubig auf die Zeitung. »Das muss die offizielle Lesart
des Kontors sein. Offenbar hat Stefan Nielsen oder wahrscheinlich eher sein Prokurator entschieden, das Rum-
Kontor aus der Sache herauszuhalten.«

»So sehe ich es auch. Unser Amt ist aus dem Schneider«,
seufzte Petersen erleichtert. »Sie haben wieder Freigang.
Haben Sie mit dem Kapitänleutnant gesprochen?«

»Habe ich. Aber ich weiß nicht, ob er bereit ist zu
helfen.«

»Na, das überlassen Sie ruhig mir. Unter diesen neuen
Umständen werde ich tun, was ich besser kann als Sie. Aus
hierarchischen Gründen, versteht sich.«

Hansen nickte dankbar.

»Was haben Sie als Nächstes vor? Das Eisen muss ge-
schmiedet werden, solange es heiß ist.«

»Genau. Ich werde nach Wyk fahren. Ich kenne dort
einen Schmiedemeister, der lange in der Wyker Schiffswerft beschäftigt war. Ich muss in Erfahrung bringen, was
es mit den Ballasttanks auf sich hat. Bisher weiß ich nur,
dass die der *Olivia* geeignet sind, gestandene Männer nervös zu machen.«

»Dass Sie meine Anweisungen so wörtlich befolgen, ist
ja eine ganz neue Eigenschaft von Ihnen, Hansen. Gefällt
mir.«

»Aber Ihr Eindruck ist falsch, Herr Petersen«, widersprach Hansen heiter, unfähig, der Versuchung zu widerstehen. »Erinnern Sie sich nur daran, dass ich auf der Hallig blieb, weil eine ausdrückliche Anweisung von Ihnen *nicht* gekommen war. In dieser Hinsicht ist meine Disziplin makellos, finde ich.«

Petersen unterdrückte ein Lächeln und verließ kopfschüttelnd den Raum.

Hansen sank mit weichen Knien auf seinen Stuhl. Bald hatte er vermutlich den ihm zustehenden Anteil Glück aufgebraucht. Dann begann er wieder, Andresens merkwürdigen Ratschlag hin und her zu wenden, ohne einer Erklärung näher zu kommen. Da der Mann kein überflüssiges Wort sprach, wie er mittlerweile gemerkt hatte, war es bestimmt kein Vorschlag gewesen, Urlaub zu machen. Es musste mit der *Olivia* zu tun haben. Was hatte das Schiff mit Hadersleben zu tun? Von diesem Städtchen wusste Hansen nur, dass in der Nähe die Herrnhuter eine Gemeinde hatten.

Wer hatte jüngst die Herrnhuter erwähnt? Hansen legte die Beine auf den Tisch und den Kopf in den Nacken und dachte nach.

Er erinnerte sich so plötzlich, dass er in die Höhe fuhr, wobei er mit den Füßen Papiere vom Tisch fegte. Nils Christiansen und Frederik Nielsen hatten sich auf den Westindischen Inseln zu den Herrnhutern gerettet, als sie sich von Sklaven bedroht glaubten.

Irgendwie begann sich der Kreis zu schließen. Zu einem Sklavenring? Hoffentlich nicht zu einem Ring, der sich um seinen eigenen Hals legte.

KAPITEL 21

»Der Herr mit dem Ring. Moin auch.« Der Schmied ließ seinen Schmiedehammer ruhen und sah Hansen neugierig entgegen. »Haben Sie etwas herausbekommen?«

»Ja, das habe ich. Es handelt sich um einen Halsring, mit dem entlaufene Sklaven bestraft wurden«, antwortete Hansen bereitwillig.

»Sind Sie sicher? Ein Ring, der aus der Sklavenzeit stammt, müsste rostig sein. Er wirkte aber noch recht neu, erinnere ich mich.«

Hansen schwieg verblüfft. Darüber hatte er noch nicht nachgedacht.

»Es lohnt sich immer, mit jemandem zu reden, der sein Fach versteht«, sagte er schließlich anerkennend.

»Der Sklavenhandel findet wohl in manchen Teilen der Welt noch statt«, knurrte der Schmied. »Die unbeholfene Schmiedearbeit wäre damit jedenfalls erklärt. Die Mohren haben keine Lehrmeister.«

»Wohl nicht. Gut, dass ich an Sie geraten bin«, sagte Hansen dankbar. »Ich bin nämlich schon wieder mit einer

Frage hier, für deren Beantwortung ich jemanden benötige, der sich auf Schiffe versteht.«

»Nur zu«, meinte der Schmied einladend. »Das Geschäft ist lau. Bei Sonnenschein gehen keine Kutschen kaputt.«

»Wofür genau werden Ballasttanks benötigt?« Es war eigentlich eine überflüssige Frage, aber sie würde den Schmied gleich ins richtige Fahrwasser bringen.

»Na, um Schiffe zu trimmen. Damit die Schiffe mehr Segel tragen können und schneller sind als die Konkurrenz, muss die Takelage höher sein, unverantwortlich hoch, wenn Sie mich fragen. Dadurch rückt der Schwerpunkt nach oben, und das Schiff wird sehr unstabil. Bei hohem Seegang kentert dann manches, selbst wenn der Steuermann erfahren ist. Vor allem Tiefwassersegler mit modernen Stahlmasten sind gefährdet.«

»Die Ballasttanks bringen den Schwerpunkt also wieder dorthin, wo er hingehört? Weiter nach unten.«

»Genau.«

»Was ist, wenn man keinen Sand in die Tanks füllt?«

Der Schmied zuckte die Schultern. »Tja. Dann haben sie zwar ihr Eigengewicht, aber das ist zu wenig.«

Hansen runzelte die Stirn und dachte nach. »Könnte man auch etwas anderes hineintun?«

»Sicher, warum nicht? Aber hören Sie, es ist doch abwegig, Kohle oder Salz in Ballasttanks zu füllen! Die Ladung lässt sich nicht löschen.«

»Könnte man eine Tür in einen solchen Tank einbauen?«

»Hineinschneiden. Natürlich könnte man das.« Der

Schmied blickte Hansen misstrauisch an. »Sie meinen wirklich eine Tür zum Begehen des Tanks?«

»Ja.«

»Die getarnt werden müsste, zum Beispiel durch eine vorgeschraubte Wand?«

»Ja, genau!«, sagte Hansen bewundernd. Auch daran hatte er noch nicht gedacht. Aber es war die Lösung, um die Täuschung perfekt zu machen! »Es ginge also.«

»Gewiss. Aber es ist kriminell! Gefährlich für das Schiff. Man stelle sich nur vor, der Kapitän und die Offiziere wüssten davon nichts … Merken nur, dass das Schiff sich eigentümlich verhält.«

»In dem Fall, den ich meine, weiß wohl eher die Mannschaft nichts«, dachte Hansen laut nach. »Unternehmen können die Seeleute ja sowieso nichts, wenn sie erst einmal auf See sind.«

»Im Hafen auch nicht, außer heimlich abzumustern«, ergänzte der Schmied. »Aber das wird einer nur tun, wenn er Dreck am Stecken hat, weil sein Seemannsbuch ohne Austrag Verdacht erweckt. Die Seeleute sind immer die ärmsten Schweine an Bord.«

»Wahrscheinlich«, murmelte Hansen, mit den Gedanken woanders.

Der Schmied nahm seinen Hammer auf. Mit gesenktem Kopf klopfte er auf seine Handfläche, zunehmend entschlossener. »Die Schiffshavarien haben in den letzten Jahren gewaltig zugenommen«, sagte er mit zusammengebissenen Zähnen. »Es gibt Reeder, die den Verlust von Menschenleben in Kauf nehmen und ihre Schiffe in die Tiefe schicken, um Versicherungsgebühren zu kassieren.

Und ich habe von Kapitänen gehört, die mit im Bunde waren, die vorgesorgt hatten, ihr eigenes Leben zu retten. Und schließlich soll es noch weitere Spezialisten dieser Art geben …«

»Davon habe ich auch gehört«, stimmte Hansen zu. »Und die doppelte Wand könnte wirklich so gut gearbeitet sein, dass man jemanden, der die Tanks überprüfen will, täuschen kann?«

»Jetzt reicht es mir aber«, brüllte der Schmied und hob den Hammer gegen Hansen. »Für welchen Gauner arbeiten Sie?«

»Was meinen Sie denn?«, fragte Hansen erschrocken und wich einen Schritt zurück.

»Glauben Sie, ich merke nicht, dass Sie ein Vermittler sind? Erst schleichen Sie sich geschickt in mein Vertrauen, und jetzt versuchen Sie, mich einzuwickeln! Sie suchen einen Schmied, der bereit ist, sich auf schmutzige Geschäfte einzulassen! Aber ich nicht, Herr!«

»Du liebe Zeit«, sagte Hansen ungläubig. »Was unterstellen Sie mir denn?«

»Wieso unterstellen? Nachdem Sie mir beim ersten Mal einen Sklavenhalsring gezeigt haben, damit ich auch ganz sicher begreife, für welche Leute Sie arbeiten? Ich habe doch längst kapiert, was Sie wollen! Eine Tür im Ballasttank für Schmuggelgut! Diamanten? Gold?«

»Aber nein«, widersprach Hansen entrüstet. »Ich bin einem Verbrechen auf die Spur gekommen und muss die Sache von allen Richtungen untersuchen. Bis alles wasserdicht ist. Sonst würde man mir nicht glauben. Wie Sie eben.«

»Ich glaube Ihnen immer noch nicht!«

Hansen verschlug es einen Augenblick die Sprache. Bis er auf eine Idee kam. »Kennen Sie Herrn Schliemann von der Polizeistation? Ich arbeite mit ihm bei der Aufklärung eines Falls zusammen.« Im weitesten Sinne konnte man es so nennen.

»So?« Der Schmied starrte ihn an. Dann senkte er langsam den Hammer und legte ihn beiseite. »Ich werde mich bei ihm erkundigen. Beim nächsten Regen. Dann kracht es wieder zwischen Kutschen, und er kommt her.«

»Ja, tun Sie das«, sagte Hansen, unangenehm berührt, und verließ die Werkstatt, so schnell er konnte, ohne es wie eine Flucht erscheinen zu lassen.

Auf der Straße holte er erst einmal Luft.

Er fand es empörend, wie viele Menschen ihm seine guten Absichten nicht glauben mochten! Und waren denn Verbrechen auf See so häufig, dass der Schmied als Erstes daran dachte? Auf jeden Fall war er dankbar, wieder auf die Hallig zurückkehren zu dürfen, wo alles so viel einfacher war.

Die Telefonverbindung von Wyk nach Husum ins Wasserbauamt war schlecht. »Was haben Sie gesagt?«, rief Hansen in den Hörer.

»Der Kapitänleutnant hat noch keine Neuigkeiten für Sie«, dröhnte es in sein Ohr.

»Schade«, brüllte Hansen zurück, »ich fahre dann jetzt auf die Hallig!«

Die Verbindung brach zusammen. Hansen gab dem Pförtner des Hotels den Hörer zurück. Die Hallig war genau der richtige Ort, um sich zurückzuziehen, wenn einen die Welt nicht verstand.

An Bord des zur Hallig zurückkehrenden Ewers ging es gedämpft zu, aber Sönke Hansen hing seinen eigenen Gedanken nach und kümmerte sich nicht sonderlich darum. Er drehte sich zur Reling um, ließ sein Kinn auf dem ausgestreckten Arm ruhen und sah das Halligufer näher rücken. Die schwarzen Punkte der Warfen wuchsen zu erkennbaren Häusern, deren Bewohner er größtenteils kannte und sie ihn. Ihm war, als ob er nach Hause käme, für einen Moment überkam ihn sogar ein Glücksgefühl.

Es war Ebbe. Auf dem Sand vor dem Norduferschoben Frauen mit hochgebundenen Röcken die Glüb, um Krabben zu fangen, weiter hinten sichteten junge Mädchen die Fänge.

Sönke Hansen winkte ausgelassen, aber außer zwei Kindern winkte niemand zurück. Etwas verlegen, weil er sich wie ein Badegast benahm, rückte er sich wieder auf der Bank zurecht, mit dem Gesicht zur Plicht wie alle anderen.

Da erst nahm er wahr, dass die Halligleute auffallend mürrisch waren. Kaum einer sprach mit seinem Nachbarn, die Nordmarscher und die Langenesser saßen sogar getrennt voneinander. Hansen verkniff sich eine neugierige Frage nach dem Grund.

Denn gerade noch rechtzeitig bemerkte er, dass alle zusammen vor allem den Blickkontakt mit ihm vermieden. Was nur war los?

Von Bord gegangen, stolperte Sönke Hansen geradezu über Wirk, der auf der nächsten Fenne Pilze einsammelte. Als er ihn anrief, schlenderte Wirk herbei.

»Ist auf der Hallig etwas passiert?«, fragte Hansen bestürzt. »Sie benehmen sich alle so merkwürdig.«

Wirk stampfte mit dem nackten Hacken einen Champignon in Grund und Boden, ohne zu antworten. Das weiße Pilzfleisch spritzte nach allen Seiten.

»Wirk!«, mahnte Hansen aufgebracht. »Was ist los?«

Der Junge zuckte mit den Schultern, ohne die Augen vom Gras zu heben. »Lehrer Boysen hat neulich vergessen, seinen Zylinderhut aufzusetzen.«

Hansen sah ihn irritiert an. Mit ähnlich unverständlichen Bemerkungen hatte Wirk sich am Anfang ihrer Bekanntschaft eingeführt. Inzwischen kannte er ihn gut genug, um ihn nicht mit der unüberlegten Routinefrage eines Erwachsenen vor den Kopf zu stoßen. »Willst du damit sagen, dass eine Herde Schweinswale an Land geklettert ist, die Hallig erobert und Lehrer Boysen erschreckt hat?«

Wider Willen grinste Wirk, strich sich die Haare von den Augen und hob den Kopf. »So ungefähr. Sie liegen alle im Streit miteinander. Die Langenesser mit den Nordmarschern und umgekehrt. Tete Friedrichsen mit Mumme Ipsen. Mumme mit Jorke, und Lehrer Carsten Boysen ist gegen mich.«

»Oha, das hört sich ernst an.« Hansen überlegte kurz, aber er war nicht in der Lage, sich den Grund dafür vorzustellen.

»Und wie!« Wirk nahm seinen Korb, der bis zum Rand

voll mit Pilzen war, nahm Anlauf zum Sprung über den Graben und landete neben Hansen auf dem Weg. »Ich überlege mir schon, ob ich nach Neu York auswandern soll. Das ist nicht mehr zum Aushalten hier.«

»Warum aber?«

»Ich hab's doch gesagt«, antwortete Wirk unwirsch. »So ähnlich stelle ich mir den Krieg vor, nur dass da auch noch geschossen wird.«

»Wenn du meinst …«, sagte Hansen betroffen und begleitete Wirk schweigend nach Hilligenlei, wo der Junge grußlos am Wirtshaus entlang nach hinten marschierte, um die Pilze in der Küche abzuliefern, er selber das Haus aber durch die Vordertür betrat.

Rouwert Wollesens Gruß fiel geschäftsmäßig höflich aus, aber nicht mehr, schon gar nicht, wie es ein Stammgast wie Sönke Hansen erwarten konnte.

Endgültig verstimmt, stieg Hansen zu seinem Zimmer hoch, öffnete als Erstes das Fenster und blickte über die See, wie er es immer zu tun pflegte, wenn er gerade angekommen war. Der blaue Himmel und das Wasser trafen sich in einem hellen Strich am Horizont, es ging kaum ein Lüftchen, und es war eigentlich ein wunderbarer Tag, um schwimmen zu gehen.

Aber Hansen gestand sich ein, dass er zu beunruhigt war, um die Hallig von Herzen genießen zu können. Er beschloss stattdessen, Mumme Ipsen aufzusuchen. Besser als Wirk würde er erklären können, was auf der Hallig los war. Hatten sie am Ende beschlossen, dem Wasserbauamt aufzukündigen?

Der Ratmann saß auf der Bank neben der Klöntür und rauchte. Als er Hansen sah, klopfte er die weiße Tonpfeife verdrießlich aus und erhob sich.

Aber Hansen war schneller und verstellte ihm den Weg ins Haus.

Mit einem ergebenen Seufzer kehrte Mumme Ipsen zur Bank zurück, zog einen Tabakbeutel aus der Tasche und begann die Pfeife wieder zu stopfen. »Es gibt nichts Neues«, murmelte er abweisend.

»Dann vielleicht etwas Altes. Der Unfrieden auf der Hallig ist mit den Händen zu greifen«, sagte ihm Hansen auf den Kopf zu.

»Mag sein. Das passiert aber nur, wenn Klugschnacker aus der Großstadt sich in unsere Angelegenheiten mischen«, versetzte Ipsen brüsk.

»Ich?«, fragte Hansen ungläubig.

»Wer sonst?«

»Husum ist doch keine Großstadt. Ein Provinznest«, murmelte Hansen und versuchte, Zeit zu gewinnen.

»Spielt keine Rolle. Für Halligleute ist jede Stadt eine Großstadt, das solltest du inzwischen wissen.«

Hansen nagte an seiner Unterlippe. »Und ich habe mich eingemischt, indem ich die Hallig zu retten versuche? Vielmehr meine Dienststelle, die mich geschickt hat?«

Ipsen machte eine wegwerfende Handbewegung. »Darum geht es doch nicht.«

»Worum denn dann?«, fragte Hansen geduldig und völlig ratlos. Aber wenn er diese Sache nicht vernünftig aufklären konnte, war seine Mission auf der Hallig endgültig am Ende.

»Um die Frischwasserquelle. Glaubst du etwa, wir wussten nicht, dass Tete sie zugeschüttet hat?«

»Ja, und?« Hansen war verwirrt.

Er hatte keine blasse Ahnung, auf was Ipsen hinauswollte.

»Es gibt immer einzelne Hitzköpfe, die vorpreschen und Unsinn von sich geben wie Melff. Macht nichts, ihn hätte ich mir zur Brust genommen, und es wäre erledigt gewesen. Aber was ein Fremder wie du sagt, bleibt, noch dazu wenn der Fremde eine amtliche Person ist. Jetzt steht deine Anklage gegen Tete Friedrichsen zwischen uns Halligleuten, zwischen beiden Halligen sogar. Wir wissen mit solchen Dingen nicht umzugehen. Wir streiten nur noch! Und diesen Streit hast du angezettelt.«

»Und Jorke …?«, wandte Hansen hilflos ein.

»Jorke. Ich sage dir doch, wir hätten die Sache unter uns geregelt. Außerdem ist Jorke anders als die meisten Frauen. Sie genießt so etwas wie Narrenfreiheit und wird trotzdem geschätzt und geachtet.«

Sönke Hansen lehnte den Kopf an die Hauswand und dachte mit geschlossenen Augen nach. Er hatte den Frieden auf der Hallig gestört. Erst dadurch, dass er als Außenstehender laut über einen Missstand gesprochen hatte, war dieser Wirklichkeit geworden. Ohne ihn hätte man die Angelegenheit erfolgreich durch Verschweigen und Vergessen erledigt. Jorke war als Lügnerin hingestellt worden, und das hätten alle in Kauf genommen. Aber Jorke war anders und hatte ihn um Hilfe gebeten. Er bereute sein Eingreifen nicht im Geringsten.

Als er die Augen wieder aufschlug, klopfte Ipsen gerade

erneut den kleinen Pfeifenkopf aus und erhob sich. Hansen sah ihm nach. Am liebsten hätte er dem Ratmann hinterhergerufen, ihn irgendwie aufgehalten. Es musste doch einen Weg geben, sie alle zur Vernunft zu bringen!

Aber dann schloss Mumme Ipsen hinter sich den oberen Türflügel nachdrücklich, fast feindselig. Erst jetzt merkte Hansen, dass die sonst sehr belebte Warf still dalag, als seien ihre Bewohner fortgezogen. Nur der Wind pfiff um die Hausecke und traf scharf sein Gesicht.

Tief in Gedanken wanderte Sönke Hansen zweimal um den Fething, bis er zu einem Entschluss kam. Und dann kostete es ihn noch Überwindung, Jorkes Haus zu betreten.

»Jorke«, rief er in den Flur, in dem trotz des geöffneten oberen Türflügels dämmeriges Licht herrschte.

Die Küchentür schwang auf. Jorke, mit einem karierten Handtuch über der Schulter, spähte mit gerunzelter Stirn heraus. Als sie ihn erkannte, warf sie das Tuch hinter sich und kam ihm mit ausgestreckten Händen entgegen.

Sönke Hansen seufzte vor Erleichterung. Jorke war wirklich erfrischend unkompliziert. Sie trug ihm nichts nach. »Ich glaube, ich habe auf der Hallig etwas in Ordnung zu bringen«, sagte er gedämpft.

Jorke nickte. »Die Quelle. Ich habe gewusst, dass du drauf kommen würdest.«

»Und du konntest mich nicht warnen?«

»Nein. Ich war ja schuld, dass du dich überhaupt eingemischt hast. Womöglich hätte ich es noch schlimmer gemacht.«

»Ja, vielleicht«, gab Hansen widerwillig zu. »Ich brauche deine Hilfe. Ich muss die Quelle freilegen, aber ich würde sie allein nicht finden. Ich hoffe, du kennst ihre Lage.«

»Wer Vieh hat, weiß, wo die Quelle ungefähr ist. Und natürlich gehe ich mit dir hinaus«, erklärte Jorke bereitwillig. »Morgen, nein, besser noch übermorgen, ist das Niedrigwasser so spät am Abend, dass uns nicht jeder aufs Watt gehen sieht. Höchstens dreißig, vierzig Augen.«

Trotz seiner Erleichterung grinste Hansen nur trübe.

Es gab auf der Hallig wohl kaum etwas, das unbeobachtet blieb.

»Viehaugen, meinte ich doch nur, Sönke«, fügte Jorke sanft hinzu und sah ihn aufmunternd an.

Aber im Augenblick konnte nichts ihn aufmuntern. Die Schuld, von der er nichts gewusst hatte, machte Hansen ganz elend. So einfach war das Leben auf der Hallig nun auch wieder nicht.

Am nächsten Tag blieb Sönke Hansen für sich allein, schwamm lustlos, lag im Flohkraut und las unkonzentriert in einem Buch, von dem er hinterher nicht einmal mehr den Titel hätte nennen können. Vergebens wartete er auf Wirk.

Eine Rinderherde zog langsam näher und weidete schließlich in der unmittelbaren Nachbarschaft seines Liegeplatzes. Anfänglich musste er nur zudringliche Fliegen abwehren, dann kam ein neugieriges Jungrind, das mit lang gestrecktem Hals an seinem Fuß schnupperte und schließlich an der Sohle zu lecken versuchte. Die nasse

Zunge ertrug er heldenhaft. Als das Rindvieh sich aber anschickte, den unordentlichen Haufen seiner Kleider wie einen niedrigen Hügel zu besteigen, reichte es ihm. Wütend und ungläubig zugleich schubste er den kleinen Bullen beiseite und brachte Hose, Schuhe und Handtuch vor den Klauen in Sicherheit. Alles unter den Augen eines erstaunten Hütejungen.

Trotz seines glänzenden Sieges über den Bullen immer noch missgelaunt, sprang Hansen vom Halligufer hinunter, knallte seine Sachen auf den nassen Sand und warf sich daneben, um sich mit den Händen im Nacken fortzuträumen.

Die nebeneinander aufgereihten Rinderköpfe, die von der Halligkante auf ihn herunterstarrten, ignorierte er. Die taten ihm nichts. Wirk hatte ihm eine Menge beigebracht.

Die Sonne schwebte als leuchtende Scheibe mit einem goldenen Kranz knapp über dem Horizont, als Hansen und Jorke sich aufmachten, um die Langenesser Quelle im Watt zu suchen. Er trug den Spaten, und Jorke überließ er die Führung.

Jorke visierte über der flach ausgestreckten Hand das äußerste Ende von Föhr an, wo in der klaren Abendluft sogar einzelne Häuser und die Mühle erkennbar waren. Sie nahm Kurs auf den schwarzen Strich eines Hafengebäudes oder der Mole, die am Wasser endeten, und Hansen folgte ihr schweigend.

Seine Augen blieben auf Jorkes hellem luftigen Kleid haften, das fast städtisch war und das genaue Gegenteil von der dunklen Tracht, die die älteren Halligfrauen trugen. Auf dem Kopf hatte sie einen Strohhut, dessen Krempe ihre Augen vor der niedrig stehenden Sonne und dem Glitzern des Wassers in den zurückgebliebenen Pfützen schützte.

Sönke Hansens Gedanken kehrten zu dem anderen Strohhut mit einem blauen und einem roten flatternden Bändchen zurück. Der Kerl, der auf der *Andrea I* gewesen war, trug für gewöhnlich sicherlich keinen solchen Hut.

Wenn man davon ausging, dass er es war, der Boy Jensen mit Hansen verwechselt und dann getötet hatte, musste er ihm gefolgt sein. Er musste, nachdem er Frau Godbersen ausgefragt hatte, ihn schon in Husum beobachtet und zu seiner Überraschung festgestellt haben, dass Hansen an diesem Tag nicht ins Amt ging, sondern das Schiff nach Amrum bestieg. Dann machte es Sinn zu vermuten, dass er versucht hatte, sich in letzter Minute als Badegast auszustaffieren, und sich deshalb den Strohhut besorgt hatte. Aber er war kein Badegast, und noch weniger als nach Amrum gehörte er auf den Luxusliner der Nordsee-Linie, denn die Passage konnte sich nicht jeder leisten.

Falls das alles stimmte, musste ihn jemand mit viel Geld ausgestattet haben, damit er in jeder Hinsicht beweglich war. »Das Rum-Kontor!«, stieß Hansen aus und merkte erst, dass er laut gesprochen hatte, als Jorke sich zu ihm umdrehte.

»Was meintest du?«

»Ich führte ein Selbstgespräch«, erklärte er verlegen. »Mir ist gerade aufgegangen, wer mir nach dem Leben trachtet.«

»Ja, wir hören immer wieder davon, wie gefährlich das Leben auf dem Festland ist«, stimmte Jorke mitfühlend zu, wartete auf Hansen, bis er zu ihr aufgeschlossen hatte, und überprüfte ein weiteres Mal ihre Wanderrichtung.

Hansen musste lachen. »Ganz so schlimm ist es nun auch wieder nicht«, widersprach er.

»Etwas weiter noch«, murmelte Jorke, »aber nicht sehr. Hier irgendwo muss sie sein. Die St. Nicolai-Kirche, die Ketelswarf und wir befinden uns auf einer Linie, etwas östlicher die Wyker Mühle, und die Entfernung dürfte ungefähr stimmen.«

Hansen nahm die Schaufel von der Schulter, während Jorke in engen Schlangenlinien über das Sandwatt schnürte. »Hier. Probiere es hier einmal«, sagte sie bestimmt.

»Wie kommt es eigentlich, dass du so viel vom Segeln verstehst?«, erkundigte er sich, während er zu graben anfing.

»Meine Brüder hatten ein kleines Boot. Und auf mich sollten sie aufpassen … Mutter wusste gar nicht, dass sie mich mit hinausnahmen. Aber ich habe dadurch Blut geleckt und bin später allein gesegelt.«

Hansen dachte daran zurück, wie er sich vorgestellt hatte, Jorke als Vorschoter anzulernen, und lächelte in sich hinein. Dann hörte er auf zu graben.

Hier gab es nur einzelne Muschelschalen und kein bisschen Süßwasser.

Jorke zeigte ihm eine andere Stelle.

»Hoffentlich finden wir sie überhaupt«, meinte sie, nach mehreren weiteren vergeblichen Versuchen allmählich bedrückt. »Wir sind ziemlich spät dran.«

Sönke Hansen nickte und sah sich forschend um. »Wie wäre es damit?«, fragte er.

Jorkes Blick folgte seinem Zeigefinger. Sie zuckte die Achseln. »Ein Versuch ist so gut wie der andere.«

Dieser Versuch war jedoch besser. Schon nach dem ersten Spatenstich sprudelte ein Rinnsal aus einem Loch, das wie von einer Klaffmuschel geschaffen schien. Als die vergrößerte Kuhle sich schnell mit Wasser füllte, hockte Jorke sich hin und kostete es aus der Höhlung ihrer Hand. »Tatsächlich Frischwasser!«, rief sie. »Woher wusstest du, dass es hier sein muss?«

»Oh«, sagte Sönke Hansen und stieß lachend den Spaten in den Sand, »ich weiß eine Menge über Rinder, hat es sich noch nicht herumgesprochen?«

Jorke sah verblüfft zu ihm hoch. »Ich dachte, ich hätte das Gegenteil gehört.«

»Ist mir unbegreiflich. Als Kenner sieht man doch, dass die Viecher hier eine richtige Kuhle in das Watt getrampelt haben. Oder nicht?« Hansen zwinkerte Jorke zu und half ihr auf.

Kapitel 22

 Am nächsten Tag wurde Hansen ein Brief des Kapitänleutnants von Frechen ausgeliefert.

Sehr geehrter Herr Bauinspektor Hansen,
mit Bezug auf die von Ihnen gewünschten Nachforschungen und unter Berücksichtigung der Kürze der Zeit möchte ich Ihnen mitteilen, dass die Olivia *weder in »Lloyds Register of Shipping« noch im Germanischen Lloyd als klassifiziertes Schiff aufgefunden werden kann. Auch eine Vermisstenmeldung o. Ä. war dort nicht aufgeführt.*
Im »Handbuch für die deutsche Handelsmarine« ist keine Olivia *enthalten.*
Hingegen erhielt ich bei einer zufälligen Begegnung im hiesigen Bureau der Hamburg-Amerikanischen Packetfahrt-Actiengesellschaft (HAPAG) eine Auskunft, die Ihnen möglicherweise von Nutzen sein kann: Der dänische Reeder und Kaufmann O. Johannsen mit Sitz im damalig dänischen Hadersleben hatte einen Dampfer namens Olivia *auf eigene Rech-*

nung bauen lassen und im Post- und Paketdienst zwischen dem Königreich und Westindien eingesetzt. Der Informant beschrieb mir ein Schiff, das dem von Ihnen gesuchten zumindest nahe kommt. Hochachtungsvoll …

Hansens Herz machte ein paar Extrasprünge. Vielleicht war sie das! Und gerade der erste Eigner pflegte Erinnerungen an sein Schiff aufzubewahren, vielleicht ein Ölbild oder sogar Risszeichnungen. Außerdem wurde er wieder mit der Nase auf Hadersleben gestoßen. Die Bedeutung der Stadt für seine Nachforschungen konnte er derzeit nicht ermessen. Aber natürlich würde er sofort hinfahren. Vielleicht lag die Erklärung für den Mord nicht an der West-, sondern an der Ostküste.

Der Dampfer befuhr die Strecke Flensburg–Hadersleben nur einmal wöchentlich, und die Fahrt dauerte wesentlich länger als mit dem Zug. Aber ihm war es den Aufwand wert. Der Haderslev-Fjord hatte, wenn man Andresens Empfehlung ernst nahm, offenbar nur vom Wasser aus seine besondere Bedeutung.

Die Anlegestelle der Lustdampfer befand sich am innersten Sackende des Hafens. In einer Schlange von anderen Passagieren vor dem Dampfschiffpavillon, in dem man sich mit der Fahrkarte und kleinen Andenken an die Seereise versorgen konnte, wartete Sönke Hansen geduldig darauf, auf das Schiff gelassen zu werden.

Plötzlich sichtete er Fiete Rum, der am Kai entlangschlenderte. Hansen drehte sich abrupt mit dem Rücken zu ihm und vertiefte sich in den Prospekt der *Flensburg-Ekensunder-Dampfschifffahrtsgesellschaft*, die den Personenverkehr auf der Innen- und Außenförde betrieb. Den Plan mit den Ankunftszeiten an Orten, Inseln und Brücken las er runter und wieder hoch und wurde dabei das unangenehme Gefühl von Blicken im Rücken nicht los.

Schließlich drehte er sich um und suchte die Umgebung ab. Er fand Fiete sofort. Der Spion des Rumhändlers stand erhöht auf einer Tonne oder Kiste und beobachtete ihn wie ein Raubvogel auf Mäusejagd. Eine hämische Freude ging über sein Gesicht, als er sicher war, dass Hansen ihn erkannt hatte.

Hansen schauderte ein wenig und wandte den Kopf demonstrativ desinteressiert ab. Dankbar stellte er im gleichen Augenblick fest, dass die Absperrung geöffnet wurde. Inmitten der anderen Passagiere schob er sich durch den Engpass, an dem die Fahrkarten eingerissen wurden, und stand kurz darauf auf dem Oberdeck.

Fiete war verschwunden. Sollte er doch ruhig zum Kontor zurücklaufen und melden, dass Hansen eine Lustfahrt auf der Förde machte. Ihn interessierte es nicht.

Nach müßig verbrachten Stunden stand Sönke Hansen am Spätnachmittag hellwach im Bug des Dampfers. Noch wusste er nicht, wonach er Ausschau hielt.

Kaum hatten sie den engen Aarösund passiert, ging der Lotse an Bord, der den Dampfer durch den Haderslev-Fjord steuern würde. Sein kleines Boot legte vom Nordufer ab und wartete neben der ausgeprickten Fahrrinne. Der Dampfer stoppte nur kurz, um ihn aufzunehmen.

Gegenüber, an der Südseite der Förde, sah Hansen im Fernglas zwei schwarze Tonnen. Vor der einen lag ein größerer Segler. Am Ufer gab es einen Steg und darüber ein Haus, vor dem die Flagge des Kaiserreichs wehte. Das musste die Zollstation sein.

Die Förde wurde schnell eng. Die Fahrrinne wand sich zwischen den steilen Ufern mit solch scharfen Richtungs-änderungen, dass sie weder nach vorn noch nach achtern weit zu überblicken war. An den meisten Krümmungen standen die Pfähle von Stellnetzen, und jetzt am Abend machten sich die Fischer daran zu schaffen. Auch an den zahllosen windschiefen Bootsstegen herrschte reges Trei-ben. Wo immer Hansen sein Fernrohr hinrichtete, er-blickte er das normale Leben eines Sommerabends am Wasser. Oben auf dem Ufer stieg Rauch aus vereinzelten Schornsteinen, meistens sah er jedoch nur Wald oder Ge-treidefelder.

Das alles interessierte ihn nicht. Allmählich begann er sich Sorgen zu machen, dass er Andresens Andeutung falsch verstanden hatte.

Dann kam eine Brücke in Sicht, die Hansens Aufmerk-samkeit auf sich zog, weil sie leblos wirkte, obwohl besser instand gehalten als alle anderen. Es mangelte ihr an den üb-lichen Tauen und Fendern, und kein einziges Boot war an ihr vertäut. Ein aufgegebener Schiffsanleger? Sein Fernrohr blieb an einem verwitterten Schild hängen, das schon etwas windschief an zwei verfallenden Pfosten hing. Hansen be-gann die verblichenen Buchstaben zu entziffern.

Vor Überraschung wäre ihm beinahe das Rohr über die Reling gefallen.

Dies war keine Ortschaft, sondern die Brücke der *HA-DERSLEV GEVAERFABRIK,* der Haderslebener Gewehr-fabrik.

Im Ohr hatte Hansen noch die alarmierte Stimme des Polizisten von Föhr, der ihm den Unterschied zwischen einer Kugel und einem modernen Spitzgeschoss erklärte. Spitzgeschoss wie Krieg, nicht wie Jagd. Konnte das Geschoss etwas mit dieser Gewehrfabrik zu tun haben?

Ungeduldig und schon mit der Reisetasche in der Hand wartete Hansen auf den nächsten Halt. Starup, wie einer der Schiffsoffiziere ihm gesagt hatte, worauf er sich spontan entschlossen hatte auszusteigen.

Hadersleben musste warten. Der ehemalige Reeder der *Olivia* war im Vergleich zur Entdeckung einer Gewehr-fabrik im Augenblick zweitrangig.

Die Brücke schwenkte vor den Bug, auf dem hohen Ufer darüber wurde der gedrungene Turm einer Kirche sichtbar.

Hansen war der einzige Fahrgast, der bei dem kurzen Halt ausstieg. Er hatte den Steg noch nicht verlassen, als er hinter sich schon die drei Pfiffe für *Maschine rückwärts* hörte. Er begann, am Steilufer den Weg zum Dorf hoch-zusteigen.

In der Nähe der Kirche fand er den Krug. Erleichtert steuerte Hansen auf das Wirtshausschild zu.

Aber erst nach dem Frühstück am nächsten Morgen brachte Hansen das Gespräch vorsichtig auf die Gewehr-fabrik. Nach einem forschenden Blick auf Hansens wieder blank gewienerte Reisetasche und auf seine tadellose Reisekleidung gab der Wirt zögernd zu, dass die Fabrik noch in Betrieb sei.

Hansen spürte seine Zurückhaltung. »Ich war mir nicht mehr so sicher, ob es sich um mehrere Fabriken oder mehrere Gebäude handelt«, erklärte er sein Unwissen. »Aber das habe ich erst jetzt gemerkt. Wissen Sie, ich liebe die See und habe mich auf die Schiffsreise hierher gefreut. Aber es wäre natürlich einfacher gewesen, die Eisenbahn zu nehmen, wie man mir nahe legte …«

»Ah, darum der Umweg.« Der Wirt lächelte verständnisvoll. »Ich hoffe, der Herr hat sich auf See gut erholt. War ja ein schöner ruhiger Tag gestern. Der Herr beabsichtigt vermutlich, eine besondere Waffe zu bestellen?«

»Mal sehen. Wenn ich nichts Passendes finde, reise ich nach Kopenhagen weiter.« Die dortige Waffenfabrik war so bekannt, dass auch Hansen von ihr wusste.

»Die Leute hier herum können's besser gebrauchen«, bemerkte der Wirt und lehnte sich vertraulich über den Tresen. »Wissen Sie, der alte Frederik Nielsen entließ etliche Büchsenmacher und viele andere, die er beschäftigte, als der Handel mit Sklaven aufhörte. Die Gegend hat sich davon immer noch nicht erholt.«

Hansen klopfte plötzlich das Herz bis zum Hals. Das war es! Jetzt wusste er, worauf Andresen ihn mit der Nase stieß!

Das war der Zusammenhang zwischen einem Schiff, das die *Olivia* sein konnte, einem Spitzgeschoss und Nielsens

Rum-Kontor. Glücklicherweise interpretierte der Wirt seine Gemütsbewegung als Betroffenheit.

Er nickte mehrmals sorgenvoll. »Jaa, so war das«, bekräftigte er. »Immerhin hatte das dänische Militär damals noch Verwendung für die preiswerten Gewehre mit dänischen Buchenholzschäften, und so blieb die Fabrik erhalten. Die Büchsenmacher sind die Spezialisten für das Waffenhandwerk, müssen Sie wissen, aber zur Fabrik gehörten noch viele andere Gewerbe. Insgesamt müssen es einige hundert Leute gewesen sein, die für Frederik Nielsen arbeiteten. Er vertrat die Ansicht, dass wir Weißen die Pflicht haben, die unwissenden Mohren in Lohn und Brot zu bringen. Jaa, er war ein anständiger Mensch. Natürlich hat er auf diese Weise auch Geld verdient, aber das kann man ihm nicht verübeln. Er hat damit hier in der Gegend viel Gutes getan.«

»Woher wissen Sie denn so ausgezeichnet darüber Bescheid?«, wunderte sich Hansen, der sich inzwischen gefangen hatte.

»Mein Vater wurde damals entlassen und konnte diesen Krug übernehmen«, antwortete der Wirt, der mit jedem Satz von Hansen zugänglicher wurde. »Aber ich trage es dem Alten nicht nach, im Gegensatz zu vielen anderen. Es ist eben ein sterbendes Gewerbe, obwohl Nielsens Gewehre immer noch einen guten Ruf haben.«

»Aber doch nicht für das dänische Militär.« Hansen sah ihn fragend an.

Der Wirt grinste. »Leider nicht mehr. Ich sag's Ihnen im Vertrauen, aber Sie wissen es vermutlich selbst: Die meisten gehen nach Guinea in Afrika. Und etliche an Leute wie Sie. Es gibt erstaunlich viele adelige Herren aus Holstein, die aus Tradition ihre Luxuspistolen bei Nielsens bestellen.«

»Natürlich, natürlich. Man hängt schließlich an den Sitten der Väter.« Hansen nickte lächelnd. »Kann ich hier eigentlich eine Kutsche bekommen?«

»Bedauerlicherweise nicht. Aber die Fabrik hat ein Telefon. Wenn Sie vom Post- und Telegraphenamt neben der Kirche anrufen, werden Sie mit dem Automobil abgeholt. Und später bringen die Sie auch zur Bahnstation nach Haderslev.«

»Hervorragend«, sagte Hansen jovial und hinterließ ein ansehnliches, einem begüterten Waffenliebhaber angemessenes Trinkgeld auf der Theke, bevor er sich verabschiedete.

Das Postamt lag glücklicherweise außerhalb der Sichtweite des Kruges. Sönke Hansen orientierte sich an der Sonne und am Fjord und marschierte los. Im nächsten Waldstück schlug er sich abseits ins Gebüsch, um die Kleidung zu wechseln. Für den Besuch bei einem Reeder waren ein schwarzer Anzug und ein weißes Hemd mit steifem Kragen angemessen, aber nicht auf Wanderschaft. Er war glücklicherweise für alles gerüstet.

Gelegentlich kamen ihm Fuhrwerke entgegen, andere überholten ihn. Aber er wagte nicht, um Mitfahrt zu bitten, denn in dieser abgelegenen Gegend würde man sich an einen hochgewachsenen weißblonden Mann mit deutschem Akzent gegebenenfalls erinnern.

Ein kleines Schild, auf dem lediglich *Nielsens* angegeben war, lenkte ihn von der Hauptstraße in einen dichten Wald. Als dieser sich plötzlich vor ihm öffnete, blieb Hansen verdutzt stehen. Vor ihm lag ein ganzes Dorf, Gebäude reihte sich an Gebäude.

Er ging mit sich zu Rate, ob er sich erneut umziehen sollte, um als potentieller Waffenkäufer in Erscheinung zu treten. Aber dazu gehörte eine eigene Kutsche, und ohne sie würde er möglicherweise Misstrauen auslösen.

Letztendlich beschloss er, sich als zufälliger Besucher umzusehen, ohne sich vorzeitig bemerkbar zu machen.

Hansen begann die Fabrik in gebührendem Abstand zu umrunden, immer in der Deckung des Waldes hinter sich. Als Erstes stellte er fest, dass die eintönig aussehenden kleinen Hütten aus Ziegelstein, die man für Wohnhäuser halten konnte, leer standen.

Plötzlich ertönte in einem mit hohem Schornstein versehenen Gebäude ein ohrenbetäubender Lärm. Hansen kauerte sich erschrocken hin, bis er angesichts der drei Männer, die das Haus in ein Gespräch vertieft verließen, begriff, dass hier Experimente mit Schusswaffen durchgeführt wurden.

Als sie ein anderes Gebäude betreten hatten, bewegte sich Hansen behutsam weiter. Das Rad einer Wassermühle kam in Sicht, und das stampfende Geräusch, das er schon am Waldrand gehört hatte, wurde lauter. Offenbar war hier das Hammerwerk für die Bearbeitung des Metalls.

Auf dem Weg, den er selbst gekommen war, ratterte ein Pferdefuhrwerk heran und hielt vor einem länglichen Gebäude, das einer halb offenen Werfthalle glich. Unverzüglich liefen mehrere Männer in einheitlichen grauen Arbeitsanzügen herbei und begannen, flache schwere Platten von der Ladefläche herunterzuhieven, die nach wenigen Minuten entladen war. Die Pferde trabten an, um wieder im dunklen Tunnel der Zufahrt zu verschwinden.

Zweifellos war alles ausgezeichnet organisiert. Keinesfalls war dieses eine heruntergekommene kleine Waffenschmiede. Hansen gewann zunehmend die Überzeugung, dass es sich um einen hochmodernen Betrieb handeln musste, der im Verborgenen arbeitete.

Einige Meter weiter kam ein zweistöckiges Fachwerkgebäude in Sicht. Vor einer Rabatte mit roten und gelben Stockrosen stand ein Automobil, das Hansens Herz zum Stolpern brachte.

Zumindest aus der Ferne glich es haarscharf einem von Nielsens Autos. Ohne Bedenken beschloss er, sich den Wagen anzusehen. Was sollte ihm schon passieren? Nielsen kannte ihn nicht. Und das Gelände war weder durch Zäune noch durch Schilder als privat gekennzeichnet.

Hansen stellte seine Tasche neben dem Holundergebüsch ab, steckte die Hände in die Hosentaschen und schlenderte aus der Deckung heraus. Als er den Platz halb überquert hatte, fiel ein einzelner Schuss.

Man überprüfte also die Gewehre nicht nur mittels Salven, sondern auch als Einzelanfertigung, stellte Hansen fest.

Danach erreichte der Schmerz seinen Kopf.

Hansen stürzte zurück in das Unterholz und inspizierte bestürzt seinen linken Arm. Der Jackenärmel war am Oberarm aufgeschlitzt, und darunter brannte es höllisch. Zum Glück floss kaum Blut.

Mit zitternden Händen bog er die Äste auseinander und spähte zu den Gebäuden hinüber. Dort war alles ruhig geblieben. Schüsse alarmierten hier niemanden.

Aber dann rannte Fiete Rum über den Platz und die Treppe zum Hauptgebäude hoch. Hansen folgte ihm mit ungläubigem Staunen und begriff endlich. Der Kerl war ihm aus Flensburg im Auto des Kontors gefolgt. Er war nicht nur Zuträger, sondern hatte auch andere Aufgaben! Hansen hatte ihn zu sehr auf die leichte Schulter genommen.

Er stemmte sich hoch und rannte gebückt davon. Seine Beine schienen ihm etwas wackelig zu sein.

Liiwer düüdj as sloow, lieber tot als Sklave, war der Wahlspruch der Nordfriesen. Aber im Augenblick hätte Hansen es vorgezogen, von Nielsens Sklavenglocke in den Feierabend gerufen zu werden. Alles andere war nur Theorie.

Erschöpft und atemlos erreichte Hansen die Straße, die nach Hadersleben führte. In beiden Richtungen waren Fahrzeuge unterwegs. Nervös sah er sich um, während er voranmarschierte, so schnell er konnte. Vielleicht würde ihn jemand mitnehmen.

Eine gutbürgerliche Kutsche ließ er passieren. Dessen Besitzer stand mit den Nielsens vermutlich auf Du und Du. Hinterdrein schlurfte ein kleines Pferd mit grau behaartem Maul und weißem Fesselbehang, das eine eisenbereifte Karre zog. Auf der Ladefläche sah er einen Stapel zusammengefalteter Säcke.

Hansen konnte nicht widerstehen und hob die Hand.

Der Fahrer, der so uralt wie sein Pferd zu sein schien, aber ein pfiffiges Gesicht hatte, parierte durch. »Willst du mit?«, fragte er etwas erstaunt.

Hansen war so außer Atem, dass er kein Wort herausbrachte und nur nickte.

Der Kutscher zeigte mit dem Daumen zum Wald, hinter dem die Fabrik lag. »Bist du vor denen abgehauen? Setz dich neben mich. Du kannst erzählen, was passiert ist, wenn du zu Atem gekommen bist.«

Hansen nickte matt und kletterte mit Hilfe des Bauern, oder was immer er war, dankbar auf die Sitzbank.

Sie waren noch nicht lange unterwegs, als der Fahrer mit gerecktem Hals nach vorne Ausschau hielt. »Wir kommen gleich an den Zufahrtsweg von Nielsens. Die bekommen öfter um diese Zeit ihre Eisenlieferungen. Wenn du wirklich vor denen auf der Flucht bist, wäre es besser, du würdest dich unter die Säcke auf der Ladefläche verziehen.«

»Danke. Der Wagen ist schon durch«, brachte Hansen heraus.

»Dann ist es ja gut.«

»Die haben auf mich geschossen«, machte sich Hansen zwischen zusammengebissenen Zähnen endlich Luft. »Ich hatte mein Anliegen noch nicht einmal vorgebracht.«

»Es wird Zeit, dass denen endlich das Handwerk gelegt

323

wird«, schimpfte der Fahrer sofort los. »Wir Bauern haben uns einen Rechtsanwalt genommen.«

»Donnerwetter! Da muss es euch aber ernst sein!«

»Davon darfst du ausgehen«, stimmte der Bauer zu und ließ über dem Rücken seines Pferdchens die Peitsche schnalzen, um seinen Worten Nachdruck zu verleihen. »Das hört sich nach einem Automobil an!«

Nielsens Auto!

Hansen rollte sich nach hinten und schaffte es gerade noch, die Kartoffelsäcke über sich zu werfen, als der Wagen auf dem Zufahrtsweg der Fabrik auf die Landstraße herausholperte und die Richtung nach Hadersleben einschlug.

Auf dem Rücksitz saß Fiete Rum. Das Auto verschwand um eine Biegung, und Hansen kroch wieder nach vorn.

»Suchen sie dich so vornehm?«, fragte der Bauer mit einem erstaunten Seitenblick.

»Scheint so.« Hansens Gefühle schwankten zwischen Empörung und Ungläubigkeit. Er konnte kaum glauben, dass er wirklich verfolgt worden war, und doch war es so. Aber ohne Zeugen gab es nicht einmal jemanden, den er anzeigen konnte. Die Bemerkung des Bauern fiel ihm wieder ein. »Warum führt ihr einen Rechtsstreit gegen die Fabrik?«

»Wegen des Wassers«, sagte der Bauer wutentbrannt. »Die sammeln für ihre Hammermühle im Winter jeden Tropfen Wasser und stauen es auf. Dadurch versumpfen unsere Felder so, dass sie für den Anbau von Feldfrüchten unbrauchbar werden. Aber Nielsen weigert sich nicht nur,

Entschädigungen zu zahlen, er antwortet nicht einmal auf unsere Beschwerden.«

»War das denn nicht immer so?«

»Anscheinend brauchen sie jetzt mehr Wasser als in den Jahren davor.«

»Obwohl sie weniger Waffen als früher herstellen?«

Der Fahrer grunzte abfällig. »Wer sagt das?«

»Ich dachte«, antwortete Hansen erstaunt. »Auf dem Fabrikgelände waren so viele leere Gebäude.«

»Das sind doch nur die ehemaligen Wohnhäuser und Werkstätten der Leute. Die haben früher alles selbst hergestellt. Bäckerei, Brauerei, Schankstube und Ziegelfabrik besaßen sie, dazu eine Bauernstelle, Fischereirechte und die Schule. Sogar einen eigenen Friedhof hatten sie, weil ihre Toten sich zu gut waren, auf einem protestantischen Kirchhof zu liegen!«

»Dann waren sie wohl nicht gut gelitten?«

»Bestimmt nicht. Fremde, die kein Wort für uns übrig hatten. Franzosen, Engländer, Schweden, sogar ein paar Mohren. Aber die meisten sind fort und haben auch ihre Frauen mitgenommen, Töchter aus unseren Dörfern. Nein, denen weint keiner eine Träne nach.«

Hansen nickte und versank in ein erschöpftes Nachdenken. Aber er kam nicht zur Ruhe. Irgendetwas war noch ungeklärt, auf das er sich jedoch nicht besinnen konnte.

Die Kirchtürme von Hadersleben kamen in Sicht, und kurze Zeit später führte die Straße bergab zum Wasser hinunter. Auf dieser Seite der Förde waren die Fischerboote vertäut, jenseits befanden sich die Hafenanlagen mit einem Ladekran. Ein größeres Segelschiff wurde gerade beladen.

Endlich fiel Hansen ein, was er zu klären hatte. »Wie werden Nielsens Waffen eigentlich abtransportiert? Per Schiff?«

Der Alte verzog sein Gesicht zu einem spöttischen Grinsen. »Stell dir vor: Das weiß niemand so genau. Gelegentlich verlässt eine beladene Karre die Fabrik und fährt zur Eisenbahnstation. Aber ich will meine Liselotte darauf verwetten, dass all die angelieferten Eisenplatten nicht so wenige Gewehre ergeben können!«

»Du meinst also, sie verladen die Hauptmenge der Waffen heimlich auf das Schiff?«

»Wir sind gleich in der Stadt. Wo kann ich dich absetzen?«, fragte der Bauer, die Frage ignorierend.

Hansen beließ es dabei. »Hier. Es ist besser, wenn du nicht mit mir gesehen wirst.«

Der Alte lächelte zahnlos. »Umgekehrt auch. Die Nielsens haben ihre Augen überall. Man muss vorsichtig sein.«

Den Geldschein, den Hansen ihm reichte, nahm er an, ohne sich zu zieren. Er hatte ihn verdient.

Die Otto-Johannsen-Handelsgesellschaft residierte in einem ehrwürdigen Haus in der Nähe des Hafens, das Sönke Hansen fand, ohne jemanden fragen zu müssen. Das Automobil sah er nicht mehr.

Er wurde sofort zum Handelsherrn vorgelassen. Sein Blick fiel auf das imponierende Schiffsporträt an der Wand, ein in Öl gemaltes Schiff unter Dampf. Das Schiff, dessen Modell er in Nielsens Glasvitrine gesehen hatte. »Die *Olivia*«, stieß er aus.

»Bitte«, sagte der Kaufmann mit einem Lächeln in den Augenwinkeln und deutete auf den Besuchersessel. »Nehmen Sie Platz und betrachten Sie die *Olivia* ausgiebig. Ich hoffe, ich störe Sie dabei nicht.«

Hansen registrierte endlich, dass hinter dem Schreibtisch ein Mann in mittlerem Alter saß, der anscheinend Humor hatte. »Oh, Verzeihung, Herr Johannsen«, sagte er, »ich suche schon so lange nach Informationen über dieses Schiff, das eine wesentliche Rolle in einer langen Geschichte spielt, dass ich meine Manieren vergaß. Mein Name ist Sönke Hansen, ich bin Bauinspektor im Wasserbauamt von Husum.«

Johannsens Lächeln schmolz weg. »Übernehmen Sie sich da nicht?«, fragte er.

Hansen breitete die Hände aus. »Ich gebe zu, dass meine Kleidung für den Besuch in einem angesehenen Kaufmannskontor nicht die richtige ist. Halten Sie mir zugute, dass ich im Wald gejagt wurde, wobei ich einen Streifschuss erhielt, und mein ganzes Gepäck zurücklassen musste.«

»Wo wurden Sie gejagt?«

Hansen beschloss, alles auf eine Karte zu setzen. »Auf dem Gelände von Nielsens Gewehrfabrik.«

»Nielsens«, wiederholte der Kaufmann. »Der passende Ort für Abschüsse. Mit Absicht?«

»Ich suche, wie gesagt, nach der *Olivia*«, sagte Hansen stur.

»Auf Nielsens Schiffsbrücke etwa? Nun, wenn ein

Fremder neugierige Fragen nach diesem Schiff stellt, könnte ich mir sehr gut vorstellen, dass Schüsse fallen.«

»Tatsächlich?« Der Kaufmann wusste etwas. Aber Hansen wartete vergeblich auf eine Erklärung.

Johannsen drehte sich zu dem Kapitänsbild um. »Mein Vater hat sie bauen lassen. Aber ein einziges Schiff ist für einen Kaufmann zu wenig, um sein Geschäft darauf zu stützen. Sie wurde ihm zu teuer.«

»Er verkaufte an Frederik Nielsen?«

»An ebenden«, bestätigte Johannsen. »Aber der soll sie später an seinen eigenen Prokurator weiterveräußert haben …« Er unterbrach sich. »Was ist mit Ihnen? Ein Streifschuss, sagten Sie? Ein Glas Wasser? Oder Kognak?«

»Danke, vielen Dank, es ist nicht nötig. Mit dem Streifschuss ist es nicht so schlimm. Ich fange langsam an, einige Zusammenhänge zu begreifen. Herr Johannsen, wissen Sie, ob die *Olivia*, als sie im Besitz Ihrer Familie war, im *Handbuch für die deutsche Handelsmarine* eingetragen war?«

»Ich kann es nicht beschwören«, erklärte Johannsen bedauernd, »aber wenn es vorgeschrieben gewesen sein sollte, war sie es. Mein Vater war ein äußerst korrekter Mensch. Er hatte die *Olivia* sogar versichert, was sehr selten ist, wie ich mir habe sagen lassen.«

»Das stimmt«, versicherte ihm Hansen, dessen Gedanken inzwischen eine bestimmte Spur verfolgten. »Dann möchte ich vermuten, dass Nielsen sich nie als Däne bekannt hat, während der Prokurator Nils Christiansen, der seit Frederiks Tod für dessen Sohn Stefan arbeitet, dänischer Optant sein muss. Damit konnte die *Olivia* aus dem Handbuch der deutschen Schiffe gestrichen werden.«

Johannsen nickte. »Ich könnte mir vorstellen, dass ein Schiff schwieriger zu überwachen ist, wenn die politischen Irrungen und Wirrungen zwischen Preußen und Dänemark auch eine Rolle spielen.«

»Und die Waffenfabrik bedient sich dieser Grauzone«, sagte Hansen klipp und klar.

»Ich fürchte«, murmelte Johannsen und bot seinem Besucher eine Zigarre aus einem gut bestückten Kasten an.

»Besten Dank, ich rauche nicht. Aber dürfte ich die *Olivia* abzeichnen? Ich muss das Bild jemandem zeigen, der sie wahrscheinlich gesehen hat …«

Johannsen, der inzwischen seine Zigarre angezündet hatte, legte Sönke mit der freien Hand einen Bogen Papier und einen Bleistift hin.

»Die Risse haben Sie wohl nicht mehr im Besitz?«, fragte Hansen hoffnungsvoll, während er geübt zu zeichnen begann.

»Ich wüsste nicht. Mein Vater war, wie gesagt, sehr korrekt. Risse bleiben beim Schiff und eine Kopie in der Werft.«

»Ja, natürlich«, murmelte Hansen.

»Sie zeichnen, als hätten Sie es gelernt.«

»Das habe ich auch. Deichbauer müssen Deichquerschnitte, Böschungswinkel, Schleusentore und anderes mehr in unterschiedlichen Dimensionen berechnen und zeichnen können«, antwortete Hansen abwesend. Er sah auf, als er den Kaufmann leise lachen hörte.

»Ich dachte, ich könnte Sie doch noch als Landstreicher

überführen«, gab Johannsen scherzhaft zu. »Ich leiste Abbitte. Was die *Olivia* betrifft, sieht sie heute sicher ganz anders aus. Ein Kenner hat mir mal erzählt, dass die Schornsteine abgebaut werden, um weniger Windwiderstand zu bieten, desgleichen die Deckshäuser, und wenn die Rümpfe dann aus Kostengründen im Verhältnis zur Schiffslänge zu wenig Masten erhalten, sehen sie aus wie ein überlanges Fuhrwerk, dem ein paar Radachsen fehlen. Den Anblick muss man sich nicht antun.«

»Gut beschrieben. Könnte sein, dass sie jetzt genau so aussieht.«

Johannsen wandte sich wieder zum Bild um und seufzte wehmütig. »Hier ist sie noch wunderbar ausgewogen. Als Segler getakelt möchte ich sie, wie gesagt, nicht sehen. Die Chance besteht gottlob auch gar nicht.«

»Warum nicht?«, fragte Hansen, der das Gespräch nicht versiegen lassen wollte, was er für unhöflich gehalten hätte.

»Sie befährt den Fjord nicht.«

»Aber die Waffenkisten …«, wandte Hansen überrascht ein.

»Sie hat zu viel Tiefgang. Das war auch einer der Irrtümer meines Vaters. Die *Olivia* ankert irgendwo weiter draußen. Wie die Kisten an Bord gelangen, weiß niemand ganz genau. Jedoch denke ich, dass aus Hadersleben ausfahrende Fischerboote an der Zollstation nicht überprüft werden.«

»Sie sind Deutscher, nicht wahr?«, erkundigte sich Hansen plötzlich.

Johannsen nickte. »Wie die meisten alteingesessenen Kaufleute in der Stadt. Aber für Geschäftsleute wie die der

Firma Nielsen hat kein Bürger etwas übrig, ob deutsch oder dänisch.«

Sönke Hansen lachte leise, während er die Zeichnung des schönen Schiffs vollendete. Dann hätte er wohl auch die Kutsche gefahrlos nehmen können. Aber er war trotzdem froh, es nicht getan zu haben. Einen Bauern kennenzulernen, der mit Hilfe eines Rechtsanwalts gegen die Nielsens vorging, war alles Ruckeln der Welt wert gewesen.

KAPITEL 23

Nachdem Hansen sich die Angelegenheit auf der Rückfahrt gründlich überlegt hatte, beschloss er, sie auf sich beruhen zu lassen. Er war ohne Erlaubnis auf dem Gelände einer Waffenfabrik umhergestreift, wo man geradezu davon ausgehen musste, dass Schüsse fielen. Beweise gegen Fiete Rum hatte er nicht, und schließlich war er dort auch nicht verfolgt worden.

So fuhr er wie geplant über Husum nach Amrum und von dort weiter nach Hooge. Wenn erst geklärt war, ob das Schiff auf den Sänden die *Olivia* gewesen war, wäre er ein ganzes Stück in den Ermittlungen weiter.

Unterwegs auf dem Dampfschiff verpasste er seiner Zeichnung mit dem Bleistift Schatten und Tiefe und fand sie recht gut gelungen. Außerdem fertigte er eine Kopie an, die in wesentlichen Punkten gegenüber der ersten verändert war. Trotz des strömenden Regens gut gelaunt und aufs Höchste gespannt, wanderte er zur Ockelottswarft. Auf der Straße erst fiel ihm ein, dass er Knuds Quatsche im Hafen gar nicht gesehen hatte, vielleicht hatte er sie einfach übersehen.

Wie ein gerupftes Huhn langte er vor dem Haus des Fischers an. Leider bestätigte allein der Gesichtsausdruck von Knuds Frau seine Befürchtung. »Was ein Pech aber auch«, rief sie. »Du bist Sönke Hansen, nicht wahr, und willst zu Knud. Aber der ist gestern nach Husum gesegelt, um Krabben auszuliefern. Heute müsste er zurückkommen, Wetter und Gezeiten passen. Aber komm erst einmal herein, damit wir dich trockenlegen können. Ich bin Magda Steffensen.«

Hansen folgte ihr schmunzelnd durch eine kleine Kinderschar, die im Flur spielte. Er besorgte das Trockenlegen mit einem groben Leintuch lieber selbst, während die Hausfrau ihm dampfenden Tee auf den Tisch stellte.

Er ließ sich auf einem Hocker nieder, legte die Hände um die blau gemusterte Tasse, um sich zu wärmen, was an diesem kühlen Tag gut tat, und fühlte sich wie bei einer langjährigen Nachbarin, bei der er oft ein und aus ging.

»Um einen Tag verpasst. Die weite Fahrt hättest du gut sparen können«, sagte Magda kopfschüttelnd.

Hansen sah hoch. »So weit ist es wieder nicht. Ich bin ja sowieso dauernd unterwegs. Wer weiß, wofür es gut ist.«

»So kann man es auch sehen.« Sie setzte sich zu Hansen und goss sich selber eine Tasse ein. »Knud fängt nicht nur Krabben«, erzählte sie belustigt. »Willst du mal sehen, was er vor ein paar Tagen nach Hause gebracht hat?«

»Gerne«, sagte Hansen. Wenn es dazu taugte, ihm die Zeit zu vertreiben, war es in Ordnung. Er war entschlossen, auf Knud zu warten.

»Dann komm mal mit.« Magda Steffensen federte in die Höhe.

Sie war offenbar eine resolute, an allem interessierte Frau. Hansen trank schnell aus und folgte ihr in den Stall, in dem sich mehrere Hühner befanden, dazu allerlei Gerät, das ein Fischer benötigte. Magda ging schnurstracks in eine nicht benutzte Kälberbox, zerrte einen rotweißen Rettungsring von fast einem Meter Durchmesser zwischen Netzen heraus und hielt ihn in die Höhe, damit Hansen ihn sehen konnte. »Von einem Großsegler, sagt Knud. Nicht so prächtig und nützlich wie ein Beiboot, aber immerhin kann ich daraus eine Schaukel für die Kinder machen«, sagte sie zufrieden.

»Einen Augenblick mal«, hinderte Hansen sie daran, ihn wieder zurückzulegen, und drehte den Kopf mit der umlaufenden schwarzen Schrift. »*Olivia, Baagoe*«, las er laut. Sein Herz machte einen Hopser. »Wo hat Knud denn den aufgefischt?«

»Oh, das weiß ich auch nicht. Aber er wird wohl gefischt haben, wo er immer fischt.«

Hansen grinste. »Dann weiß ich Bescheid. Ich war ja mit ihm draußen.«

»Er hat sogar deine Fähigkeit, ohne Übung eine Quatsche zu steuern, gelobt«, behauptete Magda in einem Ton, als könne sie es immer noch nicht glauben. »Du bist begabt, sagt er.«

Sönke Hansen hörte ihre Stimme wie aus weiter Ferne. Wie viele dänische Schiffe mochte es geben, die *Olivia* hießen, ein Name, der aus dem Süden stammte und gut zu einem Sklavenschiff passen konnte? Baagö war seines Wissens die dänische Insel, die der Einfahrt in den Haderslev-Fjord am nächsten lag. Ein erstes, hoffnungsvolles

Indiz. Außerdem lieferte ein Rettungsring die Erklärung dafür, weshalb es so lange gedauert hatte, bis der Schwerverletzte auf Nordmarsch angekommen war. Als er die Bake verlassen hatte, war er vermutlich noch mehrere Stunden lebend in der See getrieben.

Draußen vor dem Stall gab es ein Geräusch. Der Hund stimmte ein freudiges Gebell an. Gleich darauf stand Knud in der Stalltür.

Steffensen war nicht übermäßig überrascht. Aus seiner Joppe kramte er einen Brief hervor, den er Hansen übergab. »Deine Haushälterin hat Verstand«, lobte er. »Hausfrauen wissen, dass wir Fischer an der Südtreppe bei der Zingelschleuse verkaufen. Sie kam gelaufen, um nach jemandem Ausschau zu halten, der nach Hooge wollte. Und da bin ich.«

»Danke, Postschiffer«, sagte Hansen grinsend und riss den Brief auf, eine weitere Nachricht des Kapitänleutnants von Frechen. Die *Olivia* sei kürzlich vor Helgoland gesichtet worden, schrieb er, der Kapitän heiße Manoel Gomes de Sousa und sei Portugiese. Die Namen der Mannschaftsmitglieder seien unbekannt, was merkwürdig sei, außerdem seien sie auffallend wenig, eher eine Rumpfmannschaft von der Art, mit der man Schiffe bei einer Überführung bemanne. Das Merkwürdigste aber sei, dass niemand wisse, wo sie sich gegenwärtig aufhalte, sie habe sich unterwegs nirgendwo gemeldet. In der Annahme, es handele sich um die gesuchte *Olivia*, habe er sich mit Baron von Holsten ins Benehmen gesetzt, der sich mit den Nielsens bestens auskenne.

Von Holsten wiederum habe sich entschlossen, mit dem Flensburger Rum-Kontor zu telefonieren, um dem Verantwortlichen, bei allem Respekt, die Schlamperei hinsichtlich der versäumten Positionsmeldung mitzuteilen. Bedauerlicherweise sei Stefan Nielsen nicht anwesend gewesen, und so habe er Nils Christiansen die Sache erklärt, aber der habe über das Schiff nicht das Geringste gewusst.

»Mist!«, rief Hansen aufgebracht. »Diese Kerle von der Kommission verderben wirklich alles! Vor allem der Baron!«

»Ein Holsteiner Baron?«

Hansen lachte düster. »Genau. Holsteiner und Baron. Muss ein schlimmes Schicksal sein.«

»Aber Sönke! Man darf Menschen nicht nach ihrer Herkunft beurteilen«, tadelte Magda. »Und selbst ein Baron ist ein Mensch.«

»Kennst du ihn?«, fragte Hansen sarkastisch und drängte sich an Knud vorbei, um frische Luft zu schnappen. Von Holsten konnte in seiner Überheblichkeit alle Chancen durchkreuzt haben, dem Verbrecherpaar das Handwerk zu legen.

Denn das waren sie. Stefan Nielsen und Nils Christiansen waren offensichtlich zwei Männer, die den Dreieckshandel fortführten, als ob nicht sämtliche europäischen Staaten übereingekommen wären, ihn im Namen der Menschlichkeit zu beenden.

»Tja, dann fahre ich mal wieder«, sagte Hansen zerstreut und drehte sich zu Steffensen um, der ihm gefolgt war. »Irgendjemand wird mich wohl irgendwohin mitnehmen, von wo ich zum Festland komme.«

»Bestimmt«, sagte Steffensen trocken. »Wenn du das nächste Mal meine Frau besuchen möchtest, gib mir einfach Bescheid, dann haue ich freiwillig ab.«

Hansen blinzelte verblüfft, dann begriff er. »Über den Baron habe ich vergessen, weshalb ich gekommen bin.«

»Genau das meinte ich«, bemerkte der Fischer friedfertig.

Grinsend zog Hansen die Zeichnungen der *Olivia* aus seiner Innentasche und rollte sie auf. »Könnte dieses das Schiff sein, das bei der Seesand-Bake festgekommen war, Knud?«

Steffensen betrachtete interessiert die beiden Zeichnungen, dann zeigte er auf die eine. »Dieses war es. Die Masttopps konnte ich bei dem unsichtigen Wetter nicht erkennen, nur dass die Masten hoch waren. Ein Schornstein war nicht da. Er stand dem Schiff, als es noch ein Dampfer war, gut, das muss man schon sagen. Aber die haben aus einem bildschönen Dampfer einen potthässlichen Segler gemacht.«

»Nicht wahr?«, bekräftigte Hansen und ging zufrieden seiner Wege.

Damit schien alles klar. Der Tote auf Nordmarsch musste von der *Olivia* gekommen sein.

Der Haken war: Es waren alles nur Vermutungen und Schlussfolgerungen. Zwar war der Rettungsring ein Beweis dafür, dass ein Schiff namens *Olivia* dieses Gebiet durchfahren hatte, aber war die *Olivia* von Baagö wirklich identisch mit der *Olivia* von Flensburg? Und wann war der Ring verloren gegangen?

Sönke Hansen konnte es trotzdem kaum erwarten, Nielsen und Christiansen mit dem Ergebnis seiner Ermittlungen zu konfrontieren. Während er den schon beim ersten Schluck scheußlich schmeckenden Kaffee aus der kleinen Kombüse des Dampfers an Deck trug, um sich einen Deckstuhl zu suchen, überlegte er, ob sie Ehrenmänner genug sein würden, um alles zuzugeben. Bedauerlicherweise hatten sie dank des voreiligen Handelns des Barons Zeit, sich Erklärungen und Ausflüchte auszudenken.

Eine Menge Fragen waren noch offen. Warum hatte der Tote den Sklavenhalsring mitgenommen? Hatte er ihn zufällig gefunden und gleich als einen Gegenstand erkannt, der noch in Gebrauch war? Und wie war er an das Geschoss geraten? Hatte er die Waffenkisten entdeckt? Wieso hatte er gewusst, dass sie in den Ballasttanks versteckt waren? Oder waren sie erst später umgeladen worden? Immerhin schlossen das Geschoss und der Halsring zusammen jeden Zufall aus. Der Mann hatte gewusst, was er gefunden hatte.

Eigentlich konnte man sich kaum vorstellen, dass ein Passagier auf einem ehemaligen Postdampfer, der Kabinen und einen Salon zu haben pflegte, in den Laderäumen umherspazieren durfte. Aber wenig sprach dafür, dass er zur Mannschaft gehörte.

War er ein Optantensohn gewesen?

»Moin, Hansen«, sagte jemand mit dänischem Akzent, und Hansen fuhr in die Höhe.

»Anscheinend war ich eingeschlafen«, sagte er verlegen.

»Wer hart arbeitet, darf das«, bemerkte Aksel Andresen und lehnte sich gegen die Reling. »Und ich habe das Gefühl, dass du zu diesen Leuten gehörst.«

Sönke Hansen überlegte, ob er sich gegen das *Du* verwahren sollte, aber er entschied sich dagegen. Denn obwohl Andresen Deutsch sprach, war es ein dänisches *Du*, anders als ein deutsches, aber auch anders als ein deutsches *Sie*. Es klang nach Anerkennung, einer Anrede auf gleicher Augenhöhe. »Stimmt. Ich bin durch den Haderslev-Fjord gefahren«, bemerkte er leichthin.

»Und?«

»Da gab es Leute, die es nicht besonders gut fanden, dass ich mich an einer bestimmten Stelle umsehen wollte. Ich wurde angeschossen.«

»Kann ich mir denken«, bestätigte Andresen und blickte versonnen zum Sonnensegel hoch, auf dem der Schatten der Rauchfahne spielte. »Und jetzt?«

»Der Baron hat mir die Sache aus der Hand genommen, indem er sich im Rum-Kontor nach der *Olivia* erkundigte«, sagte Hansen zornig. »Jetzt muss ich auf der Stelle hin, um Nielsen und Christiansen mit den Tatsachen zu konfrontieren. Wenn sie merken, dass ihr verbrecherischer Handel aufgeflogen ist, werden sie damit aufhören.«

»Es ist immer gut, bei schwierigen Gesprächen einen Zeugen zu haben«, merkte Andresen an und nickte bedeutsam mit vorgeschobener Unterlippe.

Hansen sah ihn fragend an.

»Ich selber nehme manchmal meinen Hund mit. Einen großen Wolfshund. Aufmerksam. Verlässlich. Blendend weißes Gebiss. Schönen Tag noch, Hansen.« Andresen schlenderte mit den Händen in den Taschen seiner weißen Hose davon.

Sönke Hansen atmete ganz flach, während er ihm nachsah. Es war der dritte Rat, den er vom Dänen bekam. Schon der zweite war ausgezeichnet gewesen.

Entgegen seinem ursprünglichen Plan unterbrach Sönke Hansen seine Fahrt in Tondern. Lars Rasmussen war in seinen Augen der einzige Mensch, der als Wolfshund taugte und obendrein ein blendend weißes Gebiss besaß. Nur dass dieses bei einem Journalisten *spitze Feder* hieß.

Er erklärte Lars den Fall.

Lars' Gesicht wurde nachdenklicher, je mehr Hansen erzählte, und schließlich schüttelte er mit düsterer Miene den Kopf. »Ich kann nicht mitkommen, Sönke.«

»Warum nicht?«, fragte Hansen ungläubig. »Weil Nielsen Däne ist? Er ist ein Verbrecher!«

Rasmussen schlug mit der Faust auf den Tisch. »Habe ich bei Gaunern jemals zwischen Dänen und Deutschen unterschieden? Glaubst du das wirklich von mir?«

»Eben nicht«, antwortete Hansen aufgebracht. »Was also ist der Grund, Lars? Ist es, weil der Ratschlag vom Kapitalisten Andresen kam?«

Lars winkte uninteressiert ab.

»Aksel ist nicht nur ein Kapitalist, sondern auch ein Wohltäter«, sagte Ella, die sich in diesem Augenblick neben ihren Mann setzte. »Er unterhält das Armenhaus von Hojer! Lars weiß das.«

Hansen wunderte sich. Meistens pflegte Ella in Zeiten hitziger politischer Gespräche Kaffee zu kochen und leckere *smørrebrød* zu belegen, die erfahrungsgemäß besänftigend auf Streithähne wirkten.

»Du musst mir glauben, es geht nicht«, antwortete Rasmussen ausweichend.

»Dann erkläre mir den Grund«, verlangte Hansen.

Der Journalist schüttelte stumm den Kopf.

»Sag es ihm doch, Lars! Er wird nicht aufgeben, und das ist genau die Eigenschaft, die du so an Sönke schätzt.« Ella sah ihren Mann bittend an.

»Es wäre Vertrauensbruch«, behauptete Rasmussen eigensinnig. »Und zu viel steht auf dem Spiel.«

»Wem könntest du mehr vertrauen als Sönke?«

»Nein«, sagte Lars hart.

»Dann werde ich es ihm sagen«, entschied Ella mit blitzenden Augen. »Stefan Nielsens Rum-Kontor schleust Kinder von Optanten aus, wenn sie in Gefahr sind, der deutschen Obrigkeit in die Hände zu fallen.«

Sönke Hansen stockte der Atem. Es stimmte also! Der Tote musste der Sohn eines Optanten sein! Und Gerda war offenbar an Bord des Schiffes, auf dem ein Verbrechen verübt worden war! Fassungslos starrte er Lars an und vergrub dann sein Gesicht in den Händen.

In der Nacht quälte sich Sönke Hansen mit der Frage herum, ob er zugunsten der Fluchthilfe, die das Kontor leistete, den Mord auf sich beruhen lassen musste. Er entschied sich dagegen. Am nächsten Morgen reiste er ohne Rasmussen nach Flensburg ab.

An diesem Tag war das Rum-Kontor wie eine Festung verbarrikadiert. Hinter den zugezogenen Fensterläden war es still, und die kleine Pforte im Tor war verschlossen. Hansen klopfte laut und fordernd.

Als er nicht aufgab, rührte sich nach unendlicher Zeit im Haus etwas.

»Wer ist da?«, fragte dicht hinter der Schlupftür die Stimme des Gehilfen. »Unser Geschäft ist heute wegen eines Trauerfalls geschlossen.«

Ganz bestimmt, dachte Hansen, es ist schon traurig, wenn ein lukratives Geschäft auffliegt. »Sönke Hansen. Ich muss mit Nils Christiansen sprechen.«

»Der Herr Prokurator ist verreist.«

»Dann mit demjenigen, der ihn verantwortlich vertritt«, verlangte Hansen bestimmt.

Es waren Schritte zu hören, die im Haus verklangen. Hansen lauschte mit vibrierenden Nerven.

Was sollte er tun, wenn sie ihn vor der Tür stehen ließen? Er besaß keine Möglichkeit, sich den Zugang zu erzwingen. Und auf einer beliebigen Policey-Station seine Vermutungen zu Protokoll zu geben, in der Hoffnung, anschließend zu einem Beamten gebracht zu werden, der schon mal etwas vom nicht mehr existierenden Sklavenhandel gehört hatte, war eine geradezu irrwitzige Vorstellung. Er befände sich im Handumdrehen in der Irrenanstalt von Schleswig.

Die Riegel an der Tür wurden hörbar zurückgeschlagen. In der Tür erschien ein jungenhaft wirkender Mann im weißen Gesellschaftsanzug, der Hansen die Hand entgegenstreckte.

»Ich bin Stefan Nielsen«, sagte er entgegenkommend. »Womit kann ich Ihnen helfen?«

KAPITEL 24

Sönke Hansen hatte sich Stefan Nielsen ganz anders vorgestellt. Weniger liebenswürdig und auf den ersten Blick sympathisch. Während er ihm in die Geschäftsräume folgte, versuchte er, seine plötzliche Unsicherheit zu überwinden. War es nicht sogar möglich, dass Nielsen nichts von dem wusste, was sein Prokurator trieb?

Hinter der ledergepolsterten Tür von Nielsens Büro herrschte eine schwüle Atmosphäre, die in auffallendem Gegensatz zu der nüchternen Möblierung der übrigen Geschäftsräume stand. Die dunkelgrünen, schweren Samtvorhänge wirkten, obwohl aufgezogen, bedrückend. Als Nielsen sich hinter seinem Mahagonischreibtisch niederließ, raschelte eine Palme auf einem Blumenständer, als habe man sie schon lange zu gießen vergessen.

Nielsen bot Hansen eine fast schwarze Zigarre an, die dieser dankend ablehnte, zog sie unter der Nase durch und zündete sie an. Er war nur ein Jahr älter als Hansen, und trotzdem waren, von nahem betrachtet, seine Gesichtszüge schlaff und ungesund. Seine Gesten machten zuweilen einen gekünstelten Eindruck.

343

Der Rumfabrikant lehnte sich in seinem Sessel zurück, nachdem er einige kurze Züge gepafft hatte, und blickte Hansen an. »Nun sagen Sie offen, was Sie mit solcher Dringlichkeit zu mir führt«, forderte er Hansen wohlwollend auf. »Eine Spende? Oder wollen Sie einen Verein gründen und ersuchen um Protektion? Lassen Sie hören.«

Der Laufbursche hatte ihn offenbar nicht in Kenntnis gesetzt, stellte Hansen verblüfft fest. War das ein Indiz dafür, dass Nielsen tatsächlich keine Ahnung hatte? Er beschloss, mit Bedacht vorzugehen. »Im Gegenteil, Herr Nielsen«, sagte er distanziert. »Es geht um die *Olivia*, auf die wegen möglicher Beteiligung an illegalen Geschäften Verdacht gefallen ist. Ich nehme an, dass Sie über den Anruf des Barons von Holsten in Kenntnis gesetzt wurden. Ich selber wurde als Mitarbeiter des Wasserbauamtes Husum damit konfrontiert. Herrn Christiansens Anwesenheit bei unserer Unterredung wäre dringend erforderlich.«

»Dann werden Sie bis zum Winter warten müssen. Mein Prokurator befindet sich auf einer längeren Auslandsreise«, sagte Nielsen kühl und stieß elegant einen perfekten Rauchring in die Luft.

»Seitdem er den Anruf erhielt? Er ist also abgetaucht.« Genau das, was Hansen befürchtet hatte.

»Eine lange geplante Reise«, ergänzte Nielsen uninteressiert.

»Gut«, sagte Hansen entschlossen, »dann müssen wir eben ohne Herrn Christiansen zum Thema kommen. Ihr Kontor führt den von allen Ländern inzwischen geächteten und aufgegebenen atlantischen Dreieckshandel weiter. Sie exportieren auf der *Olivia* Gewehre aus Ihrer eigenen Fabrik nach Guinea in Westafrika und tauschen diese gegen Schwarze ein, die Sie nach Brasilien verschiffen, wo Sklaven auf den Kaffeeplantagen so dringend benötigt werden wie in Ihrer Fabrik Wasser für die Hammermühle.«

Nielsen paffte ungerührt weiter. »Interessante Darstellung«, erwiderte er nach einer Weile. »Die Gewehre, die Sie meinen, werden nicht gehandelt, die sind für meine eigenen Plantagen bestimmt. Schwarze, auch wenn sie entlohnt werden, neigen zu Aufständen. Meine Familie hat mit diesen Leuten Erfahrung, und meine Aufseher sind deshalb grundsätzlich bewaffnet. Die *Olivia* habe ich vor mehreren Jahren verkauft, wohin sie außer nach Westindien fährt, ist mir unbekannt.«

»Verkauft an Ihren Prokurator, ich weiß«, sagte Hansen. »Sind Sie darüber informiert, dass es auf der *Olivia* kürzlich einen Mord gegeben hat? Das Opfer entkam schwer verletzt mit einem Gewehrgeschoss und einem Sklavenhalsband. Beweis genug, dass zumindest er der Überzeugung war, dass auf diesem Schiff Straftaten begangen werden, nicht wahr?«

Etwas Asche fiel auf die Tischplatte, aber das mochte Zufall gewesen sein.

»Sollte dies stimmen, Herr Hansen, weiß ich nichts davon. Christiansen verfrachtet Stückgut, keine Menschen, also könnte es sich nur um ein Mannschaftsmitglied gehandelt haben. Sofern Ihre Information überhaupt richtig ist.«

»Ach, wirklich? Außer der Mannschaft pflegt niemand an Bord zu sein?«

Hansens triefender Hohn rief bei Nielsen ein Stirnrunzeln hervor. »Erklären Sie sich bitte!«, forderte er und legte seine Zigarre in einem Ungetüm von Aschenbecher mit goldenen Klauenfüßen ab.

Hansen ahnte, dass er dabei war, Nielsens Fassade zu durchbrechen. Er beugte sich vor. »Könnte es sein, dass das Mordopfer der Sohn eines dänischen Optanten war, den Sie außer Landes schleusen wollten?«

Zu seiner Verblüffung krauste Nielsen die Stirn, schüttelte entschieden den Kopf und nahm das Rauchen wieder auf.

Offensichtlich hatte er einen Fehler begangen. Aber worin bestand er?

Hansen beschloss, einstweilen zum Thema Waffen zurückzukehren. »Wenn die Gewehre rechtmäßig ausgeführt werden, warum werden sie dann in den Ballasttanks versteckt?«

»Wo, bitte?«

»In den Ballasttanks«, wiederholte Hansen hartnäckig. »Wenn Sie mir nicht glauben, lassen Sie den Werftmeister Carstensen von der Fördewerft holen. Der ist für den Umbau verantwortlich.« Zwar hatte er sich diese Erklärung ohne Schimmer eines Beweises zurechtgelegt, aber es musste so sein.

Nach kurzem Zögern griff Nielsen zum Telefon, das offensichtlich als Statussymbol in seinem Büro stand, obwohl er meistens abwesend war, kurbelte und ließ sich mit der Werft verbinden.

Er war ein Kunde, dem man die Wünsche von den Augen ablas. Die dröhnende Stimme eines Herrn Vollertsen am anderen Ende der Leitung versprach, den Mann auf der Stelle zum Kontor zu schicken.

Sie warteten in feindseligem Schweigen. Nielsen hatte Hansen nichts zu sagen, und Hansen dachte über seine Taktik nach. Wenn doch nur Lars Rasmussen mitgekommen wäre!

Der Werftmeister erschien im Büro unter tiefen Verneigungen. Als er Hansen mit lässig übereinander geschlagenen Beinen im Besuchersessel bemerkte, klappte seine Kinnlade nach unten.

»Nun, Herr Carstensen«, sagte Nielsen scharf.

»Es handelt sich um ein Versehen, Herr Nielsen«, rief der Werftmeister mit zerknirschter Miene und deutete auch vor Hansen einen Bückling an, um im gleichen Atemzug fortzufahren: »Soll nie wieder vorkommen, Herr Nielsen! Aber wir glaubten alle, Herr Hansen hätte sich unter falschem Namen bei uns eingeführt. Und Werftarbeiter sind manchmal etwas rauh, wenn sie sich geärgert fühlen …«

»Ich weiß nicht, wovon Sie reden«, unterbrach Nielsen ihn kurz angebunden. »Ich ließ Sie wegen der Ballasttanks der *Olivia* rufen. Herr Hansen behauptet, dass an ihnen manipuliert worden ist.«

Carstensen blinzelte verblüfft und schüttelte den Kopf wie ein nasser Hund. »An den Ballasttanks?«, fragte er lahm.

»An den Ballasttanks.«

Der Werftmeister wirkte ungläubig, als hätte er eine solche Frage von Herrn Nielsen nicht erwartet. Plötzlich malte sich Erleichterung auf seinem zerknitterten Gesicht, das außer Pockennarben auch Brandspuren trug. »Mit Verlaub, Herr Nielsen«, sagte er beflissen. »Schiffseigner und Auftraggeber für alle Arbeiten an der *Olivia* ist Herr Nils Christiansen, Ihr Prokurator. Was er für das Schiff verfügt, muss er Ihnen schon selbst sagen.«

Nielsens schmächtige Faust schlug kraftlos auf den Schreibtisch. »Hat nicht mein Vater sein Schiff zur Reparatur stets in die Fördewerft geschickt? Und ich auch! Was denken Sie sich eigentlich dabei, mir in derartig unverschämter Weise eine Auskunft über ein Schiff, das wir jahrelang selbst bereedert haben, zu verweigern?«

Carstensen betrachtete schweigend seine verschmutzten Halbstiefel, und Hansen ließ seinen Blick zunehmend ungläubig zum Firmenchef wandern.

»Oder, Carstensen, ist es Ihnen lieber, wenn ich die Angelegenheit mit Herrn Vollertsen bespreche?«, erkundigte sich Nielsen leise drohend.

»Nein, das nicht«, antwortete der Werftmeister wie ein heruntergeputzter Schuljunge.

Die beiden führten ein Schauspiel auf. Hansen glaubte nicht mehr daran, dass Stefan Nielsen nicht eingeweiht war. Die Geste mit der Faust, die nicht zu dem etwas weibisch wirkenden Mann hinter dem Schreibtisch passte, hatte seine Zweifel beseitigt.

»Packen Sie aus«, befahl Nielsen.

»Ich habe im Auftrag von Herrn Christiansen die Ballasttanks umgebaut, das stimmt«, bekannte Carstensen trotzig.

»Zu welchem Zweck?«, erkundigte sich Nielsen.

»Das weiß ich nicht«, antwortete der Werftmeister,

ohne zu zögern. »Das ist die Entscheidung des Schiffsbesitzers, ich tue, was mir gesagt wird. Ich habe Türen in jeweils eine kurze Wand der Tanks geschnitten.«

Das war eine taktisch schlaue Frage gewesen. Nielsen hatte Carstensen eine goldene Brücke gebaut, die dieser sofort erkannt hatte. Hansen beabsichtigte nicht, es Carstensen so leicht zu machen. »Und eine Wand davorgeschraubt, damit die Tür nicht auf den ersten Blick gesehen wird, stimmt's?«

»Ja, natürlich. Die Besatzung hätte ja sonst Fragen gestellt«, sagte Carstensen glatt. »Das wollte Herr Christiansen wohl verhindern.«

»Und Sie haben sich keine Fragen gestellt?«, erkundigte sich Nielsen nach einem unwirschen Blick auf Hansen.

»Dafür werde ich nicht bezahlt, Herr Nielsen. Viele Schiffsbesitzer sehen nicht ein, dass sie kostbaren Laderaum für Sand vergeuden sollen. Ob sie die Tanks mit Pökelfleischtonnen, Salz oder Getreide befüllen, geht mich nichts an.«

»Oder mit Gewehren!«, warf Hansen ein.

Carstensen schob den Unterkiefer wie ein Hund vor und presste die Lippen zusammen.

»Carstensen?«, fragte Nielsen.

Der zog die Schultern nach oben. »Tut mir Leid, Herr Nielsen, davon weiß ich nichts. Ein Schiff wird ja nicht in der Werft beladen.«

»Dann können Sie jetzt gehen, Carstensen«, gestattete Nielsen. »Aber ich behalte die Sache im Auge. Wenn sich herausstellt, dass da irgendetwas faul ist, fliegen Sie, das verspreche ich Ihnen.«

Der Werftmeister nickte gleichmütig und schlurfte zur Tür, wobei er Hansen geflissentlich übersah. In seiner Miene spiegelte sich Befriedigung.

Die Befragung hatte er überstanden, ohne etwas zu verraten, und nachzuweisen war ihm nichts, solange die *Olivia* auf See war.

»Dieses Gespräch war natürlich vertraulich«, begann Nielsen, als der Werftmeister die Tür hinter sich geschlossen hatte. »Sollten Sie jemals irgendwo vorstellig werden, wo Sie vermuten, man könnte sich für Gewehre in Ballasttanks interessieren, werde ich für Ihre Entlassung aus dem Wasserbauamt sorgen. Glauben Sie mir.«

»Ich glaube es. Und vorübergehend werden Sie nur Optantenkinder in den Tanks verstecken«, sagte Hansen erbittert, »ich verstehe.«

»Also gut«, sagte Nielsen mit mühsam verhaltener Verachtung, »damit Sie in Ihrer deutschen Überheblichkeit endlich Ruhe geben. Ich halte es für meine nationale Pflicht, gelegentlich Menschen aus dem Land zu helfen, die sonst im Gefängnis landen würden. Menschen, wohlgemerkt, deren Verbrechen darin besteht, Söhne oder Töchter von Dänen in Preußen zu sein ...«

»Diesen Fehler werden die Preußen sicher noch einmal bitter zu bereuen haben«, merkte Hansen zustimmend an. »Und vielleicht noch mehr, dass sie nicht einmal mehr die Einbürgerung der staatenlosen Optantenkinder nach Dänemark gestatten. Diese *Politik der harten Hand* gegen jugendliche Hitzköpfe ist eine Politik von alten Narren! Man würde verzweifeln, wenn man nicht wüsste, dass es

immerhin schon einmal eine Verständigung mit Dänemark gab. Das gibt ein wenig Hoffnung …«

»Wie bitte?« Nielsen musterte ihn ungläubig.

Hansen hatte keine Lust, ihm zu erklären, dass man
auch auf deutscher Seite imstande war, die Unterdrü-
ckung zu erkennen, mit der die Dänen leben mussten, und
nicht jeder damit einverstanden war. »Sind die Optanten
der Grund, weshalb Sie die *Olivia* verkauft und damit aus
dem deutschen Schiffsverzeichnis entfernt haben?«

»So ist es. Christiansen hatte sich für die dänische Staatsangehörigkeit entschieden, infolgedessen fuhr seine *Olivia*
unter dänischer Flagge …«

»Hatte?«, warf Hansen ein.

»Er ist inzwischen selbst staatenlos«, antwortete Nielsen
unwirsch. »Sie haben allerhand herausbekommen, Herr
Hansen. Preußische Gründlichkeit, nicht wahr? Sie haben
in gewisser Weise meine Bewunderung …«

»Darauf verzichte ich. Sie sind ein Heuchler.« Hansen
ballte erbittert die Fäuste.

»Ich bin in dem von Ihnen geäußerten Sinn unschul-
dig«, widersprach Nielsen mit schmalem Lächeln. »Ich
helfe Flüchtlingen, und ich versende Gewehre aus meiner
Fabrik zu meinen eigenen Plantagen. Wie die Gewehre
verpackt sind, entzieht sich meiner Kenntnis. Die Details
der Befrachtung sind ausschließlich Sache des Reeders
und des Kapitäns, wie auch Ihnen klar sein dürfte. Ich
zahle schließlich dafür, dass mein Eigentum ankommt.«

Hansen blieb stumm. Zwar hatte er nicht damit ge-
rechnet, dass Nielsen sich aus Scham erschießen würde,
aber auch nicht, dass er alles abstreiten würde. Er war der

351

Gauner, als den ihn Aksel Andresen unverblümt bezeichnet hatte, ein Mann ohne jedes Ehrgefühl. Genauer gesagt, handelte es sich um ein Gaunertrio, bestehend aus Nielsen, Christiansen und Carstensen. Offensichtlich hatten sie sich auf Fragen vorbereitet.

Trotz allem hatte er das Gefühl, dass Nielsen von dem Toten nichts gewusst hatte. Ein Optantensohn war der Mann nicht gewesen.

Auf einmal dämmerte ihm die Erklärung. Der Mann musste blinder Passagier gewesen sein!

In diesem Augenblick klingelte das Telefon. Nielsen nahm das Gespräch mit verwundertem Gesicht an.

Die Stimme an der anderen Seite der Leitung redete schnell und leise. Sönke Hansen verstand nichts, glaubte aber, einmal den Namen *Olivia* zu vernehmen.

Stefan Nielsen hockte auf der Sesselkante, plötzlich nur noch ein verunsicherter junger Mann, auf dessen Stirn sich Schweißtropfen sammelten. Als die Stimme in der Leitung verstummt war, bedeckte er seine Augen mit den manikürten Fingern. »Die *Olivia* ist im Sturm vor Portugal gesunken«, stammelte er. »Welch ein Verlust!«

»Ist jemand gerettet worden?«, fragte Hansen, starr vor Schrecken.

Nielsen zuckte die Achseln und schüttelte gleich darauf den Kopf.

»Wissen Sie denn, wie viele Passagiere an Bord waren?« Hansen klammerte sich an die Lehnen seines Sessels.

»Weiß ich nicht.« Desinteressiert an Hansens Frage angelte Nielsen nach einer frischen Zigarre. Als sie brannte, lehnte er sich im Sessel zurück und schaute zur Decke. »Na ja. Man wird es überstehen«, murmelte er. »Das Kontor hat schon vieles überstanden.«

Nielsen begann sich, bereits eine Minute nachdem er vom Verlust einer ganzen Schiffsmannschaft erfahren hatte, zu erholen! Seine Kaltschnäuzigkeit verschlug Hansen fast die Sprache. »Meine Verlobte? Gerda Rasmussen?«, brachte er krächzend heraus.

Nielsen verzog die Lippen zu einem schadenfrohen Grinsen.

Hansen sprang auf und taumelte zur Tür, wo er sich kurz umdrehte. Nielsens Blicke waren ihm gefolgt, und er grinste noch immer.

KAPITEL 25

Sönke Hansen lehnte mit geschlossenen Augen am Tor des Rum-Kontors und überlegte, ob es einen Zweck hatte, jetzt doch die Polizei zu rufen. Aber wozu? Damit sie einen Mann festnahm, der in einer Havarie nur den finanziellen Verlust sah?

»Komm, ich begleite dich zur *Rumboddel*«, sagte eine Stimme an Hansens Ohr, und jemand packte seinen Oberarm.

Ohne nachzudenken, riss Hansen sich los und taumelte mit dem Rücken an einen harten Gegenstand, der ihn zur Besinnung brachte. »Oh, du bist es«, sagte er erleichtert, als er Peter Müller erkannte. »Ich dachte, Nielsen schickt seinen Schläger hinter mir her.«

Müller schaute ihm ernst ins Gesicht. »Weißt du, nach allem, was gewesen ist, habe ich mir angewöhnt, dieses Kontor im Auge zu behalten. Das sind Schurken, das merkt man schon an ihrem Rumverschnitt. Ich sah erst dich hineingehen, dann den Carstensen von der Werft, auch so eine zwielichtige Type … Nicht mehr lange, und ich hätte dich herausgeholt.«

»Danke«, sagte Hansen, »du bist ein echter Freund. Heute habe ich einen Aquavit nötig. Bloß keinen Rum!«

»Hört sich gut an«, sagte Müller anerkennend. »Hast du etwas zu feiern? Siehst allerdings nicht gerade glücklich aus.«

»Die *Olivia* ist untergegangen«, murmelte Hansen.

Viel später nahm Peter Müller Hansen mit zu sich nach Hause. Den Bahnhof hätte Hansen mit seinem benebelten Kopf nicht gefunden.

Am nächsten Tag fuhr Sönke Hansen unter Kopfschmerzen nach Tondern, holte Lars Rasmussen gnadenlos vom Schreibtisch weg und zwang ihn, seine Geschichte anzuhören.

Der Journalist sog mit gesenktem Kopf an einer unregelmäßig gedrehten Zigarette und sprach kein Wort.

»Ich weiß, dass du dich zu Stefan Nielsen und seiner Sklavenhalterei in deiner Zeitung nicht äußern wirst«, sagte Hansen erbittert, »aber ich möchte, dass wenigstens du weißt, was du deinen Lesern verschweigst. Einiges habe ich herausbekommen. Anderes nicht. Wenn du mich begleitet hättest, könnte das jetzt anders aussehen. Ich hoffe, das ist dir klar.«

»Hm«, grunzte Lars.

»Du bist geübt im Umgang mit Menschen, die nicht erzählen wollen, was du erfahren willst. Ich nicht. Mein Umgang sind harmlose, friedliche Halligmenschen.« Stimmte das überhaupt? Seine Qual wuchs. Wie sollte er dem Vater mitteilen, dass seine Tochter wahrscheinlich beim Untergang der *Olivia* ertrunken war?

»Was genau willst du damit sagen?«, fragte Rasmussen rauh.

»Dass du ihm vielleicht das Geständnis entlockt hättest, wenn du mich begleitet hättest. Ich konnte es nicht. Und er wird mit dem Sklavenhandel weitermachen.«

Der Journalist schüttelte seinen ergrauenden Lockenkopf. »Du überschätzt meine Möglichkeiten. Männer wie Stefan Nielsen bekommen die Kriegsführung gegen das niedere Volk schon in die Wiege gelegt. Da steckt die Erfahrung von Generationen dahinter.«

Ella, die sich auf einen Stuhl am Bücherregal gehockt hatte, nickte. Beim Anblick ihrer kummervollen Miene und der neuen grauen Strähnen in ihrem Haar brachte Hansen es nicht mehr fertig, die Fassade zu bewahren.

Er vergrub sein Gesicht in den Händen. Tränen liefen ihm über die Wangen. »Gerda ist vermutlich tot«, flüsterte er. »Sie war anscheinend auf der *Olivia*, die vor Portugal untergegangen ist.« Im Raum war es still, nur die Standuhr tickte gleichmäßig. Als ob ein Leben verrinnt, dachte er.

Plötzlich brach Rasmussen die Stille. »Wie kommst du darauf? Hat Stefan Nielsen dich das glauben lassen?«

Hansen sah hoch. »Ja.«

Lars holte tief Luft.

»Dass der Mensch, den ich am meisten liebe, auf dem Schiff ums Leben kam, dessen verbrecherische Geschichte ich gerade aufgedeckt hatte, schien Nielsen Vergnügen zu bereiten. Ich hatte das Gefühl, dass er es nachträglich als Rache für meine Einmischung betrachtete ...«

Rasmussen zermalmte den kurzen Stummel seiner Zigarette im Aschenbecher, als handele es sich um Ungeziefer. »Ich werde die Geschichte des Sklavenhändlers Nielsen schreiben«, verkündete er mit ruhiger Gelassenheit.

»Der Titel wird sein: Der Sklavenmord«, fuhr Lars Rasmussen grimmig fort. »Er stimmt nicht ganz, aber er wird in die Köpfe der Leser eingehen, so dass sie Stefan Nielsen nie mehr vergessen werden.«

»*Pjitt-å-pjatt,** Lars! Sei doch mal still mit deiner Geschichte. Für Sönke geht es um Gerda!«, stieß Ella verärgert aus, war mit zwei Schritten bei Hansen und schmiegte ihre Wange an seine, während sie ihn umarmte. »Gerda war nicht an Bord«, flüsterte sie ihm ins Ohr.

»Nicht?«, fragte Hansen ungläubig, während sein Herz einen heftigen Sprung machte. Gleichzeitig spürte er heftigen Hass gegen Nielsen.

»Nein! Ich weiß es auch erst seit gestern.« An ihren Mann gerichtet, fuhr Ella bittend fort: »Jetzt sag uns endlich auch alles Übrige.«

Aber Lars schüttelte den Kopf.

Ella hatte es wohl nicht anders erwartet. Hansen sah ihr an, dass sie trotz seiner Gegenwart Lars den Kopf waschen würde.

»Lars, du kannst nicht aus purer Rache einen Artikel schreiben! Was ist das denn für eine Berufsauffassung!«

»Nein, Ella«, widersprach Rasmussen bestimmt. »So ist es nicht! Wenn Sönke mich trotz seiner Erbitterung eher hätte zu Wort kommen lassen, hätte ich ihm mitgeteilt, dass ich mich längst entschlossen habe, über Nielsens Machenschaften zu schreiben. Ich recherchiere bereits seit

*Papperlapapp!

einiger Zeit. Was Nielsen mit Sönke gemacht hat, war der Schlusspunkt. Jetzt wird geschrieben.«

»Das sieht dir schon ähnlicher, Lars«, meinte Ella versöhnt. »Wenn aber die Behörden auf Nielsen aufmerksam werden, was wird dann in Zukunft mit den Optantenkindern?«

»Die wird er ohnehin nicht mehr ausschleusen können«, sagte Lars mit einem tiefen Seufzer. »Ich kann es nicht ändern. Glücklicherweise ist ein Bauinspektor des preußischen Wasserbauamtes ein geachtetes Mitglied der Gesellschaft und kein hergelaufener Schwätzer. Die Behörden können seine Ermittlungen zu einem Mord, der Nielsen tangiert, nicht ignorieren, ob ich nun schreibe oder nicht. Aber Nielsens Beteiligung am Sklavenhandel muss auch der Allgemeinheit bekannt werden, und dafür werde ich mein ganzes handwerkliches Können einsetzen.«

Ella nickte. »Es tut mir Leid, Sönke«, fügte sie hinzu, »dass ich dich auf eine falsche Fährte gelockt habe. Ich wusste, dass Nielsen Menschen ausschleust, und dachte zunächst selbst, dass auch Gerda …« Sie kam ins Stocken und sah Lars grimmig an.

Rasmussen holte Luft und presste die Kiefer aufeinander. »Lars schickt ihm nämlich manchmal selbst Optantenkinder …«

»Nils Christiansen ist verschwunden«, griff Hansen schnell ein, um Lars die Auseinandersetzung mit seiner Frau vor den Ohren eines Dritten zu ersparen. »Unser eitler Baron, der es nicht lassen konnte, sich in unkluger Weise einzumischen, hat das zu verantworten.«

»Mal sehen«, sagte Rasmussen und rieb sich die Nase.

»Vielleicht finde ich über Christiansen etwas heraus. Ich halte ihn aufgrund der Firmengeschichte für den Haupttäter, Stefan Nielsen ist wohl eher der Nutznießer und das gesellschaftlich anerkannte Aushängeschild.«

Sönke Hansen reiste unendlich erleichtert nach Hause. Gerda lebte, und die Geschichte war in Rasmussens Händen bestens aufgehoben. Stefan Nielsen würde zwar nicht ins Gefängnis wandern, aber gesellschaftlich wäre er vermutlich erledigt. Zumindest in Dänemark. Ein dänischer König würde auf keinen Fall einen Sklavenhändler als Gast laden.

Ob sich der Skandal in Berlin herumsprechen würde, war eine andere Frage. Hajo Clement schied als Berichterstatter aus, und Rasmussen würde seinen Bericht aus politischen Gründen nicht ins Deutsche übersetzen. Und in Berlin tummelte sich auf gesellschaftlichem Parkett der Baron, der seine eigene Version zum Besten geben würde.

Gern hätte er gewusst, warum Ella jetzt so sicher gewesen war, dass Gerda nicht mit der *Olivia* gereist war. Wo also war sie? Warum wollte Lars weiterhin nichts dazu sagen?

Zu Hause angekommen, warf er sich ins Bett, um endlich einmal auszuschlafen. Er fühlte sich ausgelaugt, ausgenutzt und beschmutzt.

Irgendwann erwachte er von einem kräftigen Klopfen an der Schlafzimmertür. »Herr Bauinspektor«, rief Petrine Godbersen, mit dem Mund anscheinend dicht am Türspalt, »da ist ein Zeitungsschreiber aus Sylt, der mit Ihnen sprechen will, was soll ich mit dem machen?«

Sönke Hansen brauchte ein paar Sekunden, um zu sich zu kommen und über die Frage nachzudenken. »Mit der einen Hand in unserem bequemsten Sessel festhalten, mit der anderen für ihn Kaffee kochen«, rief er zurück.

»Mal sehen, ob ich das schaffe«, gab sie zurück. »Und Sie kommen?«

»So schnell ich kann.« Erstaunt stellte Hansen fest, dass er in einem Schlafanzug mit Plättfalten im Bett lag. Er musste zwischendurch einmal wach gewesen sein und sich gewaschen haben. Daran hatte er so gut wie keine Erinnerung. Frau Godbersen würde doch wohl nicht Hand an ihn gelegt haben? Denn auch von seiner verknitterten Reisekleidung war keine Spur zu sehen.

Aber er fühlte sich frisch und ausgeruht, als er die Küche betrat, wo der Besucher am Tisch saß, Kaffee trank und belustigt Petrine Godbersen mit den Augen folgte, die anscheinend nicht gewagt hatte, einen Zeitungsschreiber im Wohnzimmer allein zu lassen.

Der Besucher erhob sich höflich und streckte Hansen die Hand entgegen. »Moin auch. Ich bin Egge Evaldsen vom *Sylter Intelligenzblatt*. Nett, dass Sie Zeit für mich haben.«

Hansen sank stumm auf einen Stuhl, ließ sich von Frau Godbersen ebenfalls eine Tasse Kaffee reichen und sann bei seinen ersten Schlucken nach, was die Sylter Zeitung über die Vorfälle auf der Hallig zu melden gehabt hatte. Es war im Großen und Ganzen das Gegenteil dessen gewesen, was Hajo Clement geschrieben hatte. Sachlich. Fundierter.

Evaldsen ließ ihn in Ruhe trinken.

»Ich habe den Artikel des Kollegen Lars Rasmussen gelesen«, erklärte er dann.

Hansen lächelte andeutungsweise und nickte. Der Mann verstand also Dänisch, was bei dem Namen kein Wunder war. »Wieso, ist der schon erschienen?«, entfuhr es ihm.

»Sie haben zwei Tage geschlafen, Bauinspektor«, mischte sich seine Haushälterin in entrüstetem Ton ein.

»Lars hat kein Blatt vor den Mund genommen«, fuhr Evaldsen bewundernd fort. »Wie man ihn kennt, eben. Den Prokurator Christiansen hat er unumwunden als Leuteschinder bezeichnet. So haben ihn übereinstimmend mehrere aus Nielsens Gewehrfabrik entlassene Männer genannt. Christiansen hat sich nach St. Croix abgesetzt, wo Nielsen noch eine Plantage besitzt.«

»Wissen Sie zufällig auch, wie viele Plantagen Nielsen insgesamt hat?«, erkundigte sich Hansen.

»Lars schreibt, dass diese die einzige ist, die übrig geblieben ist. Die anderen …«

»Schon gut«, unterbrach Hansen ihn. »Ich wollte nur klären, ob Stefan Nielsen ganze Schiffsladungen von Gewehren benötigt, damit sich seine Aufseher vor den eigenen Plantagenarbeitern schützen können.«

»Bestimmt nicht. Die verkauft er in Afrika an die Araber.«

»Eben«, sagte Hansen zufrieden und schüttelte dem verdutzten Journalisten nochmals die Hand.

»Es scheint, als würden Sie mit jedem Augenblick wacher«, meinte der schmunzelnd.

»Kann man so sagen. Ich begreife, dass Sie derjenige

sind, der einen hoffentlich gepfefferten Artikel über den illegalen Sklavenhandel eines bekannten Flensburger Rum-Kontors schreiben wird. In deutscher Sprache, so dass man ihn auch in Berlin versteht.«

»Der bin ich«, bestätigte Egge Evaldsen und zog einen dicken Schreibblock aus der Tasche.

Sie machten sich an die Arbeit.

Drei Tage später, als Sönke Hansen längst wieder an seinem Schreibtisch im Wasserbauamt war, summte das Haus vor Aufregung. Oberbaudirektor Cornelius Petersen rief schließlich die Mitarbeiter im großen Besprechungszimmer zu einer außerordentlichen Sitzung zusammen.

Als Sönke Hansen sich zusammen mit Friedrich Ross einfand, stellte er fest, dass auch einige Mitglieder der Kommission anwesend waren.

Der Oberbaurat klopfte mit den Fingerknöcheln auf den Tisch, um Ruhe herzustellen, und begann zu sprechen, ohne sich mit Formalitäten aufzuhalten. »Wir haben viel Aufmerksamkeit durch einen Zeitungsartikel erhalten, der sich, wie ich vermute, bis nach Berlin herumsprechen wird …«

Marius von Frechen wedelte so energisch mit der Hand, dass Petersen seine kaum begonnene Rede unterbrach.

»Ich reise morgen nach Berlin!« Der Kapitänleutnant schmetterte seine Worte ebenso heftig heraus, wie er mit der Hand auf den Tisch klatschte. »Ich werde zusehen, dass der Artikel an die richtigen Stellen kommt! Ich finde es unverschämt von diesen Kanaillen von Zeitungsschreibern, sich mit ihren Schmierereien in die Arbeit der mit Schifffahrt befassten Ämter einzumischen.«

Petersen hörte ihm etwas ratlos zu. »Verehrter Herr von Frechen«, sagte er schließlich, »haben Sie den Artikel denn gelesen?«

»Nein, und ich habe auch nicht die Absicht«, antwortete der Kapitän hochnäsig.

»Vielleicht aber doch«, widersprach der Oberbaurat freundlich. »Sie werden ausdrücklich lobend erwähnt, insbesondere, weil der Plan eines Leuchtfeuers auf Nordmarsch erstmalig von Ihnen ins Licht der Öffentlichkeit gerückt wurde.«

Der aufgeblasene kleine Kapitän schrumpfte vor aller Augen zusammen, als ob man die Luft aus ihm herausgelassen hätte. Unter allgemeinem Schweigen rückte er seine Mütze auf dem Tisch zurecht, bis sie ihm exakt genug ausgerichtet schien. »Wenn es so ist«, murmelte er.

Hansen atmete tief durch. Gott sei Dank. Die richtige Taktik zu wählen war für Evaldsen und ihn wesentlich schwieriger gewesen als die reine Berichterstattung. Er hatte aufpassen müssen, dass sie nicht der Kommission auf die Zehen traten. Leider hatte er gar keine Zeit gehabt, sich die Zeitung zu beschaffen, deshalb kannte er den Artikel auch noch nicht.

»Ein Herr Evaldsen, Verfasser des Artikels«, führte der Amtsleiter weiter aus, »hat nicht lediglich über den Sklavenhandel berichtet, den wir alle als schmutziges Geschäft ansehen, sondern eben auch über die Mängel der Befeuerung an der Westküste, durch die das Verbrechen zutage getreten ist.«

»Womit er die Kommission in den Schmutz gezogen hat«, versetzte Baron von Holsten giftig. »Was weiß denn das unwissende Publikum über den Unterschied von Küstenschutz für die Halligbevölkerung und Schutzmaßnahmen für die Großschifffahrt? Das alles steht jetzt da als Versäumnis der von mir geleiteten Kommission. Und das ist, um es gemäßigt auszudrücken, eine Unverschämtheit!«

»Auch das trifft alles nicht zu«, verneinte Petersen glatt, »die Kommission wurde gewürdigt als die Instanz, die sich um die Lösung der Probleme bemüht, und natürlich wurde Ihr Name in diesem positiven Sinne angeführt.«

»Im Zusammenhang mit Sklavenhandel«, blaffte von Holsten, augenscheinlich fest entschlossen, sich nicht beschwichtigen zu lassen. »Stefan Nielsen, der zu allen öffentlichen schleswigschen und holsteinischen Anlässen eingeladen wird, plötzlich als Sklavenhändler beschuldigt! Und mein Name in einem Atemzug mit einem Sklavenhändler! Das ist eine Erniedrigung, wegen der man sich duellieren müsste! Aber nicht mit einem solchen Schmierfink!«

»Aber was Nielsen betrifft, stimmt es doch, Herr von Holsten«, warf Hansen besänftigend ein. »Man kann nicht ignorieren, dass er seinen Reichtum aus dem Handel mit Menschen schöpft. Ihm muss das Handwerk gelegt werden!«

Der Baron wurde puterrot, während er Hansen aufs Korn nahm. »Und Sie erst«, schrie er ihn in einem neuen Wutausbruch an, »stellen sich dar als der rettende Engel von Nordfriesland. Was haben Sie dem Zeitungsschmierer gezahlt, damit der Sie so in den Himmel hebt? Leugnen

Sie nicht, Hansen! Ich habe oft genug mit diesem Gesocks zu tun gehabt, um es zu kennen!«

»Was meinen Sie denn?«, stammelte Hansen entgeistert. »Wovon sprechen Sie?«

»Er gibt sich auch noch ahnungslos«, schnauzte von Holsten und wandte sich mit anklagender Miene an den Oberbaurat, um diesem das Wort zu überlassen.

»Auch Sie haben nicht gelesen?«, fragte Petersen.

Hansen schüttelte beschämt den Kopf.

»Es handelt sich um den Schluss des Artikels. Herr Evaldsen muss Sie gefragt haben, warum Sie Ihre Ermittlungen fortgeführt haben, obwohl Ihr Leben mehrmals in Gefahr geriet und Nielsens Rum-Kontor in Flensburg genau genommen weder das Wasserbauamt noch Sie etwas anging.«

»Eben!«, rief der Baron.

Das stimmte. Egge hatte Hansen gefragt. Aber das war schon der private Teil ihrer Besprechung gewesen. Hansen stieg das Blut in den Kopf.

»Und Sie«, setzte Petersen fort, »haben geantwortet, dass Sie staatliche Ungerechtigkeit gegen Bürger des Landes grundsätzlich bekämpfen. Insbesondere sähen Sie Ihre dänische Verlobte als Opfer des preußischen Staates. Bei der Suche nach ihr seien Sie auf das Kapitalverbrechen des Sklavenhandels gestoßen, das nicht nur ein Verbrechen gegen Bürger, sondern eines gegen alle Menschen sei ...«

»Sind Sie Däne oder Deutscher?«, geiferte der Baron.

»Das sollte nicht in den Artikel hinein!« Hansen war empört. »Das war mein ganz persönliches Motiv, das niemanden etwas angeht.«

»Haben Sie Evaldsen das gesagt?«

»Nein«, antwortete Hansen leise. Er ahnte, dass Egge Evaldsen gehofft hatte, ihm und Gerda mit diesem Hinweis zu helfen. Aber ein Mann wie der Baron würde immer herauslesen, was er wollte.

Nachdem Cornelius Petersen die Mitglieder des Hauses auf den gleichen Wissensstand gebracht hatte, entließ er sie. Sönke Hansen lief dem Baron nach, der wie eine Dampframme mit gesenktem Kopf aus dem Raum stampfte. Er stellte ihn auf dem Absatz vor der obersten Treppenstufe. »Herr Baron! Ist Ihnen klar, dass Sie durch Ihren Anruf im Rum-Kontor die Flucht des Prokurators veranlasst haben? Einer weniger, der sich für seine Verbrechen verantworten muss! Er gehört ins Zuchthaus!« Hansen war es gleich, dass alle ihn hören konnten.

»Pah«, blaffte von Holsten auf seine bekannte Art, »der Mann ist Däne, den hätten wir nicht belangen können, was also soll Ihre Anklage?«

»Ist das alles, was Sie dazu zu sagen haben?«, fragte Hansen ungläubig.

»Nein, keineswegs! Als Zweites verbiete ich Ihnen, noch ein einziges Mal im Namen der Kommission auf die Hallig zu reisen. Ein Vaterlandsverräter wie Sie kann nicht für ein preußisches Amt tätig sein!« Mit kerzengeradem Rücken stieg von Holsten die Treppen hinunter.

Als der Baron das Wasserbauamt im weithin erkennbaren Bewusstsein seiner Rechtschaffenheit verlassen hatte, stand Sönke Hansen noch wie gelähmt auf der obersten Stufe.

Kapitel 26

Trotz allem war die Hallig genau der Ort, an dem die Vorarbeit der Kommission beendet werden musste. Erst jetzt konnte man alles abschließen, welchen Ausgang auch immer es nehmen würde.

Wer sollte fahren, wenn nicht Hansen? Aber jetzt, wo der Baron auf dem Weg nach Berlin war, um zu antichambrieren, würde Petersen sich auf eine offene Konfrontation mit ihm nicht einlassen.

Hansen sah nur eine einzige Möglichkeit. Am nächsten Tag suchte er Cornelius Petersen auf. »Ich möchte Urlaub einreichen.«

Petersen zuckte zusammen und musterte ihn dann aufmerksam. »Ich verstehe. Sie sehen sehr mitgenommen aus.«

»Ja?«, fragte Hansen verdutzt nach. Eigentlich hatte er am Morgen im Spiegel nur festgestellt, dass er etwas magerer geworden war. Petrine Godbersens Speckklöße und der sonntägliche gefüllte Schweinebraten hatten ihm gefehlt. Dann fiel ihm zu seiner Beruhigung ein, dass er an Geschwindigkeit beim Kraulen eindeutig zugelegt hatte.

»Ja, wirklich, Hansen. Das ist auch verständlich, denn die Anklage des Vaterlandsverrats wiegt schwer, wenn ein Oberdeichgraf sie ausspricht. Im Augenblick dürften Sie noch durch die Berühmtheit geschützt sein, die Sie sich erworben haben. Deshalb erholen Sie sich erst mal. Der Herr Baron ist jedoch unnachgiebig, wie uns gut bekannt ist, und weiß darüber hinaus alle Hebel zu bedienen.«

Von Holsten beabsichtigte offenbar, aufs Ganze zu gehen. »Leider«, seufzte Hansen.

»Andererseits ist der Oberdeichgraf sehr geschmeidig. Ich könnte mir vorstellen, dass sich alles als Missverständnis herausstellen würde in dem Augenblick, in dem wir von einem glücklichen Ende unserer Verhandlungen mit der Halligbevölkerung berichten ...«

»Wenn Sie meinen, Herr Petersen ...«

»Ich meine. Wie viele Tage Urlaub wollen Sie haben?«

Hansen wiegte den Kopf und dachte an die Wege, die auf der Hallig zurückzulegen waren, wenn er mehrmals zwischen Ipsen auf Ketelswarf und Friedrichsen auf Norderhörn hin und her pendeln müsste. Dann die abendlichen Zusammenkünfte ... »Fünf, schätze ich.«

»Sie bekommen eine Woche, damit Sie nach der Erholung noch zwei Tage richtigen Urlaub im Grünen machen können. Ich nehme an, dass Sie sich ins Grüne begeben werden?« Petersen holte ein Formular aus dem Schreibtisch und begann zu schreiben.

»Aber ja doch. Außerordentlich grün«, sagte Hansen beklommen. Sein Verbleiben im Amt war mehr denn je mit seinem Erfolg auf der Hallig verknüpft.

Im Flur begegnete Hansen Aksel Andresen, der ihm mit ausgestreckter Hand entgegenkam. »Gratuliere, gratuliere«, sagte er. »Die Berichterstattung war großartig.«

»Zu dick aufgetragen. Ich habe deswegen schon meine Prügel bezogen.«

»*Krusedullen!* Es ist ein langweiliger Tod, von einem Gänserich totgetrampelt zu werden, wie wir in Tondern sagen. Du bist derjenige, der einen Mord aufgeklärt hat, dazu noch im Zusammenhang mit längst verbotenem Sklavenhandel, und dass du Neider hast, ist normal. Man muss sich eher Sorgen machen, wenn man nach einem solchen Erfolg keine Neider hat. Dann war es nämlich kein Erfolg, sondern Selbsttäuschung.«

Hansen grinste. »Klingt ermunternd.«

»Soll es auch. Ich werde dich im Auge behalten. Du wirst in der Hierarchie klettern. Auch ohne dass du dir eine Übernachtung in einem erstklassigen Hotel schenken lässt. Dabei fällt mir etwas ein, das ich dich fragen wollte.«

»Ja?« Hansen sah sich plötzlich einer ziemlich grimmigen Miene gegenüber.

»Ja. Der Leuchtfeuermeister von Amrum hat mir ganz unerwartet ein Grundstück vor der Nase weggekauft, das ich für den Bau der Eisenbahn benötige. Bisher hat kein Einheimischer sich am Aufbau meines Badeortes beteiligt. Hast du möglicherweise damit etwas zu tun?«

Hansen biss sich verlegen auf die Lippen.

»Hab ich es doch geahnt«, sagte Andresen und begann schallend zu lachen. »Du gehörst zu den Leuten, die ihre Nase in alles stecken und gerne Missstände beseitigen.«

Sönke Hansen lächelte verhalten. Offenbar war dieser Kauf eine Art Vermächtnis. Broder Bandick hatte das getan, was Boy Jensen nicht mehr hatte tun können.

»Kein Grund, sich Gedanken zu machen«, sagte Aksel Andresen. »Ella bat mich, dir etwas mitzuteilen, das ihr sehr am Herzen liegt.«

»Ihr kennt euch?«

Der Däne schmunzelte. »Lars und ich waren in der gleichen Schulklasse. Wir sind zwar ganz unterschiedliche Wege gegangen, politisch vor allem, aber den Kontakt haben wir nie abreißen lassen. Auch wegen und durch Ella. Ich hätte Ella vom Fleck weg geheiratet, aber sie hat ihn genommen.«

»Sie ist eine wunderbare Frau«, sagte Hansen aufrichtig. »Ella ist wie Gerda. Und die Botschaft?«

»Sie sorgt sich darum, dass dir ihre Erklärung wegen Gerda nicht ausreichend schien. Aber ich kann dir bestätigen, dass Nielsen nie gleichzeitig Flüchtlinge und Gewehre an Bord der *Olivia* nahm. Das Risiko konnte er nicht auf sich nehmen. Verstehst du?«

»Natürlich«, sagte Hansen bedächtig und tippte sich gegen die Stirn. »Das Schiff vor dem Haderslev-Fjord auf Reede – das nächtliche heimliche Beladen in aller Geschwindigkeit – und immer die Gefahr, dass der Zollkutter das Schiff aufbringt. Weder der Reeder noch der Kapitän können da Zeugen an Bord brauchen, die man nicht genau kennt. Diese letzte Fahrt war also ein Waffentransport.«

»Ganz genau. Erstmals mit den umgerüsteten Ballasttanks.«

»Damit dürfte wohl bewiesen sein, dass der Tote von Nordmarsch ein blinder Passagier war«, setzte Hansen hinzu.

»Das war er«, bestätigte Andresen. »Inzwischen wissen wir sogar, wer er war. Die Telegraphenapparate haben ihren großen Nutzen bewiesen, sogar zwischen Deutschland und Dänemark. Vielleicht sollte ich in sie auch investieren …«

Hansen lächelte in sich hinein. »Der Mann war also Däne?«

Andresen kam mit einem Ruck zur Sache zurück. »Er war ein deutscher Däne oder ein dänischer Deutscher, wie viele bei uns im Grenzgebiet. Ein zwielichtiger Mann, aus gutem Hause zwar, aber er hat in mehreren Städten Unterschlagungen begangen und brachte sich zuletzt vor der Justiz von Assens auf Fyn in Sicherheit. Offenbar sah er als einzigen Fluchtweg den über See und landete ausgerechnet auf der kleinen Insel Baagö, wo die *Olivia* auf günstigen Wind für die Übernahme der Waffen zu warten pflegt. Es muss für ihn ein Geschenk des Himmels gewesen sein, in diesem winzigen Fischerhafen einen Tiefwassersegler vorzufinden.«

»Mich freut es vor allem«, sagte Hansen sarkastisch, »dass der Baron im Hinblick auf diesen Mann nicht noch nationale Schlussfolgerungen ziehen kann.«

»Ich weiß, was du meinst.«

»Gibt es zufällig irgendwelche Erkenntnisse, warum die *Olivia* unterging? Ich meine, weil du so umfassend informiert bist, Aksel …«

Andresen lächelte ein wenig. »Nicht zufällig. Kenntnisse über Dinge, die man scheinbar nicht anwenden kann, machen einen Teil des Erfolges aus. Die *Olivia*, ja. Sie fuhr sowieso mit einer für Stürme zu geringen Mannschaft …«

»Aber kurz bevor der blinde Passagier über Bord ging, hatten wir einen Sturm«, erinnerte sich Hansen. »Windstärke acht aus Südwest. Unsichtiges Wetter.«

»Woher weißt du das?«, erkundigte sich Andresen mit gefurchter Stirn.

»Das erzählte mir Boy Jensen, der Leuchtturmwärter, der ermordet wurde.«

»Tut mir Leid um ihn. Nils Christiansen muss mächtig Angst vor dir bekommen haben, nicht zu Unrecht, wie sich erwies. Er war derjenige, der diesen Mann auf dich angesetzt hat, um dich aus dem Weg zu schaffen. Ein kleiner Gauner, in einschlägigen Kreisen bekannt. Inzwischen wird nach ihm in Hamburg gefahndet, wohin er sich geflüchtet hat.«

»Ich habe beobachtet, wie er auf einem Luxusdampfer abreiste. Aber woher weiß denn die Polizei, wen sie suchen muss?«

»Oh, ich habe auch da ein wenig nachgeholfen. Es gab Amrumer, die den Kerl beschreiben konnten.«

»Klar«, sagte Hansen leise. »Boys Tod war so sinnlos. Aber die Polizei fand ohne jede Untersuchung eine passende Erklärung. Sie zählten anscheinend den Grütztopf am Flaggenmast deines Hotels mit Bolschewisten und Kaisertreuen zusammen und kamen auf politische Verwicklungen, an denen sie sich nicht die Finger verbrennen wollten.«

»Vorwand oder fehlender Mut«, ergänzte Andresen,

der nicht überrascht war. »Ich begegne diesem Phänomen in Deutschland öfter.«

Ich auch, dachte Hansen, aber er schwieg.

Andresen seufzte. »Stefan Nielsen fehlte zum unappetitlichen Teil des Geschäftes die Tatkraft, sein Steckenpferd waren die Optantenkinder. Es scheint, als wäre Christiansen nicht sehr damit einverstanden gewesen. Aber Nielsen lieferte die Fassade, hinter der sie ausgezeichnet mit Waffen und Schwarzen handeln konnten.«

»Und der Sturm?«, erinnerte Hansen ihn.

»Diesen Sturm hat die *Olivia* auf Reede im Königshafen vor List abgewettert, hat Egge Evaldsen herausbekommen. Aber bei Portugal gibt es offenbar nicht viele Leeküsten, wenn es aus Südwest stürmt. Sie muss gekentert sein. Ein Beiboot wurde leer angetrieben ...«

»Und ich habe einen Rettungsring von ihr gesehen«, erwähnte Hansen düster. »Das ist dann alles, was von einem Schiff übrig blieb, dessen Untergang drei geldgierige Männer in Kauf nahmen. So gesehen ist es ja eigentlich merkwürdig, dass sie nicht schon früher unterging.«

»Zufall«, sagte Andresen achselzuckend. »Oder die *Olivia* hatte früher bessere Kapitäne und mehr Mannschaft. Allerdings pflegte auch dieser portugiesische Kapitän in einem der arabischen Häfen mehr Männer zu verpflichten. Schwarze Sklaven an Bord erschienen ihm wohl gefährlicher als seine Heimatküste. Eine Lehre kann er daraus nicht mehr ziehen.« Der Däne verabschiedete sich mit einem freundschaftlichen Klaps auf Hansens Rücken und ging.

Zwei Stunden später war Sönke Hansen schon auf dem Weg zur Hallig. Von der Zingelschleuse aus, den Hinweis verdankte er Petrine Godbersens gesundem Menschenverstand.

Dort wollte gerade ein alter, an den Schultern und im Rücken steifer und schwerfälliger Mann nach Langeness ablegen. Er hatte nichts gegen einen zahlenden Passagier einzuwenden.

Mit den Händen war er unglaublich flink, und noch bevor sie ganz aus dem Hafen heraus waren, hatte er Hansens Bewunderung und Zuneigung gewonnen. »Ich habe dich auf der Hallig nie gesehen«, bemerkte er, als der Ewer auf Kurs lag, das Wasser stetig am Freibord entlangrauschte und eine Weile für den Steuermann nichts zu tun war, als hin und wieder die Schoten, die er aus der Hand fuhr, zu korrigieren.

»Bin meistens draußen bei der Arbeit«, antwortete der Mann wortkarg.

»Und?«

»Hornhechtzäune stellen, Butt pedden, Porren fangen und pulen, Enten schießen und rupfen, Schafe scheren, Treibholz sammeln … Keine Zeit für Versammlungen.«

»Du lebst allein?«, fragte Hansen vorsichtig. Soviel er wusste, war der Fang und das Pulen von Krabben Frauenarbeit.

»Ja. Du auch, hörte ich.«

»Stimmt«, sagte Hansen überrascht.

»Allein auf dem Festland ist etwas anderes als allein auf der Hallig. Ihr Leute vom Festland wisst nichts über uns.«

Hansen nickte widerwillig. Tatendurstig war er an

Bord gegangen, die Drohung des Barons hatte er aus seinem Gedächtnis ausgeklammert. Aber der alte Mann hatte ihn, wenn auch sehr höflich, daran erinnert, dass er der Klugschnacker aus der Großstadt war und blieb.

Es würde gut sein, nicht allzu forsch vorzugehen. Er musste die Verhältnisse wieder einmal neu sondieren. »Danke. Ich werde es mir merken«, sagte er.

Der alte Mann von der Tadenswarf verzog keine Miene, aber in seinen blauen Augen lag wohlwollende Belustigung.

Als der Ewer im Osterwehl vertäut war und Hansen sich von dem Schiffsführer verabschiedet hatte und auf dem Ufer stand, sah er, dass inzwischen die Heuernte begonnen hatte. Frauen und Mädchen expedierten die großen weißen Bündel, in die das trockene Gras eingeschlagen war, auf dem Kopf zum nächsten Priel, wo sie in Boote geladen und dann von den Männern zu den Warfen gestakt wurden. Unter ihnen war vermutlich auch Jorke.

Hansen, mit dem Gepäcksack neben seinen Füßen, sah eine Weile zu. Es war so, wie Wirk gesagt hatte. Für die Heuernte wurden Priele benötigt. Welche davon nach der Durchdämmung überhaupt noch schiffbar waren, würde die Zeit erweisen. Er selber war derjenige, der den Halligbewohnern diese tief greifende Veränderung ihrer Welt abringen musste. Aber ohne sie würde es nicht gehen. Trotzdem überfielen ihn erstmals zwiespältige Gefühle.

Er schwang sich sein Gepäck über die Schulter und folgte dem Alten, der am Ufer entlang mit einem Sack auf dem gekrümmten Rücken seiner Warf entgegenwanderte.

Rouwert Wollesen freute sich, Hansen zu sehen, und gab ihm sein altes Zimmer. »Du hast Glück, dass du heute gekommen bist«, sagte er, breit grinsend. »Für morgen ist ein Gast angesagt, dem ich es sonst gegeben hätte.«

»Zeitungsschreiber?« Hansen rümpfte die Nase. Solche Begegnungen wollte er jetzt gerade ganz bestimmt vermeiden.

»Wo denkst du hin!« Rouwert lachte glücklich. »Ein echter Gast, der sich erholen will. Hat so viel Gutes von den Halligen gehört. Und im August kommt ein Ehepaar.«

»Donnerwetter. Das ist mal eine erfreuliche Nachricht«, sagte Hansen anerkennend.

»Nicht wahr? Hier wird's noch zugehen wie in Wyk.« Rouwert begann erneut unter so lautem Geklirre Gläser zu spülen, dass man um sie fürchten musste, und Hansen verließ lächelnd die Gaststube.

Er war noch nicht im oberen Stockwerk angekommen, als die Tür zur Gaststube mit lautem Krachen ins Schloss fiel.

»Wir haben alles über deine Nachforschungen wegen dieses Toten in den Zeitungen gelesen«, rief ihm Rouwert vom Fuß der Treppe mit hörbarem Stolz hinterher. »Warum bist du der Sache nachgegangen, wo sich sonst kein Aas um den Kerl geschert hat?«

»Mumme Ipsen hat mich beauftragt.«

»Mumme?« Der Wirt hörte sich ungläubig an.

Hansen stellte sein Gepäck neben sich und setzte sich auf eine Stufe der steilen Treppe. »Ja, Mumme. Er hatte Sorge, dass die Gäste die Halligen meiden werden, weil sie um ihr Leben fürchten. Schließlich hat Tete Friedrichsen lange die Auffassung vertreten, dass der Tote mit mir verwechselt wurde. Und ich war ja nicht nur dienstlich hier, sondern auch als Badegast.«

»Kann ich beschwören«, bestätigte Rouwert, dem Hansen für die dienstlichen und die privaten Übernachtungen zwei getrennte Quittungen abverlangt hatte. »Ich habe dich schwimmen sehen.«

»Eben.«

»Ich habe schon öfter gefunden, dass Mumme Ipsen vieles besser von der Hand läuft als unserem Tete«, sagte der Wirt nachdenklich, »aber am eigenen Leibe hatte ich bis jetzt noch nicht erfahren, dass er schlauer ist.«

»Er ist das, was man von einem Ratmann erwartet«, sagte Hansen diplomatisch. »Er denkt voraus und handelt dementsprechend. Zu euer aller Nutzen.«

Rouwert kratzte sich am Hinterkopf. »Ich glaube, das werden wir Nordmarscher mal unter uns besprechen. Und dann werden wir ja sehen, wo unser Nutzen ist.« Er drehte sich auf den Hacken um, und kurz danach schlug die Tür ins Schloss.

Am Nachmittag war Sönke Hansen am Ufer. Das Wasser blinkte weit draußen, so dass er nicht vorhatte zu schwimmen, aber er zog die Hose aus, um barfuß über das Sandwatt zu schlendern. Es würde herrlich sein, und er würde es in vollen Zügen genießen. Seine nackten Zehen auch.

Als er sich auf die Uferkante setzte, sah er eine wild gestikulierende Gestalt im Galopp über die Fennen heranpreschen. Wirk.

»Sönke«, keuchte Wirk, als er heran war, und ließ sich neben Hansen fallen. »Endlich! Ich habe den Großeltern den Bericht in der Zeitung zwei Mal vorgelesen, jedes Wort! Großmutter will wissen, wie Fräulein Gerda aussieht. Du sollst kommen und sie ihr beschreiben. Sie meint, dass eine Frau, die einen Helden liebt, etwas ganz Besonderes sein muss.«

»Oh, Wirk«, sagte Hansen verlegen, »Gerda ist wunderbar, aber alles andere ist Quatsch!«

»Zeig mal deine Schusswunde«, verlangte Wirk, ohne sich auf eine Diskussion mit Hansen einzulassen.

Schweigend zog Hansen sein weißes Hemd aus. Noch war es sauber und trug Frau Godbersens scharfe Plättfalten, so dass er es behutsam zusammenlegte und auf die Hose packte.

Wirk inspizierte seinen Arm. »Doll! Jetzt habe ich schon eine tödliche Stichwunde und eine fast tödliche Schusswunde gesehen. Das hat keiner von den anderen!«

»Ist doch nur ein Kratzer, Wirk«, versetzte Hansen unwirsch.

Aber er verstand, dass der Junge immer noch Anerkennung aufzuholen hatte. »Wie steht es mit dem Kraulen?«

»Ich bin der Schnellste. Einer von meinen Freunden ist ganz gut, aber noch nicht wie ich«, berichtete Wirk stolz.

»Na schön.« Hansen konnte sich nicht erinnern, dass Wirk früher von Freunden gesprochen hatte. Es schien sich ziemlich viel geändert zu haben. Ihn freute es. »Gehst du mit aufs Watt?«

Wirk sprang auf die Füße. »Geht nicht. Morgen kommt ein sehr hungriger Gast. Rouwert braucht heute noch zwei Eimer Sudden. Und außerdem habe ich den Auftrag, zwei Körbe Porren zu liefern. Die Frauen sind alle bei der Heuernte, deshalb soll ich …«

»Soll ich dir mit der Glüb helfen? Zu zweit sind wir schneller«, sagte Hansen und vermied taktvoll eine Bemerkung über Wirks magere Gestalt. Er arbeitete hart für sein Alter.

»Kannst du denn mit der Glüb umgehen?«, fragte Wirk zögernd.

»Ja, warum denn nicht? Wenn ich schon mit euren Rindviechern klarkomme, werden die Porren mich nicht schrecken.«

Wirk errötete. »Hab's nicht so gemeint. Hoffentlich schimpft Großmutter nicht mit mir. Wo du doch jetzt berühmt bist.«

»Aber Wirk!«, sagte Hansen ungeduldig. »Ich habe dir doch erklärt …«

»Großmütter sehen das anders als wir Männer«, unterbrach Wirk ihn. »Du musst dich ein bisschen bemühen, sie zu verstehen.«

Hansen gab auf. Wirk, der große Kenner von Großmüttern. Grinsend sah er dem Jungen nach, der mit langen, schlaksigen Gliedmaßen davonjagte, und sprang dann auf den Sand hinunter.

Kapitel 27

Als Hansen sich am nächsten Tag nach dem Porrenfischen von Wirk verabschieden wollte, tat der Junge sehr geheimnisvoll, rückte aber endlich mit strahlendem Gesicht mit der Sprache heraus. »Großmutter hat einen Brief bekommen.«

»Aha«, sagte Sönke Hansen.

»Von Mumme. Eine Anfrage aus Düsseldorf in Deutschland, stell dir vor! Wir werden jetzt einen eigenen Logiergast haben! Er bekommt den Pesel für sich, und ich schlafe im Hock bei Nachbarn. Der Herr beabsichtigt, einen eingeborenen Schiffer bei der Arbeit zu malen. Rea..., realistisch, schreibt er. Das Realistische muss er mitbringen, aber der Schiffer bin ich – in Großvaters Austernboot«, sagte Wirk, fast platzend vor Wichtigkeit. »Ich segele sowieso besser als Bocke.«

»Toll«, sagte Hansen und klopfte ihm auf die Schulter. »Aber wenn er einen Pompon auf der Mütze haben sollte, wirfst du ihn über Bord.«

»Wenn der Gast bezahlt, hat er das Recht auf jeden Puschel, der ihm gefällt«, widersprach Wirk würdevoll

380

und stolzierte mit den Händen in den Hosentaschen davon.

Hansen sah ihm grinsend nach. Kurz bevor der Junge außer Hörweite geriet, rief er ihm durch die zusammengelegten Hände nach: »Deine Porren, Wirk! Soll ich sie ins Wasser zurückschütten?«

Da war es mit Wirks mühsam zur Schau getragenem Stolz vorbei. Er jagte zurück. Als er bei Hansen angekommen war, brachen sie beide in lautes Gelächter aus.

Mumme Ipsen hatte die Halligleute zu einer Besprechung in den Langenesser Schulraum eingeladen. Einziges Thema war natürlich die Bedeichung. Eine Vorbesprechung zwischen ihm und Sönke Hansen hatte es nicht gegeben, weil Mumme sich wegen der Heuernte für unabkömmlich erklärt hatte.

Unbehagen befiel Hansen deshalb, als außer den Langenessern und Butwehlern auch die Nordmarscher eintrafen. Tete Friedrichsen, der sich mit gesenktem Kopf und den Händen in den Hosentaschen durch das Klassenzimmer schob, verunsicherte ihn mehr, als er wahrhaben wollte. Als Letzte kam Jorke, die ihm verstohlen zublinzelte und sich dann neben Tete in der zweiten Reihe niederließ.

»Liebe Landsleute«, begann Ipsen kurz entschlossen, »wir haben lange genug diskutiert, ob wir einer Bedeichung zustimmen wollen oder nicht. Heute ist Bauinspektor Hansen wieder unter uns, und heute wird endgültig entschieden!«

»Genau!«, rief Jorke aus und paffte hörbar an der Pfeife,

381

die sie gerade angezündet hatte. Eine Rauchwolke hüllte sie ein, und Tete hüstelte demonstrativ.

»Gibt es noch etwas Neues hinzuzufügen, Herr Bauinspektor?«, erkundigte sich Ipsen.

Der Tabakrauch schien sich in den Duft von frischem Heu in Jorkes Alkoven zu verwandeln, und vor Hansens Augen stand das Bild der Heu machenden Halligleute. Die Verantwortung, die er auf sich lud, dünkte ihn auf einmal riesengroß. Er nickte mit einem Kloß im Hals und räusperte sich. »Die Durchdämmung der großen Priele wird natürlich Folgen haben, wir sprachen ja schon darüber … Eine der besonders einschneidenden wird sich für die Heuernte ergeben, weil die Boote dafür wohl nicht mehr benutzt werden können.«

»Herr Bauinspektor«, unterbrach ihn Ipsen freundlich, aber bestimmt, »wir wissen das. Zur Beruhigung aller: Ich habe mich inzwischen auf dem Festland umgehört und mehrere Bauern gefunden, die uns Pferde für die Erntezeit vermieten würden. Wir sind nicht etwa zu beschränkt, um uns umstellen zu können, Sönke.«

»Auf die Idee wäre ich auch nie gekommen«, versicherte Hansen. »Ich möchte nur, dass zwischen dem Wasserbauamt und der Halligbevölkerung alles ehrlich ausgesprochen ist.«

»Das wissen wir zu schätzen. Ich glaube, wir können jetzt abstimmen. Alle Anwesenden sind stimmberechtigt. Und alle Stimmberechtigten sind hier. Wer für den Deichschutz ist, hebe die Hand.«

Wirks Großvater fehlte. Offenbar besaß er als Fischer keinen Anteil an den Fennen. Aber ob er den Deichbau befürwortet hätte, war zwischen ihm und Hansen ohnehin offen geblieben. Hingegen sah Hansen erstmals den Alten mit dem krummen Rücken.

»Ich glaube, ich kann aufhören. Alle Leute mit Verstand sind dafür«, stellte Ipsen fest, der auf den Zehenspitzen wippte und zählte. Er brachte Hansen wieder in die Wirklichkeit der Versammlung zurück.

»Außer mir! Und ich spreche auch für andere.« Tete stemmte sich langsam in die Höhe, den Blick starr auf Ipsen gerichtet.

»Ich habe selbstverständlich geglaubt, dass du dafür bist, Tete«, bemerkte Mumme freundlich. »Deine Hand habe ich gar nicht gesehen, du sitzt in einer Rauchwolke.«

»Für wen sprichst du denn, Tete?«, fragte eine Stimme von hinten, die Hansen als die des Wirts erkannte. »Wie Mumme schon sagte, sind alle da, die Anteil an den Fennen haben.«

Der Ratmann der Nordmarscher drehte sich um und starrte ihn durch die Rauchschwade ungläubig an. »Aber Lorns und du, ihr habt doch versprochen …«

»Die Dinge ändern sich gelegentlich«, warf Rouwert hitzig ein. »Ich für meinen Teil habe begriffen, dass du uns schon mehrmals schlecht beraten hast. Oder einfach im Unrecht warst. Wenn ausgerechnet ein Ratmann meine Frischwasserquellen zuschütten würde, um nur mal ein Beispiel zu nennen, würde ich im Leben nicht mehr für ihn stimmen.«

Hände klatschten auf die Pulte. Hansen suchte verstohlen Jorkes Blick, die ihm unbekümmert ein strahlendes Lächeln schenkte. Er verstand sie. Es war eine kleine nachträgliche Entschädigung dafür, dass sie bei der Auseinandersetzung wegen der Quelle zunächst den Kürzeren gezogen hatte. Endlich gab ihr einer der angesehensten Bürger in aller Öffentlichkeit Recht.

»Ich bin euer Ratmann«, sagte Friedrichsen eigensinnig. »Ihr habt mich dazu gemacht …«

»Dann wird es Zeit, dich abzusetzen, Tete, und jemand anderen zu bestimmen. Du hast das Vertrauen der meisten verloren«, befand Rouwert.

Die Handknöchel der Nordmarscher klopften fordernd.

»Das Vertrauen aller verloren«, verbesserte der Wirt. »Die Wahl unseres neuen Ratmanns regeln wir später unter uns. Mumme, mach weiter.«

»Ja. Damit ist es beschlossene Sache, dass wir einen Streifen Halligland für den Steindeich abtreten werden, Herr Bauinspektor.« Mumme Ipsen, der diesen Schlussstrich unter den Streitigkeiten betont feierlich zog, kam zu Hansen, um ihm die Hand zu schütteln.

Hansen bedankte sich verdutzt und begriff erst nach einer Weile, dass sie jetzt ohne Wenn und Aber das Ufer befestigen konnten.

Die Hallig war gerettet.

Die Ersten standen schon auf, als Lorns Friedrichsen die Hand in die Höhe streckte. Da er als schweigsam bekannt war, ebbte der anschwellende Lärm von Zwiegesprächen ab, und die Männer setzten sich verwundert wieder.

»Ähm«, räusperte sich Lorns und sah sich verlegen um. »Ich habe mir überlegt, dass ein Leuchtturm auf Nordmarsch ein nützliches Ding sein könnte. Die Badegäste sind doch hinter so etwas her wie der Teufel hinter der Seele meines lieben Vetters …«

Befreites Gelächter unterbrach seine Worte, aus deren Klang hervorging, dass er sie als gutmütigen Spaß gemeint hatte. Selbst Tete grinste widerwillig.

»… die er aber nicht kriegen wird«, fuhr Lorns fort. »Im Gegensatz zu uns. Auf Amrum erzählen sie, dass die Badeleute als Erstes immer den Leuchtturm sehen wollen. Wenn wir unseren eigenen haben, brauchen die Gäste sich gar nicht mehr nach Amrum zu bemühen. Sie kommen gleich zu uns. Auf der Hallig ist es doch viel schöner. Ich verkaufe meine alte Warf an das Wasserbauamt, wenn der Herr Bauinspektor sie noch haben will.« Der Sitz krachte unter ihm, als er sich fallen ließ, offenbar selbst erstaunt über seinen langen Monolog.

Sönke Hansen schlängelte sich zwischen den Pulten durch und bot ihm wortlos die Hand.

Dieses Mal klatschten die Halligleute in die Hände und trampelten auf den Boden, und die Fenster, die den Schulraum von der Kirche trennten, klirrten vom Lärm. Mumme Ipsen nickte Hansen lächelnd zu, und dieser wusste, dass das Abkommen mit dem Wasserbauamt damit geschlossen war.

Die Versammlung war beendet, sobald die Beschlüsse gefallen waren, und die Halligleute drängten aus dem Schulraum. Jorke aber, die unversehens neben Hansen stand, überraschte ihn wieder einmal. »Ich hoffe, du kommst oft wieder, um das Bauen zu überwachen«, sagte sie vernehmlich. »Bis dahin wirst du deine Verlobte bestimmt wiedergefunden haben. Ich werde ganz fest an euch denken.«

Als Sönke Hansen zu Hause in Husum ankam, fiel ihm als Erstes der Hut auf, der am Garderobenpflock im Flur hing. Wartete ein Gast auf ihn?

Angesichts der stolzen Miene von Petrine Godbersen, deren Blicke zwischen ihm und dem Hut hin und her wanderten, verstand er plötzlich. Ihm blieb wirklich nichts erspart! Sie hatte einen neuen Strohhut für ihn gekauft. Mit Mühe verwandelte er sein Ächzen in einen Seufzer.

»Ist jetzt Schluss mit den Eskapaden, Herr Bauinspektor?«

»Frau Godbersen!« Am liebsten hätte er darauf hingewiesen, dass sie nicht seine Mutter sei, aber wie immer sperrte sich seine Zunge gegen Unhöflichkeiten. »Ich werde zukünftig nicht mehr in Holzpantinen ins Amt gehen, wenn Sie das meinen.«

»Auch. Aber in der Hauptsache meine ich blutige Oberhemden, Flöhe in Hosen und löcherige Wollsachen, die Ihnen nicht einmal gehören. Wie soll ich dem Drogisten erklären, warum ich Gallseife zum Auswaschen von Blutflecken benötige? Ich bitte mir überhaupt aus, dass Sie nicht wieder wie ein Mullewarp nach Hause kommen! Unsere Waschfrau macht schon ihre Bemerkungen darüber. Ich muss mich ja dauernd für Sie schämen, Herr Hansen!«

»Tut mir Leid.« Hansen stimmte ihr ja von Herzen zu. Er hatte gewiss nicht die Absicht, sich nochmals in die

Reichweite von Gewehrkugeln zu begeben oder den Hafenschlamm mit der Nase umzupflügen.

Seine Zustimmung besänftigte Petrine Godbersen. »Wenn Sie mir versprechen, Herr Inspektor, das Bild von Fräulein Gerda auf dem Nachtschrank stehen zu lassen, damit sie ein Auge auf Sie hält, ist es auch in Ordnung«, sagte sie versöhnlich. »Dann brauche ich Sie nicht mehr zu tadeln. Ich bin schließlich nicht Ihre Mutter.«

»Aber so gut wie«, sagte Sönke Hansen, während er wehmütig daran dachte, dass er am liebsten ein klitzekleines Bild von Jorke neben Gerdas stellen würde, was sich nun aber wirklich nicht gehörte.

Stattdessen würde er schnell wieder in seinen gewöhnlichen Alltag zurückfinden müssen, ohne Jorke und ohne die Freiheit, die er in letzter Zeit hatte genießen dürfen. Er beschloss, dies mit einem Kompliment zu tun. »Jedenfalls haben Sie sich in den Augen des Wirts von der *Rumboddel* als meine Mutter seine Freundschaft auf Lebenszeit erworben, Frau Godbersen.«

»Da bin ich nicht dagegen, Herr Hansen«, sagte sie zufrieden und griff in ihre Schürzentasche. »Mir fällt gerade ein, dass ein Brief für Sie angekommen ist.«

Sprachlos starrte Hansen auf seinen eigenen Namen in Gerdas akkurater Schrift. Dann begann er, den fremden Poststempel zu entziffern.

Anhang

DIE HANDELNDEN PERSONEN IN DER REIHENFOLGE IHRER ERWÄHNUNG

Sönke Hansen – nordfriesischer Wasserbauinspektor im Preußischen Wasserbauamt zu Husum

Gerda Rasmussen – seine dänische Verlobte

Petrine Godbersen – Hansens Haushälterin

Baron von Holsten – Vorsitzender der Kommission für Schleswig-Holsteinische Wasserbauangelegenheiten; Oberdeichgraf des 1. Schleswigschen Deichbandes

Friedrich Ross – Kollege von Hansen im Wasserbauamt

Marius von Frechen – Mitglied der Kommission für Schleswig-Holsteinische Wasserbauangelegenheiten; Kapitänleutnant

Bauinspektor Lorenzen – Kreisbaumeister in Tondern

Cornelius Petersen – Leiter des Wasserbauamtes Husum

Lars Rasmussen – Gerdas Vater; Journalist aus Tondern und zugleich einer der führenden Köpfe der dänischen Bewegung von Schleswig

Ella Rasmussen – seine Frau

Stefan Nielsen – Rumfabrikant aus Flensburg

Carl Heinrich Nielsen – Großvater von Stefan Nielsen; Firmengründer von Nielsens Rum-Kontor

Nils Christiansen – Prokurator des Rum-Kontors Nielsen

Peter Müller – Schauermann am Hafen von Flensburg

Witwe Bonken – wohnt auf der Hunnenswarf; nimmt Logiergäste auf

Wirk Bandick – Junge auf der Hallig Nordmarsch

Mumme Ipsen – Ratmann von Langeness; wohnt auf der Ketelswarf

Tete Friedrichsen – Ratmann von Nordmarsch; wohnt auf Norderhörn

Carsten Boysen – Lehrer auf Hallig Nordmarsch

Rouwert Wollesen – Wirt auf Hilligenlei

Lorns (=Lorenz) Friedrichsen – Vetter von Tete Friedrichsen; Besitzer der alten und der neuen Peterswarf auf Nordmarsch

Jorke Payens – Halligbewohnerin; lebt auf der Ketelswarf

Hajo Clement – Journalist von den *Föhrer Nachrichten*

Robert Schliemann – Polizeiwachtmeister aus Wyk auf Föhr

Nummen Bandick – Wirks Großvater

Broder Bandick – Leuchtfeuermeister auf Amrum; Wirks Onkel

Aksel Andresen – dänischer Finanzier aus Tondern, der Geld in den Amrumer Badeort Wittdün investiert

Knud Steffensen – Fischer; wohnt auf der Ockelottswarft auf Hooge

Frederik Nielsen – Stefan Nielsens verstorbener Vater

Fiete Rum – Unruhestifter im Flensburger Hafen

Boy Jensen – Leuchtturmwärter auf Amrum; Kollege von Broder Bandick

Bocke – Sohn des Schiffers der *Rüm Hart*

Melff – älterer Mann; wohnt auf Langeness

Holger Carstensen – Werftmeister der Fördewerft

Otto Johannsen – Handelsherr der Otto Johannsen-Handelsgesellschaft in Hadersleben

Magda Steffensen – Frau von Knud Steffensen; wohnt auf der Ockelottswarft auf Hooge

Manoel Gomes de Sousa – portugiesischer Kapitän der *Olivia*

Herr Vollertsen – Mitarbeiter auf der Flensburger Fördewerft

Egge Evaldsen – Journalist vom *Sylter Intelligenzblatt*

GLOSSAR

Ack: Aufgang auf die Warf

Altwelle: Wellen eines ehemaligen Sturmes

Badekarren: Pferdefuhrwerke mit Kabinen, in denen die Badegäste in das tiefere Wasser gefahren wurden, wo sie zum Schwimmen ausstiegen

Bark: Segelschiff mit drei bis fünf Masten

Besan: hinterer Mast

Bugspriet: über den Bug hinausragende Stange

Butt pedden: mit den nackten Füßen nach den im Sand eingegrabenen Plattfischen tasten

Dalbe: in den Hafengrund gerammter Pfahl

Danebrog: dänische Nationalflagge

Dänisch-Westindien: die bis 1917 dänische Gruppe der Jungferninseln: St. Thomas, St. Jan, St. Croix

Ditten: Feuerungsmaterial aus Rinder- und Schafsdung

Dörns: beheiztes Wohnzimmer

Ewer: Küstensegler mit flachem Boden

Fenne: beweidetes Halligland

Fennemacher: Das knappe Halligland machte es notwendig, alljährlich die Anzahl von Tieren zu berechnen, die von jedem Besitzer gehalten werden durften. Die Verantwortung dafür trug der Fennemacher.

Fething: teichartiger Regenwasserspeicher auf der Warf

Freicouleurte, englisch *freecoloured,* dänisch *fricouleurte:* freigekaufte ehemalige Sklaven

Galiot: kleineres Nordseeschiff des 19. Jahrhunderts

Geest: Festlandskern, im Gegensatz zur Marsch höher gelegen

Gieren: das Schlingern eines Schiffes

Glasen: das halbstündliche Anschlagen der Schiffsglocke während der Wachen

Glüb: Netz zum Fangen von Garnelen vom Ufer aus

Heckspriet: über das Heck hinausragende Stange

Herrnhuter: eine dem Pietismus verwandte evangelische Freikirche mit ausgedehnter Missionstätigkeit

Hock: Schafpferch

Holzklasse: vierte Klasse mit Stehplätzen und nur zwei Sitzbänken pro Waggon

Hünne: halligfriesisch für Wellhornschnecken

Kartoffeldänisch: Sönderjysk, Umgangssprache Südjütlands, auch Plattdänisch genannt; wie Plattdeutsch eine Sprache, kein Dialekt

Katschur: Deckenschräge, Konstruktionsmerkmal friesischer Häuser in der Marsch sowie auf Halligen und Inseln

Killen: das Flattern der Segel bei von vorne kommendem Wind

Klobb: hölzerner Behälter für Proviant

Klüver: zweites Vorsegel

Knerken: Halliggebäck

Knoten: ein Knoten entspricht einer Seemeile pro Stunde

Krängung: Seitenlage des Schiffes durch Winddruck

Krusedullen: dänisch für Löckchen, übertragen: krauses Geschwätz

Kuff: typischer Küstenfahrer des 19. Jahrhunderts

Landunter: Überflutung der Hallig, mit Ausnahme der Warfen

Liek: hintere verstärkte Kante des Segels

Marlspieker: dornartiges Seemannswerkzeug

Maroonlaufen: auch *maronlaufen,* das Entlaufen von Sklaven (auf den westindischen Inseln)

Marschenbahn: Eisenbahnlinie an der Westküste Schleswig-Holsteins

Meedeland: Halligland, auf dem Gras gemäht und zu Heu getrocknet wird

moin; mojn: Gruß im deutsch-dänischen Grenzgebiet

Mullewarp: plattdeutsch für Maulwurf

Noppekrut: friesisch für Strandwermut, wegen des Geruches gegen Flöhe verwandt

Optant: Der deutsch-dänische Krieg von 1864 endete mit der Trennung Schleswig-Holsteins (auch Nordfrieslands) von Dänemark und der Übernahme durch Preußen. Preußen führte ein hartes Regiment: Dänischsprachige Bürger von Nordschleswig durften sich zwar für die dänische Staatsbürgerschaft entscheiden (optieren), wurden aber im Hinblick auf politische Betätigung in nationaldänischem Sinn überwacht. Kinder missliebiger Optanten konnten durch die Behörden für staatenlos erklärt werden; aufgrund eines deutsch-dänischen Abkommens (das allerdings nur zeitweise galt) durften sie nicht einmal dänische Staatsbürgerschaft im Königreich erwerben.

Partenreeder: anteilige Eigner eines Schiffes

Pesel: unbeheizte Wohnstube

Pissers: Strandklaffmuscheln

Plicht: offener Teil eines Bootes

Porren: Nordseegarnelen, Krabben

Pricken: einfache Seezeichen aus in den Meeresboden gerammten Bäumchen

Pure-Rum: frischer und deshalb billiger Rum, der erst beim Transport nach Europa zu einem genießbaren Getränk reifte

Quatsche: friesisch für Zeesboot, dänisch *quase;* ein Bootstyp für die Treibnetzfischerei

querab: im rechten Winkel zum Boot

Ratmann: Bürgermeister

auf Schiet sitzen: auf Grund festsitzen

Schlot: kleinerer Priel

Schot: Tau zum Regulieren der Segelstellung

Schute: haubenartiger Frauenhut

Schwell: Dünung

Sicken: Kuhlen mit stehendem Wasser

Sommerdeich: niedriger Deich zum Schutz gegen kleinere Sommerhochwasser

Sood: Regenwasserzisterne

Spundwand: Hafenmauer

Starken: Jungrinder, die noch nicht gekalbt haben

Steven: vorderes oder hinteres Schiffsende

Stock: schmaler Steg mit Handlauf über einen Priel

Sudden: Strandwegerich; als Gemüse verwendet

Teeklipper: Schnellsegler

Toppzeichen: Erkennungszeichen auf der Spitze von See-zeichen

Troyer: grobmaschiger Pullover

Vorschot: Schot des Vorsegels

Vorstag: Abspannung des Mastes zum Bug des Schiffes

Waldemar Atterdag: berühmter König von Dänemark (1340 bis 1375)

Warf, Warft: aufgeschüttete Wohnhügel; als Warf nur auf Nordmarsch-Langeness bezeichnet, sonst Warft

Wehl (Westerwehl, Osterwehl): auf Langeness Name eines Priels

Kari Köster-Lösche
Der Austernmörder

Kriminalroman

Frühjahr 1895. Am Strand von Föhr wird ein Boot mit einem Toten angetrieben, dem eine Auster auf die Brust geheftet ist. Wasserbauinspektor Sönke Hansen wird damit beauftragt, der Sache diskret auf den Grund zu gehen. Schon bald muss er feststellen, dass hinter dem Mord ein Kampf zweier Austerngesellschaften um die Pachtrechte steht. Doch als Hansen kurz vor der Lösung steht, wird er wegen angeblicher Veruntreuung von Deichbaugeldern selbst vor den Anklagerichter geführt. Eine bodenlose Verdächtigung, die offensichtlich nur darauf zielt, ihn an weiteren Nachforschungen zu hindern. Denn die Hintermänner stehen Hansen näher, als er ahnt …

»Ein außergewöhnliches und besonders
attraktives Ambiente hat sich Kari Köster-Lösche
für ihre Romane ausgesucht.
Dem sympathischen Sönke Hansen möge ein
langes Leben beschieden sein.«
Buchkultur

Knaur Taschenbuch Verlag